最好的时代

李朝全◎著

中国言实出版社

图书在版编目(CIP)数据

最好的时代 / 李朝全著. ﹣﹣北京:中国言实出版
社, 2021.3

ISBN 978-7-5171-1516-8

Ⅰ.①最… Ⅱ.①李… Ⅲ.①报告文学—中国—当代
Ⅳ.①I25

中国版本图书馆CIP数据核字(2021)第035664号

出 版 人 王昕朋
责任编辑 罗 慧
责任校对 王建玲

出版发行 **中国言实出版社**

 地 址:北京市朝阳区北苑路 180 号加利大厦 5 号楼 105 室
 邮 编:100101
 编辑部:北京市海淀区花园路 6 号院 B 座 6 层
 邮 编:100088
 电 话:64924853(总编室) 64924716(发行部)
 网 址:www.zgyscbs.cn
 E-mail:zgyscbs@263.net

经 销 新华书店
印 刷 徐州绪权印刷有限公司
版 次 2021 年 3 月第 1 版 2021 年 3 月第 1 次印刷
规 格 710 毫米 ×1000 毫米 1/16 17.75 印张
字 数 280 千字
定 价 68.00 元 ISBN 978-7-5171-1516-8

　　李朝全，1970 年出生于福建省仙游县。北京大学文学硕士、历史学学士，中国作家协会会员，副研究员，现在中国作协创研部工作。1993 年开始发表作

品。2005年加入中国作家协会。著有理论批评专著《文艺创作与国家形象》，传记《春风化雨——当代青少年践行社会主义核心价值体系纪实》《少年英雄——20名汶川大地震抗震救灾英雄少年的故事》《世纪知交——巴金与冰心》《居里夫人的女儿》《硬汉子作家海明威》等，主编《新中国60年文学大系·报告文学卷》《中国最佳纪实文学2000—2011》《世纪之爱：冰心》等。《居里夫人的女儿》获第四届全国优秀科普作品奖，《少年英雄》获第二届中华优秀出版物奖抗震救灾特别奖、安徽省"五个一工程"优秀作品奖。

改革开放以来的40年，是中国历史上最好的一个时代，也是长兴县历史上最好的一个时代。40年来，长兴县同浙江省乃至全国一样，经历了解放思想、实事求是、以经济建设为中心的发展路径，从一心追求发展速度到注重科学发展，追求发展的质量和效益，从以资源和环境换取发展，到兼顾环境保护与生态治理，再到坚持以人民为中心，切实践行"绿水青山就是金山银山"的发展理念，带来环境优化发展的巨大转变。

长兴的改革发展之路就是中国改革进程的一个缩影。

——题记

目录

目录

100
1921-2021

红色岁月

红色历程

红色史诗

红色经典

序章

今朝传奇：这里生长着美丽

邂逅长兴如初见

人的认识容易片面和偏激，也容易形成一种成见和心理定式。对于一个人的认识和看法如此，对于一个地方、一座县城的认识和看法亦是如此。

长兴县和我的第一次相遇大概就是这样的。

记得大约是在 2013 年，网络上出现了一个舆论焦点："世界第一县衙"，议论的是浙江省长兴县行政办公大楼。从网上发布的消息和图片看，人工湖环绕着的长兴县四座办公大楼高耸入云，气派非凡。大楼顶部盖有顶棚，宛如四顶硕大的官帽。大楼外表贴满了玻璃，极具现代感。夜色中，大楼前的音乐喷泉在景观灯的照射下，不断变换颜色，摇曳多姿，如梦如幻。

有网友留言：第一次看到这组照片时，还以为是迪拜修建的七星级酒店，后来经过其他网友的解释才知道，原来这是浙江省长兴县县政府大楼。而且据当地一位在大楼里办公的网友口述："在里面上班根本不想回家！里面中央空调、电视机等各种电器设备一应俱全，每天的电费都是天文数字。"

一位自称当地网友"爆料"称，这座豪华办公大楼及其周边的配套设施，总花费达到 20 亿元。网友们直呼被"雷"倒了："长兴县政府大楼果然不愧是

长兴县行政办公大楼

'世界第一县衙'，真的是太奢华、太梦幻了。"不少网友认为，作为人民公仆的办公大楼，建设如此奢华，难免会让人担心腐败蔓延。尤其是行政大楼前的音乐喷泉和大剧院都是奢侈浪费的极端典型，不知当地的主管部门是如何通过审批修建的。

质疑的声音相当普遍。网上舆论沸沸扬扬，几乎是一边倒。

人民网转发了《盘点中国奢华政府楼"世界第一县衙"耗资20亿》，并配发了图片。

中国青年网更是发表署名文章，尖锐批评："世界第一豪华县衙"应当是当地政府的一张耻辱名片，在中央大力推动反"四风"行动的过程中，"第一县衙"更应作为整治"四风"的反面教材，只有将这些违规超标的豪华办公大楼打上耻辱标签，成为一段时期的历史见证，我们才能重塑新的执政理念，让人民群众切实感受到国家反对和整治"四风"的决心、毅力和魄力，国家和地方政府的形象才能在人民群众的心目中真正高大起来。

我也注意到网上还有一些微弱的不同的声音。有位网友说，质疑其实是网友对政府的希望和期待，但是不能仅看规模，有的政府机关建设了综合办公楼，各部门机关一块办公，减少了空间浪费。我们是否也经历过这种情况，到政府机关办事，由于办公不集中，一个手续在城北办，另一个手续要跑到城西去办，事情办完跑遍全城，跑断双腿。不要看衙门表面，关键看衙门作风，我们说，"门难进脸难看"，在有的地方变成"门难进，脸看不到，预约才能见"。但是临时找人办事，怎么预约？希望大家关注衙门作风。一位自称是长兴本地人的网友则坚称："亲眼所见，这几年长兴的各所中学、小学几乎都翻建了新校舍；连外地的有些大学都不如长兴中学的设施好；走在长兴的金陵路上，感觉和走在杭州的一些路上没两样。所以我说，不要一看到豪华政府大楼就骂，那种一边豪华办公、一边要救济，学校房子东倒西歪的地方才该骂。"

"世界第一县衙"让我对长兴县的党政领导印象不佳。说实话，对于这座原先籍籍无名的小县城，我那时确实有了一种类似于看待爱炫富的暴发户一样的成见。

2014 年，我第一次来到长兴，参加由浙江省作协、红旗出版社、长兴县委主办的长兴知名作家田家村的长篇纪实文学新作《江南小延安》审读研讨会。就是在这个会上，我结识了作家田家村，知道他在长兴县文联工作，还知道他是浙江少年作家培育工作的倡导者、实践者。也由此知道长兴原来曾经是新四军苏浙军区司令部所在地，向来有"江南小延安"之誉。同时，还知道了长兴人吴晓红在太湖之滨建造了一座远近闻名的古木博物馆，所收藏的古木和古木化石等标本堪称天下一绝。

然而，对于长兴，我始终没有更多的好感。

2017 年，在浙江省作协的朋友的引荐下，长兴县委宣传部邀请我以长兴改革开放 40 周年和"八八战略"实施 15 周年为契机，创作一部全面反映长兴经济社会发展变化的报告文学。

我是改革开放的受惠者。滴水之恩，当涌泉相报。改革开放不仅让我这样一个原先饭吃不饱、衣穿不暖、寒冬酷暑都要打赤脚的农家子弟解决了温饱，而且考上了大学，读了研究生，如今也算成了一名文学专业人才。因此，对于改革开放，我的感激与感恩是发自内心的。有这样一个机会能够来描写改革开放带来的历史巨变，这，对于我这样一位钟爱报告文学创作的人来说，无疑是一件求之不得、因缘巧合的善事。

于是，我接受了这项艰巨的创作任务。

2017 年年底，我又一次来到长兴，并且努力深入长兴的内部，用心打量。

这一次，我看到了一个出乎意料的长兴。

走进长兴难忘怀

从长兴高铁站一下车，我就开始留意长兴的方方面面，就像新郎仔仔细细观赏刚刚揭开盖头的新娘。

乘车驶上横贯县城东西的主干道中央大道时，感觉我们的汽车就像在绿廊

长兴县中央大道

中穿行。道路两旁种满了银杏、榉树、香樟、水杉、红枫等各种树木，这些树叶的颜色都会随季节变化而不断变化。道路中央是宽阔的隔离带，更是穿插着种上了盆景一般、高度在两米左右的罗汉松、五针松和榆树等，周围还精心地点缀了一些造型各异的太湖石。在这些被认真修剪过的树木中间，还种植一米多高的各种灌木，如金森女贞、红花檵木、小叶栀子等，像一道道绿色的墙壁和栅栏，使得这道隔离带宛若一条风景飘带，流淌环绕在城市的腰间。

一路上见到的，除了楼房之外，满目皆是绿意。可见，长兴县城的绿化程度非常高。难怪长兴县会被评选为国家园林县城、国家生态县、国际花园城市、全国文明城市……

——同行的长兴县委宣传部副部长、县文联主席刘月琴女士不无自豪地告诉了我长兴这一张张靓丽的名片。

我入住的老紫金饭店对面便是历史文化街区东鱼坊。长兴的一位朋友正好在这片地区有一处房产，政府拆迁时给了他1700万元补偿款。可见，为了恢复这片历史文化街区，政府是花了大气力和大价钱的。

东鱼坊刚刚开街营业，既有各种西式点心、西餐店，也有各种箱包、电子产品、服饰和特色餐饮、超市等店铺。整片商业区的建筑和装修布置都洋溢出一种浓浓的历史韵味。每天，这里都人来人往、熙熙攘攘。入夜后，一群又一群的年轻人结伴而来，到处充满了青春祥和的气息。

在东鱼坊北面，是长兴港的一段河流，向西逶迤而去，便能望见一座长兴的古城墙。城墙修旧如旧，可以散步歌咏，亦可打拳跳舞，繁花绿树装饰着古旧的城墙和护城河两岸，到处充满了生机和魅力。

在宽阔的马路上，行人不疾不徐行走着，汽车井然有序穿梭着，而每到路口或人行道前，远远地看到行人将要穿过马路，那些汽车都会自觉地减速慢行等候。车让人，在长兴已成为一种习惯和风尚。这让我这个久居首都的人大为吃惊，反而很不习惯。在北京，多数情况下都是人让车。在我住处的小区门口，有一个红绿灯，每次过马路，我和家人都小心翼翼。即便是人行道的绿灯亮起，我们也特别担心，因为这个路口没有摄像头监控，时常会有一些汽车闯红灯，扬长而去。而那些非法载人的摩的更是横冲直撞、肆意逆行、闯红灯，令人提心吊胆。

因此，在长兴，我感受到了一个行人的礼遇，感受到了一种全然不同的"优待"，让人在马路上行走时再也不必提着一颗心。

县城大街小巷的地上几乎看不到丢弃的垃圾，闻不到厕所的异味。而那些密密麻麻的树木花草，更是充溢在城市的每一个空隙。四处都看不到裸露的地皮，即便是在春季也看不到扬尘或扬沙。空气是清新的、新鲜的，闻不到烟味或其他异味。阳光明媚，道路建筑都是整洁的。人行道宽阔，盲道没有遮挡或阻碍……在道口或车站，即便没有志愿者维持秩序，大伙儿也都自觉地排队等候，整座城市管理得井井有条。

我看到了一个与印象中不一样的长兴。

这是真实的长兴吗？抑或只是表面的一种幻象？

发现长兴频赞叹

为了让我尽快了解和熟悉长兴，长兴的朋友开始向我进行详尽的介绍。有意思的是，在我看来，他们的介绍更像是一场忆苦思甜会，首先揭开的便是长兴不堪回首的往事与旧貌。

在他们断断续续的介绍中，我逐渐还原和认识了长兴的历史前传。

他们不约而同地提到了 20 世纪 80 年代吴山渡沉船事故。

那是 1984 年，因为穷，建不起桥，孩子们每天上学只能坐渡船过河。那时学校刚刚秋季开学，9 月 3 日就发生了沉船事故。因为渡船超载，坐船过河的人全部落水，最终有 34 人遇难，其中 29 人是孩子。

12 月 10 日，横山乡再次发生沉船事故。一艘无证运营的小客船，在洪桥秋风漾撞上一艘农船沉没，船上 45 名乘客全部落水，其中 4 人遇难。

也是那年 10 月，因为连日暴雨，长兴县有一座破旧的学校变成了危房。时任副县长的朱根山正在检查校舍安全，刚刚组织学生撤离，教室就轰然倒塌。亏得转移及时，才没有造成伤亡。

"之所以发生这样的不幸，归根到底就是一个字：穷！因此，从那以后，长兴人开始拼命想法开山挖矿赚钱。吴山渡沉船事故则倒逼县财政拿出钱来造桥。"著名散文家、长兴县作协前任主席张加强介绍说。

放炮挖矿，开采石灰石、建材，挖煤，发展粉体工业、耐火工业……所有这些都是高污染的行业，几年下来，就对长兴环境造成了严重的破坏。

大家都念念难忘的第一次严重污染事件是发生在 1988 年的水污染。

这一年，长兴城区雉城镇居民的饮用水源几度受到污染。特别严重的一次水污染事件发生在 5 月 19 日。何某是长桥乡一位承包鱼塘的农妇。她家鱼塘紧邻着阳南化工厂的污水池。这一天，她从承包的鱼塘里放水灌田，因为怕化工厂污水池的污水倒流进自家的鱼塘，于是她便自作主张，将污水池的堤坝挖开了一道缺口。

这下，污水就像魔鬼一般从被打开的"潘多拉魔盒"中倾泻而出，大量的废水冲进了长兴港。而长兴县城自来水取水口就设在长兴港。下班回家的城区居民如往常一样打开水龙头，却都闻到了一股怪味和臭味。

电话纷纷打到了自来水厂和县政府办公室。

自来水厂很快便查清楚了，长兴港水源受到严重污染，已有害健康，绝对不能饮用。

县长办公室的电话响了，县委书记的电话响了！

水是生命之源，水质关乎人民生命安全！情势十万火急！

县委、县政府立即行动起来。电话，广播，布告……自来水不能饮用的消息传达到了每一个居民。县委果断下令，水厂立即停止供水。

　　与此同时，县里立即采取措施，四处找水、运水，竭尽全力保障人民生活。

　　各处废弃多年的深井盖被揭开了，能打的井水几乎都被打上来了……

　　有车的单位、公司和个人都开着车，跑到偏僻的山区或是外地去运水。运水最好用的车辆是洒水车和消防车，全县所有的洒水车和消防车都被派出去运水。

　　连接长兴到湖州和上海的长湖申航道被誉为"黄金水道"和"东方的小莱茵河"。原先日夜穿梭在航道上运送石材、矿石的船只，如今也被政府组织起来，到湖州去运水。

　　……

　　各家各户把水桶拿出来了，把洗脸盆、铁锅、铝锅、钢精锅拿出来了，把凡是能盛水的容器都找出来了，在送水的消防车前排起了长长的队伍。

　　然后，这些装满了水的容器又被搬回到千家万户。就这样，每户家里都摆上了各式各样的盛水容器。而每一天，居民们都要拿着这些空了的容器再一次去等待"分水"。

　　5 月 30 日，断源的污水已被河水完全稀释、净化。是日下午，自来水厂在冲洗干净所有的净化设备和输水管道之后，开始试着恢复供水。尽管政府发布公告污水已处理殆尽，自来水完全适合饮用，但是，当居民们打开水龙头，却依旧隐隐约约能够闻到异味。

　　政府对这起污染事件的肇事者——农妇何某和阳南化工厂负责人进行了严厉处罚，当事人都被判了刑。

　　然而，悲摧的事情并未就此了结，类似事件接连发生。

　　6 月 5 日，长兴化肥厂氨水销售点皮管破裂脱落，10 多吨农用氨水流入长兴港。有了前一次的教训，自来水厂立即停止供水。这次停水长达 23 天。

　　9 月 24 日和 10 月 14 日，雉城镇又先后发生了两起水污染事件。

　　水荒面前，城乡人民相互关心，相互照顾，涌现出了许多感人故事。

　　同年，县委、县政府决定另辟水源，投资 420 万元兴建包漾河引水工程，于 1989 年 7 月 25 日投入使用。

　　回忆起 30 年前那不堪回首的停水事件，张加强说，长兴是江南水乡，水污染导致了水乡闹水荒。那时大伙儿都骑着自行车，驮着巨大的塑料桶到山里去拉水。洒水车和消防车来送水的时候，大家都争先恐后地拿出自家的钢精锅等容器去接水。那阵子，最高兴的是孩子们，长兴城里的小学和幼儿园全部停课。长兴中学校长向县里报告，学校没水做饭，也必须停课。

对于长兴当年的落后和贫穷，浙江省作协党组书记臧军也有切身体会。他说，记得是在20世纪90年代初的一天晚上，他和朋友开车进入长兴地界，在过一座石桥时，因为桥面狭窄，加上天黑路不平，汽车颠簸过度，他们的车竟然掉到了桥下。所幸无人伤亡，算是捡回了一条命，而那一次的经历也使他从此怕来长兴。在那个年代，浙江邻省江苏到处都修起了宽敞平坦的水泥公路，而浙江许多地方都还是石子路、"搓板路"。人们形象地说：从江苏坐车出发，一旦感觉颠簸得厉害，人们便会下意识地说：浙江到了！长兴北面就是江苏的宜兴，从宜兴坐车出来感觉到颠簸，人们就会说：长兴到了！那时的苏浙，差距就是这么大。因此，江苏人出差都不爱到浙江来，尤其不愿到长兴来。江苏宜兴的姑娘也不愿嫁到长兴。那时长兴的石材水泥和粉体工业比较发达，开山炸石和粉尘污染非常严重。人们有个形象的说法，一进入长兴的李家巷，"天上炮声隆隆，地上硝烟弥漫"，人们都是冒着"硝烟"走进长兴的。而生活在长兴的人更有切身的体会。他们说，那时"雨天一身泥，晴天一身灰"，家里的窗户都不敢开，一开窗的话家里的地板和家具一天下来就会落满灰尘，收拾都来不及。

那时的长兴，生态到了几乎濒临毁灭的危险境地。由于矿山石材、粉体、水泥、煤炭、耐火、铅蓄电池、织机等极限开发，全县境内有2000多根大烟囱，大气、水体和土壤均受到严重污染。天空雾霾沉沉，看不到蓝天白云丽日。水体颜色驳杂，有些地方的河流被染成了乳白色的"牛奶河"。有的因为水里可燃物含量高，河面都能点着火。而整座县城只有一两条宽一点的马路，全县柏油路极少，中高档宾馆缺乏，基础设施相当落后。加上缺乏环境整治，到处都是一派脏乱差的景象，因此外地人都和臧军一样，怕到长兴来。

21世纪初曾在长兴工作13年、曾任长兴县委书记的刘国富回忆，那时的煤矿、铅酸蓄电池等厂家大多分布在长兴通向太湖航道的源头地带。"所有的河道都呈酱油色。有人将烟蒂朝河里一扔，竟然着火了。1000多平方千米的土地上，竖着2000多根烟囱，每根烟囱都冒着浓浓黑烟。那时候，我从外地出差回来，只要看到前面天空上罩着一口大黑锅，就知道长兴到了。"我对"牛奶河"和能着火的河流不能理解。2018年4月10日，在夹浦镇采访镇党委书记陈剑峰时，他为我揭开了谜底。那时，夹浦有成千上万台喷水织机。以前的织机都是有梭织机，而喷水织机则是采用喷射水柱牵引纬纱穿越梭口的无梭织机。水打在有浆的纱线和丝线上，就会形成乳白色的废水。这些废水一旦未经去污就直排到河道里，河流就会被染成乳白色。老百姓形象地称之为"牛奶河"。污水中还携带了大量的油污。同时，化纤丝上涂有矿物油，经喷水织机加工后，废水中就含有矿物油。因此，喷水织机污水的含油率很高。还有印染工厂，染缸中加了各种颜料，导致染缸污水有各种各样的颜色。排放过程中，这些带有油污和石油类物质的废水被排到河流，沉淀到河底形成泥浆。河面和河底污泥中含有很多油脂化学品，漂浮在河面上的油污累积了厚厚的一层，如果有人不小心往油污里投掷烟头等火源，就有可能引起河道着火。

"真是不摔跤不发展啊！"张加强最后不无感慨地说。

尽管有段时间长兴经济社会发展和环境生态很差、很不堪，但是回望历史，长兴的朋友们还是非常自豪。这座太湖西岸的小县城有着一段显赫的身世传奇。

自古以来，长兴都是富庶之地，鱼米之乡。早在2500多年前的春秋时期——吴王阖闾元年（公元前514年），吴王阖闾使弟夫概居此筑城为王邑。古城依山傍水，跨箬水，据戍山，因城狭而长，故名"长城"。这是长兴的原名。此后，长兴先后隶属于越国、楚国，秦朝时属会稽郡，汉朝时属扬州、会稽、吴兴等郡。三国时东吴大将吕蒙曾在吕山（今属长兴县吕山乡）屯兵。晋武帝太康三年（282年）从乌程县中分出，建长城县。

南北朝时，长兴出了一个开国皇帝，这就是557年在建康（今南京）建立陈朝的陈武帝陈霸先。陈霸先生于长兴下箬里，出身低微，受萧暎赏识，随任为广州府中直兵参军，不久出任西江督护、高要太守。通过平定"侯景之乱"，陈霸先逐渐控制了梁朝政权。557年，梁敬帝萧方智禅位于陈霸先，霸先称帝，建立陈朝。陈霸先在位三年病逝。史家评价，陈霸先生逢乱世，尽管身经百战，收拾的却是百废待兴的江山，在位三年，任贤使能，政治清明，江南局势渐趋稳定。陈霸先还推崇佛教，造就了杜牧诗"南朝四百八十寺，多少楼台烟雨中"的盛况。"天下陈氏出江州，江州先祖在长兴"，长兴因此也成为全世界陈氏寻根访祖的圣地。明代文学家归有光任长兴县令时，造访陈霸先故居，写下了《圣井铭并叙》铭文，由《西游记》作者、长兴县丞吴承恩书写，刻石立碑。现石碑和圣井均在。文曰："陈高祖平侯景之乱，卒禅梁祚，恭俭勤劳，志度宏远，江左诸帝，号为最贤。余来长城，游下箬里，观其故庐。相传其始生时，井中沸涌，出以浴帝，今其井尚如故。慨然而叹，令人去蔽翳而出之，作亭于其上。铭曰：'帝王之生，灵感幽赞，齀沸井泉，浴帝始诞。流虹瑶月，应时则灭，惟不改井，于今不竭。我寻华渚，翳桑之处，寒泉古甓，如见其沸。赫赫陈祖，大业光灿，寂寞沛乡，吾兹感叹。嗟后之王，荒坠厥绪，丽华辱井，建康所记。'"

长兴历史上最令人津津乐道的人物无疑是"茶圣"——唐朝的陆羽，770年前后，他在长兴的顾渚山置办茶园、完善《茶经》。据《新唐书》记载，陆羽的身世充满传奇与坎坷。他生于湖北天门，从小便被父母遗弃，因此无名无姓，幸亏被一僧人收养。长大后，他用《易经》为自己占卜，卜得一个"蹇"卦，又变为"渐"卦，卦辞："鸿渐于陆，其羽可用为仪。"意思是：鸿雁徐徐降落在临水的岸畔，它那美丽的羽毛显示出它高贵的气质。于是，他就给自己取名陆羽，字鸿渐。收养他的僧人让他在寺庙做苦役，干尽了各种苦活脏活。他希望陆羽皈依佛门，但少年陆羽争辩说，自己没有兄弟，如若他绝了后，就是大不孝了。于是他明确地告诉师父："羽将授孔圣之文。"

12岁时，陆羽逃离佛门，开始跟随一个戏班子学习演戏，并且学着编写了数千字诙谐有趣的演出脚本。虽然他长得丑，还有些口吃，但因表演幽默而大受欢迎。在一次当众表演中，竟陵（今湖北天门）太守李齐物慧眼识珠，觉得陆羽是个人才，便推荐他去学习儒学。由此，陆羽成了一位小有名气的学人。他游学四方，浪迹天涯，见多识广。在这个过程中他对茶兴趣日浓，钻研日深，最终写出了《茶经》。

在这部茶叶经典中，陆羽在《茶经·一之源》中这样写道："野者上，园者次；阳崖阴林，紫者上，绿者次；笋者上，芽者次；叶卷上，叶舒次"；《茶经·八之出》中又称："浙西以湖州上，常州次，宣州、杭州、睦州、歙州下……"，注释云："湖州，生长城（即今长兴）县顾渚山谷，与峡州、光州同"。对产于长兴的紫笋茶给予了高度评价。或许正是因为陆羽的推崇，唐代宗大历五年（770年），下令将紫笋茶列为贡茶，并在顾渚山建造了第一座规模宏大的皇家茶厂——贡茶院。顾渚山下的金沙泉品质极佳，亦被列为皇家贡品，每年同紫笋茶一并进贡朝廷。

从此，每年开春后清明节前，两三万名江南少女便同时上山采茶，采下来的茶又由上千名工匠烹蒸涤濯，穿绳封装，快马加鞭，"十日王程路四千""到时须及清明宴"（唐·李郢《茶山贡焙歌》）。这样劳民伤财的事情持续了几百年。至元朝时，贡茶院改为磨茶院。到朱元璋登基后，正式罢造团茶，改进散茶。紫笋茶作为贡茶，堪称进贡历史最早、时间最长、制作规模最大、数量最多、品质最好的贡茶。1979 年 4 月，长兴县土特产公司和农业局组织茶叶技术员经反复试制，首批紫笋茶在顾渚大队茶厂试制成功。1982 年首次参加全国名茶评比，得到茶叶专家名师的一致赞誉，名列第三。

紫笋茶

贡茶院

明朝，长兴人臧懋循（1550—1620 年），用心收集散曲，选编刻印了 100 卷的《元曲选》。《元曲选》保存了众多文学佳作，至今为中文系本科生必读书籍。长兴县还在鼎甲桥建了一个元曲的展示陈列馆，元曲文化广场如今已成当地一大文化景观。

长兴在明朝时期最有名的佳话当属两位年届花甲的文人共同治县：散文家归有光（1506—1571 年）任县令，小说家吴承恩（1510—1580 年）作县丞。明穆宗隆庆元年（1567 年）两人协力同心，整顿治安，锐意改革。针对全县赋税不均的状况，在归有光的支持下，吴承恩颁布了《长兴编审告示》，改革由里甲长担任"粮长"的惯例，规定按田亩多少分摊粮役，极大地减轻了贫苦百姓的负担。同时加强吏治，在县衙前立一"诫石"，上刻十六个隶书大字："尔俸尔禄，民脂民膏；下民易虐，上天难欺"，以此告诫官吏廉洁奉公善待百姓。这一年秋，归有光奉旨进京朝觐皇帝，上司派来了代理县令。代理县令收受大户贿赂，改变吴承恩的税赋办法。受诬陷和牵连，吴承恩入狱，亏得好友徐中行竭力为之申冤，吴承恩才完身而退。归、吴二人治县期间给后世留下了许多故事。譬如重修当年陈霸先诞生受洗的圣井，重修县衙梦鼎堂等，由归有光撰文、吴承恩书写的《圣井铭并叙》《梦鼎堂记》《长兴知县题名记》三通碑刻至今保存完好。吴承恩在长兴任上还为《西游记》的写作积累了大量素材，据说小说中写到的盘丝洞等场景均可在长兴找到真实对应的地方。

清朝，清军与太平军的拉锯战给长兴带来了灭顶之灾。清军江南、江北大营包围天京（今南京），李秀成、李世贤率部向南进犯杭州，途经长兴。长兴百姓大多逃亡山湖之地避难。据《长兴县志》记载，经过 1860—1864 年清军同太平军拉锯战之害，长兴人口从嘉庆八年（1803 年）的 95494 户 360064 人锐减至同治六年（1867 年）的 10512 户 21969 人，乡村凋敝，四野无人烟。于是，清政府开始鼓励移民，重造新城。来自浙江温州平阳、河南信阳光山罗山、安徽等各处的百姓络绎不绝，在战争的废墟上重新开发，本地人住城镇，安庆人住高山，平阳人住丘陵，河南人住田畈，苏北人住港湾……由此逐渐形成了长兴特有的多元包容的文化。

抗战时期，新四军苏浙军驻扎在长兴，涌现了许多可歌可泣的故事，特别是被称为"方司令"的刘别生和著名的老虎团让大家记忆犹新。在攻打新登的战役中，刘别生不幸中弹，临终之前掏出口袋中仅剩的 4 块银圆和一块怀表作为上缴的最后一笔党费，并且嘱咐战士不要告诉自己的妻子。刘别生的妻子得知丈夫阵亡的消息时，已有孕在身。这个遗腹子出生后，为了纪念丈夫在新登战亡，她特意给新生儿起名刘登，而把此前出生的长子更名为刘新。1949 年，长兴解放。解放军西路大军在长兴虹星桥镇会合，进军浙江。新中国成立后又在长兴驻军。因此，长兴的离休干部多，南下干部多，部队多，保密性好。改革开放后为防军事泄密，长兴一直没有对外开放，直到 1992 年邓小平南方谈话之前还没有一家外资企业。

新中国成立后的长兴是一个农业大县，盛产水稻、油菜籽，这个历史悠久的鱼米之乡被称为浙江的"半个油瓶子"。

改革开放的春风率先从安徽凤阳小岗村吹起来。长兴人敏锐地感受到了新时代到来的强烈气息。长城公社狄家坉大队的乡亲们开始了联产承包责任制的大胆尝试。长兴大地上涌现出了一家又一家工厂，从传统的石材、粉体、水泥、煤炭、耐火材料到新兴的铅酸蓄电池、纺织业、电子电容等，乡镇企业和个体户如雨后春笋。夹浦镇引进了织机，纺织业越做越大。煤山镇在 1984 年办起了第一家蓄电池厂，1986 年起张天任接管了这家厂。改革后，电池、纺织、机械和水泥、采矿一起成为长兴的支柱产业。

1992 年，乘着邓小平南方谈话的东风，长兴县掀起了解放思想大讨论。《浙江日报》在两年时间里连发三篇头条文章《长兴人坐不住了》《长兴人动起来了》和《长兴人赶上来了》，全面报道了长兴县解放思想、开拓进取的精神风貌和取得的突出成就。

《浙江日报》头版头条刊发的三篇报道长兴发展变化的文章：《长兴人坐不住了》《长兴人动起来了》《长兴人赶上来了》

2002 年 11 月 21 日，习近平就任浙江省委书记。2003 年 7 月，在中共浙江省委第十一届四次全体（扩大）会议上，习近平代表浙江省委提出了"八八战略"——进一步发挥浙江八个方面的优势，推进八个方面的举措。2005 年，时任省委书记习近平在安吉县余村考察时明确提出：绿水青山就是金山银山。2006年，他在视察湖州、长兴时要求：一定要把南太湖建设好！

呼应浙江省委对全省工作的总体部署和要求，长兴县在全县开始大力整治生态环境，关停石矿、石粉企业，淘汰落后产能，推动产业转型升级。蓄电池产业开始向绿色动力能源转化，原先依靠"一匹白布走天下"的纺织业转向非织造布生产、布料的进一步加工和服装制造。在朱日和举行阅兵时，军人们的服装用料就是在长兴生产的。机械工业如诺力股份生产的物流叉车等主供出口。2017 年全县实现产值 1300 亿元，财政收入 87 亿元，形成了蓄电池、机械、纺织三大支柱产业。2018 年，财政收入已突破 100 亿元。

改革开放以来，特别是 2002 年以来，长兴县经济社会各个方面取得了长足的发展。这些都和浙江省大力推进"八八战略"和历届省委的正确领导密不可分。

近 15 年来，长兴全力治水治气治矿治污，生态文明建设取得突破，环境发生巨变。全县 470 多条河流实施"河长制"，剿灭黑臭水体，地表无劣 V 类水，除养殖外不准电瓶捕鱼，实行野生鱼保护；禁止砍林种茶，成立自然资源保护法庭，收缴猎户手中的 180 多支猎枪，令其转型打工或种地，保护野生动物，实现人与自然和谐共生。今后还要继续加强水环境治理，在煤山镇和泗安镇建成美丽城镇，整治运石码头，取消运石车，挖掘煤山的铁路文化，留下工业遗址。

大力发挥长兴交通和区位优势。建设高速铁路和公路，在现有一条高铁基础上，将再建一条杭长高铁和货运专线。包括 G25、G50 等 4 条高速公路穿境而过。治理太湖蓝藻泛滥，湖堤结合，景观与环境结合，造就太湖沿岸景观带。

产业形成规模。其中以天能和超威两家电池龙头企业为主生产的电瓶车电池占据全国 70% 的市场，白布产量占全国 30%，叉车出口欧洲占全国总量的30%……长兴产业已具备相当好的基础，下一步将注重追求效益和环境品质双提升，推动绿色智造。大力发展特色产业，实现农业和文化、旅游合作，推动农业产业链不断延伸。

人文环境不断优化。长兴百姓淳朴善良。干部大多是"5+2""白 + 黑"，没周末没黑夜地尽职敬业，勤干肯干。2018 年春天，雪灾严重，长兴和隔壁的安徽境内形成了两重天——安徽交通堵塞，一进入长兴即畅通无阻，原因就是长兴党员干部主动带头，人民群众参与扫雪，党旗飘扬在大街小巷，确保了道路的畅通。长兴人民有着大气、开放的品格，更有实干、争先的追求。优质深厚的人文底蕴和氛围为长兴经济社会发展提供了强大的精神支撑。

2017 年 8 月以来，中央文明办根据中央文明委 2017 年版《全国文明城市测评体系》，按照城市自主申报、省级择优推荐、中央部委审核、组织综合测评、听取市民意见、综合计分、媒体集中公示等评选程序，严谨规范地组织第五届全国文明城市评选工作，以实地暗访考察、入户问卷调查和网上材料审核 3 种方式对 166 个参评城市进行测评，严格依据参评城市 2015 年、2016 年、2017 年三年测评总成绩排名，报中央文明委领导批准，提出第五届全国文明城市名单。经过特别严格的评审，长兴县同全国其他 88 个城市一道，被评为全国文明城市。

在长兴取得迅猛发展之际，长兴百姓特别怀念当年在浙江工作期间多次来长兴考察调研的习近平总书记。

2017 年 11 月 17 日，全国精神文明建设表彰大会在京举行。中共中央总书记、国家主席、中央军委主席习近平在人民大会堂亲切会见参加大会的新一届全国文明城市、文明村镇、文明单位、文明校园、未成年人思想道德建设工作先进代表和全国道德模范代表。长兴县以全国县域排名第一的身份被评为全国文明城市。长兴县委书记周卫兵代表长兴出席领奖。他紧握着总书记的手，告诉总书记："长兴人民想念您，请总书记方便时回长兴看看！"传达了 64 万名长兴人民共同的心声。

看今朝，长兴旧貌换新颜，变得如此美丽，如此锦绣，长兴宜居宜商又宜业，长兴魅力大放光彩。

2015 年，长兴县引进了上海长峰集团的太湖龙之梦乐园综合项目，投资 251 亿元。这是长兴实施龙腾计划、全域旅游的重大项目，建成后将拥有客房 2.7 万间，年接待游客 3000 万人次。

2018 年初，再传喜讯，吉利新能源汽车将在长兴筹建整车生产线，投资 326 亿元……

目前，按照全国贫困线人均年收入 4600 元的标准，长兴已经消灭了贫困户。按照浙江省人均 6000 元的标准，长兴还有 5800 多人属于低收入人群。为了彻底扭转贫困户的处境，长兴正在推进"三农"和生产销售、信用贷款结合，实施社户对接、助农增收"十百千万"帮扶行动，即发展十大农业产业，兴办一百个专业合作社，使一千个家庭人均年增收一万元。

采访手记　长兴为何能炫人眼？

改革开放 40 年来，特别是"八八战略"实施 15 年来，长兴县发生了惊天动地、翻天覆地的巨变。这一巨变令人称奇、令人赞叹。它实际上也是浙江省和中国历史巨变的一个缩影和代表。长兴的沧桑巨变，自然离不开国家和时代的大环境。1978 年 12 月 18—22 日，在这个初冬时节，党中央在北京召开了十一届三中全会，作出了将工作重心转移到现代化建设上来的伟大擘画，从此揭开了中国浴火重生、日月再造的序幕。

距离农村改革风暴眼小岗村较近的长兴人，最先感受到了春暖花开的气息。而长兴人悠远且深厚的历史文化传统造就了其敢为天下先、自强不息的奋斗品格。在先试先行、探寻新路的过程中，长兴勇于解放思想，敢想敢干，争先恐后，最终占据了先机。而鱼米之乡、濒临太湖之滨、面向长三角等自然环境及资源、交通区位优势，更是为长兴的发展插上了腾飞的双翅。

如果说，时代和国家的大环境是空气、阳光和雨露的话，那么，传统文化、人民个性优长则是良种，地域环境优势则是土壤……各种天时地利人和因素的综合，造就了长兴快速成长发育并最终在浙江和全国脱颖而出的硕果。

因此，回顾长兴为什么能，我们不能不感恩改革开放的大时代，不能不归功于"八八战略"和习近平新时代中国特色社会主义思想的正确指引，也不能不归结于宝贵的长兴精神。

那么，从一个温饱有忧的县域，到全面摆脱贫困、实现小康乃至走向富足，长兴是如何做到的？长兴究竟走过了怎样一段坎坷艰辛的痛苦历程？

一次又一次地走进长兴，深入长兴，我深切地感受到，这是一个知耻而近乎勇、置之死地而后生的过程，改革开放 40 年的长兴真正算得上是一次涅槃重生！

第一章

—

穷则思变：首要之务求发展

1978 年，中国，站在了历史的关口上。

1978 年 5 月 10 日，中共中央党校内部刊物《理论动态》刊登了题为《实践是检验真理的唯一标准》一文。5 月 11 日，这篇文章以特约评论员的形式在《光明日报》发表。当日，新华社转发了这篇文章。5 月 12 日，《人民日报》和《解放军报》同时转载，全国绝大多数省、自治区、直辖市的报纸也陆续转载，由此引发了一场关于真理标准问题的大讨论。这场讨论为中国共产党重新确立马克思主义思想路线、政治路线和组织路线奠定了理论基础，成为实现党和国家历史性转折的思想先导。

6 月 2 日，邓小平在全军政治工作会议上发表重要讲话，针对当时的形势，再次精辟阐述了毛泽东的实事求是、一切从实际出发、理论与实践相结合这样一个马克思主义的根本观点、根本方法。

12 月 13 日，在中共中央工作会议闭幕会上，邓小平发表了题为《解放思想，实事求是，团结一致向前看》的讲话。

12 月 18—22 日，中国共产党第十一届中央委员会第三次全体会议在北京举行。出席会议的中央委员 169 人，候补中央委员 112 人。全会的中心议题是根据邓小平的指示讨论把全党工作重点转移到经济建设上来。

党的十一届三中全会开启了改革开放历史新时期，中国共产党从此开始了建设中国特色社会主义的新探索。

1978年11月的一个冬夜，安徽省凤阳县小岗村18户农民，在村民严立华家里，以按红手印的方式，签下如是契约："我们分田到户，每户户主签字盖章，如以后能干，每户保证完成每户的全年上缴和公粮，不在（再）向国家伸手要钱要粮。如不成，我们干部作（坐）牢刹（杀）头也干（甘）心，大家社员也保证把我们的小孩养活到18岁。"村民们集体决定：土地按人均平分到户，耕牛和大农具作价到户，农产品缴售任务、还贷任务、公共积累和各类人员的补助款也分摊到户。1979年10月，实行大包干后的小岗生产队全队粮食总产13.2万多斤，比上年增产6倍多，油料总产7.5万斤，超过了合作化以来20多年油料产量的总和；社员人均收入311元，比上年增长6倍多；自1957年后23年来，第一次向国家缴售粮食和油料，分别超额完成任务7倍和80多倍。

1979年9月，十一届四中全会通过了《关于加快农业发展若干问题的决定》，允许农民因时因地制宜，经营自主。

1980年5月，中央领导发表谈话，肯定了一些地方大包干的做法。9月，中共中央印发了《关于进一步加强和完善农业生产责任制的几个问题》，认为包产到户"没有什么资本主义复辟的危险"。

改革开放启大闸

春江水暖鸭先知，近水楼台先得月。长兴县毗邻安徽省，安徽各地农村联产承包和大包干的改革浪潮很快便在长兴产生了回响。

1979年11月，位处长兴县比较偏远的长城公社狄家㘰大队自发搞承包，率先揭开了浙江农村改革序篇。

1979年下半年，狄家㘰大队泥船湾生产队（二队）由于连续干旱，地里的油菜秧长势不好，原定的"春花"面积难以完成。队长徐预勤和队里的社员们商量，悄悄地把30亩零散的油菜田承包到了每个农户。

2018年3月22日，我来到徐预勤家里。他家建起了三层小洋楼，楼前有一个宽敞的水泥地院子。雨后的阳光照耀在红砖红瓦的楼房上，给人感觉一切都是全新的。

寒暄落座后，徐预勤告诉我："1979年，因为油菜秧苗干死，眼看着上缴粮油的任务就要完不成，于是我就和副队长商量，琢磨着要分田到户，但又怕违反政策，就搞了一个联产承包。队里跟村民订个合同，每亩田上缴生产队 150 斤油菜好，队里给记 35 个工、45 元成本；水稻每亩上缴 800 斤。超出部分的产量归村民自己。结果，当年有的农户水稻亩产都超过了 1000 斤。生产队一共有 40 多户 143 人，平均一口人分了一亩多地，多数人非常拥护，但也有少数几家上门来吵来闹。有的人家从未种过田，不会使牛耕地，有的人则是懒汉，有田也不种。这些人有的家里搞铁船和大船运输水泥。我们就慢慢地跟他们说理，做思想工作。"

徐预勤，1950 年出生，小学都没毕业，小时候是一个放牛娃，1975 年至 1990 年当生产队长。他说："当年搞联产承包，心里还是害怕的。后来，有位县委副书记在大会上公开批评狄家坶，那时长城公社的书记是宋忠孝，他在长兴开会，后会连夜赶到狄家坶，要把分下去的田收回。我跟他说，田收不起来了。"

2018 年已 84 岁的宋忠孝在接受笔者采访时回忆，1979 年秋旱，国家给狄家坶二队的播种任务是 24 亩油菜籽。二队把田分下去了，按劳动力把任务分到户，只要能完成任务就行。但是因为天旱，油菜秧没有了。任何一队都没有这么多的秧，二队就集体出动到处去买去借，亲帮亲，邻帮邻，各家各户想办法。当晚开会一决定，第二天一早就找亲戚到各处去筹措，不出 3 天就把油菜秧拉回来补种上了。

由于种迟了，农民就使劲下肥，什么肥料都上田。宋忠孝去现场看了，很感动。

过了两个多月，十一届三中全会的精神传达下来了。但是可不可以分田，还存在着争议。

世上没有不透风的墙。尽管徐预勤严格要求全体社员保守秘密，但是狄家坶搞承包的事情还是被泄露出去了。长兴里塘公社和平生产队、二界岭公社郎村五队、和平公社官庄七队、长潮公社兴隆十四队、泗安公社赵村大队等纷纷效仿，也搞起了承包。

狄家坶等少数地方搞承包的消息很快传播开来。对于这突如其来的问题，长兴感到有点不知所措。当大家都在为方向问题争议不定时，又不得不承认这样一个事实：联产承包有利于农业生产。

　　1980年，泥船湾生产队油菜籽产量翻了一番。加上队里扩种了一部分，实种36亩，过去生产队时亩产最多100多斤，而现在竟然亩产200多斤到300斤，超额完成国家任务的2倍。在收割油菜籽时，全队男女老少全都出动，大家喜气洋洋，就像过年一样。晒油菜籽的场地不够用，各家就把自家的被单、凉席、毯子都拿出来，铺在地上晒菜籽，自从搞人民公社以来从未有过如此热闹喜庆的场面，场景极其感人。

　　1980年初，泥船湾生产队又将早稻田分下去，当时提出的奋斗目标是亩产800斤。村民们都说不可能，结果却实现了。以前监督农民要求按照一定的植株距离种植都做不到，现在，大家都自觉地这么做了。

　　尝到甜头的村民，干脆连晚稻田也分下去。1980年，杂交晚稻、晚糯、连晚因自然灾害影响，在全公社平原圩区都减产的情况下，联产到劳的泥船湾生产队竟然又增产了！

　　宋忠孝回忆道："20世纪80年代初县里召开干部扩大会议，主要讨论中央文件的贯彻落实，重点是如何解放生产力。当时有几个副县长也到狄家圩看过了，他让我在会上将其作为典型发言。当时的普遍情况是，农民完成了征购任务就没得吃了，这是一个问题。于是，我就发言说，搞承包有助于解放生产力。我们共产党不是全心全意为人民服务的吗？不要怕这怕那，只要先完成了国家的征购任务，百姓又有得吃就行。我明确表示支持联产承包，并且汇报了如何搞好联产承包。其他人大都表示同意和支持。正当我讲到一半时，有位县委副书记，他是个老同志，南下干部，级别是正厅级，比县委书记丁文荣还高，他就打断我，发脾气了：'好好好，不要讲了，不要讲了，原来省里就听说长兴有人在搞承包到户，原来是你小宋在搞！'——原先我在组织部工作，就归他领导。他说：'辛辛苦苦三十年，一夜回到解放前。三十年的功劳一下就被你毁了。你这么搞，老了怎么干？县长40多岁分田可以干，我都60多岁了怎么办？承包到户是不合法的。你这是在搞资本主义……'他一个人'哇啦哇啦'在讲，下面鸦雀无声，大家都不敢表态。年底召开大队长书记会，他又专门来找我，批评我。那些私底下也在偷偷分田的同志都不敢发言。"

　　就在这时，1981年4月，长兴县委书记丁文荣从省委党校学习回到长兴。

　　丁文荣，嘉兴嘉善人，家里排行老九，倒数老二。1951年参加工作，在土地改革中参与斗地主斗富农，表现积极，当年就入了党。1977年11月接任长兴县委书记，一直当到了 1987 年。

回到长兴的丁文荣首先注意到，当时搞责任制承包到户，县委常委会争议很大。他想，毛主席说过：没有调查就没有发言权。于是一回到县里，他首先进行了为期 9 天的下乡调查。

丁文荣坐着县里唯一的一辆破旧的军用吉普车，带着铺盖和洗脸盆，赶往那些实行了承包的生产队：长城公社狄家坞二队、里塘公社和平生产队、二界岭公社郎村五队、和平公社官庄七队、长潮公社兴隆十四队、泗安公社赵村大队……

每到一处，干部群众都异口同声地告诉丁文荣：联产承包是治穷致富的法宝。

在狄家坞，他看到承包到户搞得很好的地方油菜长势旺盛，而边上没有承包到户的油菜地都长得稀稀拉拉的。原来搞集体生产大锅饭，油菜一周时间都没种好，现在包产到户，老百姓找亲友帮忙，3 天就种好了。

丁文荣一共走访了 103 位社员，年纪大的都有 98 岁了，年轻的也有十六七岁的。他一边走访，一边记下乡日记，足足记满了 3 大本。

老百姓见到他，都说："丁书记来了！"

丁文荣亲切地对他们说："好就是好，搞得好我也高兴，我支持你们！"他对宋忠孝说："既然已经这么搞了，就继续搞下去，田不要收回来，实践下去看结果，先实践，在实践中检验，慢慢出方子。"

在长潮公社兴隆十四队社员王阿福家里，丁文荣喝着张岭的紫笋茶，和王阿福 70 多岁的老父亲聊天。王老伯年轻时也当过民兵，参加过泗安战役。

丁文荣诚恳地问他："老伯，您说句心里话，联产承包好不好？"

王老伯笑着反问："丁书记，您可想听真话？"

丁书记回答："那是当然。我就喜欢听真话。现在就我和你两个人，你尽管说真话，我不往本子上记，你放心好了。"

"好！"王老伯说，"丁书记，您说当年粟裕将军带领新四军来长兴打仗为了什么？不就是为了让老百姓能过上好日子嘛。我们以前摆的花架子太多，骗人的事做了太多，最终还是苦了老百姓。联产承包后，大家不偷懒了，干劲足了，粮食产量也上去了，有什么不好？书记您看看，承包后，我家的粮食比以前多了一倍。如果粟裕将军现在能看到我们老百姓家里有这么多的粮食，他一定会为我们高兴的。"

两人聊得太晚了，夜里，丁文荣就睡在王老伯家的硬板床上。整宿整宿他都无法平静，辗转反侧，怎么也睡不着。是啊，王老伯说得真好，老一辈革命家抛头颅，洒热血，不就是为了让老百姓生活得更幸福更美好吗？但是，一段时间以来，我们国家走了许多弯路，让老百姓吃了许多苦。实践是检验真理的唯一标准这场大讨论要告诉我们的，就是必须打破"左"的禁区，恢复我们党实事求是的优良传统。只有实践才能检验真理，而被实践证明是对老百姓有利有益的事情，一定不会错，一定要给予热情的支持和鼓励。

第二天一早，丁文荣已想通想透彻了。他心情愉悦地回到了县城，把自己关在县委办公楼三楼东面的一间办公室内，两天没出门。第三天也就是 4 月 15 日，他向县委提交了一份 1.2 万字的长篇调查报告，充分肯定了实行责任制以来农村出现的新变化，列举了实行统一经营、联产到劳后的 10 大好处。

在县委常委会上，常委们的意见终于达成一致。

5 月 28 日，《浙江日报》头版头条刊登了丁文荣的下乡日记《联产到劳真灵》。第二天，《浙江日报》又以较大篇幅刊登了长城公社党委书记宋忠孝答记者问——《怎样搞好联产到劳责任制》。两篇报道充分肯定了联产承包给农业生产带来的惊人变化，也回答了人们关心的一些疑难问题，在全省引起巨大反响，推动了全省的农村改革。

但是，同时也有一些强烈反对的声音。有人说："老丁搞右倾风，翻天了！"还有人写告状信批评他。因为"文化大革命"贻害，长兴那时的派系斗争很严重，所以对承包责任制的争论很大。

在这个关键时机，北京来人了。《人民日报》派来记者到长兴县采访。

8 月 18 日，《人民日报》在第二版头条位置发表《长兴县干群齐心协力落实生产责任制》，报道了长兴干部群众落实责任制的情况。同时配发了《不能和群众"顶牛"》的短评，开篇这样写道："在推广各种形式生产责任制的过程中，一些地方常常发生领导和群众'顶牛'：农民盼望搞的，领导却害怕搞；领导提倡搞的，群众又不乐意搞。浙江长兴县委书记丁文荣同志，带头到实践中去调查研究，倾听群众的呼声，端正自己的认识，然后帮助各级干部清除思想障碍，满腔热情地引导群众把各种形式的生产责任制健全和完善起来。"高度评价了长兴县委引导群众建立和完善各种形式生产责任制的工作方法。

宋忠孝说："国家多收了，老百姓多吃了，钱也分多了，为什么不能搞？对人民有好处的，对国家有好处的，这种改革，你绝对阻止不了的，不过谁跑在前面去，有没有勇气跑在前面去，敢不敢挑担子，跑在前面去……"据他回忆，1981年邓小平来浙江视察，肯定了浙江改革的成果，批评了那些僵化思想。1982年，那位县委副书记也来跟他检讨了，诚诚恳恳地说自己错了。

说起宋忠孝的生平，也是充满了曲折坎坷。他出生于1934年，老家是绍兴的，抗日战争时期随父亲逃难来

1980年，时任长兴县委书记的丁文荣视察水稻生产

到了长兴。1951年，宋忠孝中学毕业后参加工作，因为在抓秘密土匪肃反运动中表现积极，1953年入党。后任槐坎公社党委书记。1958年"大跃进"中，人家都提亩产800担，宋忠孝认为，一亩地别提积肥800担，就是挖800担泥都挖不了。于是，在反右中他被以"反党反人民"罪名开除公职，回家改造。在生产队劳动3年6个月后获得平反。随后到长桥公社当书记，后被派去萧山、海宁搞社教。"文化大革命"中靠边站，被派去机场上山打洞，两年多后调回。1975年调入兵团，在驻李家巷的三团三营工作。他从实际出发，搞起了小酒厂、玻璃厂、灯泡厂、水泥厂、良种场等。1978年被调到长城公社，1979年下半年任书记。狄家埭改革发端时，他才刚当上长城公社书记没几个月。

宋忠孝退休后，有一些房地产公司想要出高薪聘请他，但都被他拒绝了。他认为，这些房地产商实际上是想利用他的威望和影响，帮助他们到土地管理局、工商局等去跑腿好办事。宋忠孝住的房子是一座两层的小楼，每层两间房，

布置简朴。这是前几年发洪水淹了他家的旧房后，他打报告给政府后重建的，建成才 3 年。

长城公社的成功，令周边群众纷纷起而效之，"联产到劳、包干到户"也如星星之火，迅速在浙江农村燃烧蔓延。1982 年，长兴县 5001 个生产队全部实行了家庭联产承包责任制，全县农业生产迎来了有史以来第一个丰产高产年。1984 年，长兴全县粮食和油菜籽产量分别比 1949 年增加 3.64 倍和 21.56 倍，入库粮食 13611 万公斤，甚至出现了"卖粮难"的新烦恼。农民们编出了这样的顺口溜："灵丹妙药，一包就灵"，"包到哪，哪就好"，"治穷致富，承包到户"。

自此，由群众自发搞起来的联产承包责任制，在长兴上下达成共识，长兴人在全省农村改革中终于迈出了艰难的第一步。除了省里和中央的媒体记者来采访外，浙江各地的人都来了：绍兴县来参观，宁波市鄞县来学习经验，嘉兴地委书记张学义也到狄家坝的生产队亲眼察看，再到各户去了解，听长城公社书记宋忠孝汇报。那些原先反对责任制的人，意见对立的人，转而纷纷向丁文荣道歉："小丁，你的意见是对的。"即便如此，也有一些受派系思想毒害较深的人，还想联合起来整丁文荣。1982 年，邓小平在一次务虚会上有个讲话，就是说：有人想搞二次"文化大革命"，想都不要想。丁文荣就拿这话来压制住那些想搞事的人。

1982 年 1 月 1 日，中共中央批转《全国农村工作会议纪要》，指出农村实行的各种责任制，包括小段包工定额计酬，专业承包联产计酬，联产到劳，包产到户、到组，包干到户、到组，等等，都是社会主义集体经济的生产责任制。1983 年中央下发文件，指出联产承包制是在党的领导下我国农民的伟大创造，是马克思主义农业合作化理论在我国实践中的新发展。

多年以后，长兴老百姓编出了新的顺口溜："翟黎亭抓草子（指无化肥时抓积绿肥），丁文荣抓责任制（抓联产承包责任制），徐明生抓桃子（指在水口乡等地引种黄桃），茅临生抓脑子（指开展解放思想大讨论抓报纸宣传）。"说起翟黎亭抓草子，还有一段典故。1963 年 7 月，翟黎亭调长兴县任县长。到任后，发现长兴农业长期上不去的主要原因是土质不够好，有 20 多万亩都属于汀煞白土，土质板结，土层瘠薄，缺乏有机质，粮食亩产只有五六百斤。翟黎亭通过两年的蹲点实践，终于总结出了"以磷增氮"改造低产田的经验；并将"以磷增氮"具体化，概括为"三绿"（草子、蚕豆青、绿萍），并辅以稻草还田、沤小塘泥等措施。经过绿肥改造，至 20 世纪 80 年代，全县的汀煞白土的土质得到了根本改观。

风水轮流转，三十年河东，三十年河西。如今的狄家垱，土地流转出现了完全相反的状况。现在全村 196 亩地都承包给了一个大户经营。地里也不再种水稻、油菜，而是种紫苏等经济作物。而且种地的多为雇来的农村老人。男劳力一天给 100 元，女劳力 80 元。一亩地给原承包户 800 元补偿款，能收入 2 万元，成本五六千元。村里人也都富裕起来了。那些搞运输的原先一条 700 吨到 1000 吨的船一年就能挣 100 多万元，现在行情不好，一年也能赚 20 万—30 万元。一般人家一年打工收入也能有六七万元。

如今，徐预勤自己也不种地了，改行从事花木管理。他承包了和平镇中学和小学的绿化及花木管理，每月报酬 2000 元。成为失地农民后，一次性缴了 5 万多元的失地保险，医疗保险也花 2.7 万元一次性缴好。现在，他每月都有 1600 元退休金，年收入 4 万多元；医疗又有保障，生活倒也乐悠悠。村里治安又好，没有小偷，儿女都已长大成人，外孙女 21 岁，已上大学。孙子 13 岁，在长兴县里上小学。他感觉农民不农民现在都一样了，平常日子最好过。对于目前的生活状况，他很知足。

有钱快挣水快流

十一届三中全会以后，国家发展战略发生了根本性转变，即从以阶级斗争为纲转到了以经济建设为中心。

穷则思变。从安徽、四川等地开始的农村联产承包责任制改革，逐步向全国铺开，并且开始向其他领域延伸，向企业和城市扩展。企业也搞承包制，承包给个人、能人，实行企业自主经营。

中央决定，实行全面对外开放政策。1980 年 8 月 26 日，第五届全国人大常委会第十五次会议决定：批准《广东省经济特区条例》，宣布在广东省的深圳、珠海、汕头，福建省的厦门四市分别划出一定区域，设置经济特区。

随后，1984 年，首批沿海开放城市诞生：大连、秦皇岛、天津、烟台、青岛、连云港、南通、上海、宁波、温州、福州、广州、湛江、北海，被国务院批准为全国第一批对外开放城市。

1987 年，党的十三大正式提出我国正处于社会主义初级阶段的理论，确立党的基本路线是一个中心，两个基本点，并将其作为党和国家的生命线、幸福线。

浙江人向来敢为天下先。在中国改革开放的大潮中，浙江人毫无惧色，而是勇敢地投入其中，创造了一个又一个全国第一。从鸡毛换糖、修鞋开锁、补袜裁剪，挑担货郎，走街串巷卖针头线脑，直到第一批个体工商户、第一批私营企业，再到第一批专业市场、第一家股份合作制企业……哪里有商机，哪里就会有浙江人；哪里有浙江人，哪里就会产生出新的观念、新的商机、新的财富。

当时的长兴虽偏居太湖西南，交通不便，信息不灵，但是，全国上下和浙江各地的新鲜事物、新鲜观念也都源源不断地输入进来。这个多种文化混融造就的个性大气包容的县域，老百姓也勇敢地投身改革开放的时代大潮。

长兴县地处长江三角洲杭嘉湖平原，位于浙江省北部，太湖西南岸，与江苏、安徽接壤，属于长江三角洲的中心，与上海、苏州、无锡、杭州、宁波等大中城市距离均在 150 千米以内。全县区域面积 1430 平方千米，其中耕地 60 万亩，可开发旱地 10 万亩，林地 90 万亩，水面 10 万亩。是全国粮油大县、全国商品粮生产基地县和浙江省产油大县，向来被誉为"鱼米之乡""丝绸之府""东南望县"。长期以来，长兴人民都以农业为主。

改革开放初期，长兴县相当落后。20 世纪 80 年代初，县委在县前街一栋三层的楼房里办公。这在当时的长兴县城里已是最高的楼了。丁文荣书记的办公室就放在三楼最东头。走进这间面积大概 15 平方米的办公室，虽然经过装修改造，仍能看出当年办公室的简朴来。而在长兴县如今高楼大厦鳞次栉比的映衬下，这栋隐藏在绿树林荫中的小楼，早已失去了往日的辉煌，变得毫不起眼，甚至有些落伍了。如今，只有县商务局、县文明办和县文联在这里办公。

在改革大潮的席卷下，长兴在搞活农村经济的同时，工业也因为县域的资源优势而发展迅速，雨后春笋般地涌现了一大批乡镇企业、村办企业，个体户也逐渐遍地开花，百舸争流。

长兴矿产资源相当丰富，特别是石灰石、大理石、石英石、凝灰石、桂灰石、玄武石、白云石、紫砂、膨润土、白泥黏土、龙门石、瓷石、煤炭等 13 种主要矿产。早在明朝时，长兴人就开始开采矿山，取用建材。新中国成立后到改革开放前，矿山大多由国营企业进行开采。1978 年后，大批的乡镇企业纷纷出现。但这些矿山开采企业只重视开采，未能发展深度加工，因此形成以卖原材料为主，就是直接出售石材和石灰石，加上有"东方小莱茵河"长湖申航道提供的水运便捷，大批建材都顺流而下，被卖到上海等外地去。有人估计，上海的高楼和马路有小一半的建材来自长兴。

开矿就要放炮，放炮炸开矿山，装到船上，运出去就都是钱。因此，那时有个形象的比喻，叫"大炮一响，黄金万两"。在李家巷等富矿区，大大小小的粉体企业星罗棋布，整天都能听见开山放炮的巨响，到处都是灰尘滚滚，人们把它形象地称作：天上炮声隆隆，地上硝烟弥漫，无论是从陆路还是水路，都是"顶着响雷、冒着硝烟"进长兴。

李家巷地区石矿资源富饶，全国罕见。凭借着优越的区位和交通优势，李家巷建材名噪一时，畅销长三角，人称"石头城"。20世纪80年代初，依托特有的石灰石产业，李家巷高峰时有10多家石矿，235家石粉企业，每年开采及运往外地的建材多达600万吨，近万名从业者带来的是超亿元的地税收益，占全镇全年一半的财政收入，一跃成为全县的工业大镇。

李家巷有石矿就开采石矿，煤山与安徽省广德县交界，是浙江唯一有较大煤矿的地区，主要开采煤矿。国家专门成立国营长广煤矿。煤矿需要矿灯，矿灯需要蓄电池，于是，在煤山最早出现了给矿上配套制作蓄电池的村办小厂。而那些没有矿产的乡镇，也都八仙过海各显神通，发展起各具特色的乡镇企业。

夹浦出现了第一台织机，搞起了纺织，逐渐发展到家家都有织机。从早期的有梭织机到后来的喷水织机。每家只需投入一两万元购置织机，就可以在家庭作坊里进行生产了。村镇之间，到处都能听到织机喧闹的噪声。那时的产品主要是完成基本的织造工序，出售的也主要是白坯布，每年销往全国各地的白布多达数亿米，被称为是"一匹白布走天下"。1984年，夹

第一批进入夹浦的纺织机

采用现代化新型喷水织机的标准化生产厂房

浦建起了轻纺市场。时任镇委书记凌菊仁心里没有底，专门去请示县委书记丁文荣。丁文荣答复："我们有证据，这个可以搞。胆子大点，不要怕出事。"其实，也未必真有什么证据，那时，嘉定搞起了丝绸和纺织，方向对不对？湖州搞起了私人纺织业，还有没有存在红线？对于这些问题，全社会都在疑惑，丁文荣自己也拿不准，只是在他心目中，只要农民好，农民开心，即便撤他的职，他也愿意。他不要名不要利，入党当官从来都没有私心杂念。如果有了私心杂念必定当不好，他对笔者说。

夹浦的父子岭村办起了最早的耐火厂。父子岭位于长兴北端，与江苏宜兴交界，紧邻太湖。据说在附近的太湖中有时会浮起一小块陆地，这就是渚。这个村落原名就叫浮渚岭，后来人们根据谐音就演变成了"父子岭"。关于长兴的耐火材料生产，还有一段光彩照人的历史。

1954年9月，李兴发等参加抗美援朝复员归来的军人合资3700元，创办了荣军化工窑业厂，厂址在合溪光耀。1955年4月，迁入雉城小东门，改名为长兴荣军化工厂。1956年2月，转为国营，更名为地方国营长兴耐火器材厂，隶属于县工业局。

1957年，在设备简陋的条件下，该厂试制热电偶管获得成功。翌年4月，又试制成功我国第一批玻璃纤维坩埚，代替进口白金坩埚，为国家节约外汇。该厂的艰苦创业精神，曾受到党和国家领导人的赞扬。1958年5月，厂长李兴发列席中共中央八届二次会议，在会上发言介绍工厂的创新产品，毛泽东主席指出，外国有的我们要有，外国没有的我们也要有。同年，长春电影制片厂专门以长兴耐火器材厂艰苦创业的事迹为题材，拍摄了影片《烈火红心》。北京人民艺术剧院著名编剧梅阡、童超编写了同名话剧，在全国各地演出。周恩来总理两次亲临观看彩排。1959 年，李兴发以荣誉军人代表身份，参加中国复员转业军人代表团，访问苏联；同年，列席全国群英会，再次受到毛泽东主席、周恩来总理的接见。

1960—1976 年，该厂先后试制生产"160"热电偶管、胃镜体烧结刚玉制品、氧化铝泡沫砖、热电偶保护管、碳化硅红外线发生管、九五瓷环、火花塞、远红外碳化硅辐射器及集成电路管壳等高级耐火器材，用于电子、冶金、国防及科学教育事业。产品行销国内 20 多个省市，部分出口朝鲜、罗马尼亚、波兰、巴基斯坦、埃及等 9 个国家。20 世纪 70 年代年利润保持在 100 万元左右，最高的 1973 年利润达 135 万元。1977 年初，提前 8 天完成了为制作毛主席水晶棺热处理用的碳化硅板 24 块，毛主席纪念堂工程现场指挥部授予该厂奖状 4 个、纪念章 24 枚。1987 年，全厂占地面积 5.31 万平方米，建筑面积 2.52 万平方米，职工 374 人，其中工程技术人员 13 人。主要产品有高低刚玉制品、碳化硅制品、远红外碳化硅加热元件、高铝制品、青石匣体、九五瓷制品、集成电路管座等 8 大类，年产值 225 万元。

1986 年 1 月，长兴白水泥厂、湖州市经济协作公司、上海市对外贸易总公司与香港国建贸易公司合办，投资总额 1550 万元，在李家巷兴建沪兴特种水泥有限公司。这是长兴县乃至湖州市的第一家中外合资企业。

承包责任制从农业不断向工业延伸拓展。1986 年 9—11 月底，长兴全县企业经济责任制基本形成定局，共有 2 个层次 10 种形式：第一层次为主管单位与企业之间，有 5 种形式，即 18 个国营工业企业实行年产值、利润、资金、加班费基数、超基数按浮动率上下浮动，其中奖金与利润挂钩；全县乡镇企业、50% 的村办企业和县皮件厂实行厂长负责、集体承包、定承包基数，超利分成；二轻系统实行利奖率形式；联利计酬、超利奖励；50% 村办企业和不景气企业实行利润大包干，实奖实贴。第二层次为企业内部责任制也有 5 种形式，即全额计件制，超定额计件制，基本工资加奖励，联产联利承包制，计分计奖制。

1987 年起，全县重点抓好"三改一联"，即改革企业领导体制，全面推行厂长（经理）负责制，明确厂长（经理）在企业中的中心地位；改革企业内部分配制度，推行以浮动工资制为主的各种分配形式；改革企业经营方式，在"三个不变"（所有制不变、职工身份不变、国家税利得大头不变）的原则下，根据企业不同情况推行经营承包和租赁承包；进一步扩大横向经济联系，鼓励以骨干企业为龙头组建企业群体，实行经济的全方位开放。9月下旬，全县隆重召开首批承包企业签订合同大会。会上制革厂、石灰厂、家具厂、五交化公司的法定代表人分别与县主管局（公司）代表在合同上签字并经司法机关公证。自此，全县第一批承包拉开序幕，为期3年。第二轮承包重点围绕提高企业经济效益，增强企业发展后劲，进行企业领导班子风险承包或企业全员风险承包。企业的经济效益得到不断提升。

与此同时，由于长兴县工业遍地开花、无序发展，其后果开始初步显现——环境污染严重。

1975—1979年，长兴全县开展内河水质调查，通过5年10期（丰水期和枯水期各半）的19次监测，发现耗氧量和氨、氮含量多数超标，能检出超标砷、铬、锌、铜、铅等元素。县中心雉城镇紫金桥河段的水质因受化肥厂废水污染，存在严重超标现象。1978年12月，县卫生防疫站对工业"三废"进行调查，也发现当时的化工、制革、食品等工业行业排放的污染物对周围环境的危害严重。

20世纪80年代前，长兴县自来水厂的水源也受到影响，但还没有构成危害。然而环境受危害的趋势正在加剧。1984年8月，县自来水厂对长兴港水质的化验表明：亚硝酸盐高达0.75毫克/升，氨、氮高达20毫克/升以上，城乡居民饮用水遭到污染。

1985年，县环境保护监测站对全县97家工业企业污染源进行调查，经统计年排放废水1567万吨、废气219亿标准立方米、废渣54万吨、生产性粉尘2.4万吨。这些有毒废弃物未经任何处理即直接排放，造成了河水变质、鱼虾死亡、禾苗枯萎、蚕桑中毒等，每年都发生污染纠纷。此外，机动车辆、船舶不断增加后，机械噪声、废气的危害日益严重，又因城镇人口和流动人口的激增，生活污水、垃圾、粪便亦随之增加，环卫设施跟不上，造成生活环境污染。

1988年连续几次发生饮用水污染，导致"水乡闹水荒"，县城没水喝，调用消防车来拉水。

而在名列全国工业千强镇的长兴县工业重镇李家巷，空气污染更是令人触目惊心。李家巷镇党委书记金永良回忆说，因为粉尘太大，各家平时都不敢开窗户。办公室的桌子下班离开前擦干净了，关好门窗，第二天早上打开来一看，桌子上一层白灰，都可以写字了。那时粉体厂房就连着住家，工人全身整天都是白色的，只有一双黑眼睛在动。家家户户几乎24小时都在作业，噪音也特别大。

　　然而，作为对应的履行环境保护职责的部门却未能有效发挥作用。长兴县本级具体负责环境保护工作的部门是 1980 年在县基本建设委员会下设的长兴县环境保护办公室。1984 年 6 月，才成立了长兴县环境保护监测站。

　　这一时期，政府部门在污染治理方面当然也采取了很多措施。比如要求工业"三废"达标排放，对尚存在污染的企业，要求通过工艺改革来治理，并结合采取相应的行政措施和经济手段加强管理。对新建的工业企业，要求必须坚持"三同时"，即治理"三废"设施必须与主体工程同时设计、同时施工、同时投产。严格交通管理，降低噪声污染；停止使用高残留的有机磷和含汞农药，推广使用高效低毒农药，指导农民合理使用农药和化肥等。不过 20 世纪 80 年代环保部门所采取的措施仍然是柔性的，经济增长是这一发展时期的主要诉求。截至 1987 年，当时 402 家工业企业中，达标排放的仅 43 家。

　　由此可见，在 20 世纪 80 年代及以前，资源优势为长兴的发展积累了"第一桶金"，但同时，资源的粗放利用浪费惊人，科技水平和经济效益低下等背景下的经济发展模式，随着城乡工业的发展和人口的增加，工业"三废"（废水、废气、废渣）和城镇生活垃圾、污染物对环境的污染日益严重，自然资源受到的破坏程度较深，已经存在生态环境的不平衡现象，对长兴的环境承受能力形成巨大压力，对长兴的长远发展也已构成明显制约。

　　改革开放之前上任的丁文荣一共当了近 10 年的长兴县委书记，接替他的是徐明生。

　　当笔者一早来到徐明生家采访的时候，这位白发苍苍的长者早已准备停当，端端正正地坐在藤编圈椅上，手里拿着笔记本，微笑着迎候我们。

　　当我们说明来意后，徐明生就像作汇报一样，端坐着，一字一句地介绍他在任期间完成的一件件事，时不时地看一眼自己手中的笔记本。

　　徐明生原先在浙江天台工作。那是一个山区县，山多地少，山地资源丰富，当时发展得并不快。1987 年 3 月，徐明生被组织上派到长兴担任县委书记，要他进一步解放思想。

　　在徐明生看来，一个县的发展主要靠发展战略。如何实现更快更好的发展？他到了长兴后，第一件事就是做调查研究，考虑发展战略的问题。他去了水口乡，去了李家巷，一路上都在思考如何利用好本地资源的问题。通过调研，他意识到，长兴有水泥厂，石灰却运到嘉兴去做原料；长兴有耐火厂，生产耐火砖，有皮带厂、轻纺工业，长兴工业的发展需要依靠科技。在县委全委会上，徐明生作了题为《解放思想，深化改革，为进一步发展生产力而奋斗》的报告。县委还请了浙江省委党校的教授专门来讲了一天的商品经济，请了上海经贸委副主任来讲发展外向型经济。根据这些思想，县委确定了"两个开发，两个进发"的工作思路，即：开发农业资源，开发矿产石灰石；向商品经济进发，向外向型经济进发。

1989 年 12 月 12 日，党中央提出四个"不抓不行"——不抓党的思想建设不行，不抓基层建设不行，不抓廉政建设不行，不抓作风建设不行。长兴县委紧密结合党中央的精神来促进自身发展。县委请了省农业厅的专家来讲农业发展。徐明生提出，长兴的农业开发问题不少，要调动农民积极性，要把土地流转出来，采用发展商品粮的办法，农民承包的责任田可以流转出来，交给农业大户去种，这样，有些农民就可以转向第二、第三产业。当年丁文荣搞承包推行责任制、调动了农民的积极性是解放思想，现在把土地流转到农业大户手里也是解放思想。徐明生还对后来的长兴县领导叮嘱：解放思想要继续抓下去。1992 年，长兴县掀起了一轮解放思想大讨论。徐明生认为，长兴的发展主要靠解放思想。

搞农业开发，发展农村商品经济，那么，如何才能促进农村经济发展呢？水口乡党委书记陈树根就跟徐明生提出，可以种黄桃，一是黄桃生长期短，三年即可挂果，二是黄桃销路有保障，还可以加工成罐头。徐明生认为这个想法不错，省农业厅也很支持。于是，就在水口乡推广种植黄桃，大大增加了农民收入。后来，就有了"徐明生抓桃子"的群众歌谣。

但是，县里有些人对徐明生抓黄桃这种新事物持反对态度，当时的县林业局局长就反对。等到徐明生被安排去党校学习时，林业局局长就让人把黄桃全都给砍掉了。《湖州日报》有位记者得悉后，还专门写了一篇报道《砍黄桃记》。

徐明生，1933 年出生，宁波人。参加工作时先是在宁波地委办当秘书。天台县发生了一起宗族械斗，打死了人，老百姓把尸体抬到了县委办公楼前，要求县委公正处理。在讨论时徐明生提出，应该派一个工作组下去。农业局局长是天台人，市里派他去解决不了，又派计划局局长去，也解决不了。于是有人就顺势提议，当初是徐明生提出派工作组的，那就派他去好了。就这样，徐明生到了天台，处理好了这件事。于是，天台人就不放他回宁波，选他做了县长。

县委书记江蔚云调走了，当时他对林业责任制改革有抵触，而徐明生却是竭力主张推行林业责任制。徐明生接着就当了县委书记。他在天台工作了3年，发展得很好，但是浙北地区的长兴却发展得不快，于是，省里就把徐明生调到长兴任职。

1989年10月，他被调到湖州市委担任副书记，分管农村工作。退下来后，还曾担任湖州市陆羽茶文化研究会会长，对茶叶特别是陆羽和顾渚山紫笋茶等颇有研究。这位满头银发的老人家生活简单而充实，说话底气十足，声音洪亮，一点未改当年在大会上作报告时的从容与自信。

徐明生调走后，接替他的是1936年出生的长兴人王志廷。王志廷的爷爷一辈就迁来长兴，因此他算得上是正宗的本地人。1953年参加工作，亲眼见证了长兴在改革开放早期的巨变，看到农村政策放开，搞承包。国家全面放开粮食购销市场后，大片的土地农民开始自主经营，根据市场需要，种起了蔬菜，泗安的农民则种起了苗木。

王志廷于1989年10月到1991年11月担任书记。此前担任长兴县县长，也经历了1988年、1989年长兴水污染事件。居民饮水的取水口长兴港受到严重污染，县里一面组织力量送水，一面一家一户地做工作，让百姓退掉鱼塘，筹集资金修起了新的饮用水水源地——包漾河。关于水污染，他印象深刻的是，1989年在招待所召开县人代会，听取政府工作报告，下箬乡的人来反映说，因为制革厂的污染，池塘里的水漫出来，整条河道有5千米都是黑的，农田里的水也是黑的。于是，县委领导认识到，吃水问题必须解决。大家就开始筹措资金。陈塘村开始施工，政策就是农民一户安装一个水龙头，很公平。他认为，当年农民的饮水问题没解决好，对不住农民。如今看到长兴农民住得好，发展起来了，心里非常欣喜。他由衷地说，农民富，国家才能富。

打开思想总开关

1992年是改革开放历程中又一个关键的节点。这一年的1月18日—2月21日，当时已正式告别中央领导岗位的党的第二代领导核心、改革开放总设计师邓小平，以普通党员的身份，凭着对党和人民伟大事业的深切期待，先后赴武昌、深圳、珠海和上海视察，沿途发表了重要谈话。这份重要讲话后来被作为中央文件向全党传达，并在报刊上进行广泛深入的宣传。南方谈话精神从此深入人心，极大地推动了中国改革进入新的阶段。

南方谈话主要内容是加快改革。其重要论述包括：革命是解放生产力，改革也是解放生产力，应把解放生产力和发展生产力讲全；基本路线要管一百年，动摇不得。三中全会以来的路线方针政策不能变。军队、国家政权都要维护这条道路、这个制度、这些政策；改革开放胆子要大一些，看准了的，就大胆地试、大胆地闯。对的就坚持，不对的就赶快改，新问题出来加紧解决；判断改革开放姓"社"姓"资"，标准应该主要看是否有利于发展社会主义生产力，是否有利于增强社会主义国家的综合国力，是否有利于提高人民的生活水平；计划和市场都是经济手段，不是社会主义与资本主义的本质区别；社会主义的本质是解放生产力，发展生产力，消灭剥削、消除两极分化，最终达到共同富裕；社会主义要赢得与资本主义相比较的优势，必须大胆吸收和借鉴人类社会创造的一切文明成果，包括资本主义发达国家的一切反映现代社会化生产规律的先进经营管理方式；中国要警惕右，但主要是防"左"；抓住有利时机，发展自己，关键是发展经济，要注意稳定协调地发展，但发展才是硬道理；科学技术是第一生产力，经济发展得快一点，必须依靠科技和教育，等等。

邓小平南方谈话在国内外产生巨大的影响。他在中国面临向何处去的重大历史关头，高举改革开放旗帜，坚持解放思想，抓住历史机遇，大大加快了中国的发展。江泽民指出，1992年邓小平南方谈话，是在国际国内政治风波严峻考验的重大历史关头，坚持十一届三中全会以来的理论和路线，深刻回答长期束缚人们思想的许多重大认识问题，把改革开放和现代化建设推进到新阶段的又一个解放思想、实事求是的宣言书。

南方谈话后，浙江全省迅速行动起来，组织党员干部认真学习思考，解除了思想禁锢，提出了要加快浙江发展。浙江省委、省政府审时度势，及时调整发展思路，"提前6年实现国内生产总值翻两番"；调整发展布局，要求按照"主动配合、全面合作、优势互补、共同发展"的方针，对接浦东改革开放；在已有成就的基础上，加快浙江经济建设改革对外开放步伐。把改革开放同浙江省实际情况结合起来，探索浙江特色的发展道路，形成了新的优势和特点。

浙江人多地少，资源和发展空间有限。改革开放以来，资源组织和产品销售"两头在外"一直是浙江发展的一大特点。浙江较早引进市场取向，各类市场特别是商品市场逐步发育发展，市场和配套服务体系逐步形成。南方谈话之后，浙江全省上下市场取向进一步增强，市场体系建设从商品市场向要素市场转化，金融、人才、科技、信息等要素市场不断发育。从 1992 年至 1995 年，全省 GDP 年均涨幅 19%，连续居全国第一位。与此同时，省委提出"科教兴省"战略，依靠科技进步，优化经济结构，提升经济层次。

与全国和浙江全省的反应同步，长兴县对于南方谈话精神的传达和贯彻也是十分迅速和深入的。

1992 年 2 月 28 日，中央将邓小平南方谈话的要点作为 1992 年中央第 2 号文件下发，要求尽快逐级传达到全体党员干部。特别巧合的是，就在此前的一天——2 月 27 日，长兴县委在长兴电影院召开县级机关思想作风教育整顿动员大会，开展解放思想、更新观念大讨论，县委书记茅临生作动员报告，阐述这次教育整顿的目的：紧紧围绕经济建设这个主题，把县级机关建设成为坚决贯彻党的基本路线，保证政令畅通，运转机制灵活，高效优质服务，工作开拓进取，组织纪律严明的坚强集体。

茅临生，1954 年 1 月生，浙江天台人。1971 年 1 月参加工作，1975 年 2 月加入中国共产党。1985 年起担任共青团浙江省委书记，是当时全国最年轻的正厅级干部之一。1991 年他主动要求到基层锻炼，作为正厅级干部的他，本来可

茅临生同志代表新当选的县委常委在九届一次常委会上讲话

以到湖州去，但是他就"想在县里好好干一番事业"，于是一竿子插到底，1991年11月直接到长兴当县委书记。

到长兴来任职时，连一个欢迎仪式都没有搞，他就全身心地投入工作中去。

20世纪80年代末，国家搞治理整顿，经济落到了谷底，茅临生判断，应该很快就会反弹。正在这时，同样是当时全国最年轻的正厅级干部之一的安徽省铜陵市市长汪洋做了一件轰动一时的事情，不仅吸引了国内媒体，而且还引来境外媒体的关注。1991年11月14日，汪洋在《铜陵日报》发表署名"龚声"的文章《醒来，铜陵！》，呼吁"必须解放思想，向一切僵化、陈腐、封闭的思想观念开刀"。当地电台同日播出，一场有关思想解放大讨论的序幕轰轰烈烈拉开，在整个铜陵市激起强烈反响。这次思想大讨论深深触动了当地干部的内心，带给他们的不仅是震撼，还有整个思想开放的风气，很多保守官员的思想开始发生变化，使当时的官场风气为之一振。

铜陵的这场大讨论给了茅临生很大的启发。在接受笔者采访时，他说，好比盖一栋大楼，该你挖地基你就挖地基，该你盖楼你就盖楼，该你装修你就装修。他的工作就是挖地基打基础。在他看来，比基础设施更基础的是人，比人更基础的是人的观念。人民是历史发展的主体和动力，领导干部要做的就是清障——清除体制、思想、工作中的各种障碍。每位县委书记都要一任接着一任干，每一任都要明白自己要做什么，再采取有力的举措和力度，推动发展。

想清楚自己该干什么的茅临生，上任伊始就在全县开展解放思想大讨论。动员会开过仅仅几天后收到的中共中央2号文件，为长兴的解放思想大讨论提供了更加明确的理论指导方向。

1992年3月3日，长兴县委召开各区、乡、镇领导干部和县级机关全体党员、干部会议，传达贯彻中共中央〔1992〕2号文件《邓小平同志在武昌、深圳、珠海、上海等地的谈话要点》，要求各级党组织"把学习邓小平南方谈话作为当前一件大事切实抓好，更新观念，解放思想，推进机关工作和制度改革"。

在大讨论中，大家盘点了长兴的家底、优势、发展的现状，指出发展之喜与滞后之忧。位于沪、宁、杭"金三角"之中心的长兴，素为兵家必争与商贾流连之地。在这里，宜杭铁路穿境而过，104与318两条国道如彩带飘过其间，长湖申内河航线以其"黄金水道"和"东方小莱茵河"之美称，更使长兴美名远扬。在这里，浙江省唯一的大煤矿、储量居全省之冠的石灰石和硅灰石等非金属矿产资源、全省闻名的长兴水泥厂和长兴电厂，等等，都让长兴人引以为豪。东临太湖，西枕天目，使长兴山、水、田、地错落有致。丰富的物产，曾使长兴富甲一方。新中国成立以来，长兴县经济有了飞速发展，特别是党的十一届三中全会以来，长兴县工农业总产值猛增34倍。1991年产值超过24亿元，工农业总产值增长20.5%，但与杭嘉湖地区步子大的兄弟县市相比，仍要相差好几个百分点。长兴的乡镇企业这几年成长较快，但仔细分析，全县34个乡镇中只有12个乡镇较好，其余乡镇中有的经济还在下滑，城镇的工业发展也不尽如人意。长兴的产业结构仍不合理，建材工业占整个乡以上工业产值的40%，且应变能力差，一遇到市场变化，往往就陷入困境，举步维艰。

长兴县委常委会在讨论中还不安地看到，作为长兴的友好县——桐乡县，10多年前经济处于与长兴相接近的起跑线上，而今，桐乡县工农业总产值是长兴县1.5倍，财政收入是长兴的1.26倍。在优越的自然条件和兄弟县（市）长足进步的反衬之下，长兴经济呈现出相对滞后的现实，令长兴人感到难以接受。在议论到长兴经济发展的低速度时，有人用了一个比喻——温吞水烧牛肉。长兴矿产资源丰富，小石矿遍地开花，每年上千万吨的建筑材料往外运，换回的钱却只够发工资和维持简单再生产。桐乡县并没有多少石灰石资源，却有80万吨的水泥年生产能力；而长兴自己有资源，却只有50万吨的水泥年生产能力。想想这些资源应该可以产生的巨大经济价值，那发展的低速度，那小小的企业，就不怎么值得津津乐道了。长兴电线电缆厂因产值超2000万元，而且又被县里评为红旗单位，职工们都很高兴。可厂长却就是高兴不起来，因为他刚从邻县回来，人家的同行业厂，一家产值过亿元，一家产值超2亿元，而这两家厂是与他们厂同时创办的。当初同等规模，现在别人一家厂抵我们5家、10家厂，这种"成绩不大年年有"，能让人坐得住吗？

令人坐卧不安的事还有很多。长兴耐火材料厂曾在20世纪50年代受到毛主席的表扬，企业的艰苦创业事迹曾被改编成话剧和电影在全国上演、上映，红遍神州。可现在，这家企业却缺乏后劲，年创利停留在100多万元的水平已近20年了。并非长兴人没有能力加快经济建设的步伐。上面提到的那家电线电缆厂就在短短几年中，从一个亏损企业一跃成为年创利近300万元的高效益企业。

在转变观念的大讨论中，干部和群众都提出，关键在于各级领导要有紧迫感，真正树立"低速度就等于停步，等于倒退"的观念。一位县委常委心急如焚地说："过去我们总说比上不足，比下有余，现在这个'余'已经不多了！"

在大讨论中，许多同志认为，长兴最缺乏的并不是人才，而是一种全新的知识和人才的观念。二轻系统在调整产业结构中，曾大胆起用5位农民当厂长，效果很好。对一些摔过"跤"的企业家，县里曾正确对待，使其有用武之地，成为企业界的佼佼者。然而一些落后的科技与人才观念依然存在并妨碍着经济的发展。2017年，国家有关部门决定利用外国一些专家来华访问的机会，请他们到企业走走，帮助企业解决一些实际问题。县劳动人事局得知后，喜出望外，满以为企业会争相邀请，便发表格请企业说明要解决的问题，以便统一安排。可出人意料的是，领去表格的企业，居然没有一家把表格交回来。有的同志也常讲要尊重知识和人才，但是一碰到实际问题，却又是另一回事了。一对大学毕业的夫妇分居两地，长兴有关部门"开绿灯"把他们调到一起，男的是自动化专业毕业的技术人员，却被安置在一家工厂搞采购；女的是学生物的，却被安置在商业部门食堂卖饭菜票。然而，这对夫妇终究"耐不住寂寞"，出走他县，在他县的帮助下办了一家涂料厂，还从德国引进了一条先进的生产流水线。学非所用，在长兴远不止这一对夫妻。

许多人在讨论中指出，经济的竞争，归根到底是人才的竞争。长兴急切需要一种竞争和发展所必需的全新的科技和人才观念。长兴有一家企业因经营不善，一度发不出工资，外界普遍认为这家企业不改革没有出路，可是，长兴有关部门过多地考虑企业内部的"稳定"，往往是"输血"多、"造血"少。但靠"输血"不能从根本上解决问题，不久，这家企业就宣布倒闭。是什么葬送了这家本来很有希望的企业？许多从事经济领导工作的同志带有切肤之痛地说：不分场合、不分时期，不看是什么性质的问题，一味地强调"稳"，实际上就是保护落后，最后害了企业，也害得长兴一次又一次地失去发展良机！

长兴县城的面貌改变不快，其中一个重要原因便是封闭建筑市场，以保证本地那些资质不高的建筑企业的"吃饭问题"。一些建设单位的领导说："没有竞争，本地的建筑企业就没有活力。越是封闭建筑市场，这些企业就越是落后，总有一天会被害得砸锅卖铁！"

长兴的建筑企业就那么无能吗？就非得靠政府抱着养着才能生存吗？不。县邮电局要造一幢邮政综合楼，上级主管单位提出，必须由至少3家资质在3

级以上的建筑企业参加投标，而长兴具备这一条件的企业只有 2 家。于是，有县外施工企业也参加了公开投标。结果，长兴县建筑公司中标。为了重振公司声誉，公司领导亲自坐镇工地，施工管理面貌焕然一新，年初三就有人上工地了。整个工程不仅进度快、质量好，而且还节约了 10 多万元投资。可见，只有竞争，才能使企业获得活力，得以生存。

然而，在长兴，以竞争求生存、以发展求稳定的观念还比较淡薄，一些司空见惯貌似有理的事儿，倒是横行无阻。一家办得红红火火的企业想上一个新项目，厂长找有关部门要点"支持"，可得到的回答是：应该支持的是困难企业。另一家企业想上一条新流水线，厂长为 70 万元资金跑了 3 个月都没有结果，然而同行业中另一家经营不善的企业，却多次得到照顾。这种观念，害得先进企业屡失良机，也害得后进企业不思进取、不思改革。这种观念亟须彻底摒弃！

县委常委会在讨论中认为，有什么样的精神状态，就有什么样的经济状况。长兴县煤炭机械厂准备上一个投资 1000 万元的技改项目，于是，各种议论"风"起："煤机厂这回完了。过去长兴上过一些大项目，有的不是失败了吗？这么大的风险，煤机厂能背得起？"怕冒险、怕失误，成了一些人的心态。既然是冒险，就有可能遭受挫折和失败。长兴曾在几年前办起了湖州市第一家中外合资企业。随后，"三资"企业在湖州蓬勃发展。安吉县办了 13 家，德清县办了 18 家，湖州市区已办了 34 家，而当年第一个"吃螃蟹"的长兴呢？只有 5 家。问题就在于当初第一家合资企业遭受了一些挫折，发展不顺，于是，当年的勇气被胆怯取代了。

物产丰富、条件优越，可以促进经济的长足发展，也可以成为大胆冒风险以求更大进步的障碍。长兴县水泥、紫砂、耐火材料等行业都有优势，都可以成为"拳头"打出去，但一些人满足于小水泥厂、小石灰、小耐火材料厂遍地开花而对社会化大生产和专业分工缺乏兴趣，认为搞集团、搞联合"犯不着"，"我们冒那个风险做啥？"这种观念使得全县未形成能带动一批中小企业的大型骨干厂家和产业集团，资源优势未能转化为经济优势，一些传统产品反而走向没落。一位厂长在讨论中激动地说："敢不敢冒风险，往往是有没有自信心的标志，也往往是经济发展快与慢的分水岭。"县政府一位领导也说："游泳池里会淹死人，也能产生世界冠军。想当冠军，就不能怕下水。"一种全新的观念，在思想的撞击中呼之欲出。

1992年3月5日，县委提出解放思想大讨论需要破与立的16种观念：

破安于现状，立开拓进取；

破求稳怕险，立敢冒风险；

破墨守成规，立勇于创新；

破出头椽子先烂，立敢为人先；

破产品经济观念，立价值规律；

破慢慢来，立时效观念；

破轻科技轻人才，立重科技重人才；

破特权垄断，立公平竞争；

破狭隘利益，立长远全局利益；

破等靠要，立自力更生；

破平均主义，立承认差别；

破形式主义，立效益观念；

破唯书唯上，立实事求是；

破封闭静止，立开放搞活；

破门第等级，立职业平等；

破守土恋乡，立闯荡天下。

长兴解放思想、转变观念的快速行动，引起了浙江全省的关注。

4月2日，《浙江日报》在头版头条发表了记者迟全华和朱仁华采写的长文《长兴人坐不住了——长兴县进一步解放思想大讨论纪实》，全面报道长兴开展解放思想大讨论的情形。同时配发了评论员文章，高度肯定了这是在积极响应党中央提出的"改革开放的胆子要更大一点、步子要更快一点"的实际举动，讨论、思考的是如何进一步解放思想、加快改革开放的步伐，是一场十分有意义的讨论。

4月28日，长兴县委、县政府向全县人民发出《行动起来，抓住机遇，振兴长兴》的公开信。要求全县人民积极开动脑筋，热情向县委、县政府就发展长兴经济献计献策提建议，为引进和创办三资企业牵线搭桥，为引进科技人才、科技成果、资金项目尽心尽力，希望远离家乡的长兴籍同胞关心家乡建设，为家乡的改革开放献计出力，渴望一切关注长兴发展的国内外各界人士用各种方式支持长兴发展。

回忆起当年的那一场解放思想大讨论，茅临生说，从计划经济过渡到市场制度，思想观念的转变是关键，否则政府的力量可能会用错方向。承包责任制改革之初，这就是起步晚了几年，长兴县第一轮的发展打下了一定基础，但与邻省江苏比还是落后了。有人形象地说，以前宜兴女嫁长兴男，现在是外孙女要嫁回宜兴去了，因为宜兴变得更富了。他到长兴来任职时 37 岁，年轻，敢讲，就自己琢磨着给长兴人画像。他认为长兴人有一种"小富即安"的习惯性心理，凡事都爱慢慢来不着急，不太愿意走出去，"三天不见烟囱都要落泪"（比较恋乡）……那时县农行要盖 12 层楼房，政策就要求本地企业建，而不是搞工程招标靠竞争上去；本地店里只卖本地酒。这些思想观念都不利于市场竞争。市场经济追求的是共享共赢，有钱大家一起赚。

茅临生举了两个例子。改革开放后，中央为推行农村承包责任制专门发过文。长兴白阜乡有个农民就来告状，说他家种的茶叶被群众哄抢了。县农委下去了解，确有此事，而且是这个农民有理，但也很无奈。几次派工作组进去也解决不了问题。农委主任说茅书记刚来，建议他不要管。茅临生一了解，原来，这位农民承包了村里的茶地，挣到了钱，已下台的村老支书眼红，就散布谣言说那位承包的农民卖茶叶有偷税行为，鼓动大家去哄抢茶叶，谁不抢谁亏。茅临生带了公检法的干部拿着中央文件下去，最终以破坏承包责任制和破坏生产罪，按照法律规定判了老支书一年徒刑，后来改判半年。县里又调了一位副局长去村里当了一年支书。县里还发了一份文件，对那些实行承包制存在问题的要重新发包竞标，确保给农民吃定心丸，保障承包者利益。茶山发包要求交现金，承包 3 年先收钱 4.5 万元。最后还是那位农民中标了。另一块地有几个捣蛋的人故意叫高价，最后中途就亏损了。

第二个例子是夹浦镇发展家庭织机。当时一台织机投入五六千元，婆媳两人买上两台从事生产，一年就能收回投资。当时县乡镇企业局局长凌菊仁去做了一个行情调查，市场没有问题，于是就发动群众搞家庭织机。开始时，夹浦人都嫌家庭织机整天"嗡嗡嗡"地运转，太吵了。后来，听不到这种织机声他们还不习惯。织机投资少，又不用建厂房，市场上什么好销就生产什么，非常灵活。当时，江苏人到夹浦来收丝布，开始时都是住在农民家里，成本低。茅临生建议夹浦镇办一个轻纺市场，这样有利于市场集聚，原材料、信息和服务就都可以集中起来。夹浦镇刚开始时积极性不高，物资局和商业局也表示各种不满。待到轻纺市场建成开业后，面对日益壮大的纺织业，一期工程一下子就不够用了，又争着要上轻纺市场二期工程。开始时是政府给农民发织机，鼓励其搞家庭纺织，后来都是农民自己根据市场需求，调配生产资料，按市场规律办，从有梭机到无梭机再到喷水织机，后又转为生产其他产品，另找路子赚钱，轻纺产业发展越来越快。

经过大讨论，"发展才是硬道理"成为长兴上下普遍的思想共识。长兴县委、县政府提出的口号是：有效益的速度越快越好，争取全县经济"跳跃式发展"。

104国道旁的李家巷，曾以卖石头出名。这次该镇横下一条心，在调整产业结构的同时，实施"改稳为闯、改小为大、改慢为快"的方案。镇丝绸厂原计划只进行小规模的技术改造，现在决定投资2000多万元，"大动干戈"。镇里还在扩大原有水泥厂生产规模的基础上，再上一个年产20万吨的水泥熟料项目。

"冲着上""抢着上"，开始成为长兴经济发展的主调。县领导进北京，下海南，上浦东，横向寻求合作伙伴。长兴与湖州市有关部门联合，在浦东购置了12亩土地，修建了小码头，作为长兴建材进入浦东的集散地。而乡、镇、村的干部，更以少有的热情四处寻找，开发项目。李家巷镇章浜村制定了重奖政策：谁为村里引进一个效益好的项目，就奖谁2万元。长兴有不少村都制定了类似的政策。

1992年3月以来，长兴县仅县乡镇企业局审批通过的项目就有55个。这些项目包括建材深加工、轻纺、食品等，体现了全县调整产业结构的政策。长兴人开始自觉朝着商品经济的方向进军。

在资金投入上，长兴人不再前怕狼后怕虎，"有50%的把握就试"成为一种时尚。当初，长兴县煤机厂1000万元的技改投入曾引起一场议论风波，而短短几个月，这样的大项目竟变戏法似的冒出了一大批。县乡镇企业局所开列的一串重点项目中，就有5项投资超过1000万元。局长凌菊仁说，这些项目我们早想上了，只不过原来要求100%的保险，而迟迟不敢下决心；现在，只要有50%的把握，我们就得试一试。

在发展外向型经济上，长兴人更是铆足了劲。县委、县政府鼓励单位、个人利用各自关系引进外资，成功者给予奖励。由此，全县出现了单位间、个人间竞相为引进外资牵线搭桥的新气象。马来西亚、泰国和中国台湾地区等地的不少商人，都对在长兴开发太湖旅游区表现出浓厚的兴趣，并要求前来考察。合资办厂的信息更是一个接一个。1992 年头四五个月，全县立项的合资项目已达 19 个。

以往，许多长兴人对以保护落后求得社会稳定的做法很不满。如今，长兴建筑市场开放了，湖州建筑公司等已开进长兴；而产品滞销的县啤酒厂、筒面厂、化肥厂等长期罩在头上的"保护伞"也被摘掉了，他们决心在商品经济的大海中寻求生路。这些厂迈出了由衰转旺的第一步。

长兴县领导积极实施人才战略，不拘一格选人才、用人才。两个月时间里，县领导约见的有一技之长者已不下几十人，其中有些人被安排到了新的工作岗位。

长兴还在全县范围进行大规模的人才资源调查，并将调查结果存入电脑档案。长兴县对科技人员的奖励办法也出台了，如对市县级有突出贡献的专业技术人才，工资上浮 2 级到 3 级，科技成果投产后，第一年新增税后利润的10%—30% 奖给科技人员。如此重奖科技人员，在长兴历史上还是第一次。

事实上，长兴有的企业在这些政策出台前就已经这样做了。县煤机厂一名有突出贡献的研究生，被破格提升为副总工程师，工资上浮 3 级，优先安排 70平方米新住房一套。

为了简化项目审批流程，4 月下旬，县里由县计经委牵头，成立了由 20 多个部门参加的项目审批管理"一条龙"服务办公室，规定每星期六联合办公，各有关部门必须在 7 天之内办完各自范围内的手续，这一改革，深受基层欢迎。煤山镇准备与外商合资生产竹制品，从接到外商电话到项目建议书批复，仅用了两天时间。

"打破常规，绝不让项目卡在自己手中"，已成了长兴各部门工作的准则。长兴县委、县政府还邀请了 109 个企事业单位，召开 8 次座谈会以求教问计；县委、县政府又致公开信于全县人民，请 60 万长兴人献计献策。

在县领导的推动下，一些奉行多年的条条框框被抛弃了，县级各部门纷纷投入到有声有色的创造性工作中去，县计经委一星期之内拟就了长兴工业经济开发区、太湖旅游开发区两个初步方案。县委、县政府及时推出了发展经济的12 个方面的新政策。振兴长兴开始真正成为长兴几十万人的共同事业，长兴人发展的心劲被彻底调动起来了！

5月13日，《浙江日报》头版头条再次发表记者朱仁华采写的长篇报道《长兴人动起来了——写在长兴解放思想大讨论两个月之际》，系统地报道了长兴从解放思想到真抓实干的全过程。在报纸的《编者按》中这样写道：长兴县从解放思想到真抓实干的过程给我们这样一个启示：解放思想不是清谈，而是为大踏步前进扫清观念上的障碍。冲破了陈旧的思想藩篱，长兴人动起来了，而且不是"小动"，是"大动"。他们正以后来者居上的勇气，把脚下那片土地变成一块巨大的促进经济快速而健康地发展的"试验田"。

根据茅临生回忆，当时县里派出5位干部去萧山、5位干部去绍兴学习了解轻纺业情况，5位去桐乡找石材水泥的上下游企业，寻找发展对策。长兴县成立了石材办公室，要对石材进行涨价，桐乡县委常委会开会说：长兴人醒过来了！石材涨价，他们就得另寻石材货源了。长兴实行对企业家进行奖励，按年销售额新增部分奖励2%。第一年最多的一位奖了17万元，第二年奖了30多万元。无论是乡镇企业、集体企业，还是国有企业，都实行奖励。乡镇企业、二轻企业相继进行改制，小矿山、小企业进行拍卖，二轻企业进行改制。

长兴经济长期以来都是农业为主。长兴县委通过大讨论认识到，搞农业富不起来，必须要搞工业，农村劳动力等生产要素必须转移，要"反弹琵琶"，跳出农业搞农业，工业化才是县域经济快速发展之道。在工业发展上，一是依靠本地土生土长的，譬如后来做大做强的天能集团就是煤山一家小矿灯厂破产拍卖给张天任的。二是招商引进来，办起了长兴经济开发区。企业改制是经济的增长点，将原有的做大做强，如抓织机从千家开始到动员万户参与，就像亩产从500斤提高到1000斤，这是经济的增长点。招商引资是经济的生长点，就像开垦荒地，增加了新的生长点。增长点和生长点二者都要兼顾。

农业方面，重点放在发展"一优两高"农业。张德江1998年到浙江担任省委书记后提出，什么赚钱种什么。长兴人在20世纪90年代初就开始这样发展农业。他们动员10万人，10天时间就修起了环太湖大堤，建起了简易公路。县委班子全体参加劳动。新华社记者专门拍了一张4任长兴县委书记挑土的合照。

为了贯彻党的十四大精神，县委组织了1400名干部自带铺盖卷，住进了农民家里。这些干部原来都是向农民收费税的，现在变成帮助农民致富的。为了更好地帮农民致富，县委做足了功课。他们给每户农民算了一笔经济账：一亩地如果种早稻，能够赚 200 元，如果养甲鱼能赚 1 万元，如果种特色蔬菜能赚 5000 元……一项一项开列出了一张张清单给农民。又在农村举办各种培训和学习班，座位满了，农民们就趴在窗户上听。原来国家实行计划经济，长

1992 年，4 任长兴县委书记奋战太湖大堤

兴县征购粮油任务重，束缚了农民发展优高农业的思想，现在实行市场经济，就要鼓励农民改变思维定式，进行多种经营，鼓励农业生产要素向回报率更高的二、三产业流动。干部们明确告诉农民，种田就是种钱，什么来钱种什么，鼓励搞设施农业。县里印制了《一优两高农业一百例》的小册子，每个村发一本。印制了《农业亩产效益表》10 万份，每户农民发一份。以前，村子东头养鸭致富，西头的农民都不知道，现在通过这些宣传，农民就都了解了，如果养螃蟹，有的一年都能赚到几万元。由此，就将农业发展彻底改造成以市场和效益为导向。

在对外开放方面，长兴主动接轨上海浦东。当时，浦东掀起了大开发热潮，长兴的水泥和石材纷纷销往上海，每年通过长湖申航道水运的数量达到了 1300 万吨。这个运量相当于当时通过浙赣铁路运到杭州的货物数量，也相当于 1992 年新疆铁路运输出疆的货物量。长兴从公路、铁路和水路运送原材料入沪。在上海浦东从事经营的长兴个体户有 100 多户。为此，长兴县专门在浦东设立一个办事处进行协调。当时吴晓红就曾负责过这个办事处，干得很出色，后来他还想把盆景也引进到上海。长兴还派人去上海，找上海团市委帮忙招商引资，销售水泥和建材等。

县里还在 104 国道长兴境内的苏浙交界处专门设立了巨幅广告牌："让世界了解长兴，让长兴走向世界"，背面则写上 7 个大字："欢迎再到长兴来！"

当时长兴人思想还比较保守，谈判做生意都不够精明，吃了不少亏。有一

个乡镇干部到香港招商，签了一个合作意向书，给了对方5000元定金，结果对方拿了钱事情又没办成。县外经委有一个项目，是日本缝纫厂招收缝纫工研修生。当时长兴人都怀疑，为什么人家招工只要女孩子，收入又高，他们怕这些女孩子被招出去后都不知从事什么，都往坏处想，后来，让出去做工的人都回来了。

谈到解放思想，茅临生又举了一个县城修金陵路的例子。当时的修路方案有3种：18米宽、36米宽和54米宽。县土管局和建设局都在讨论，马路有无必要修那么宽，最终茅临生拍板说要修宽。县里搞拆迁动员，党员带头服从，也有群众上访，还有一位老大爷跪在地上不肯起来……修路遇到了很多难题，但县里坚持放水养鱼、让鸡蛋先孵小鸡，一心为了百姓致富，于是财政投入了7000万元，克服种种困难把路修起来了。同时，县里切实落实群众路线，处处替群众着想。譬如，当时城管部门提出，马路上跑着的大量的三轮车要予以取缔。茅临生通过调研，认为群众对三轮车有很大需求，不同意取缔。有一回，他走在路上，有辆三轮车停了下来，请他上车，而且坚决不要他付钱。可见，群众的眼睛是雪亮的，凡是有利于老百姓的事，群众口碑都是好的。

轰轰烈烈的解放思想大讨论一年过去了，长兴发展得怎么样了，《浙江日报》记者朱仁华持续跟踪关注。

1993年4月4日，《浙江日报》又一次在头版头条刊发朱仁华的长篇报道《长兴人赶上来了——年前思想大讨论如今结出丰硕成果》。报道开篇就摆出了最具说服力的事实："去年，长兴县工农业总产值32亿多元，比上年净增近8亿元，增幅高达31.9%，为长兴县新中国成立40多年来发展最快的一年；其中乡镇工业一块，效益增长还超过了产值的增长。全县生产总值比上年增长27%，增幅在全省名列前茅。以工业产值计，长兴在全省的排名也因此提前了5位。今日长兴，全方位开放、全面启动的格局已初步形成：已规划的开发区，有63个项目'落户'；新办'三资'企业26家、协议引进外资600多万美元；县城房地产市场开放，引入资金数千万元，低矮、拥挤的雉城镇开始大规模改造；新投入运行的浙北轻纺市场、金陵农贸市场、水果批发市场及木材批发市场，等等，引得三省交界的生意人纷至沓来，财源茂盛。1993年1月至2月，全县乡镇工业产值、利润分别比1992年同期增长17.2%和14.6%。长兴开始走出'卖石头赚小钱'的小打小闹的境地。"

回顾一年来令人振奋的变化，长兴县委一位常委说，思想解放的大讨论，抓住了长兴发展的"牛鼻子"。换脑筋释放的能量大得很。许多新观念开始扎根在他们心中。

往日习惯"小富即安"的长兴人，对"机遇"二字有了深刻的体会。抓住机遇，发展自己，逐步成为长兴干部、群众的共识。"再不能与机遇失之交臂了。"县委书记茅临生在县党代会上对机遇作了深刻的阐述：从世界范围内的产业重组到国内由计划经济向市场经济的转轨，再到以浦东为龙头的长江三角洲的开发开放，无不对长兴提供了历史性的发展机遇。他仔细分析了省内外发达市县的发展轨迹，认为长兴已具备经济跳跃、腾飞的基础，因而响亮地提出，长兴完全可以步入跳跃式发展的新阶段。

县政府在制定发展规划、指标时，更加注意充分挖掘加快经济发展的潜力。原定 1993 年全县工农业总产值目标为 41 亿元，后又作了一次具体分析，修改为 43.8 亿元。副县长张全镇说："这是自我加压。为此，我们提出超常规工作，以我县的资源优势吸引省内外的资金、人才、技术等生产要素，实现跳跃发展的目标。"

"轻纺之乡"夹浦镇，1992 年工业产值 5.5 亿元，1993 年县里下达的工业产值目标为 8 亿元，可镇里加到了 9 亿元。面对资金紧张状况，镇领导班子带头筹资，多则上万元，少则几千元，两个新上项目的 800 万元资金全部到位。镇长葛伟说："再不能等待了，说到底，加快发展要靠实干。"

伴随着浦东的大开发，建材行业赶上了难得的好机遇。长兴县主要领导率大队人马奔赴上海，举行横向联系洽谈会，提出"用长兴的'山'去填上海的'海'"。同时，县内近 10 家水泥厂忙于扩大规模。1993 年这方面投资达 1 亿多元，可望新增年产能力近百万吨，使长兴水泥生产量跃居浙北各县（市）之首，成为名副其实的建材基地。

县计经委副主任钱学方说："过去长兴发展慢，就是因为缺乏大市场观念，惯以人为干预资源的市场化配置，自己卡自己，束缚了发展手脚。"经过一年多的实践，长兴人深切感受到，市场和竞争才是启动本地经济快速发展的两把"金钥匙"。因此，跳出一县之地的局限，着眼全国大市场，放手让市场来配置、优化各种生产要素，这才是上策。

长兴耐火材料生产是建材行业中的一支生力军。过去县里怕厂多产品销不掉，人为地进行控制。放开审批后，尽管耐火材料厂增加到 120 多家，可产品依旧十分走俏，全年完成产值 2 亿多元，比 1991 年翻了一番。产品档次提高，"龙头"企业出现，耐火材料成为长兴市场潜力最大的产业之一。

竞争带来了活力。建筑市场放开后，外地 9 家建筑单位进军长兴，结果原本被人们认定会遭淘汰的本县一批建筑企业反而在竞争中提高了资质，获得升级。同样的原因，国有、集体、个体经济同入市场争高低，不仅使一批国有"老大难"企业焕发生机，而且也促进了个体经济的发展。

如今长兴人不那么害怕竞争了，也不像以前那样畏惧风险。李家巷石矿矿长吴鹤群说，以往满足于每年 150 万元左右的利润，"旱涝保收"。1992 年以来，他一下投入近 5000 万元，办起了化纤厂、水泥厂、石粉分厂及加油站，两年即可形成 1 亿元的产值规模。他说："市场竞争，不进则退；满足于小打小闹，太没有志气了！"

发展经济必须重视人才，人才是长兴的第一资源。人才严重外流，曾困扰过长兴。一年后，呈现在人们面前的已是另一番景象。

为培育人才这"第一资源"，县劳动人事局在全县大规模开展人才资源调查的同时，建立了 4000 多人的电脑人才库，并实施了"引进一批，用好一批，放活一批"的人才策略。他们为 600 多名科技人员评定了职称，解决了"后顾之忧"，还开展"跟踪服务"。同时，组织了首次人才集市，以引导人才的合理流动，有 1000 多人进市场洽谈。

四川人冉新生，30 多岁，1992 年 9 月全家搬到长兴，在县轻工机械厂任技术科长。他是看了报纸上的招聘广告才来长兴工作的。县里有关部门把他爱人工作、小孩入托等都安排得很好，厂里解决了他们的住房，他现在工作虽劳累，但干起来挺有劲。

长兴人赶上来了，但长兴人并没有自满。新当选的副县长凌菊仁清醒地说，去年的成绩跟以往比，还过得去；可与横向比，差距仍很大。许多新观念虽已确立，但并不是说落后的观念全转变了，旧的思维模式仍有意无意左右着一些干部的行动，工作的创造性、主动性也还不够。尤其在经济落后的地区，无所作为的意识还比较浓。县长金庆灿说："解放思想是永无止境的，今天的新观念到明天就可能落后了，尤其对市场经济的认识、理解，更需要不断深化。因此，大讨论虽已经结束，但解放思想还要不断进行下去。"

《浙江日报》在随长篇报道配发的评论员文章中指出：长兴县抓住解放思想的"牛鼻子"，联系实际，在干部、群众中开展了大讨论，摒弃了那些习以为常的旧思想、旧观念，确立和正在确立全新的市场意识、竞争意识、效益意识、人才意识、服务意识、法制意识，从而带动了经济建设的发展。长兴人正是通过解放思想大讨论，实事求是地分析了本地情况，看到了与条件相等的地区的差距，认清了自己的优势，增强了紧迫感、危机感与责任感，扎扎实实地干了一年，干出了"40多年来经济发展最快的一年"。

一年间，《浙江日报》接连发表的3篇头条报道，在长兴县和全省都产生了轰动效应，既使长兴人扬眉吐气，更让他们感受到前行的动力和压力。

25年过去了，长兴人至今仍津津乐道这3篇具有里程碑意义的报道和这场具有划时代标志性意义的解放思想大讨论。

重读这些反映长兴县思想解放大讨论的系列报道，不能不感佩当年《浙江日报》两位年轻记者迟全华和朱仁华的职业敏感和睿智。

这两位勤奋而敬业的记者，后来都走出了一条成功之路。

迟全华，1980年从杭州大学（现为浙江大学西溪校区）毕业，跨进了浙江日报社的大门，5年后，迟全华的足迹踏遍了全省近百个县市，他靠一双脚"走"出了无数的好新闻。后担任浙江日报报业集团副总编辑、浙江省社会科学院院长，并当选为浙江省人大代表。

朱仁华，出生于1964年5月，1988年8月参加工作，历任浙江日报社农村部记者、经济周刊部副主任、社科教卫新闻部主任、采访中心副主任，《浙商》杂志总编辑、浙报传媒集团副总经理。现任之江商学院执行院长。为第一批浙江省宣传文化系统"五个一批"人才。朱仁华虽然是学农出身，但却具有强烈的新闻敏感和社会责任感，始终牢记党报新闻工作者的神圣职责：引导舆论，体现民声。在浙江日报社工作期间，他针对党报"严肃有余""对上有余"的现状，强调"读者第一"的理念。每一篇稿件、每一个版面，他都要问一问：这样的稿件读者喜欢看吗？怎样写读者才会喜欢看？省委的决策怎样通过读者喜闻乐见的形式来表达？2004年，朱仁华受浙报集团委派，策划、创办了大型财经人物杂志《浙商》。2012年获第十二届长江韬奋奖（韬奋系列），是浙江省报业系统获此殊荣的第一人。

当年主持解放思想大讨论的县委书记茅临生，人生之路亦一路顺畅。当时，湖州市委空出了一个副书记的职位，省委组织部试探着征求茅临生个人的意见。那时茅临生一心一意就想在长兴好好干出点名堂，所以毫不犹豫地推荐了其他同志。而且，当初从省里下去时他是正厅级，组织上的本意是安排他在市级工作，但他本人主动提出：如果可能的话，他还是希望去县里。就这样，他直接到了长兴任书记，同时挂了一个湖州市委常委的职衔。

1994年5月的一天，茅临生正在长兴的仙山上考察旅游开发，省委组织部打来电话，让他上杭州去。到了杭州，组织部明确告诉他，准备安排他到新成立的省民宗委当主任，同时兼省委统战部副部长。

就这样，茅临生在长兴工作了两年半就被调回了省里。来的时候没有举行欢迎仪式，走的时候也不搞告别仪式。正应了诗人徐志摩的那一句诗："轻轻的我走了，正如我轻轻的来；我挥一挥衣袖，不带走一片云彩。"

伯乐赛马选干部

毛泽东说过：政治路线确定之后，干部就是决定的因素。长兴通过解放思想大讨论之后，全县上下统一了思想认识和发展观念，县委就开始琢磨如何让真正的人才脱颖而出，选拔使用一批肯干能干的优秀干部。

长兴县委决定注重抓干部的公开选拔。1992年下半年，泗安镇要选拔一位主管工业的副镇长，茅临生提议，请县委组织部进行公开选拔，国庆节后到位。

新的用人观在长兴县逐步形成。1992年这一年，县里打破所有制、身份界限，从农民、工人中挑选了16人担任乡（镇）长助理，有10多位农民走上了国有企业厂长的岗位。全县31个乡镇中，28个乡镇的主要领导作了交流调整，使一批充满生机和活力的年轻干部走上了领导岗位。从此，实现了基层干部从"要我干"到"我要干"的转变，得到了群众的一致好评。

1993年，长兴县委决定迈开选人用人的大步伐，引入竞争激励机制，公开选拔县级机关各局的领导干部。

1992年10月召开的党的十四大确立了我国经济体制改革的目标是建立社会主义市场经济体制。长兴县委认为，建立健全与市场经济相适应的公开、平等、竞争、择优的用人机制，是当前组织工作面临的一个新课题。于是，1993年5—6月，根据浙江省委组织部、湖州市委组织部的总体要求，长兴县委本着党的组织路线为党的政治路线服务和要勇于改革探索的精神，面向全社会公开选拔35名县级机关各局的领导干部，为推动干部人事制度的改革进行一次大胆而有益的尝试。

为什么要搞公开选拔？长兴县委认为，搞公开选拔工作，是由社会主义市场经济发展的客观需要，长兴经济社会发展和干部队伍的现状，以及全县广大干部群众的愿望所决定的。1992 年，长兴在全县开展解放思想大讨论。随着大讨论的不断深入和县换届准备工作的展开，广大干部群众对在新的形势下配强配好县里各局的领导干部的要求和呼声越来越高。县委认为，要加快长兴的发展，在转变观念的基础上，更重要的是必须有一批适应社会主义市场经济，具有开拓创新意识的各个层次的领导干部。但是，实际情况是，当时长兴县各局的领导干部在年龄结构、文化素质、思想观念等方面还存在许多不足的地方，平均年龄 50.3 岁，其中正职 51.9 岁，有的干部长期在一个岗位上，不求有功，但求无过，工作中缺乏创新意识和进取精神。这种状况亟须转变。为此，县委组织部就各局的干部的任职年龄、任职时届、学历经历、选拔方式等 4 大类 27 个问题发放了近 2000 份问卷，在县级机关干部、乡镇干部和企事业干部职工中进行广泛的民意调查。结果，有 85% 的人认为，各局的领导干部最佳任职年龄为 35—45 岁，96% 的人认为最佳选拔方式是公开选拔。这次调研结果为长兴县委下决心搞公开选拔奠定了群众基础。同时，1992 年长兴县面向全国广招人才，以及公开招聘乡镇长助理等大胆尝试，也为搞好各局的干部公开选拔工作积累了一定的实践经验。当然，更重要的是，长兴县有一个有着强烈的事业心和开拓进取创业精神的团结统一的县委常委领导班子。

基于以上这些认识和客观条件，经过县委常委会多次酝酿讨论，长兴县委决定全方位选拔各局的领导干部，指导思想也进一步明确：选拔工作不仅为了解决干部来源不足、补充几名各局的领导干部，更是为了体现组织工作要服务于经济建设这个中心，坚持党的群众路线，适应经济体制向市场经济的转轨，最大限度地开发利用人才资源，在全县上下形成一种鼓励竞争的大气候，进一步增强现职干部的危机意识、竞争意识和心理承受能力，并为下一步推行国家公务员制度创造条件。于是，县委正式将公开选拔工作作为继思想领域开展解放思想大讨论后，在组织战线采取的又一项重大举措。

选拔采取了全方位公平竞争。对需要增补的各局的领导职位，长兴县委没有一个内定，无一例外地采取公开选拔。1993 年初，在全县城乡的大街小巷，张贴了 3000 份《求贤榜》，并通过《湖州日报》、长兴广播电视网进行广泛宣传，向社会广招贤达。县里一共拿出 4 个正局长和 36 个副局长岗位进行公开选拔，所需职位全部公布，任何一个岗位都可以报名，不设限遴选干部。通过笔试和结合实际的面试，县委常委都来当评委，分管领导则担任主考官，以伯乐赛马的方式选拔人才。

在短短 10 天时间里，就有 300 多人报名。其中有组织部门视野内的，也有组织部门视野外的；有领导的子女、秘书，也有普通的工人、农民；大部分是本地人，也有外地市县的。对这些报名的人，不管是谁，不管竞争哪个岗位，都严格按照公开选拔程序，在同一起跑线上竞争。整个选拔过程向社会公开，先后 3 次张榜公布笔试、面试的分数，3 次向参选者通报进展情况，两次发表电视讲话。出卷、阅卷、面试答辩等环节，严格按高考程序进行，充分体现了"公开、平等、竞争、择优"的原则。

在测试内容上，突出"新、活、广"。笔试和面试答辩，在内容上除干部必须掌握的政治、文化等基本知识外，突出了检验参选者运用社会主义市场经济理论，联系实际分析问题、解决问题的综合能力。特别是在面试答辩阶段，针对参选者的不同情况，不受原问题的局限，由县领导担任的主考官即席提出了 300 多个事关长兴经济社会发展的实际问题，如对现有几家亏损企业如何采取措施扭亏增盈，矿山纠纷怎样及时处理，等等，着重测试参选者市场经济意识和分析解决实际问题的领导能力。

在选拔过程中，也让现职领导一起经受检验。县委在对参选者进行笔试的同时，就同样的试卷内容，对全体现职各局的领导进行了考试。考试结果表明，现职领导平均分数为 63.4 分，虽高于参选者的平均分数 57.1 分，但低于最后选拔上岗人员的平均分数 69.4 分。同时，还安排了约 1/3 的现职各局的主要领导担任面试和答辩评委，当场打分，使他们亲身经历了激烈的竞争场面，也看到了自身存在的不足。许多现职领导事后反映，这次公开选拔使他们学到了不少知识，同时对他们也是一次检验，今后如不抓紧学习肯定要掉队。

长兴县委认为，公开选拔不是自由竞选，而是在坚持党管干部原则的前提下，在干部选拔环节上增加了群众参与和科学评判等过程，通过这种形式在知人渠道上拓宽视野，最大限度地发现人才；在识人方法上变原先的"相马"为"赛马"。县委十分注意对整个工作的统一领导，自始至终参与整个过程的决策，在面试答辩过程中，县委常委和副县长都轮流担任主考，最后严格按党内和人大、政府任免程序任用，把坚持党管干部的原则和选拔任用方法上的改革创新有效地统一起来。

这次空前的公开选拔取得了良好的效果，突破了"在干部中选领导"等传统做法的局限性，把立足点放在选拔全社会范围内的优秀人才。在最终确定录用的 35 人中，原在组织部视野以外的有 23 名，占 66%，其中自荐和他人推荐的占 46%；有普通职工 9 名，农民 2 名，占 31%。此外，还发现了一大批暂不具备条件但有培养前途的年轻人，县委将这些人的情况存入人才库，到 1994 年止其中已有 15 人被各级组织选用。

公开选拔优化了领导班子的整体结构。调整后，县里各局班子的平均年龄42.4 岁，比调整前下降 7.9 岁；具有大专以上文化程度的干部则由 40.2% 上升到56.9%，加上根据答辩和考察过程中掌握的干部气质特征等情况，在配备时还注意了不同干部气质的合理搭配，进一步优化了班子的整体结构。

这次公开选拔参与人数多，影响面广，一时间成了全县上下关心的热点，每次张榜公布后观者云集，实际上成了长兴县继解放思想大讨论之后的又一次转变观念的大讨论和大实践。300 多位报名者中，95% 以上的人都认为，参加选拔主要是重在参与，为了培养自己的竞争意识，检验自己参与竞争的能力。许多没有报名的人事后说，想不到这次选拔如此动真格，早知这样，当初也应该报名试一下，还有的要求能不能再给一次机会。

公开选拔把原先的"要我干"变为"我要干"，增强了领导干部的事业心和责任感，继而促进了经济社会的发展。1994 年，县委对 35 名选拔上岗干部的工作情况进行跟踪考察，结果表明，绝大多数已适应新的工作岗位，并迅速打开工作局面。县外经委有几位领导是选拔上岗的，他们在工作中抓住重点，团结协作，1993 年全社会出口商品交货值达 1.83 亿元，比上年增长 126%，完成自营出口额 43.8 万美元，实现零的突破，所属外贸公司创税利 118 万元，增长 5 倍。物资局的主要领导也是选拔上岗的，针对该系统前几年经济效益滑坡这一问题，经过一个多月的深入调查，提出了"拓宽思路、增加网点、多业经营"的工作思路，全系统 1993 年完成税利 600 万元，创造了历史最高水平。

这一批海选出来的干部，后来有许多表现出色，被组织进一步提拔任用。譬如，董立新从长兴职业技术学校教导主任考上副局长，后来被提拔到湖州市当副市长。还有一些干部是从企业甚至是农民考上副局长岗位的。第二年，浙江省委组织部专门请茅临生去介绍经验，如何打破论资排辈，实行凡提必考，做到公平公正。

在这次公开选拔的影响和推动下，县里有的机关在股室干部的任用上，有的乡镇及企业在招聘有关岗位人员时，也都采取公开选拔的办法。

1993 年，长兴县工农业总产值达到 50.5 亿元，比上年增长 56.1%，财政收入突破亿元大关，地区生产总值达到 23 亿元，增长 33.3%，实现了提前 7 年翻两番的目标。在整个经济增长中，销售收入的增长超过产值增长，税利增长超过销售收入增长，利润增长又超过税利增长。这是改革开放以来长兴县经济发展速度最快、效益最好的一年。这些成绩的取得，除了一系列主客观因素外，同长兴各级领导干部经过公开选拔精神振奋、开拓进取也是分不开的。

通过这次公开选拔，长兴县委认识到，适应社会主义市场经济发展需要，转换干部选用机制已势在必行。加快社会主义市场经济的发展，客观上要求政治体制改革，包括干部制度改革等一系列配套改革的同步进行。但是，由于历史的原因，在干部制度特别是在干部的选拔任用方面，多少存在着论资排辈、平衡照顾等传统做法。这不仅影响了优秀年轻干部的脱颖而出，更造成了干部队伍缺乏竞争和活力，最终制约了经济社会的发展。因此，在坚持党管干部原则的前提下，本着"公开、平等、竞争、择优"的原则，大胆引入竞争机制，已成为当前干部人事制度改革的必然趋势。

公开选拔在一定程度上实现了双向选择和公平竞争，有利于发挥干部选拔工作的最佳效益。用人所长，人岗相适，人事相宜，才能最大限度地发挥人的主观能动性，使之各得其所，各展其长。但是，在以往的组织选拔中，由于组织了解考察的局限性，有时也存在任用不当的情况，不利于发挥干部的特长。在这种情况下，对一些同志来讲，要做到服从组织需要和最大限度地发挥自己的主观能动性相统一存在着一定困难。通过公开选拔，参选者根据自己的意愿特长填报相应的岗位，一旦录用，就可以发挥最佳效益。城建局一位副局长岗位参选人，在答辩时提出了尽快改变县城环境卫生"脏、乱、差"的愿望和措施，并表示半年内如工作没有起色自动辞职。他上任后从抓班子、整队伍、转机制入手，用了不到半年的时间就使县城"脏、乱、差"这个老大难问题得到较大改观，在 1993 年底湖州市创建文明城镇活动中获得了第二名。

长兴县的公开选拔之所以成功，得益于县委事先进行了广泛调查，在摸清情况、统一思想的基础上，又制定了一套完整的操作性强的方案，从发动报名、测试考核到组织考察，一环扣一环，整个过程在时间上也没有拉得过长。长兴县委也注意到，面试答辩不可能完全了解一个人的素质，尤其是干部的实际工作能力和组织协调能力，因此，还必须与传统的组织考察相结合。

1994 年，长兴县委在前一年公开选拔的基础上，按照党的十四大提出的要求，继续探索干部人事制度改革的新思路和新措施。一是以完善公开选拔为主要内容，健全干部的选拔任用机制。把定期的公开选拔与日常的个别提拔相结合，把个人自荐与组织推荐相结合，把民主评议与组织考察相结合，真正形成一个给德才兼备、具有领导才能的人提供机会，体现公平竞争、充满活力的干部选拔机制。同时，把公开选拔推广到各部门、各乡镇和企事业单位的干部人事工作中去，在招工、招干、转干、提拔等工作中，都坚持"公开、平等、竞争、择优"的原则。围绕"奔小康带头人工程"的实施，探索农村党支部领导班子建设的新路。借鉴公开选拔机关领导干部的若干做法，结合农村实际加以运用，更加广泛、大胆地从政治素质好，有经济头脑、经营能力和领导才能，又能带领群众共同致富的能人中选拔班子成员，特别是支部书记，以促进农村经济的全面发展。

2002 年，长兴县又一次"公推竞选"了 16 名干部。

2004 年，长兴县再一次进行"公推竞选"干部，在全县上下引起了巨大轰动。

2004 年 4 月 1 日，县委发布公告：团县委书记岗位空缺，决定通过公推竞选方式产生。所有 28 岁以下、现任副科级以上干部，及县属事业单位中层正职、企事业单位具有中级职称以上的党员或团员均可报名。

长兴县这次公推竞选活动除团县委书记外，还有白岘乡党委书记、虹星桥镇镇长两个岗位，自 2004 年 4 月 1 日开始至 4 月 20 日结束。整个公推竞选工作通过发布公告、报名和资格审查、公开推荐、组织考察、差额票决确定初步人选、驻点调研、演讲答辩和民意测验、确定候选人提名人选、差额选举和办理任职手续等 10 个环节实施，取得了良好的效果。

抓思想，促生产

1993 年，长兴县特别重视抓农民思想观念的转变。借助党的十四大精神再教育这一载体，鼓励农民转变传统的农业种养殖思路，大力发展"优质、高产、高效"的"一优两高"农业。10月18日,《浙江日报》头版头条以《住农家宣讲市场经济帮农民寻找致富门路》为题,报道了长兴1600多名干部走进5万多户农家,进行十四大精神再教育,促进农业生产发展。

在浙江全省开展的党的十四大精神再教育工作中,长兴县、乡(镇)1600多名干部分头进村,住在农民家里,围绕帮助和引导农民了解和发展社会主义市场经济、尽快致富这一主题进行调查研究,开大会,作宣讲,使党的十四大精神深入人心。农民纷纷反映:这样的富民教育,我们欢迎!

1600余名干部进村后,普遍召开了户主会,结合本地实际宣讲党的十四大精神,鼓励和引导农民思发展、想富路。户主会后,每家农户都收到了一张长兴县农经委编印的《长兴县农产品经济效益调查核算表》,种粮种菜、养猪养兔、养鱼养蟹,等等,每一样种养殖的成本、利润都详尽地列了出来。每个承包组组长还收到了一本《长兴县一优两高农业一百例》的小册子,收入了100个种养殖优质、高产、高效农产品,率先致富的典型和做法,让农民朋友有了最直观的、可以借鉴的榜样。每个村都张贴了一份县委、县政府关于加快农村二、三产业发展的优惠政策,一条条规定简明又实在,最后还附上了县委办公室的电话号码,欢迎广大农民来电咨询。

长兴县通过向农民群众广泛宣传党的十四大确定的发展社会主义市场经济的大政方针,把农业生产经营的自主权、决策权统统还给农民,把致富门路一一指点给农民,同时把身边的先富典型推荐给农民。看到这些鲜活生动的致富例子,农民们的心热了,劲头也上来了。许多农民说,搞市场经济就是要主动出击,抓住机遇扎扎实实地干!

村民们经常每人拿着一份《长安县农产品经济效益调查核算表》,凑在一起比较商量,探讨究竟种什么作物合算,养什么赚钱。优高农业典型户的门前热闹起来,接待了一批又一批的"取经者"。洪桥镇6600多位农户有了发展新的种养项目的具体打算。泗安镇较贫困的五里渡、赵村等的农户也想出了集资合股,办码头搞运输的脱贫路子。

那些原本有"怕冒尖"和"小富即安"思想的农民,像是吃了定心丸,甩开手脚大干了。下箬乡一位私营业主原以为宏观调控可能意味着政策要变,打算歇手不干了。这次听了宣讲,整明白了,又投入3万元扩大生产。"家家有织机"的夹浦丁家渚村农户商议着要有"大动作",大伙儿准备集资创办农工贸综合市场……

在各地自主探索寻找致富门路的过程中，长兴县坚持引导而不包办的原则。他们吸取过去由于采用行政手段搞经济而引发的"白菊花风波"和"杀兔风"等教训，用通俗的语言向农民讲解市场经济的基本知识，鼓励和引导农民自己学会科学决策，克服仅凭直观、就近仿效的习惯，增强了风险意识。

1600 多名干部结合宣讲，逐户调查了 5 万多户农家的生产、经营情况和下一步的打算。县里再有针对性地支持发展一批农业"龙头"企业。鼓励一部分农民专业从事二、三产业，由此形成农村经济发展的服务体系。

在长兴县委看来，宣讲十四大精神，开展社会主义市场经济教育，实质上也是一种"富民教育"，这种富民教育深受农民欢迎。雉城镇高家墩 7 个片开会那晚风雨交加，但许多农户都冒雨赶路来听讲。洪桥镇开会时有 5 位农户因故未参加，事后听说会上讲的全是"富民"的好事，主动找到工作组要求"补课"。

通过抓农民思想，长兴县有力地推动了农业生产的发展，促使农民迈开了发家致富的步伐。

《浙江日报》将长兴县向农民宣讲十四大精神的生动事迹报道后，浙江省委领导很重视。10 月下旬，浙江省农村党的十四大精神再教育办公室向全省各市县区委发出明传电报，介绍了长兴县 1600 名干部进 5 万农家向农民群众宣讲市场经济，帮助农民寻找致富门路的经验，要求各地学习借鉴这一经验做法，组织乡镇干部到村、户，广泛深入进行调查，掌握当地各种率先进入市场、经营"一优两高"农业和第二、三产业的农户（包括私营经济）和联户、股份合作经营的典型，并充分运用这些典型，向农民进行面对面的宣传，启发农民的市场经济意识，帮助他们"对号入座"，拓宽村、户发展经济、生产的思路，找到新的经济增长点。长兴经验在全省产生了很大反响。

1993 年，长兴全县以产权制度改革为突破口，以股份制和股份合作制为主要形式，采取兼并、租赁、拍卖等多种途径，放开搞活国有、集体企业，企业组织结构不断优化，经营机制日趋灵活，整体素质不断提高，乡村两级企业改制 495 家，占 65%；国有、城镇集体企业改制 44 家，占 35%；全县改制企业股金和资产转让拍卖收入达 2.5 亿元；组建 22 家企业集团，1994 年又组建了 4 个省级集团公司，增强了企业的竞争力和抵御市场风险能力；继续调整产业产品结构，大力发展第三产业与个体私营经济。

至1997年，全县一、二、三产业比重为19.1∶50.4∶30.5，与1978年的45.2∶36.0∶18.8相比，明显趋向优化，规模经济明显增强，全社会劳动生产率迅速提高，达到17356元/人。城乡个体工商户、私营企业达2.6万户，从业人员近5万人，产值约占全县工业总产值的3/5。

此时，土地使用权转让这样过去想都不敢想的事，在县城已经有了首次尝试，国有土地使用权协议出让开始代替过去无偿划拨的供地方式。1993年，长兴县土地使用制度改革全面实行。按省政府的规定，商业、房地产业、金融业、旅游业等6类用地都划入出让范围。在地域上，除雉城地区外，李家巷、煤山、小浦、水口等乡镇也先后进行土地出让试点。1995年6月，煤山镇电影院正对面一块土地敲下长兴土地拍卖第一锤后，土地招标出让、拍卖等在全县各地逐步推开。

1992—1999年底，全县共出让地块596幅、面积4686.7亩，出让金额为38356万元。通过国有土地使用制度改革，为一批重点基础工程建设提供了资金，加快了长兴县的城市化建设步伐。为适应经济快速发展的要求，长兴在这一时期重新编制了《长兴城市总体规划》，城镇作为县级区域中心，结合金陵路、人民路、环城北路、城南路、火车站广场等改造建设和经济技术开发区的建设，旧城改造与新区开发协调发展，几个设施配套的住宅小区及高层临街建筑相继建成，供水、排水、道路、桥梁等市政公用基础设施建设不断加强，市容市貌不断改善，城市社会服务功能不断增强。除了县城中心，李家巷、煤山、和平、小浦、夹浦等乡镇的公用基础设施建设力度加大，新农村建设开始起步，农民居住条件得到改善。全县城乡面貌从20世纪90年代中期开始得到了较大的改观。

这一时期提出的"接轨浦东、开放兴县"战略初见成效，特别是引进外资的领域进一步拓宽，乡镇企业利用外资有很大的进步。引进外资的范围已拓展到10个国家和地区，投资领域涉及建材、轻工、食品、机械、电子、竹制品、餐饮等多种行业，"三资"企业达到63家。对外经济合作与交流有所进展，在境内外组织举办了一系列招商和经贸洽谈活动，劳务输出开始起步。

1992年成立的长兴县经济技术开发区，按照"基础先行、集中财力、重点突破、滚动开发"的原则，开始初具规模。到1995年，开发区内落户项目126个，其中外商投资项目32个。

1992—1997 年间，长兴经济水平实现了比前十多年更快的增长，经济整体素质也不断提高。1994 年，第三届中国农村综合实力百强县（市）排名，长兴县列第 81 名。

长兴经济发展的量与质均得到提高。农业方面，在 20 世纪 90 年代初期农业产量有所滑坡的问题面前，长兴县全面坚持贯彻党中央关于巩固农业基础地位的精神，努力稳定粮食生产，大打粮食翻身仗，许多农业指标创历史纪录，从而丰富了"菜篮子""米袋子"。油菜籽优质高产，连续多年受到国务院表彰。在稳定粮食生产的同时，长兴大力推进农业综合开发，桑、菜、瓜、果等多种经济作物和特种水产养殖发展迅速，一优两高农业初见成效。

1995 年 3 月 29 日，浙江省委书记李泽民到长兴县父子岭村考察春耕生产，高度赞扬该村恢复三熟制种早稻的举措，鼓励"父子岭村一定要成为经济强村、农业强村，成为名副其实的浙北第一村"。同时视察了夹浦、洪桥的春耕生产。6 月 13 日，又委派省委秘书长姚民声、省农业厅厅长赵宗英来该村检查早稻生产及早稻丰产方法。7 月 26 日，李泽民再次到父子岭村了解早稻收割情况，对该村在洪涝灾害面前夺得早稻丰收和村工作给予高度评价：一是农业基础思想地位牢固，重视农业；二是早稻播种面积是实的，没有水分；三是重视对农业的投入。

1995 年，在省委、省政府统一部署下，长兴全县横下一条心，大打粮食翻身仗，县委县政府领导带头，县级部门挂村联乡，28 个工作组下乡下村与乡（镇）、村千余名干部一起抓粮食生产。全年粮食总产 34.82 万吨，比 1994 年增长 6.2%。这一年长兴被国务院授予了"全国商品粮基地县"称号。

工业发展上，以国有企业、城乡集体企业产权制度为突破口的企业改革全面铺开，产权关系趋于理顺，经营机制逐步转换，企业活力得到增强。另一方面，多种经济成分得到了共同发展，外向型工业经济逐步扩展，个体私营经济异军突起。形成了以公有制为主体，多种所有制经济共同发展的活跃局面。同时，工业技术装备也在这一时期继续更新，经济效益明显提高，竞争力不断增强。产品结构得到调整和优化，建材、粮油食品、轻纺等传统工业的行业结构和产品结构得到了改善，在此后的发展中占据支柱地位的机械、电子、电力、化工工业等较快拓展。第三产业在生产总值中比重偏低的状况得到较快改善。

搭上开放末班车

根据国发〔1988〕21号（1988年3月18日）《国务院关于扩大沿海经济开放区范围的通知》，长兴被列入沿海经济开放区的范围，但是因为原南京军区在长兴县设有重要基地和设施，长兴县并未真正完全对外开放，因此，长兴县是浙江省和全国最晚实行对外开放的城市之一。

说起长兴的对外开放历程，就不能不说说长兴煤山的"金钉子"。

说起"金钉子"，就有必要介绍一下地层学。地球地层的年代分为前古生界、古生界、中生界和新生界。每个界又分为多个系。系与系之间的全球标准就俗称为"金钉子"。"金钉子"的正式名称叫"全球界线层型剖面和点位（Global Stratotype Section and Point，或 GSSP）"。显然，"金钉子"不止一个，但却有大小、主次之分。二叠系是古生界最末一个系，三叠系是中生界最早一个系。因此，长兴煤山的"金钉子"既是二叠系与三叠系界线的标志，又是古生界与中生界之间的标志，它还与古生界最大的生物变更事件和全球变化相关联，被认为是地质历史上三个最大的断代"金钉子"之一。

"金钉子"是国际地层委员会的命名，金子贵重表示重要，钉子钉下后固定不动，表示是一个永久的标志。"金钉子"一名源于美国的铁路修建史。1869年5月10日，美国首条横穿美洲大陆的铁路钉下了最后一颗钉子，它宣告了全长1776英里的铁路胜利竣工，这颗钉子用18K金制成。鉴于这条铁路的修建在美国历史上具有里程碑的意义，对美国政治、经济、文化的影响极其深远，特别是对于美国西部开发战略的实施具有举足轻重的作用。为纪念这一事件，美国于1965年7月30日建立了"金钉子国家历史遗址"。全球年代地层单位界线层型剖面和点位在地质年代划分上的意义与美国铁路修建史上"金钉子"的重要历史意义和象征意义具有异曲同工之处，因此，"金钉子"就为地质学界所借用。

早在1978年，就有中科院的杨遵仪院士带人来长兴研究灰岩。那时，由于长兴煤山开采石灰岩，地层裸露明显，总长度有6.5公里。科学家们在这一带发现了大量的古生物化石。1980年3月14日，浙江省人民政府发出通知，在长兴县槐坎公社青塘山建立"长兴灰岩"保护区。长兴灰岩代表了世界晚二叠纪的最高层位，是全球二叠系至三叠系界线层型标准剖面，在国际地质学界具有至高地位。同年，建立刻有中英文名称的永久性标志。

1986 年，中国地质大学教授殷鸿福提出，将我国地质工作者在浙江长兴煤山发现的"牙形石化石"作为划分古生界和中生界的标准化石，以此确定古生界与中生界的分界线。这一新颖的观点一经提出，便在地质学界引起强烈反响，甚至遭到一些人的反对。

1996 年，中、美、俄、德等国的 9 名科学家在国际刊物上发表联名文章，推荐以中国浙江长兴煤山的"牙形石化石"作为划分古生界和中生界的标准化石。

总体来说，煤山剖面是当前国际上二叠系—三叠系界线地质学研究成果最突出的剖面之一，该剖面上的各项研究工作已经成为国际二叠系—三叠系界线地质研究的典范。该剖面的各项研究成果也被对比和推广到国际上各主要二叠系—三叠系界线地层剖面上，成为国际二叠系—三叠系界线的标准。

1996 年 6 月，国际二叠系—三叠系界线工作组召开会议，确定了 4 个界线层型候选剖面，其中 3 个在中国，煤山镇位居榜首。工作组进行了意向投票，投票的结果表明多数人同意将煤山剖面作为全球二叠系—三叠系界线层型剖面和点位。

然而，正当殷鸿福等人准备将煤山剖面向国际地层委员会申请"金钉子"时，国外专家在新疆大龙口剖面考察过程中发生了不愉快事件。因为当地尚未对外开放，国外专家在当地采集的资料就不能带回去。于是，以 Lucas 为首的美、德专家以此为由，把矛头对准了煤山剖面，通过发抵制函、在报纸杂志刊登文章等方式强烈抵制煤山剖面，理由是该剖面与大龙口剖面一样，均未获官方批准对外开放，国外学者无法进驻深入研究。

殷鸿福得知后，立即发表反驳函件予以回击，称"这是把一个孤立的事件过分地扩大，这样的行为不可接受"，并在地质界和国际地层委员会做了多方的努力与说服工作，力争把以 Lucas 为首的专家抵制煤山剖面的国际影响降到最低，尽量使该事件不波及煤山剖面申请"金钉子"。与此同时，殷鸿福也在积极推动中国政府同意开放煤山剖面。

在殷鸿福等人的斡旋下，国际地层委员会主席，二叠系分委会、三叠系分委会先后宣布，不赞成 Lucas 等人抵制煤山剖面的行为，支持殷鸿福继续领导二叠系—三叠系界线工作组，但对殷鸿福所在的团队提出了要求，即在煤山剖面申请"金钉子"时必须满足 1996 年末国际地层委员会颁布的《国际地层委员会关于建立全球年代地层标准的修订准则》中的两个条件："所有地层学家（不论其国籍）均可自由使用模式剖面的研究"；"在向国际地层委员会正式提交报告时，有关的分会应当设法获得有关权威人士对自由使用研究和长期保护现场的承认"。

这也就表明，煤山剖面要被确定为"金钉子"，必须对外开放。

然而，当时的现实情况是，浙江省只剩下 3 个县没有对外开放，长兴县就是其中之一。要想让煤山剖面真正成为"金钉子"，最起码需要对煤山剖面附近的区域实行对外开放，允许国外学者进驻取样并带回国研究。

为此，殷鸿福等人开始了争取中国政府承诺开放煤山乃至后来开放整个长兴县的过程。1997—1998 年两年时间，时任中国地质大学（武汉）校长的殷鸿福院士利用自己的优势，千方百计争取煤山剖面对外开放。

殷鸿福首先以中国地质大学的名义向浙江省政府、地质矿产部教育司申报，并致函长兴县委、县政府，请求对煤山剖面实行对外开放。同时，他数次致函中国地质大学所在地湖北省政府，呼吁湖北省政府对此事做进一步的努力。

他利用自己作为全国政协委员可以提交提案的权利，动员更多的全国政协委员参与提案签名，呼吁有关部门公开表达对此事的支持并同意开放长兴煤山剖面。同时，他组织举办了国际会议，邀请外国参会人士联名呼吁对煤山剖面给予切实保护。

1996 年底，南京军区同意煤山剖面对外国人开放，但划定了严格的开放范围，即东经 119°38'00"—119°44'00"，北纬 31°03'00"—31°06'00"'面积 52.25 平方公里，并且规定乘火车往返杭州和牛头山为唯一的进出路线。浙江省政府办公厅等正式下文。

殷鸿福没有满足于这种有限的对外开放，他的目标是开放长兴全境。1998 年 12 月，他写信给当时主管文教科卫工作的国务院副总理李岚清，希望国务院开放浙江长兴煤山剖面。浙江省政府也在同一时间上报国务院将长兴县列为开放地区，双管齐下推动长兴全面对外开放。

1999 年，殷鸿福继续联名全国政协委员提交提案，吁请开放长兴县。提案提交了，政协委员又有了催请办理和回复的权利。他又通过地质大学的主管部门国土资源部上报了这份吁请。能够被国际地质学界确定一颗重要的"金钉子"，国土资源部也很高兴，于是对此事大力支持。

李岚清收到函件后，将其批转给公安部办理。殷鸿福非常关心事情的进展情况，几乎每隔一个星期都要打电话咨询公安部。终于，在1999年8月，从公安部传来了好消息，李岚清已批示同意长兴开放。9月13日，公安部下发了正式通知"公境〔1999〕1328号文件"——《关于长兴等13个县（市、区）对外开放的通知》。

长兴县被列为对外开放地区后一个月，殷鸿福将此前整理完毕并翻译成英文的申请资料，递交给了国际地层委员会及国际地质科学联合会。"金钉子"的审批要经过国际二叠系—三叠系界线工作组、国际地层委员会三叠纪分会、国际地层委员会3个层次的投票。每次投票间隔3个月。在这3轮国际投票中煤山剖面均以高支持率通过。2001年3月7日，国际地科联在阿根廷通过投票，正式确认浙江长兴煤山T/P系界线剖面为全球二叠系—三叠系界线层型剖面和点位（"金钉子"）。

原先，煤山这一带地下煤炭、灰岩蕴藏十分丰富，小煤窑遍地开花，还建有水泥厂。就在保护区门口就有好几根大烟囱。为了保护好灰岩，长兴县下了很大决心，将这些小煤窑和水泥厂全都停了，烟囱都拆了。

2001年，在长兴召开了盛大的国际会议，浙江省省长和地矿部部长都出席了会议。从此，长兴的"金钉子"扬名中外，煤山剖面被划为了"金钉子"保

2001年，"金钉子"揭牌

护区，每年前来参观旅游的人络绎不绝。

为了更好地保护长兴这颗"金钉子"，长兴县后来还申报了国家级保护区。在国际上，最著名的自然科学杂志 Science、Nature 等都经常拿长兴"金钉子"作为国际上金钉子保护得好的典范。

回忆起当年争取"金钉子"的经过，殷鸿福院士至今记忆犹新。这位与长兴有着 30 多年不解情缘的中科院院士如今已白发苍苍，戴着一副眼镜，谈吐间透露出的是从容、淡定与儒雅。

殷鸿福，中国科学院院士，地层古生物学家，教授，博士生导师。1935 年生，浙江舟山人。在舟山生活到 10 岁就去上海念中学。1956 年毕业于北京地质学院地质勘探系煤田地质专业，1961 年研究生毕业于北京地质学院地层古生物学专业。曾任中国地质大学（武汉）校长、中国古生物学会副理事长、国家教委地质学教学指导委员会副主任、地质矿产部古生物学教学指导委员会主任，以及《古生物学报》《地质科学译丛》及《中国大百科全书·古生物学分册》副主编。国际地层委员会三叠纪分会委员、国际二叠系—三叠系界线工作委员会主席、国际地质对比规划 359 项主席。享受国务院政府特殊津贴。系全国先进工作者、湖北省特等劳动模范。

1978 年他第一次来到煤山。那时的煤山剖面所在的山地一片荒芜。他坐着火车来到槐坎，铁路在这里设了一个站，然后再爬山上去。以后，他基本上一年来一次。1997—1998 年，他带着两个学生做了两幅比例尺为 1/50000 的地形图，按经纬度方矩来画图，通过实地测绘，画出了煤山剖面周围的地质状况。这幅图当时就获得了地矿部的奖项。2010 年，地矿部已改名为国土资源部，在评选 1980 年以来 30 年间 232 幅优秀地质图中又获得了一等奖。长兴"金钉子"项目则获得了国家科技进步二等奖。

在接受我们采访时，殷鸿福院士诚恳地谈了自己对长兴人和事的个人看法。他认为浙江人素质高，不在乎短期利益，看准了就支持；决心一旦下了，就不计成本地投下去。煤山剖面被批准为"金钉子"后，长兴马上就把煤矿、石矿开采停了，那么大的水泥厂说炸掉就炸掉，不要了，标志性的大烟囱说拆就拆了，损失很大。而后又在这里建起了公园、博物馆，铲平修建了道路，建起了围墙，投了很大资本，长兴人很有眼光。长兴县和长兴老百姓敢干，敢投资，不简单。他们借助"金钉子"将相关的旅游产业越做越大，开发了"金钉子"、扬子鳄村、八都岕十里银杏长廊、新四军苏浙军区旧址群等，打造成了一条旅游热线。上海人到这里旅游就是来看这些。长兴人敢干，能干，善于将绿水青山变成金山银山。

殷院士说，法无禁止即可行，浙江人做得好。当年，外国地质学家到中国另一个地方做研究，采了化石标本当地不让带走。当时长兴因为有军事基地，也不对外开放。但是法律没有禁止外国人来，所以即便不开放，外国科学家到长兴来做研究也都是来去自由。按说浙江并不是该出"金钉子"的地方，但是，迄今为止中国被国际上确认11颗"金钉子"，竟然有4颗在浙江，其中2颗在长兴。这是一个很奇怪的现象。原因就在于，在别人眼里不是宝贝的东西，浙江人把它做成了宝贝。

想明白，干到底

茅临生调走后，接替他担任长兴县委书记的是原县长金庆灿。金庆灿退休后住在杭州，身体欠佳，但是听说长兴来人要采访他，他还是很愉快地答应了。

金庆灿，1948年11月生，浙江临海人。1967年财会专业大专毕业，1968年7月就到了长兴，先是在长兴二建当了15年会计，直至1997年8月组织上调他去湖州市委政法委工作。他在长兴工作生活了30年1个月，曾先后担任过长兴县食品公司副经理、经理、党支部书记；长兴县商业局局长、党委书记、县财办主任；供销社党委书记。1990年3月，当选为长兴县副县长，1993年3月，当选为长兴县委副书记、县长，1994年9月至1997年8月任长兴县委书记。

在长兴工作多年，金庆灿总结了长兴发展中存在的三大问题。一是长兴人观念旧，有"小富即安"的心理，因此茅临生在1992年要开展解放思想大讨论。二是自然灾害多。那时基本上是两年一场水灾，太湖水倒灌进来。他1990年担任副县长后，一大任务就是防范水灾洪灾，每当台风一来他就紧张，1997—1998年，大水冲掉了天平乡和长城乡，小坝都倒了，房屋也倒塌了。因此，治水是当时的要务。三是财政差。当时长兴县年税收超过100万元的企业只有3家，包括李家巷的水泥厂。长兴县财政经常位于全省末尾。有一年还不得不向省财政厅借了250万元发工资。那时省财政厅宋厅长原先是省供销社主任，算是金庆灿的老上级。到了1993年，长兴县财政收入超过1亿元，省里奖励了一辆奥迪车，金庆灿专门去深圳提回了这辆豪车。

与问题并存的是,长兴县有两项任务负担很重。首先是粮食问题。《浙江日报》曾专门报道,长兴县80%的粮食购销任务未完成,那时县里"弄虚作假",62万亩耕地,虚报成有"大寨田"72万亩。按照这一面积核算,长兴县应缴公粮2亿1500万斤。那时的浙江省委书记李泽民抓早稻种植,但是长兴的农民不愿种,因为长兴工业发展好,年收入有5亿多元,许多农民都盖起了别墅,但是田却没人种。于是,县里就推动土地流转。粮食和土地是按人分配和承包的。土地流转后,农民的承包地交给种粮大户去种,公粮也由他去缴。

第二项任务是扩城。当时县城只有2平方千米,于是向南扩。自1991年起,启动旧城改造。原先的人民路道路狭窄,吉普车都开不过去,两边都是理发店等小店铺,没有人行道,自行车也骑不过去。改造后,首先拓宽了道路,县政府到解放路的道路拓宽到了21米,同时开通了金陵路,开通了北门到长兴港的道路。旧城改造后,道路两边盖的都是新房子,增加了新店铺。

长兴产业基础差。虽然有耐火、建材、石矿和水泥厂,但年产量大多只有3万—10万吨。到了1997年,年产量达到5000吨的建材厂有4家。全年有约2000万吨石材运到上海去。上海的杨浦大桥、金融区的建材基本上来自长兴。

长兴的领导明白,只有经济搞上去了,财政收入才会增加。而搞经济,电力和交通必须先行。因此,县里对长兴电厂进行了扩建,使其供电能力达到400千瓦。其次是对道路进行改造。但是道路拆迁费和材料费投资缺乏。长兴便开始招商。公路建设方面,长兴同湖州一起合作,一共投资2.5亿元,修了一条通往上海的公路,一年公路收费4000多万元,长兴和湖州市按照4:6的比例分成,长兴一年可回收1600多万元。长兴县还修通了火车站到码头的道路,修建了城西立交桥等。道路通了,商品就通了,人员也通了。长兴产业结构逐步优化,财政收入从1993年1亿元增长到了1996年的1.5亿元。

金庆灿说,解放思想大讨论后,大家都自告奋勇出去找效益好的项目,对好项目政府还要给财政补贴。像水泥厂升级换代新产品,一个月就搞出了新产品。农民开始开发农家乐,买了小汽艇,搞起了旅游。

如今的金庆灿已完全退休在家。女儿当年从长兴中学毕业后,考上了浙江大学,在新华社从事律师工作。儿子在湖州市国税局工作。儿孙有成,生活幸福。

采访手记　理念一变天地宽

人是需要精气神的。有了精气神，干活、工作、事业就有了不一样的心劲和动力。

中国改革开放的起点是解放思想，是由一场关于真理标准的大讨论开启的。思想路线确立了，人就是最关键的因素了。1978—1991 年，中国的发展变化不可谓不大，中国的变革可谓惊天动地、天翻地覆。但是那位时代伟人、思想的智者却先知先觉地感受到了大时代迫切的呼唤，高瞻远瞩，振臂一呼，吹响了进一步解放思想的时代号角，中国经济社会发展从此被扳上了快车道。改革伟业天地得到了极大的拓展。

改革开放推动中国发展的历史实践证明，理论先行，理论先导，让思想观念走在时代发展前列，让思想解放的旗帜高高飘扬，道路才会有明确的方向，前进才会有目标和理想。思想观念是总开关，是"牛鼻子"，扭住了"牛鼻子"，打开了总开关，前景便豁然开朗，一片光明。长兴的改革开放从农村的狄家㘰开始，狄家㘰的改革也是从改变观念肇始。观念一变，天地更宽广。长兴的主政者强烈地感受到了长兴人性格和观念上的局限，于是以醍醐灌顶、雷霆霹雳的方式，给找不着发展方向的长兴人下了一剂猛药、一剂解放思想的猛药。通过在全县上下开展解放思想大讨论，通过梳理 16 个"破与立"，令长兴人茅塞顿开，豁然开朗，认清了自身的不足与缺陷，找到了差距和努力的方向，通过一年的奋斗，长兴人就快步赶了上来。

由此，我们也能看到长兴持续发展的巨大潜能。谋事在人，成事在天，一旦将人蕴藏的潜能激发出来，就有可能爆发出如核弹一般非凡的能量，建树非同寻常的业绩。长兴人骨子里有着一股不服输、争上游的心气和精神。虽然因为特殊原因，长兴的对外开放起步较晚，但他们的心劲和心气一旦被鼓起，便迅速地迎头赶上。一个个长兴人都勇于做时代的弄潮儿，敢于屹立潮头，劈波斩浪，到市场经济的大风大浪中去经受考验，去锤炼提升自己，做坚毅不屈的时代追梦人。长兴的快速进步和崛起，也就是指日可待的事了。

第二章

———

凤凰涅槃：发展更须讲科学

改革开放以来，中国经济社会发生了翻天覆地的变化。但与此同时，越来越多的有识之士对当时中国忽视环境资源保护，以环境换取经济增长的发展模式开始了反思，并提出了应对之策。从国家层面上看，党中央响亮地提出科学发展观，要求发展要做到全面、协调、可持续，实现人与自然和谐相处。

在这样一个历史的关键节点上，长兴县领导率先感受到了时代的呼唤，开启了长兴经济社会发展模式凤凰涅槃式的自我革新。

创新理论付实践

2003年春天，发生了非典型肺炎重大疫情。这场几乎波及半个中国的卫生防疫事件后来被称为"非典"。"非典"在给中国造成数以千亿元的损失的同时，也使中国的执政党意识到，亟须提出一种全新的发展理念，以应对和迎接新的时代环境的变化与挑战。全党全国人民在中共中央、国务院领导下，坚持一手抓防治"非典"，一手抓经济建设，夺取了防治"非典"工作的重大胜利。7月28日，胡锦涛总书记在全国防治"非典"工作会议上发表讲话，对防治"非典"工作的重大胜利进行总结，提出要更好地坚持全面发展、协调发展、可持续发展的发展观。

其实，早在当年的 4 月 10—15 日，胡锦涛在广东考察工作时就提出了要坚持全面的发展观。8 月 28 日—9 月 1 日，胡锦涛在江西考察工作时明确使用了"科学发展观"概念，提出要牢固树立协调发展、全面发展、可持续发展的科学发展观。10 月 11—14 日，中共十六届三中全会召开，通过《关于完善社会主义市场经济体制若干问题的决定》，提出坚持以人为本，树立全面、协调、可持续的发展观和"五个统筹"的思想。胡锦涛在会上发表讲话，明确阐述科学发展观。11 月 27—29 日，中央经济工作会议召开，强调牢固确立和认真落实全面、协调、可持续的发展观，保持宏观经济稳健运行，切实转变经济增长方式，促进城乡、区域、经济社会协调发展，坚持经济发展和资源环境相协调。

2007 年，党的十七大报告明确提出，科学发展观第一要义是发展，核心是以人为本，基本要求是全面协调可持续性，根本方法是统筹兼顾，指明了我们进一步推动中国经济改革与发展的思路和战略，明确了科学发展观是指导经济社会发展的根本指导思想。

2002 年 10 月 12 日对于浙江省的发展历史有着非同寻常的意义。这天下午，浙江省领导干部会议在省委礼堂召开，会上宣布了中央关于习近平同志到浙江任职的决定。

2002 年 11 月 21 日，党的十六大结束后一周，中央决定，习近平同志任浙江省委书记。

此时的浙江，虽然头戴"中国经济优等生"的光环，但面临世情国情省情的重大变化，正开始遭遇"成长的烦恼"。

从全球看，2001 年加入世界贸易组织后，我国在更大范围、更广领域和更高层次上融入了全球经济。这既为发展创造了新机遇，也提出了新挑战。从全国看，我国已经进入全面建设小康社会、加快推进社会主义现代化的新的发展阶段，社会主义市场经济体制初步建立，市场供求关系、消费需求、发展路径以及发展的体制环境都在发生深刻变化。

浙江省情也在变。随着经济总量的不断扩大和资源能源消耗的日益增加，作为先发地区的浙江率先遭遇生态环境压力、资源要素制约、内外市场竞争等一系列突出问题：从 2003 年开始，要素供给全面紧张，"有项目无地建设、有订单缺电生产"成为普遍现象；另一方面，依赖成本优势的"浙江制造"，遭遇内销压价和外部"反倾销"的双重挤压……

回望世纪之交，作为沿海发达省份的浙江，在发展中率先遇到一系列新的带有普遍性的矛盾和问题，这都是"成长中的烦恼"。那时，因为闹"电荒"，工业企业"停二开五""停三开四"是常事，甚至连西湖景区晚上都经常漆黑一片。

为了破解经济发展的难题，习近平大兴调查研究之风，自己带头，马不停蹄，深入企业车间、田间地头，和广大基层干部、企业家、工人、农民深入交流。

通过一次次的调查研究，对浙江发展所处的历史方位和面临的时代命题，对新时期浙江改革的顶层设计，习近平逐渐形成了自己的大思路。

党的十六大以后，中央提出科学发展观这一重大战略思想，浙江省委紧密结合浙江实际，认真组织学习，深刻认识到科学发展观符合我国经济社会发展的现实，对推进浙江发展具有很强的指导性和针对性。省委、省政府始终坚持科学发展观的指导地位，把科学发展观贯穿于想问题、做决策、办事情的各个环节，落实到改革开放和现代化建设的各个方面，致力于推动浙江经济社会转入科学发展的轨道，不断深化科学发展观在浙江的实践。

2002年12月，浙江省委十一届二次全会作出了加快全面建设小康社会、提前基本实现现代化的决定，确定了分阶段的发展目标。

在2003年上半年的几次会议上，习近平频频谈到浙江如何进一步巩固优势、发展优势的新课题。5月26日，在全省经济体制改革工作汇报会上，习近平对新时期浙江的改革问题进行了系统全面的阐释。他指出，经过20多年的改革开放，我国经济发展的宏观背景和体制环境已经发生了深刻变化。这些变化，对深化改革提出深层次的新的更高要求。浙江改革已经取得的体制先发优势，是相对的、阶段性的，必须进一步深化改革[1]。会上，习近平发出全面深化改革的动员令："我们要继续发扬敢闯、敢冒、敢干的创新精神，坚决冲破一切妨碍发展的思想观念，坚决改变一切束缚发展的做法和规定，坚决革除一切影响发展的体制弊端。"[2]

7月10日，在浙江省委十一届四次全会上，习近平代表省委向全会作报告，正式提出发挥"八个方面优势"、推进"八个方面举措"的重大决策部署："一是

[1]《习近平总书记在浙江的探索与实践 改革巨擘绘宏图》，人民网2017年10月12日。
[2]《习近平总书记在浙江的探索与实践 改革巨擘绘宏图》，人民网2017年10月12日。

进一步发挥浙江的体制机制优势，大力推动以公有制为主体的多种所有制经济共同发展，不断完善社会主义市场经济体制；二是进一步发挥浙江的区位优势，主动接轨上海、积极参与长江三角洲地区合作与交流，不断提高对内对外开放水平；三是进一步发挥浙江的块状特色产业优势，加快先进制造业基地建设，走新型工业化道路；四是进一步发挥浙江的城乡协调发展优势，加快推进城乡一体化；五是进一步发挥浙江的生态优势，创建生态省，打造'绿色浙江'；六是进一步发挥浙江的山海资源优势，大力发展海洋经济，推动欠发达地区跨越式发展，努力使海洋经济和欠发达地区的发展成为浙江经济新的增长点；七是进一步发挥浙江的环境优势，积极推进以'五大百亿'工程为主要内容的重点建设，切实加强法治建设、信用建设和机关效能建设；八是进一步发挥浙江的人文优势，积极推进科教兴省、人才强省，加快建设文化大省。"[1]

这个决策部署后来被简称为"八八战略"。"八八战略"充分体现了科学发展观的要求，是十一届省委贯彻落实科学发展观的重大实践载体。习近平指出，"八八战略"是一项系统的工程，基本上涵盖了方方面面。政治、经济、文化，注重全面协调可持续的发展。因为它本身就是浙江广大干部群众集思广益的产物，获得了全省上下的广泛支持，达成共识。这也是我们省今后一个时期改革发展的总体思路和改革部署。

这八条，第一条讲的就是再创体制机制新优势，也就是要深化改革。而其他七个方面，都是从不同领域、不同方面去推进重点改革，而且都要以深化改革为动力，以体制创新为保证，它们总体构成了一个既有方法论又有路线图的系统全面的深化改革顶层架构，为浙江改革发展架起了"四梁八柱"。

思想是历史发展的路标。"八八战略"是引领浙江发展的总纲领，是推进浙江各项工作的总方略。在"八八战略"指引下，历届浙江省委一张蓝图绘到底，将改革作为引领发展的第一动力，用浙江实践、浙江经验为全国改革发展大局不断作出浙江贡献：中国（浙江）自由贸易试验区、浙江海洋经济发展示范区、杭州国家自主创新示范区、嘉善县域科学发展示范点等改革扎实推进，国有企业和民营经济发展相得益彰，"最多跑一次"改革不断深化……

一幅水平更高、动能更新、成果共享的发展画卷在之江大地不断铺展：实体经济加速新旧动能转换，"浙江制造"加速迈向中高端；对内对外开放在改革

[1] 摘自习近平同志 2003 年 7 月 10 日在浙江省委十一届四次全体（扩大）会议上的报告。

中跃上新台阶；发展的协调性、均衡性和包容性不断增强，现代治理体系和治理能力不断完善提升；文化体制改革深入推进，文化软实力显著增强……．

2004年5月，浙江省委十一届六次全会作出了全面建设"平安浙江"、促进社会和谐稳定的决策部署。这一着眼于"大平安、促和谐"的决策部署，实际上是对构建社会主义和谐社会的探索和实践，得到了中央的充分肯定。2005年7月，省委十一届八次全会在认真总结推进文化大省建设经验和启示的基础上，作出了加快建设文化大省的决策部署，提出要从增强先进文化凝聚力、解放和发展文化生产力、提高社会公共服务能力入手，重点实施文化建设"八项工程"，全面建设教育强省、科技强省、卫生强省和体育强省。2006年4月，省委十一届十次全会作出了建设"法治浙江"的决策部署，提出要加快建设社会主义民主更加完善、社会主义法制更加完备、依法治国基本方略得到全面落实、人民的政治经济文化权益得到切实尊重和保障的法治社会。2010年7月，省委十二届七次全会作出了坚持生态省建设方略、走生态立省之路，打造"富饶秀美、和谐安康"的生态浙江的重大决策部署，从而构成了浙江经济、政治、文化、社会建设以及生态文明建设"五位一体"的发展布局。

党的十六大以来，浙江省委、省政府高度重视经济结构调整和产业升级，强调把经济工作的重点真正转到提高经济增长的质量和效益上来。时任省委书记习近平曾将此形象地概括为"四个两"："两只手"，即：政府"看得见的手"和市场"看不见的手"，市场这只手激活效率，政府这只手更多地关注公平。"两只鸟"，即："凤凰涅槃"，以浴火重生的勇气，坚决摆脱对粗放型增长方式的依赖；"腾笼换鸟"，坚持扶优汰劣，腾出发展空间，引进优质资本，促进产业高度化。"两座山"，即：既要绿水青山，又要金山银山，把生态环境优势转化为生态经济优势，使绿水青山变成金山银山。"两种人"，即：农民和市民，就是要建立健全以工促农、以城带乡的发展机制，推进城乡一体化发展，做好外来务工人员的服务和管理工作，让农民更多地享受市民的待遇。浙江省委、省政府认真贯彻中央宏观调控政策，确立了"优农业、强工业、兴三产"的产业发展思路，坚持"有保有压"，千方百计做好资金、土地、能源、运输等方面保障工作，促进浙江经济持续健康发展。浙江省委、省政府始终尊重人民主体地位，保障人民各项权益，切实解决人民群众最关心最直接最现实的利益问题。2004年10月，省委、省政府出台了建立健全为民办实事长效机制的意见，确定每年在就业再就业、社会保障、医疗卫生等 10 个重点领域办 10 个方面的实事，建立民情反映、民主决策、责任落实、投入保障、督查考评等 5 项工作机制，推动为民办实事工作长效化制度化。

"凤凰涅槃"出自郭沫若的同名诗作。诗中写到的凤凰，其实并非中国古代神话传说中的凤凰，而是指西方传说中的不死鸟（天方国古有神鸟名"Phoenix"菲尼克司，满 500 岁后，集香木自焚，复从死灰中更生，鲜美异常，不再死）。西方的不死鸟与鹰相像，而中国传说中的凤凰在形象上则像鸡、雉。凤凰涅槃的寓意就是洗心革面、脱胎换骨、浴火重生，从一个陈旧的生命中蜕变出一个新鲜的美好的生命。

学习养好"两只鸟"

2002 年 11 月 1 日，时任浙江省代省长习近平主持省政府常务会议，审议《浙江省大气污染防治条例（草案）》。习近平最后作总结讲话。习近平同志说："治理大气污染，保护生态环境，功在当代、利在千秋，标准怎么定都应该，花再大代价也值得。"[1]

12 月 18 日，就任省委书记不到一个月的习近平主持浙江省委十一届二次全体（扩大）会议，提出要积极实施可持续发展战略，以建设"绿色浙江"为目标，以建设生态省为主要载体，努力保持人口、资源、环境与经济社会的协调发展。

一个月后，浙江正式成为全国生态省建设试点省。

2003 年 3 月 18 日，《浙江生态省建设规划纲要》通过专家论证。纲要提出浙江生态省建设的主要任务是，全面推进生态工业与清洁生产、生态环境治理、生态城镇建设、农村环境综合整治等 10 大重点领域建设，加快建设以循环经济为核心的生态经济体系、可持续利用的自然资源保障体系、山川秀美的生态环境体系、人与自然和谐的人口生态体系、科学高效的能力支持保障体系等 5 大体系。

7 月 11 日，浙江召开生态省建设动员大会，习近平作动员讲话。他说："建设生态省，是一项事关全局和长远的战略任务，是一项宏大的系统工程。""以

---

[1]《绿水青山就是金山银山——习近平总书记在浙江的探索与实践·绿色篇》，浙江在线 2017 年 10 月 8 日。

最小的资源环境代价谋求经济、社会最大限度的发展，以最小的社会、经济成本保护资源和环境，既不为发展而牺牲环境，也不为单纯保护而放弃发展，既创建一流的生态环境和生活质量，又确保社会经济持续快速健康发展，从而走上一条科技先导型、资源节约型、清洁生产型、生态保护型、循环经济型的经济发展之路。"[1]

习近平和浙江省委省政府如此重视环境保护，如此强调生态建设，这让长年累月在严重工业污染黑暗中苦苦探索的长兴县，犹如醍醐灌顶一般为之一振。

2003年，对于长兴县来说确是一个非同寻常的年份。

20世纪80年代中期以来，长兴依靠当地资源，建材、纺织、耐火材料、蓄电池等产业相继兴起，让长兴除了发展模式上面临如何保持可持续发展压力外，生态环境压力也越来越大。2002年，长兴县技术含量高、附加值大的高新技术产品发展加快增长，其中化学原料及化学制品生产增长76.1%，新型纺织业生产增长35.1%、机械制造业生产增长40.5%，电子及通信设备制造业生产增长50.3%，新型建材生产增长19.2%。但产业结构的调整有个过程，在此过程中，边治理、边污染的现象难以根治，全县198家耐火材料企业，贡献年总产值近6亿元，却带来了134座燃煤倒焰窑的污染问题：175家蓄电池及相关企业，2003年销售收入8.5亿元，但每年排放的铅污染物高达10余吨。石灰石每年开采量都在1000万吨以上，主要用作水泥生产原料。2000年，全县水泥产量达到378万吨，水泥生产企业中，生产工艺落后的机立窑有25座，湿法回转窑5座，普通干法回转窑10座。这些企业规模偏小、产品结构单一、能耗物耗高、经济效益差、经济增长方式粗放等结构性矛盾日益集中，主要表现在回转窑水泥比例偏低，2000年仅占水泥总产量的8.5%，而采用机立窑，每生产1吨水泥，就会产生8公斤粉尘。工业污染成为长兴县域环境质量的主要污染源。

根据"十五"期末的长兴环境质量报告，21世纪初长兴存在的环境问题，主要反映在水环境和大气环境污染两方面。

水环境方面：饮用水水源水质恶化。长兴县主要饮用水源取之于包漾河。包漾河水质在"九五"期间均达到二级标准，但在"十五"期间，全不符合国家二级标准。污染程度呈上升趋势，水质恶化。河流水体趋于恶化。长兴县的河流均为双向性河流，一般山区河流稀释自净能力较强，平原河网因水体流动

---

[1]《生态蓝图绘到底　八八战略一脉传》，人民网2018年6月29日。

性差，水交换周期长，稀释自净能力较差。对农业生产、工业生产、人口密集型的地区来说，水体过度的纳污加重了原本自净能力差的水体污染。水库水体趋向恶化。长兴泗安水库水体逐年趋向恶化，2002—2005年连续4年未达到标准。

大气环境方面：废气排放的主要行业为建材、电力、纺织（印染）等，排放的主要污染物为烟尘、二氧化硫和工业粉尘等。工业废气排放总量、燃料燃烧废气、生产工艺废气排放量、消烟除尘率逐年递增。其中工业废气排放总量，2001年为277.58亿标立方米，2002年为298.76亿标立方米，2003年则增长到347亿标立方米。

客观上说，长兴县乃至浙江省的历届党委、政府，自新中国成立以来，在推进生态文明建设的认识和探索上一直没有停止脚步。但是，同发达国家工业化初期一样，对环境、资源有着极大消耗，受客观技术条件的限制，以及对生态文明建设、可持续发展等主观认识的局限，依然难以从根本上形成人与自然和谐共处的生存生活生产环境，以至于21世纪初长兴的环境改善迫在眉睫。

1999年以后，小煤矿、小石矿、小耐火、小水泥、小纺织及小蓄电池企业遍地开花，长兴已经成为一个浑天浊浪的灰色地带。

4800多台喷水织机，一台机器每天产生3吨污水，都是直接排放，浑浊不堪的河流让人心痛。

200多家耐火企业，每家企业2根或3根烟囱，五六百条黑龙整日整夜飞舞着，烟气黑度达到最高级的5级。

1吨水泥的整个生产流程约产生8公斤粉尘，而全县年产700万吨水泥，这还不包括那么多的石矿、石灰厂……

空气混浊、水体污染，再这样发展下去，后果不堪设想。率先试点"绿色GDP核算"的湖州市的一份数据显示，由于环境污染，2001年长兴"绿色GDP"由82亿元减调为74.4亿元，调整比例达9.28%，居湖州所辖各县、区之首。2004年10月，浙江省将一顶"环境保护重点监管区"的帽子重重地扣在长兴县的头上。

"晴天一身灰，雨天一身泥，有窗不能开"是2004年之前长兴人生活的真实写照。

面对水泥、建材、蓄电池等高能耗、重污染产业造成的突出矛盾，面对长兴人生存生活环境的不断恶化，在这个关键节点上，长兴县党政主要领导都在苦苦思索："发展的目的到底是为了什么？"

"凤凰涅槃"的拐点在 2003 年末出现。在一次县委常委会上，主要领导下定决心："宁可 GDP 增长少点，也不能牺牲环境。"12 月，长兴县委召开了一次党代会，决定用铁的手段、铁的决心、铁的纪律、铁的措施治理污染。这次震惊浙江全省的会议后来被人们称为"不发展会议"。

"不发展会议"充斥着悲壮的气氛，长兴要一举砍掉一批曾经为长兴经济发展作过重要贡献的"五小"企业，影响几十亿元的工业产值和 1 亿多元的地方财政收入，而 2003 年长兴县的财政收入只有 10.32 亿元。

会上，三种不同的观点产生了激烈的交锋。

第一种观点是"先发展后治理"。持这种观点的人振振有词地说，"先发展后治理"似乎是各个国家和地区发展的一条普遍规律。西方发达国家在早期发展阶段，走的都是先发展后治理的路。在最初的资本积累时期，一定是把发展经济放在第一位的。人们不也常说"发展是硬道理""发展是第一要务"吗？只有经济发展了，才有能力回过头来，对曾经遭到破坏的环境进行治理。

他们举例说，日本的北九州和长兴的面积差不多大，也同属于亚洲。第二次世界大战后，北九州的经济得到了迅速发展，尤其是冶金工业和化学工业。不可否认，由于忽略了环境保护，北九州的大气、土壤和海水都遭到了严重污染。到了 20 世纪 70 年代，北九州的环境问题引起了当地人的高度重视，于是，已经有了较雄厚经济实力的北九州投入巨资，开始对环境进行全方位治理。由于治理有效，北九州重新找回了蓝天和白云。北九州环境治理的成果，还受到了联合国环境署的表彰。他们认为，如果"二战"后的日本北九州一开始就坚持保护环境，那一定会制约工业的发展。而工业得不到发展，政府就没有钱来搞环境保护。

他们提出，长兴现在应该放手发展经济。先把经济搞上去，才有条件回过头来治理环境。这是一条符合长兴发展实际的道路。长兴本来就是一个农业县，工业基础非常薄弱，再用保护生态来束缚自己的发展，势必会严重影响长兴的发展速度，到时候就很难向长兴人民交代，也很难向上级交代。在他们看来，"自我束缚"是一种非常不明智也不合时宜的做法。现在唯有把长兴的 GDP 搞上去了，才算"英雄"。

这种观点，遭到了许多人的否定。多数人赞同讨论应建立在"发展为了什么，发展为了谁"的基础上，认为，"先发展后治理"是图"一时之快"的短视行为，让子孙后代来承担环境破坏的后果，是对未来非常不负责任的态度。"先发展后治理"必然会造成这样的恶果：今后将会花掉高于当下所创造的 GDP 的数倍资金用于环境的治理和生态的恢复。从这个意义上讲，你现在创造的 GDP 又有多少真正的价值？而更为可怕的是，"先发展后治理"的做法，会严重危及人的健康。人的生存都成问题了，这样的发展结果就与发展的目的背道而驰了。大家说"发展是硬道理"没有错，但是，"硬发展没道理"，尤其是以牺牲环境和民生为代价的硬发展更是没有道理，甚至是遗患无穷的。"舍弃硬发展，是为了更好地发展。"

有些人提出，可以边发展边治理。持这种观点的人不在少数。他们认为：长兴可以走"边发展边治理"的路：有条件的企业，或有条件的地方，可以在环境保护方面先走一步。诚然，这一步也要量力而行，循序渐进；等到条件好了，步子就可以迈得大一点。而那些条件较差的企业，或条件较差的地方，可以先把重点放在发展上，等有了能力时，再将治理的措施跟进。他们的理由是，生产方式的转变，不是一朝一夕就能实现的。"休克疗法"不符合长兴的县情。

长兴县党政主要领导对"边发展边治理"的观点同样予以彻底否定，认为，"边发展边治理"是一种"网开一面"的做法。它一开始就"软化"了长兴人坚持走可持续发展的决心和力度。坚持可持续发展是一项系统工程，好比人的两条腿，迈的步子一定要均衡，而不能一瘸一拐的。一瘸一拐，怎么走得好可持续发展的路？况且，"边发展边治理"将让未来付出更大的成本。

长兴党政主要领导认真学习领会了浙江省委提出的"八八战略"的要求，特别是关于"进一步发挥浙江的块状特色产业优势，加快先进制造业基地建设，走新型工业化道路"，"进一步发挥浙江的生态优势，创建生态省，打造'绿色浙江'"等要求，结合对过去的发展观念和发展模式的不断反思，深刻认识到长兴要走的路只有一条，那就是先治理后发展。因为，长兴要的是长远的、可持续的效益，而不是眼前的、一时的效益。要贯彻落实国家的可持续发展战略，唯有在保护好生态环境和生态资源的前提下来发展已经从根本上改变了经济增长方式的产业。

在这样的发展理念指导下，那些"高投入、高消耗、高污染（排放）、低效益"的"三高一低"产业，首先必须停止运营。他们认为，不管眼下这些企业的经济效益有多好、对县财政的贡献有多大，都得"下马"。

党代会通过充分的讨论，达成共识：长兴要扶持和培育的产业，亦即要发展和壮大的产业，一定是不会对生态环境构成危害的产业。常绿，才有长兴。长兴要走的发展之路只有一条，那就是"绿色之路"。"不发展会议"指出，不发展的是以牺牲环境为代价的产业，而坚持的则是科学的可持续的绿色发展。

壮士断腕图发展

"先治理后发展"从短期和表面上看，似乎是在停滞不前，是"不发展"，其实退一步是为了进两步，暂时的不发展是为了将来更好地发展。这一次，长兴人下定决心要"壮士断腕刮骨疗毒"。从 2003 年开始，每年从县财政拿出 1 亿元，鼓励企业淘汰落后产能，加快转型升级。

2004 年，产业污染大整治的风暴，在长兴大地刮了起来。长兴县使出了一套组合拳：传统产业高新化、新兴产业规模化、高新产业集群化。

"整治风暴"席卷了长兴几乎所有的支柱工业产业——纺织、建材、耐火材料等"粗放型增长"的代表。长兴采取的手段是手术刀式的"休克疗法"：几百根耐火厂的烟囱几乎在一夜之间全都停止冒烟；

石矿开采总量压缩 20%；

一举关闭了 4 个小煤矿、30 座矿山、37 个水泥基地；

上万台喷水织机停止了运转；

一批批工作队和执法力量走进了一家家企业。

长兴污染，传统产业难辞其咎。于是有人提议，干脆全部关掉，一了百了。但长兴的领导们研究后认为："不能把孩子和洗澡水一起倒掉。"可行的办法是："泼掉洗澡水，留下孩子"。

天能集团、超威公司则是被留下来的"孩子"。它们的华丽蜕变真实地反映了长兴传统产业高新化的历程。

同长兴其他蓄电池厂家一样，起初，这两家企业也是名不见经传的家庭作坊式小厂，几间破旧厂房，十几个员工，周而复始地生产着老式铅酸蓄电池。

"倒逼机制"让这些企业行动起来。天能淘汰原有产能，请来国内顶级专家开发出了硅胶电池、镍氢和锂离子电池等六大系列、上千种具有自主知识产权的低碳能源新产品。超威公司与清华大学、沈阳蓄电池研究所合作，建立了环保型蓄电池省级高新技术企业研究中心、省级博士后科研工作站，废水、废酸、废铅实现了"零排放"、循环使用。

科技助推，带来产业升级。天能、超威产品从电动自行车向混合动力汽车、电动汽车延伸，天能集团一举成为国内最大的动力电池供应商，并在香港成功上市。2010年，天能电池因安全、环保还成为上海世博会电动汽车专用电池。

县环保局的工作人员那时候到一些作坊式的蓄电池企业去检查，有的车间铅雾弥漫，即使戴上口罩，一天下来鼻孔也都是黑的。

经过整治，剩余下来的蓄电池生产企业，凡是容易产生铅尘、铅烟的工序岗位都安装了吸风装置，经环保处理后达标排放，含铅废水全部实现了循环回用。最容易产生铅污染的极板制造和冶炼企业也实现了机械化生产，减少了工人和铅粉、铅尘的直接接触。

在举起大棒的同时，长兴县也送来了胡萝卜。长兴在经济转型过程中采取了更加温婉、更有人情味的办法。县里同时出台鼓励政策"压阵"。譬如，关闭小煤窑时，考虑到这些企业大都投入了一定的安全改造资金，所以县里拿出1000多万元给予补偿；对环保治理通过验收的企业，给予设备投资额4%的奖励；污染企业在规定时间内自愿申请停产的，给予1万—5万元的补助；对改造生产设备、改进生产工艺、提升产品档次的，给予一定鼓励。

一直因污染而被人诟病的纺织产业，生产设备由低档次的喷水织机、剑杆机向喷气织机、经编机、大圆机、高级电子提花机等高档纺织设备提升后，产品也从低档的里子布向家纺、服装、针织业拓展。结果是：不但污染减轻，产品的附加值也增加了5倍以上。

最令人振奋的是，一批新兴产业、高新产业集群在长兴迅速崛起。2010年，长兴年产300万台空调、200万台洗衣机、100万台冰箱，已成为亚洲最大的白色家电生产基地；长兴年产太阳能散热器100万组，稳居全国第一……

以前，长兴基本上看不到外国人，现在，美国、日本、意大利、土耳其等34个国家和地区的企业相继来此落户。一个小小的长兴县，规模企业总数达到571家，其中超1000万美元的项目115个。连美国江森自控、惠而浦电器、德尔福汽配、法国欧尚超市、德国海涅尔凯莱集团等世界500强企业也纷纷抢滩长兴。一个县能汇聚这么多世界500强企业，在全国或许都不多见。

　　一年后的环境监测显示，长兴县内铅及其化合物、硫酸雾、含铅固体废物这三大主要污染物的年排放量，比整治前分别削减94.1%、80.5%和24%。在整治过程中，企业投入7000多万元用于环保、卫生治理，政府则向企业发放了近300万元的补助资金。这些代价与成果相比，微不足道。整治改变了长兴"小、散、乱"的蓄电池产业格局，大大优化了产业结构，提升了企业竞争力。蓄电池企业数量从170余家缩减到50家左右；2004—2006年，蓄电池销售额年均涨幅67%，利税年均增长54.4%；市场份额已占全国50%以上。蓄电池企业产值从2003年的9.01亿元发展到2009年的103亿元，占全县工业的比重从9.2%提高到22.7%。明星企业开始出现。2007年6月11日，长兴天能国际集团在香港上市，被称为"中国动力电池第一股"。2010年7月7日，超威动力控股有限公司在香港主板成功上市。时至今日，蓄电池产业已发展成为长兴工业的支柱产业之一。

　　长兴曾因铅酸蓄电池行业而戴了近两年的省级"环境保护重点监管区"帽子，也在2006年被一举摘掉，换成了一顶新的"桂冠"——"中国绿色动力能源中心"。

　　转型升级并非大企业的专利。夹浦镇纺织设备从有梭织机发展到喷水织机，再升级到经编机，带动了纺织行业从单纯织造走向集织造、印染、家纺为一体的轻纺产业链。而李家巷镇老牌企业"新明华"，关闭了普通水泥生产线，转而把石灰石加工成医药中间体，使一吨产品售价变为普通水泥的3000倍、石灰的6000倍。而如果不进行转型升级，这些企业恐怕连生存的机会都没有。

　　大整治"风暴"过后，长兴相关行业不仅没有走向低迷，反而促进了生产技术水平的提升。一大批以新技术、新装备为主导的企业通过转型升级迅速崛起。长兴不仅摘下污染的黑帽子，还摘取了湖州县区经济总量、财政收入的桂冠。在"全国百强县"的榜单上，从2002年的第107位跃升至2005年的第56位。

　　就在长兴产业结构调整取得阶段性成果之时，"跨界污染"难题却接踵而至。2007年5月，太湖蓝藻在无锡暴发。

　　尽管太湖长兴沿线并未发现蓝藻，但长兴县未雨绸缪，引以为戒。6月5日，长兴县环保局召集全县印染企业通报了一项处罚决定：由于向太湖超标排污，新峰印染有限公司被责令停产并处10万元罚款。——虽然对该企业的检查、处罚是在 3 月份进行的，但选择这个时机开通报会显然更能起到震慑作用。很快，长兴直排太湖的排放口已由原来的 5 个——新峰印染公司、国圆印染公司、夹浦镇污水处理厂等，减少到了 1 个。

与几年前相比，长兴县环保部门明显硬气起来。以前常有政府领导来说情甚至干预环保执法，现在几乎没有了。

2005—2008 年，由于"环保门槛"，长兴 195 个引资项目被"一票否决"。

污染行业整治以后，被当地官员津津乐道的，还有长兴力推的"绿色 GDP"考核。

在考核办法中，总分 100 分的 20 多项考核指标中，"生态县建设"和"生态环境保护"各占 5 分；对水口、二界岭两个乡则完全取消工业经济考核，环保生态成为"第一要素"。

在淘汰小煤窑、水泥机立窑、黏土砖瓦窑和蓄电池行业专项整治的基础上，长兴又全面推进了生态环境整治十三大工程，加快推进喷水织机整治、化工行业整治和耐火窑炉企业的改造。

同时，充分利用资源，原来一些水泥厂的废气、废渣都被丢弃了，现在要求"吃干榨净"、充分利用。

余热发电就是其中一种途径。这种先进技术的核心是不用燃煤，而用新型干法水泥生产线排出的废气余热发电。如此一来，水泥企业每生产一吨熟料可节省标煤 4000 克。而以往排放的废气经过回收发电后，热度由原来的 350℃下降到 100℃再排到空中，也能大大减少对大气环境的影响。煤山众盛水泥厂在进行余热发电后，每年的二氧化碳排放量足足减少了 12 万吨。

长兴在做好行业专项整治和落后产能淘汰这篇"减法"文章的同时，提档升级、延伸产业链的"加法"也被充分运用。

蓄电池产业由原来的单一铅酸蓄电池向铅酸类和镍氢类、锂离子类等新型电池类拓展，产品应用领域从电动自行车向混合动力汽车、电动汽车延伸；机电行业向多领域快速拓展，汽摩配件、电器制造、节能灯等新兴行业发展势头趋好；新材料方面，由原来简单的卖石灰到现在的石灰石深加工……这些新材料共同特点是科技含量高、能耗低、对环境影响小。

产业的转型升级针对的是长兴经济原有的存量，如何创造新的增量？这是长兴面对的新命题。

招商引资无疑是激活增量的最佳途径。为了搭建经济发展的优势平台，长兴举全县之力筑巢引凤，花重金聘请了上海同济城市规划设计研究院的专家，对长兴开发区工业企业的布局、商业居住、物流配套、交通组织、区域道路和绿化分布等进行了规划设计和开发。

而招商引资的浓墨重彩之笔，则是2002年开始举办的长兴国际贸易投资洽谈会。

但是，远道而来的外商如何能看得上并非沿海城市的长兴？

为了让长兴与世界接轨，县委县政府提出："现代农业学台湾地区、城市建设和管理学新加坡、工业做大做强学韩国、小城镇建设学德国。"这句话曾被人喻为痴人说梦，但县委县政府领导认为，一定要让长兴人跳出长兴看长兴，站在全球化的大背景下看待长兴发展。

理念的提升因细节的改变而愈发生动。每逢长洽会，县领导要求干部一律穿深色西装、雪白的衬衫、锃亮的皮鞋。长兴呈现的是，整洁干净的美丽城镇，现代化标准的接待礼仪，结果，一个个外商来了，纷纷感叹：跨越重洋，但长兴距离我们并不遥远！

对于招商引资，长兴也不再是来者不拒，而是提出了环境优先的要求。在长兴经济开发区，"变清、变绿"是其引进项目的基本前提。

栽下梧桐树，引得凤凰来。通过长兴国际投资贸易洽谈会的平台，海信集团与全球最大的家电企业——美国惠而浦公司、世界五百强企业美国江森自控公司总投资达1.586亿美元的动力电池项目、法国欧尚超市等，先后落户长兴。

在整治工业污染的同时，长兴县不忘对农业污染的治理。县里接连"下"了几招"妙棋"：邀请北京、上海、杭州等专家制定长期的生态保护规划，发展"十里古银杏长廊""太湖源生态园""农家乐"等旅游项目，在长三角土地批租最热的时候，长兴人"严防死守"保住了南太湖的最后一块处女地——图影。这方十余平方公里未受任何污染的土地，被全部用于"生态旅游和休闲娱乐"项目开发，一时间也成为旅游投资者青睐的宝地。

2005—2009年，长兴县水体有机污染的一项重要指标COD（化学需氧量）排放减少850吨，二氧化硫排放减少15000多吨；森林覆盖率由2004年的43.2%提高到51.3%，饮用水源地水质合格率达到100%，空气质量优良率达 91.8%。无公害、绿色、有机农产品产值比重由 2004 年的 6% 提高到 2008 年的 44.5%，高新技术产业产值从 2004 年的 13.46 亿元上升到 2008 年的 151.29 亿元……

长兴县先后戴上了一顶顶冠冕：国家卫生县城、省级生态县、国家级园林县城、国际花园城市、浙江省森林城市……刘国富因此有了一个"生态书记"的雅号。

污染大整治之后是建设。8 年时间，长兴绿化投入资金高达 14.5 亿元。

2010 年，长兴森林覆盖率达到 51.3%，城区林木覆盖率、绿化覆盖率分别达到 36% 和 45%，全县人均公共绿地面积达到 15 平方米。老百姓说："生活在今天的长兴，心情好了，习惯也变了。"

长兴县党政领导认为，推动产业转型升级，干部的观念应该先升级。过去我们常说：政府指到哪里，群众打到哪里；现在应该转变为：群众指到哪里，政府就服务到哪里。干部只有爱惜民力，增强服务意识，才能杜绝经济发展中的短期行为和长官意志，施政才能更符合客观实际，也才能真正做到长兴。

在"断腕疗毒"的艰巨过程中，长兴县没有发生社会动荡和大的不安定事件，不能不说，与县领导从长兴县情出发科学的执政理念密不可分。

干就干好不留憾

刘国富，1963 年 7 月出生，浙江安吉人，1984 年 5 月参加工作。曾在安吉的乡镇当过团委书记和党委书记，有着丰富的农村基层工作经历，对老百姓有着深厚的感情。1997 年 9 月开始担任长兴县委组织部部长，当了 4 年，接着担任一年县委副书记，2002 年 9 月开始，担任长兴县长 4 年，2006 年 6 月至 2011 年 1 月担任长兴县委书记。

在长兴的这段日子对于刘国富来说，是人生中最有意义的一段岁月。他深情地回忆说，人生中能有机会与这片土地和这里的老百姓一起见证历史发展，并为之做了一些工作，他感到十分有意义，十分有价值，他自称是一位幸福的县长、幸福的县委书记。历史沉淀了很多东西，但能经得起时间的考验、值得记忆的事情很少，每天都有做不完的事，若干年后能记得起的事却很少。当年在位的时候刘国富说："我们将来要经得起历史和人民的评价。"刘国富认为，从长兴的历史发展轨迹来看，关键是得益于改革开放。长兴的县委书记，都是一任接着一任干，几十年积累下来，才有了今天的发展，1992年邓小平南方谈话，提出改革步子要大一点。长兴的经济总量小，需要打开门，靠改革开放谋得发展。去深圳出差，深夜时刘国富还专门打车去人民广场，到邓小平的画像前鞠躬。在他看来，如果没有邓小平，就没有中国的今天。

为了提升全县工业化水平，长兴县委殚精竭虑，煞费苦心。2005年底，县里把全县的骨干企业家都拉到上海的中欧工商管理学院去学习，由管工业的副县长王庆忠、组织部常务副部长潘华明带队。这些企业家都是农民，缺乏知识，见识不广。老师授课讲的是企业家的社会责任。以前长兴的企业家都认为只要自己缴了税就好，其他事情自己没有责任，两天的课上下来，这些企业家的思想都有了明显变化。

刚开始第一天，听完上午的课，王庆忠给刘国富打电话汇报说："不行啊！外国人上课都是让我们的企业家自己讲，大家对这个都有意见，都在说，刘县长这么精明的人都上当了！"刘国富回答："这是哈佛的案例教学法。"

关于企业家的责任就讲了一天，战略又讲了一天。下午的课结束后，刘国富再打电话去问大家的听课情况，那些企业家回答说，感觉是不一样了，其他大学讲课，讲一天都记不住，这次发现自己都记住了，企业家的责任，每个人都敞开讲，最后再由老师做总结，总结出几条来，这几条大家都记住了。大家都说，看来花钱值了！

第二天，老师讲企业的发展战略，以前这些农民企业家哪里懂战略，听了这些老外的课以后，他们一个个茅塞顿开，境界也提升了。

2006年上半年，刘国富自己给企业家上课，讲境界、讲责任，按照自己的理解，讲了半天，最终落实到企业家的境界和责任上。多年下来，县委每年都投入上千万元，把这些企业家拉到大学去培训，后来又把培训的对象扩大到了企业家的夫人，因为长兴县委发现，在加大投资，促进企业发展时，有时候企业家钱拿不出来，因为财政大权掌握在企业家的妻子手上。企业家的夫妻都进了大学，都听了课，境界和思想观念同时都提升了，企业才能做大做强。夹浦有一家耐火企业的老板，企业家本人要投资600万元扩大生产，但是妻子舍不得投，后来，让他的妻子也去上了课，培训回来后就愿意投了，而且还向银行贷了几百万元追加投资，妻子说：要投，不投不行！

这些企业家在浙江大学、复旦大学等名校培训。长兴县委通过这样的方式来发动群众，催生了一支创业者队伍。以前长兴的企业家，话筒拿在手里都说不出话，现在，CCTV 来了，他们都觉得是小菜一碟，一个个都能说会道。在湖州开会，在全国各地开会，长兴企业家的发言都是很精彩很出众的。刘国富说，以前是他讲企业家听；后来都是他听企业家讲，因为他们的眼界打开了，都有了自己的见识和见地。

除了挖掘民营经济潜力，长兴坚持开放自己的大门，承接上海的优势，搞招商引资。长兴的招商引资是一个曲折的过程，社会上对招商引资也有各种议论和看法，一是要不要招商？二是能否招到？长兴县委认为，这是一个需要破的题，也是一个难题。经过多方努力，当时引进了世界 500 强中的 7 家。还有日本第三大食品公司波路梦，当时共有 16 家都在跟他们谈，长兴是后来加进去的。这个项目长兴在盯了一年多后，对方最终才下了决心，在长兴投入 7000 万美元。波路梦董事长加藤修说："我们在长兴开办工厂，主要是因为长兴的美好环境最适合开办食品企业。"

招商引资，在别的地方常被称为"一号工程"，刘国富却把它改名为"一把手工程"，自己挂帅搞招商引资。长兴工业的发展，依靠的就是民营经济的改革和对外开放、招商引资。

在大力发展工业化的同时，长兴齐头并进推动城市化。长兴县委认为，工业化和城市化是现代化的两台发动机，工业化和城市化互动，才能实现区域经济的良性互动、有效发展。那么，怎么做好城市的调整规划呢？浙江省政府提出，浙江城市化要做设计。2002 年，长兴县专门请了中央美术学院的专家来进行城市的设计规划。长兴的城市规划设计，后来对全国其他大城市都有影响。

在龙山新区开发的时候，长兴县的设计理念是很先进的，讲究科学合理。

规划县图书馆的时候，恰是房地产业的黄金期。有人提出："这块肥地政府如果卖给房地产商，收益何止 2 亿元，然后再从中拿出一部分钱，在偏一点的地方建个图书馆，岂不更好？县委县政府应该算算经济账！"

当时刘国富一句话就把这个观点给顶了回去："最好的土地应该让普通老百姓享受！"他把行政中心两边最好的位置分别拿来盖了大剧院、图书馆。

在刘国富看来，上海城市建得好，是因为底子好，受西方文明的熏染，加上上海的规划局局长大多是同济大学毕业的，而长兴县规划局的人员都缺乏知识储备，城市风貌设计需要细致地把握。长兴搞城市风貌控制，10 年下来，量变就引起了质变，规划风貌，加上坚持施工标准，引入上海的工程建设标准，品质更好。

当时，上海市委书记俞正声、市长韩正到长兴考察，都感慨地说，一个县能达到这个水平，实在令人吃惊。

刘国富回答："这要感谢你们，长兴的城市风貌都是由上海设计和施工的，用的都是上海的施工队和设计队伍，借鉴上海的城市管理。"

在进行长兴县城市规划建设的过程中，长兴县委县政府也遇到了一个很大的挫折，那就是当年网络上热炒的所谓"天下第一县衙"的问题。

2002—2006年，长兴县委经过缜密规划、专家论证和严格审批，在龙山新区建起了新的行政中心。行政中心的核心是县委、县政府等4套班子的4栋巍峨高耸的办公大楼。在办公大楼的左前方，投资1.2亿元建设长兴县大剧院，右前方建设长兴县图书馆、档案馆，行政中心的正前方，建设带有音乐喷泉表演的市民广场。这项建设工程的规模相当浩大，投入亦堪称巨资。从长兴县政府工作报告可以看出，2005年县政府实际投资不少于5亿元。建成以后，4栋10—15层的办公大楼拔地而起，格外耀眼，在网上被炒作得很厉害，被戏称为"天下第一县衙"。

对此，长兴县党政主要领导态度非常明确：不怕查，但怕炒，怕网络上的肆意炒作，网上炒作得越厉害，非理性的声音就会越强烈，因为网民对实际情况未必了解。

因为网上舆论反映强烈，浙江省专门派出审计组进驻长兴县，当时带队的是赵组长。刘国富书记通过县委办公室带话，希望请工作组吃个便饭。工作组拒绝了。

21天后，赵组长通过县委办公室的人传话，反过来要请长兴县委的领导吃饭。他说："我们原来以为会摘掉一些人的官帽子，还要带走一些人的，真没想到，你们还能经得起查，14亿元的工程，历时10年，竟然只有100万元的账目还有待核查，没有一点管理上贪污、受贿等违法行为，实在令人肃然起敬！我要向长兴的同志表达感谢和敬意，感谢你们为国家财政守好了门！"

其实，对于行政中心的建设，长兴县委县政府领导心里是很踏实的。刘国富说："长兴县行政中心的建设不是盲目的，我们经过10年的规划，完全是依规办事，依法管理，我们的规范建设是经得起核查的。"

当时长兴县领导提出，行政中心建设要建百年工程，就要采用最先进的设备，办公楼的 4 部电梯全都是美国进口的，单是电梯就多花了 1000 万元，门上的把手是德国进口的，洁厕统一使用国际名牌。10 年下来，这些设备全都运行良好，很少发生故障，非常耐用，虽然看起来当年建设的时候花了很多钱，但是这个钱花得值。

更为长兴人所津津乐道的是，长兴县行政中心的建筑都是开放式的，不设围墙，老百姓凭证件可以随意出入行政中心，下雨天可以到行政中心里去避雨，而在五彩灯光和音乐喷泉掩映下如梦如幻的市民广场，更是成了长兴百姓晚间休闲娱乐的好去处，是大妈们跳广场舞，孩子们滑旱冰、玩游戏的绝佳去处。

长兴大剧院的设计刚开始没有采用可旋转舞台。后来，乐团的行家提出来，这种舞台既要能上下移动，左右移动，还要可以旋转。于是，县里紧急叫停，当即停工改建，采用了与国际接轨的最先进的旋转舞台，结果多花了 1000 多万元。虽然改建花了不少钱，但比建成以后拆掉重建则要节省两三千万元。大剧院建成后，普通百姓在县城就可以欣赏到国际一流的交响音乐会。著名歌唱家李谷一来长兴演出，感慨地说，真没想到长兴作为一个县城还有这么好的舞台，当即表示，我要免费送给你们两首歌，于是就加唱了两首歌。

长兴还有一项民生工程，刘国富难以忘怀，那就是合溪水库。合溪水库是国家"十一五"规划期间唯一批准兴建的一座饮用水水源水库。

在项目审批过程中，可谓历尽千辛万苦。有领导建议从太湖引水，解决长兴饮水问题。但是，刘国富认为，太湖的污染他控制不了，水源控制不了就不安全，所以还是要在上游建水库，这是由水利专家王艺臻提出的建议。政协委员也提出了提案，长兴县要建新的饮用水水库。最终，县委确定建合溪水库，那里水资源的积水区域有 1600 多平方千米，坝建在那里，那个地方不会没有水，有了这 1600 多平方千米的积水区就能保障水库的水源了。后来接任的县委书记章根明接着干，合溪水库准时蓄水供水。

合溪水库是温家宝总理主持国务院常务会议审批的。为此，CCTV-1 还专门采访过刘国富，给予了高度评价。

刘国富认为，一个孩子优秀了，一个家庭就脱贫了，扶贫就是要扶持孩子读书，一个家出了一个大学生，就会脱贫一家人，优秀的一家人则会影响到一个家族，当时的长兴中学有 3000 名学生，牵涉 3000 个家庭，影响到上万户人家。

2011 年 10 月，合溪水库建成，投入使用

他说："我愿意做一任教育县长。"

为了激励长兴中学，刘国富当上县委书记后，2010 年县委开常委会，他干脆把会放到长兴中学去开，现场专题研究教育问题。

在抓好工业化、城市化、民生等问题的同时，长兴县还着力抓好现代农业。长兴以前种有几十万亩的油菜，那时一亩油菜收益 200 元，种水稻一亩收益 300 元，其中有 100 元还是劳务收入。

随着城市化的发展，苗木特别受欢迎，泗安镇开始发展起了苗木，最高峰时达到了 5 万亩。刚开始种苗木时农民没有钱，县里就给农民每亩地补贴 200 元，相当于种一亩水稻的收入。如果在公路边上种苗木，每亩地就补 300 元，因为县里就不用花钱专门搞道路绿化。这样，农民就很有积极性了。

县里后来又搞起了花木节，泗安及周边的苗木很多都卖到上海去。当时，刘国富问种植大户吴加平：城市化需要苗木，需要大苗，泗安为什么适合种苗木？他回答说，泗安的土壤属于酸性土，土层深，石砾少，特别适合种苗木，苗木的成活率高，种几年，苗木的价值就能翻几番，亩产 1000 元就能变成几千元甚至上万元。

刘国富把吴加平请到县委理论中心组，给大家讲课，讲种苗木的好处。

宜苗则苗，宜农则农。当时大家已经意识到，将来吃的食品可能会成大问题。吕山乡是一个穷乡，就开始搞水产养殖，种蔬菜。为了鼓励农民种蔬菜，长兴县财政还给农民部分补贴。

国家划定了18亿亩的耕地红线，耕地必须种粮食。长兴县委坚决与上级保持一致，提出，在水田里不能种树，但可以种苗。

长兴县因地制宜发展农业，在坪区水田种水稻，山上种毛竹，丘陵就种水果。

长兴县有60万亩水田。2004年起，长兴全面实施"510工程"，搞特种水产、吊瓜、人造林、花卉苗木、商品蔬菜等5个10万亩不同的农产品生产基地，就把农田的效益充分发挥出来了。到2006年，"510工程"总面积达到45.9万亩。

县委又提出，长兴县要搞"六个区"建设，即经济发展示范区两个、社会管理样板区两个、休闲度假新选区两个。刘国富当初提的名字叫"休闲度假首选区"，县长章根明提议，不要叫"首选区"，而改为"新选区"。

休闲度假搞旅游，提高附加值，这就倒逼长兴县要把环境改善了。刘国富到美国去学习，发现农业要增加附加值，就必须提高知名度和美誉度，这样才能带来休闲旅游的发展。

长兴人素质的提高，是从干部抓起的。县委重点抓干部队伍的素质建设。那时，基层干部，往往这边腰间挂一个大哥大，那边挂一个BP机或者小灵通，再挂一串钥匙，而且还特别喜欢穿花里胡哨的衣服。有的人皮鞋擦得锃亮的，外面穿着中山装里面打着领带，并且振振有词地辩解说，是刘国富书记要求打领带的。

当时县委在紫金饭店开会，参会的干部着装五花八门，腰间挂的那些大哥大、BP机，时不时"叽叽""滴滴"地响，会场很不像样，秩序很不好。刘国富就让监察局局长姚晓明去抓会场监察，要求下午每个人都必须穿深色西装、白色衬衫，打领带，腰上挂的东西全给没收了，皮带必须是黑的，皮鞋、袜子也要是黑的，穿西服，就必须"上三不同下三同"：上半身的西服、衬衣和领带的颜色要不一样，下半身的皮带、裤子和皮鞋颜色要相同，腰上不能挂任何东西。

以后县里每次开会都这样要求。县里还组团去国外参观学习，学习外国人的穿着打扮。几年下来，长兴人明显洋气了起来，有了现代化的意识。

然后，长兴县委再抓作风建设，抓文明县城建设。

德国不莱梅的一个客商来到长兴，问路，讲英语他听不懂，司机就直接开车把他送到了酒店。

江苏有一位县委书记到长兴来开会，要从紫金饭店到国际大酒店去，坐了一辆三轮车，三轮车师傅把他送到了国际大酒店，却不肯收他一分钱。三轮车师傅说，你们都是来投资的，不要钱，免费送。——长兴人已逐渐树立起这样的意识：县兴我荣，县衰我耻。

刘国富动情地回忆说，在长兴的十几年，是他人生中最有意义、最有价值的时期。现在自己的身体不太好，主要是因为当年的工作压力大，不论白天黑夜地干活，凌晨两点之前就没有睡过觉，那时候是真辛苦。因为他的愿望就是：干就干好，不留遗憾！

在离开长兴前，他最后做了一件事情，就是搞图影的开发。

刘国富到海南去了几天，考察海棠湾的开发。回来后，刘国富对图影的开发就有了自己的思考，他把自己的这些思考写成了一份内参，分发给县委县政府4套班子。这套规划，突出了生态的主题，要求先做环境，把图影规划好。

2010年6月，县委提议加开了一次县人代会，连续开了3天的会，最终做出一个决定，同意图影开发规划方案。如果将来要修改这个规划，就必须再次启动人大表决程序。后来，县里专门成立了图影管委会，搞征地拆迁，征地拆迁了1700多亩地，搭好了架子，做好了规划。

刘国富不无感慨地说："我对长兴这片土地真有感情。"

2010年12月组织上调他离开的时候，他中午都没有休息，专门起草了一份告别词。

在长兴新闻网上，至今仍能看到这篇告别演讲。

"在长兴10年，有过成功的喜悦，有过痛苦，也有委屈，但这就是人生，这就是人生的价值所在。"刘国富在采访的最后对我们说："为官一任，要把作品写在大地上，要看他能给当地留下些什么。"

一任接着一任干

接替刘国富担任长兴县委书记的是章根明。在刘国富担任县委书记期间，章根明一直同他搭班子，出任县长。

章根明是浙江桐庐人，曾在桐庐的基层工作过，当过学校校长，也当过县委办公室的主任和临安市委副书记。2006 年 7 月 14 日，调到长兴县工作，先担任县长，2011 年 1 月开始接任长兴县委书记，一直到 2014 年 11 月调离，在长兴县整整工作了 8 年 4 个月。

在接受我们采访时，章根明回忆说，时任浙江省委书记的习近平，2006 年 8 月 1 日晚上到长兴，住在县城，2 日就在长兴县开展调研，上午他视察南太湖，下午举行座谈，对南太湖的开发有个重要讲话。滨湖大道就是在那次座谈会上定下来的。新修建的太湖滨湖大道，专门设计了极具长兴地域特色的百叶龙大桥。滨湖大道规划有 3 种功能：水利、交通和生态。2008 年开始实施，通过设计、征地、拆迁，花费了近 3 年时间，长兴县建成了 28 千米长的滨湖大道。建成后，具备水利、交通、生态、景观 4 大功能。这是章根明担任县长期间比较得意的一件作品。

章根明说，他对长兴很有感情，在长兴工作的时间是一段黄金时期。那时候大家对工作非常投入，干群感情也十分深厚。他离开长兴已经 4 年，仍然时时刻刻关注着长兴的发展。在任期间，几件大事、要事都较好地完成，完成了历史交给他的任务，也完成了前几任县委书记和县长交给他的任务。这些都令他深感欣慰。

第一件是环境整治。长兴原来被人看作是脏乱差、污染的代名词。长兴的铅酸蓄电池产业一度遍地开花，造成环境污染。

当时，浙江全省正开展"811 环境整治行动"。"8"指的是全省 8 大水系及运河、平原河网，"11"既指 11 个设区市，也指 11 个省级环境保护重点监管区。11 个省级环境保护重点监管区包括椒江外沙、岩头化工医药基地，黄岩化工医药基地，临海水洋化工医药基地，上虞精细化工园区，东阳南江流域化工企业，新昌江流域新昌嵊州段，衢州沈家工业园区化工企业，萧山东片印染、染化工业，平阳水头制革基地，温州市电镀工业，长兴蓄电池工业。此次整治行动排出的重点行业包括化工、医药、制革、印染、味精、水泥、冶炼、造纸等 8 个重污染行业，全省 11 个设区市，每个地市都要选择一个县作为重点县，湖州地区就选择了长兴县，给长兴戴上省级环境保护重点监管区的帽子，这是一顶不好的帽子。

2006 年 7 月，章根明去长兴上班的第 3 天，他就带着建设局局长和环保局局长，前往包漾河饮用水水源地视察。章根明看了后，吓了一跳，很失望。他看到，包漾河的水如酱油一样，水质很差，周围企业滥排乱放，水质污染严重。

2007年，太湖蓝藻暴发，长洽会恰好要在这一年的10月召开，章根明为此非常担心。他特地沿湖走了一遍，能够闻到一股很浓的臭味。他怕参加长洽会的客商会到太湖边上去，并因此而对长兴感到失望。

另一件让章根明揪心的事是李家巷的粉尘污染，李家巷厂房周边的绿化树叶子上挂的都是厚厚的一层粉尘，没有一天树是新鲜的。对此章根明印象非常深刻。

那时，长兴有三个多：一是烟囱多，这和长兴的产业结构有关，长兴有热电厂、水泥厂、砖瓦厂、耐火材料厂，全县烟囱数量超过2000根；二是围墙多，因为长兴有很多部队，还有监狱；三是粉尘多，空气质量很差。于是，县里下决心要进行全面整治，确定了15项重点综合整治的项目。在他2011年当了书记后，还连续几年都在做环境整治工作，包括码头、矿山、粉尘、蓄电池等。2008年开始，长兴打了一场翻身仗，成功创建了全国生态模范县、国家级生态县、浙江省生态县，首批浙江省森林城市，联合国人居奖、国际花园城市、全国文明城市，这些荣誉都接踵而至。

长兴县在浙江省第一个建有污水处理厂，并将污水处理厂覆盖全县域；

第一个实现污水处理厂全部中水回用，做到零排放；

第一个实现水泥立窑改回转炉；

第一个实施"河长制"。

环保从此打了一场翻身战。

2012年夏天，时任国务院总理的温家宝前来长兴视察，章根明陪着温家宝。看到太湖中有很多人在游泳，省里的一位厅长说："章书记，这些人是您请来的一群演戏的托吧？"

章根明回答："我还真不知道有这么多人在太湖游泳。但是，如果水质不好，给他300元、500元，他肯下去吗？"当时，长兴的太湖水质已经达到了Ⅲ类水标准，是可以游泳的。

看到长兴在太湖治理中成效初显，水质不断好转，群众甚至都能在太湖游泳，温总理非常欣慰。他交代章根明、吕志良等县领导，一定要保护好太湖水质，建设美丽的滨湖城市。

2012年，浙江省要推广"五水共治"，省人大通过了，将6月30日设立

为浙江省的生态日。本来计划在长兴县召开全省"五水共治"推广大会，6月
20日，章根民接到省委电话，省委认为要坚持问题导向，要到问题严重的地区
去开会，那时正好浦江的污染问题被曝光，于是临时决定去那里开会。过了几
天，时任省委书记的夏宝龙又到长兴图影湿地来调研。章根明在船上向他汇报，
图影湿地的水已从劣V类水改进成IV类水。夏书记问章根明：怎么治的？章
根明回答：5个字，疏——疏浚，堵——堵截污水，绿——绿化，管——管理，
养——养成习惯，让百姓养成爱护水源的习惯。后来，浙江用更大的决心，在
全省推广"五水共治"。

李家巷有一种地方病——硅肺病，是因为常年扬尘所致。环境整治以后，
李家巷的环境好了，老百姓的身体也好了。章根明到李家巷下乡时，有一位村
支书对他说，要感谢县委县政府。

那时，县委在思想上统一，执行力又很强。每周县里都要召开一次环境整
治推进会和交流会，汇报前一段的工作成果，部署下一段的整治工作。单单是
为李家巷，县里就先后召开了17次环境整治推进会。

章根明印象深刻的第二件大事是城市化进程大幅度加快。

长兴是地处三省交界处的一座重镇。长兴县城规模不大，对于乡镇辐射力
不强。长兴县先从做规划入手，雉城镇撤镇设街，规划了近200平方公里，范
围东至李家巷，南到洪桥、图影、太湖街道，北到夹浦，西至小浦。按照规划
先行、交通先行原则，设计了六纵四横的交通线。104国道东移北延，打开明珠
路、中央大道、滨湖大道，都以高标准建成，再建设龙山新区、图影新区，城
市框架就此拉开。长兴县的定位是现代化中等城市，城市建设一直是全省最先
进的，省建设厅曾在长兴开过现场会，理论学习中心组的会也放在这里开。无
锡市委曾把三级干部大会移到长兴来开。时任上海市委书记的俞正声也带领各
区的书记代表前来学习，上午看，下午听章根明介绍。章根明还多次到省外去
介绍经验，单河北就去了5次。多年来，在全省新农村建设进程中，长兴县也
是排在前列的。

第三件大事是产业的转型升级。经济上，长兴是农业大县、工业小县，工
业结构不合理，工业以"低、小、散"为主，排污大得多，水泥、砖瓦、铅酸
蓄电池等占80%以上。长兴县采取的第一个举措，是把经济开发区升格为国家
级经济开发区，这是解禁后国务院批准的首个国家级经济开发区。第二个举措，

是将图影湿地改造提升为省级旅游度假区，为经济发展提供支持。对蓄电池、粉体、水泥、纺织、耐火等行业开展专项环境整治，通过技术改造、产能升级、科技创新，升级成 2.0 版、3.0 版，经过重新洗牌，天能、超威成为蓄电池的龙头企业，这是在做减法。长兴县招商引资连年位居湖州市第一，也是浙商回归优胜先进县，这些都是用加法。长兴还采用了乘法，就是采用科技创新和技术改造，长兴被列为浙江省第一批工业强县试点县、"两化（信息化、工业化）融合"先进县，几年下来都是浙江省科技工作先进县。全省召开科技大会，长兴县委书记章根明被邀请在大会上介绍抓科技的经验，长兴还在全省最早实行科技券。为了实现从工业大县走向工业强县，长兴注重人才引进，成立浙江大学长兴科技园、国家大学科技园，吸收人才，助推结构优化，转型升级，逐步促成长兴从工业大县到工业强县的飞跃。

农业实行转型。原先长兴的农业大而不强，是全省重点粮食生产县、油料供应县，现在发展成了全省的葡萄、湖羊、芦笋、花卉、苗木大县。

长兴县还采用除法，就是进行自我革命。政府把一些不利于发展的制度和政策进行梳理，将企业和百姓不欢迎的规章清理掉，以政府的自我革命，去除那些不利的因素，县行政审批中心、便民中心建成，行政改革走在全省前列，对企业的服务逐渐制度化、规范化、可持续化。还经常召开座谈会，听取企业和老百姓的意见。

第四件大事是抓干部的精神状态。章根明说，长兴的干部都是"5+2""白加黑"，不论时间，不顾早晚地勤奋工作。长兴是一座移民城市，长兴人具有宽容、开阔的性格，大局意识强，干群关系好的传统，干部能吃苦，讲奉献，肯奉献，有办法，有战斗力，是一支能打硬仗的队伍。和同事们一起战斗了 8 年，章根明感到很兴奋，也很感激，过往那一幕幕的场景，那一场场打过的战役，至今都记忆犹新，令人欣慰。他感觉自己不枉此生。当年长兴县大力学习张家港精神，每年都组团去张家港学习，张家港人自加压力、奋发图强、勇争一流、永不服输的干劲，与长兴人骨子里的精神，彼此是高度契合的。长兴人做成了一件件看似不可能的事情。

对于长兴县的 4 套领导班子，章根明始终充满了信心。他认为，长兴县 4 套班子高度团结，认识统一，全县干部精气神很足，有很强的执行力，百姓也充分理解和支持。当时的环境整治必然会涉及各方利益，企业、百姓的利益，一根烟囱就是一家企业，后来烟囱基本消失了，大量的蓄电池企业停产……精诚所至，金石为开，这些都是一场场的战斗，都是硬仗，最后都打下来了，没有企业和百姓的支持是无法想象的。

在城市化推进过程中，大项目的实施都要进行征地拆迁，包括要动到企业的利益，动到老百姓的利益，但是都得到了来自企业和老百姓的理解支持。老百姓顾全大局，合溪水库的修建要征地1万多亩，涉及3个乡镇1200多户人家、两个半的村庄，最终这个水源地工程获得了老百姓的支持。泗安镇仙山湖的整治，也得到了省市有关领导的大力支持……在长兴，干部和百姓在改革进程中形成一种特有的相互理解支持、劲往一处使的状态，这种状态不是一两天形成的，而是一个过程，而且相互影响。

2006年7月14日，章根明到长兴来任职，当即被当地的干部精神状态所影响、所教育、所感染，他看到了一道独特的风景，一种发自内心的文明的素养。在回首往事时，章根明由衷地说，他以在长兴工作过为荣，长兴人有着强烈的自豪感、光荣感和成就感，长兴的文化已经扎根于他的心坎，流注于他的血液之中，因此，他至今十分怀念当年的工作场景，十分想念在一起工作的战友，十分珍惜长兴干部的干劲。他永远不会忘记这一段难忘的人生经历。

接替章根明担任长兴县委书记的是吕志良。

吕志良，2014年11月至2016年11月出任书记。这是一位相貌平常，个子不高，肤色偏黑，常常面带笑容的人。如果他走在人群里，你怎么也不会想到这是一位县委书记。事实上，当年他曾经戴着草帽下乡，这幅照片被长兴传媒集团的记者抓拍到，放到了微信上，结果成了大家纷纷转发的一个新闻热点，许多人都觉得这就是他们心目中的吕书记，就像邻居家的农民伯伯一样平易近人。

吕志良，1966年出生，湖州人，在湖州六中当过教师，还当过共青团的干部，组织部门的干部，2001年开始到长兴县担任县委常委、组织部部长。后又调回湖州市。2011年开始担任长兴县长。

10月初，我们专程来到台州市委，采访了现任中共台州市委常委、组织部部长的吕志良，回忆起在长兴工作的经历，他说自己对长兴感情非常深厚，对那里的土地和老百姓一直念念不忘。他在长兴工作了整整8年，从组织部长到县长，一直到担任县委书记，非常感谢自己在长兴工作期间同事们的理解支持，是长兴培育了他，发展了他，成就了他，让他能够做一些自己应该做的事情。

早在担任长兴县委组织部长期间，吕志良就重点对怎样加强干部工作，加强干部培训进行了探索。一是公开选拔年轻干部，促进干部结构优化，到长兴3年间，按照当时的社会大背景作了正确的决策，于2012年6月公选了16名年轻干部，这些干部后来都发展得很好；二是加强对干部的培训、教育和培养，组织干部到先进地区甚至到国外去进行培训；三是解放思想，更新观念，鼓励干部与企业结合，促进企业的发展。

在担任组织部长期间，2002年8月，吕志良还主持对全县的城镇乡村的行政区划进行调整，兼并合并，把全县448个行政村压缩到了220个和21个社区。原来的村规模偏小，实力偏弱，干部来源窄，由县委组织部牵头具体组织实施，压缩减少了近一半的村子，乡镇也由34个减少到31个，后来更是减少到16个。乡村行政区划的调整，影响深远。当时在调整过程中，只有李家巷的刘家渡村30多个老百姓来上访，主要是涉及村子名字和集体资产的处置问题。由于吕志良在长兴搞行政区划调整卓有成效，因此调到台州以后，台州市委决定由他牵头，对台州市所辖4000多个村子进行规模调整，计划也要压缩到一半左右，当然，这项任务就艰巨得多了。

以前长兴县的外贸比较薄弱，开放型经济比较差，因为自营出口的企业少，长兴的企业不敢走出去，出口总量一年只有7000多万元人民币，排在湖州全市的末位。吕志良担任组织部部长后，带着国税局局长、外贸公司总经理一家一家地去跑那些企业，一共跑了100家，共同商讨对策。县政府又拿出了500万元外贸发展资金，用于奖励补贴参展的摊位和外贸企业的培训。通过召开座谈会，请海关的专家来对企业家进行专业培训。2002年国庆节，吕志良带领长兴企业家到南非去参展，2003年又带企业家到捷克的布尔诺去参加国际纺织展览。通过这些举措，长兴企业走出去的意识大大增强，后来，长兴县甚至还包机送企业家到广交会去参展。2002年，长兴县外贸出口增长了78%，连续两年涨幅都在70%—80%之间。

2011年担任县长后，吕志良继续秉持前任县委书记、县长的理念，注重抓工业立县、工业强县，抓实体经济，将实体经济作为制胜的关键，谋划平台，招商引资，每年继续召开全县工业经济大会，制定更精准有效的正确引导实体经济的政策，实行开放性的决策，出台奖励政策，引导实体经济进行工业基础的改造。

加强对重大产业的推进和引进,对原有产业进行提升。譬如,诺力股份组建了数字化工厂,南太湖地区打造了万亩工业大平台,拉开县域经济的发展框架和态势。

有效联系和服务企业。全县 670 多家规上企业,吕志良跑了 400 多家,到现场去,与乡镇党政领导研究对策,协调解决企业所遇到的各种问题。

关心关爱企业家,为企业家提供专题式培训和高端疗养、休养服务。安排优秀骨干企业家到北京的 301 医院进行体检,给企业家在子女入学等各方面提供便利,让企业家感受到特别的尊重,在社会上营造一种尊重企业家、重视实体经济、支持实体经济发展的大氛围。

在战略谋划和考虑上,长兴县委县政府当时提出了注重抓"五个一":将发展作为第一要务,将项目作为第一工作,将民生作为第一目标,将社会稳定作为第一责任,将党建作为第一保障,将中央和省市的重点部署进行了具体化落实,坚持第一要务不动摇,政府各部门的服务都要围绕项目展开,有重大项目作保障发展才有动力,才有机会。

在工作考虑上,吕志良重点思考如何深入、务实和扎实,有针对性,有可操作性。他总是一个项目一个项目地研究,一项工作一项工作地落实,一个问题一个问题地解决。当县委书记两年多,他 33 天就跑遍了全部的乡镇。他喜欢在村里跑,在乡镇里跑,与老百姓面对面接触和交流。有一个村,干部群众见到吕志良,说有 30 多年都没见过县委书记了。吕志良在乡下跑调研大多选在节假日,有时也选择工作时间,在下乡过程中解决了一些实际问题,回应了群众的呼声。深入下去的他也发现自己还有一些不了解的情况,比如乡村干部的所思所想,因此下乡对他自己也是一次工作的磨炼。

县里特别重视招商引资,这是长兴快速发展的重要条件。招商引资是长兴重要的优势,也是一种优良的作风。在招商引资方面,长兴县有很多的故事,办法很多,卓有成效,有许多成功的经验。一是建强招商引资的队伍,加强队伍的素质和作风建设,使之熟悉招商工作。其中有一些是前方驻外的,比如驻在上海、深圳、台州等地招商。当年吕志良在任时,就曾经几度去过台州招商引资。招商引资的这支队伍特别能吃苦耐劳,也有一整套的工作制度和机制、考核办法,推进服务和保障的制度。县里每个月开一次汇报会,协调沟通,商量拍板政策文本，一般都是晚上开会，由乡镇干部来汇报进展，帮助协调解决问题，一项一项工作安排，一个问题一个问题解决，谋划推进项目。像"龙之梦"项目每半个月就要召开一次协调会，专题听取汇报，帮助解决问题。龙之梦项目推出文化旅游和文化演艺，对湖州和太湖都是有利的，它的促成有多方面的因素。一是区位优势，依靠太湖图影湿地，保护绿水青山和耕地；二是找对人，从事文化旅游的企业家大都有情怀、有理想、有实力，想干、敢干、能干事。长兴县委当初曾经开会，决定由陈妙林的开元旅业计划投资18亿元，在这里发展文旅项目，当时扶持的政策都已确定下来，吕志良还陪同陈妙林去法国进行实地考察，但是在双方反复商谈的过程中，陈妙林反复考虑，他帮助长兴引进一个实力更强的企业家。后来他就把童锦泉的上海长峰集团引进来了。看到童总的规划和实力，长兴县委、县政府4套班子认识统一，一致认为"龙之梦"这个项目可行，湖州市委也很支持，于是便对规划进行了调整，在土地指标、相关问题等各方面都得到了顺利的解决，湖州市还借给了长兴县1000亩的土地指标。

在改善民生方面，吕志良领导长兴县委也进行了多方面的努力。在吕志良看来，工业发展最终的、根本的目的是民生。他在任期间，重点抓的是旧城区的改造。对城区中心区的东鱼坊，10多年前的2001年就想改造，但是因为那里居民多，地面的房产，有国有的，也有企业的，还有出租房，拆迁成本高，工作难度大，因此没有能够动起来。章根明当书记时全面启动了东鱼坊的改造项目，对房屋进行征收，规划设计。东鱼坊位于城中心，原先有很多的困难群众居住在危旧房里，而中心城区的功能完善，也需要对其进行改造，通过改造还可以恢复传统文化，搞文化旅游，促进文化旅游业的繁荣，同时还可以改善民生。这次改造一共拆迁了770户，12万平方米，投入了10多亿元，按市场价进行拆迁。到2018年上半年，东鱼坊文化街区正式建成开业了。

改善民生的第二方面体现在城乡医疗卫生方面。3家县立医院申报三级医院都获得成功，长兴县人民医院与浙医二院进行深度合作，"周周有名医、天天有专家"坐诊在长兴成了常态，让老百姓在家门口就能接受高水平的诊疗。农村基层医疗方面，对乡镇卫生院进行回购和改扩建。2002年时，长兴县曾经走过一段弯路，将全部乡镇卫生院进行改制变成私营的。10年后通过回购，每个乡镇至少有1家公立的卫生院，并且每个乡镇都重点办好1家，对乡镇卫生院进行统一规划，统一要求，统一设计，对老百姓在家门口看病有很大的帮助。

在保障居民的饮用水方面，建设合溪水库投入了 314.08 亿元，较好地解决了饮水安全问题。

在抓稳定方面，县委层层压实各级责任，将风险化解在基层一线。重大事项、重要事情、重大决策，都要搞社会风险评估，充分考虑是否会产生重大的社会不稳定因素。建立健全稳定处置机制、会商协调、排查调解机制。对传统行业进行整治提升，蓄电池行业的转型升级，当年就存在着大量的不稳定因素。从铅酸蓄电池的提升以后，县里每年确定一个产业提升项目，对产业进行转型升级，解决环境污染问题，2011 年是蓄电池产业，2012 年是矿山企业，2013 年是码头整治，2014 年是耐火行业，2015 年是纺织行业。经过整治，蓄电池行业从 175 家压缩到 61 家，后来又压缩到 16 家。其间存在着大量的利益冲突，民工解散带来的劳资冲突等，在关停搬迁企业过程里，也存在着职工安置、职工培训、疗养休养、安排再就业、落实企业的责任等问题。几万人的产业要进行关停，县里对它的社会稳定因素都要未雨绸缪，都要提前进行全面细致的考虑，因此最终都未产生不稳定事件，就是因为县里很好地落实了抓稳定的各项机制。

在吕志良看来，长兴是干事创业的热土，有很好的基因和传统。长兴县的干部群众思想比较解放，敢担当，善负责，主动作为，想干事，能干事，干成事，干事雷厉风行，执行力强，同时为人又很朴实、友善。那时吕志良每周六周日都住在长兴，有时和爱人开车去山界里或村里，村民们对他们都很友好。有一回在五通山上，有个老太太在采茶，下山的时候吕志良就捎带她下山。老太太后来知道带她下山的这个人是县委书记，感到很有面子，便经常在乡亲们面前说起。

2015 年以来，长兴县重点抓住包括文化产业在内的 16 个专项行动，将专项行动作为具体的载体和抓手，制订了 3 年行动计划、目标任务，定期交流，加强汇报，督促检查。这些专项行动都是针对当时长兴各项工作中的重点制定的。

经济发展到一定阶段，文化的软实力就显得特别重要，这是一个地区综合竞争力的表现。长兴的文化产业一枝独秀。2011 年章根明提出长兴要搞融媒体，增强区域竞争力和影响力，如今长兴传媒集团媒体的融合发展已经打造成一个大品牌，产生了全国性影响，成为长兴的骄傲。长兴文化礼堂覆盖率已达 60%，重视"一村一品，一堂一色"，提升了农村文化服务和保障水平。长兴对农村农业持续关注，对农村传统产业进行提升，发挥优势，扩大影响，提效增收，从吕山乡到泗安镇规划了农园新景示范带，沿 318 国道规划农旅结合项目，布置了一些重要的景点如 12 个现代农业园区，同时加强了农村文化阵地。郑家村就是这条经济带上的一个节点，县里和镇里都给了不少的支持。

吕志良亲自担任总指挥的西苕溪清水入湖工程也是一项重要的民生工程。原来西苕溪年年需要抗洪，后来长兴县投入 28.94 亿元，完成清水入湖工程后就可以彻底解决心头之患，既可防汛防洪防涝，沿岸群众生活得到保障，同时沿河的生态也得到了治理。

蜿蜒的西苕溪航道绕过和平镇长城村，两岸稻穗低垂，满地金黄，美不胜收

关于长兴精神，吕志良认为总结提炼得很到位。长兴是一座大气大度的移民城市，拥有开放包容的性格，能容天下英才，长兴人为人做事大气，善于干事创业。长兴这些年的发展，靠的就是实干。长兴的地理位置和自然条件并不太好，但是长兴人苦干实干拼命干，有强烈的实干精神，实干出新天，实干出新地。长兴人争先创优意识强，时时处处都争先进，争一流。长兴的成绩是长兴县领导团队集体完成的，班长县委书记主要任务是出制度，用干部，抓落实。团结的班子都是有着共同的目标和价值追求，为党和人民做事，认真履职尽责，同时也靠个人相互之间的理解支持，靠个人的境界作风。每个人都不是完人，都有缺点，但是团结的班子彼此之间能相互理解支持。

在回顾长兴工作的经历时，吕志良认为，组织上把自己放到一个县当书记，这是组织上的重视，县是最重要的平台之一，也是最能干事的地方，这是相对独立的一级政权，有理想就可以在这个平台上实现，当年他在长兴县当书记的时候，年龄处于 45 岁左右，这是个人精力最旺盛和经验较丰富的时期，他每天都要工作到晚上九十点钟，这种工作经历对他是很好的历练。他认为，干部能否当好，关键要看他是如何看待权，如果把它当作一种权力，那么就有可能走上弄权之路，而如果把它当作是一种干事的权利，那么就应该把它视为一种责任，谨慎用权；干部姓干，干部，干事者也。这是吕志良从政多年的一些宝贵的心得体会。

再造一个新长兴

吕志良之后，接任县委书记的是周卫兵。他于 2015 年 1 月到长兴工作，先任县长，2016 年 11 月开始担任长兴县委书记。周卫兵是杭州人，曾在杭州市西湖区等多个单位担任过多种职务，有着丰富的基层工作经历。

长兴全县有 500 多条河流，现在全都实行了河长制，消灭了劣 V 类水，已没有污浊河流和黑臭水体。多年来，长兴县开展了治水、治气、治矿，不准用电瓶捕鱼，野外的鱼全都列为野生鱼进行保护，除了养殖以外，捕鱼要予以拘留处分。长兴县成立了自然资源保护法庭，禁止毁林种茶。保护野生动物，原来全县有 180 多支猎枪，这些猎户的猎枪已全部予以收缴，猎户都转型从事种地、打工，真正实现了人与自然的和谐相处。

2017 年 7 月，周卫兵在长兴县委全委会上提出，"奋战三年，再造一个新长兴"。要通过发展经济，改变那些低收入贫困家庭面貌。长兴县实施"十百千万工程"，计划营造十大农业产业，成立 100 个农业专业合作社，惠及 1000 户家庭，人均年增收 1 万元，通过生产销售、信用贷款等，扶持低收入家庭增产增收。召开"双扶工作"动员大会，针对薄弱的村和低收入家庭，出台扶持政策和措施，帮助贫困户尽快脱贫致富。

2018 年初，长兴县引进了湖州市最大的整车生产线，投资 326 亿元的吉利新能源汽车。这个项目已在长兴经济开发区开工建设。2015 年长兴县引进"龙之梦"旅游项目，投资 251 亿元。当时有许多企业都想投资南太湖地区的图影地块，长兴县一直在等待最好的项目，一直等到 2015 年，最终同上海长峰集团童锦泉达成了这个合作项目。

2018 年春天，长兴县委还在全县上下开展了长兴精神的大讨论。长兴精神大讨论使大家非常振奋。长兴全县上下以党的十九大精神为引领，讨论长兴精神，目的在于回顾过去，总结经验，以利于指导未来的发展。长兴精神大讨论，开展得轰轰烈烈。

3月以来，按照县委、县政府要求，县委宣传部通过电视、广播、报纸等各种渠道，在全县部署开展"长兴精神"口号的征集、提炼工作。最终经十四届县委第41次常委会研究，综合各方面意见，确定了"大气开放、实干争先"的"长兴精神"。

长兴县引进的"龙之梦"项目，一共要建造2.7万间客房，这是属于龙腾计划全域旅游的一部分。长兴县还致力于发展特色产业，譬如太湖蟹的养殖，一亩效益可以达到1万元，葡萄、芦笋的种植，一亩产值可以达到5万元。大力开展农业和文化、旅游的合作，进行农业产业链的延伸。"龙之梦"就是这样的一个项目。

2015年，长兴县将专用铁路修到了经济开发区，有3千米长，征地600亩。这条铁路从动议到开通，仅花了10个月，开创了一项纪录。

长兴长期致力于水环境治理和美丽城镇建设。如在煤山镇整治运石码头，对运石码头进行关闭，在泗安镇要彻底取缔运石车。在煤山挖掘铁路文化和煤矿文化，建一条工业文化风情街和一座煤矿博物馆。

长兴各部门的工作大多排在湖州全市前列，长兴教育、公安部门都走在全省前列。长兴中学是全国文明单位，长兴公安局是全国先进单位。当然，还是有很多发展中的问题。2018年在长兴党代会和政府的工作报告中都提出，要切实防范风险，破解债务高的难题，土地要通过"腾笼换鸟"，解决用地指标紧张的难题，长兴的发展要追求效益和环境品质，要走绿色智造的道路，建设幸福宜居的新长兴。县委提出，2018年要开展"双提十攻坚行动"，坚持聚焦工作重点，围绕效益提升、品质提档，突出转型升级、科技创新、项目引推、全域美丽、环境整治等10方面重点难点任务，领导领衔、挂图作战、集中攻坚，全力补短板、强弱项、扬优势；强化工作比拼，推行"三考三评双亮晒"竞赛机制，发挥考评办的职能作用，月晒进度、季考实绩、年比综合，营造你追我赶、奋勇争先的干事氛围；注重实干导向，先后选派300余名干部深入一线开展攻坚，把现场当考场，以实绩论英雄。一年接着一年干，通过创新美丽城镇建设、五水共治、文明城市的巩固，转型升级，美丽乡村建设等，再造一座新长兴。

采访手记　幸福皆自奋斗来

习近平总书记在多个场合强调，"幸福都是奋斗出来的"，"奋斗本身就是一种幸福"，"新时代是奋斗者的时代"。人生的价值和意义就在于奋斗，在于辛勤的劳作和付出。而作为这种劳作和付出的报偿就是幸福的体验与感觉。幸福是人生价值实现的一种圆满、一种境界，是一种愉悦的、和谐的、满足的感受。

一个政党、一个国家的奋斗目标是全体国民的美好幸福生活。在今日中国，这种国家的目标和理想就是中国梦，就是要让全体国民在个体梦想成真的前提下，在每个个体生命出彩、人生圆满的同时，实现一个古老民族的伟大复兴，实现全体国民共同的富足安康和幸福美满。

幸福不是从天上掉下来的，幸福更不是他人的恩赐或施舍。实现幸福的唯一途径就是奋斗。奋斗的青春是美丽的，奋斗者的日子是充实的，奋斗的岁月最难忘，奋斗的历程最珍贵。在长兴县脱胎换骨、改天换地的变革过程中，一届又一届的党委、政府接力一般，持之以恒，坚持不懈地刻苦奋斗，围绕着心目中那个美丽和谐、幸福美好的新长兴而辛勤劳作，默默耕耘。他们付出了自己的青春热血，奉献了自己的真情和智慧，用血汗奏响了一曲荡气回肠的奋斗者之歌。

从有水快流、有钱快赚到壮士断腕、刮骨疗伤，从环境污染的不光彩的帽子压迫下昂起头来，开展艰巨的，几乎是不可能完成的自我拯救行动，长兴人迈出了这一步。长兴人成功了。几百个日日夜夜的辛勤付出，几千个日日夜夜的不懈奋斗与拼搏，长兴人做到了，他们实现了自己的愿景和理想，还长兴大地以朗朗晴天、蓝天白云和青山绿水。而与此同时，长兴的经济社会也得到了长足的甚至是跳跃式的发展。——这，是一辈又一辈长兴人，披荆斩棘、攻坚克难奋斗得来的，是一届又一届长兴县委、县政府正确领导的结果。这一切的得来，铭刻着一位位长兴人、一任任长兴党政领导的青春、热血与艰辛。

生活在今日长兴的人们是有福的。他们从此告别了那种天上炮声隆隆、地上硝烟弥漫，愁苦不堪的生活，过上了阳光明媚、心情舒畅的日子。这一切，是他们奋斗的报偿，也是他们倍加珍惜的来之不易的幸福。

第三章

——

扭住龙头：工业立县最关键

    俗话说：无农不稳，无工不富，无商不活。农业是国民经济的支柱产业，事关粮食安全和国家安全。农业如果出了问题，就是中国人的饭碗出了问题，那是一件生死攸关的国家大事。而工业，则是一个国家、一个地区摆脱贫困、走向富足的必由之路。没有强大的工业和实业的支撑，即便是一个县域的经济也难以做大做强，难以令百姓收入呈现几何级的快速增长。而商业，则是搞活市场的必需环节与途径。因此，一种良好的经济生态必然是农业稳定、工业强盛、商业繁荣。

    古今中外的发展实践，无不证明了这一点。譬如，研究者提出的中国区域发展的几种模式——苏南模式、温州模式、珠江模式、晋江模式等。苏南模式被认为是以乡镇、村集体工业企业为主体的内发型经济发展模式；温州模式的特点是农村家庭工业，以生产小商品为主，靠一大批能工巧匠和贸易能手开辟致富门路；珠江模式则依托外联内接优势，引进外资，将港澳及海外一些工业转移嫁接，推动自身发展；晋江模式则是借重民间资本推动工业化、市场化和城市化。从这些可资借鉴的发展模式中都可以看出，要实现富裕，不可能离开工业、不依托工业作支撑。

    2003 年浙江省委提出的"八八战略"，头三条都是关于发展繁荣经济的根本举措。包括：进一步发挥浙江的体制机制优势，大力推动以公有制为主体的多种所有制经济共同发展，不断完善社会主义市场经济体制；进一步发挥浙江的区位优势，主动接轨上海、积极参与长江三角洲地区交流与合作，不断提高对内对外开放水平；进一步发挥浙江的块状特色产业优势，加快先进制造业基地建设，走新型工业化道路。

前两条是强调以改革开放作为经济发展的根本动力。第三条则是强调工业立省、工业立县的重要性，要求走新型工业化道路。

长兴历史上是个农业大县。但是，农业经济产值增长的空间相对有限。通过 1992 年解放思想大讨论以后，长兴县注重工业立县，强调加快工业化，使县域经济结构发生了根本性转变，从农业大县逐渐变为工业大县，工业一跃而为全县经济的顶梁柱。

蓄电池产业的发展历程是长兴县工业化的一个缩影。长兴因为有长广煤矿，为了给煤矿开采配套生产矿灯用蓄电池，长兴县自 20 世纪 70 年代开始，出现了一些国营的或乡镇、村办小厂。这是长兴县蓄电池产业的起步阶段。

2000 年起，随着电动自行车产业的崛起，长兴蓄电池生产企业开始迅速增加。到 2003 年，短短的 3 年时间，蓄电池生产企业就发展到了 175 家，分散在全县数个乡镇，从业人员 7000 多人。其中，电动自行车用动力蓄电池占据了全国市场的 65%。几年时间，蓄电池便发展壮大为长兴县的一个支柱产业。长兴县因此而被誉为"中国蓄电池之乡"。

小厂蜕变创奇迹

天能集团是中国新能源动力电池行业的龙头企业，创始于 1986 年。经过 30 多年的发展，现已成为以电动车环保动力电池制造为主，集新能源汽车锂电池、汽车起动启停电池、风能太阳能储能电池的研发、生产、销售，以及废旧电池回收和循环利用、城市智能微电网建设、绿色智造产业园建设等为一体的大型实业集团。2007 年，天能动力以"中国动力电池第一股"在香港主板成功上市。集团现拥有 47 家国内子公司，4 家境外公司，拥有浙、苏、皖、豫、黔 5 省十大生产基地，总资产超 150 亿元。集团综合实力跻身全球新能源企业 500 强、中国企业 500 强、中国民营企业 500 强，位居中国电池工业 10 强的行业榜首。

天能集团董事局主席张天任，于 1988 年凭着借来的 5000 元，承包了濒临倒闭的煤山第一蓄电池厂。在他的带领下，经过30多年的努力，这家村办小厂如今已经成长为年销售额超千亿元的中国新能源动力电池的领军企业。

然而，在这些辉煌成就取得的背后，天能和张天任都曾经走过长长的一段艰难求生、曲折发展的过程。

吃肉圆曾是张天任年轻时的最大梦想。那是在20世纪70年代中期，张天任正在煤山中学读高中。当时学校食堂的肉圆一个卖两毛钱。而张天任和绝大多数农家子弟的同学一样，每天家里给的菜金只有几分钱。1分钱够买5根萝卜干。因此，绝大多数同学都是就着脆甜爽口的萝卜干吃完饭的。

张天任的父亲身体有胃病，比较瘦弱，家境相当困难。但是这位倔强的父亲坚持要儿子好好读书。那时，煤山中学每年都会对家庭特别困难的学生进行学费减免。多的可以减免3元，少的也有1元。这对于几乎没有什么现金收入的农民家庭而言，简直就是一笔巨款。张天任得知这一消息后，连夜赶回十几里外的老家楼下村，到村里开了一张贫困证明。第二天一早又冒着严寒赶回了学校。但是，同学中比他还困难的实在是太多了，最终他1分钱的学费减免也没得到。

为了圆自己吃肉圆的梦想，张天任想出了一个办法。原先一顿饭吃5根萝卜干，现在他改为一顿只吃1根萝卜干，1分钱买的5根萝卜干就可以吃上5顿。这样坚持了七八天，张天任就省出了两毛钱。于是，他终于吃上了梦寐以求的大肉圆。他说，当时自己欣赏着那只在碗里滚来滚去的肉圆子，一度认为它就是星星、月亮、太阳，是全世界最可爱、最美味的食品。

参加工作后，张天任的梦想是希望有一套房、一辆车和一点积蓄。等到他的事业越做越大，不仅有了房有了车，还有了数十亿元的身家以后，张天任越来越明白，拥有再多的钱，也只能享用一张床、一间房、一辆车，更多的钱，最终都将回归社会。

"以前企业是我，我是企业，现在不是。天能是一家国际化的大企业，它必须为全体股东、为全体员工、为社会、为国家考虑，这就是责任感。"张天任这样说。由他主导的天能集团也有了新的愿景和梦想：一如既往地坚持"责任、创新、奋斗、分享"的核心价值观，坚定不移地推进"智能化、平台化、全球化"战略，忠实践行"两山"重要理念，坚定不移地走绿色发展之路，致力于成为全球领先的绿色能源解决方案商，成为最受尊敬的世界一流新能源公司。

　　张天任在接受我们的采访时回忆说，长兴县对行业产业非常重视，决策果断，长兴的铅酸蓄电池起步并不早。当年因为有长广煤矿，为了给煤矿生产矿灯，上海有一家矿灯厂搬迁到了煤山镇张天任的老家楼下村，因为这个地方离矿灯用户长广煤矿最近，企业用了村里的土地，在村里招收临时工，活给村里的人干，主要是仓库货物的搬运。由此，张天任和矿灯厂结下了友谊和感情。

　　在高考落第、参军失败、代课教师也没门的情势下，1978 年，张天任进了一家乡办企业打工，开始的工作是挑水，因为他精明能干，后来被安排当供销员，到处推销产品。

　　改革开放后，村里办起了废金属加工厂，用工并不多。那时企业面临转型，要提高产能，帮助消化农村剩余劳动力，为之找出路找活干，特别是在 1985 年、1986 年的时候，农村劳动力剩余较多，于是村里就集资办起了一家矿灯厂，请了一位退休的老厂长和几个技术员。老厂长自己投了 1 万元资金进去，后来因为身体不好又撤了出来。村里就靠自身苦苦经营，但是，这是一个"三无"厂子：无资金，无技术，无市场，就这样勉强维持了 1 年多，实在维持不下去了。村办矿灯厂没有搞活，1988 年初就停产了，濒临倒闭，资不抵债，只有几间小房子，还欠着信用社和员工的投资款两三万元。万般无奈，村里准备搞租赁承包，要求是先缴租赁费，而且未来几年还要安置好员工，并把合作社的欠债盘活。

　　那时张天任正在另一家厂里负责财务，搞营销，路子很活络。但是他自己拿不出钱，连 100 元都拿不出来。然而他经过 1 年的观察，认为蓄电池产品和能源有关，市场非常大，会有很大的发展空间，厂子没搞好主要是因为缺管理缺技术缺市场，如果把这三者搞好了，前景一定很好。

　　于是，他决心拿出 1.8 万元来赌这件事，心里想的是志在必得。村里定下来晚上 7 点钟要开承包会，为了筹够 1.8 万元，张天任四处找亲友借钱，一直借到了晚上 6 点半，因为有一个朋友本来答应要借他 3000 元，因此他一直等到 6 点，结果那个朋友却跑掉了没来。

　　1988 年 11 月 18 日晚上，楼下村村民和村干部以及打算承包者，围着一堆大柴火，讨论承包的事情。张天任事先了解到，前一任矿灯厂厂长明确说过，如果承包费超过 1 万元，他就不承包了，因此，张天任把钱分成了两部分，一只口袋里装了 1 万元，另一只口袋里装了 8000 元。

承包会开始后，第一个人喊出了 1 万元，张天任就跟着喊 1.2 万元，结果就再也没有人往上抬了。就这样，张天任以 1.2 万元拿下了这个矿灯厂的承包权，当晚就和村里签订协议。

办完手续已是晚上 11 点，开会的地点离村办矿灯厂有四五公里的路。但是，张天任已经激动得不行了，半夜三更当即骑着车就赶过去了。他让工厂门卫一定要看紧了。他大声叮嘱门卫："这家厂现在是我的了，里面的东西谁都不准拿出去！"

因为停工了近一年，工厂院子里都长满了草。张天任要救活这家濒临倒闭的厂，靠的是体制机制的创新。他认为这是一项与能源有关的产业，它的大市场应该在上海，在浦东，因此他经常跑到上海的各个街道、乡镇和部队去推销蓄电池，同时也要从上海引进技术。

苍天不负苦心人。张天任他们好不容易找到了市场，有了订单，工厂又开工了！

看到工厂的烟囱冒烟了，政府部门就很高兴。银行开始有一两万元的汇票进来了，生产慢慢也就盘活了。银行看到工厂经营起来，有钱进来，也愿意借钱给张天任了。

可刚开始时却不是这样的。张天任当时缴完 1.2 万元的承包费，口袋中还剩下 6000 元，他拿这笔钱去补缴了电费和税费。因为欠费，厂里的电早已被停掉了。

张天任找到信用社主任家，跟他好讲歹讲，最终，信用社主任答应看他个人的面子，借给他 5000 元。这就是工厂全部的流动资金。

1989 年 6 月，因为工业不景气，电力也不紧张了，应急电源蓄电池就没有了市场。这时，张天任就在考虑要转型做别的产品。20 世纪 90 年代摩托车特别流行，摩托车电池中要用到极板，张天任的蓄电池厂就和大型摩托车企业配套，专门做这个小小的产品，因此生意很好，一直持续到了 1996 年、1997 年。

这时，因为摩托车噪音大、尾气污染严重，加上安全事故频发，各地纷纷出台了禁摩政策，限制或禁止摩托车的上路和使用。张天任认为摩托车产业可能已经到顶点了，国家鼓励车、船要以电代油，倡导的是生态、节能，这是产业发展的政策导向。

偶然间，张天任听说日本有一种电动车，但他还没有见过。于是他托人到日本，买了一件样品，并对这件样品进行了拆解。他开始重新酝酿，制定新的产品发展规划。当时的电动车很少，用的是日本松下电池，采用储能的备用电源电池，而非动力电池，成本高，寿命短。1998 年，张天任开始试制新电动车电池。他专门去征求客户意见，知道当时电动车用的是直流电电池，充一次电只能跑 20 公里，而且寿命只有 3 个月。张天任看到了商机，他的市场嗅觉发挥了作用，多年的营销经验使他具备了市场的前瞻性，看到节能环保电池的远大前途，肯定会有很大市场。而且，他也看到了电动交通工具的痛点在于电池不过关，电池企业亟待转型升级，技术要突破。于是，他开始四处延请人才，并和大单位合作搞研发。

张天任的这个举动在同行们看来是十分冒险的，甚至是草率和鲁莽的，大家都替他捏着一把汗。好在厂里的员工都支持他。有几位老员工这样对他说："张总，放心去试吧。我们跟着你！"

半年多时间过去了，除了一堆密密麻麻写满了数据的设计图纸，新电池连个影子都没有。张天任有点急了！这可是投进去了全厂几年的生产利润啊！要是研发失败，工厂关门，这么多职工怎么给他们交代？

尽管大伙儿心里都没多少底，但是大家还是不断地相互打气："快了，快了，新电池很快就能造出来了！"

果不其然，到了年底，由天能公司研制的新一代全封闭阀控式免维护电动车专用蓄电池研制成功！

这着实令公司上下欢呼雀跃了好一阵子。然而，新的难题马上就来了。当天销售员带上这些新研发出来的蓄电池，兴冲冲地跑到一家又一家电动车厂去推销时，人家却不屑一顾：什么牌子？什么厂家？从未听说过。

那时的天能还是籍籍无名之辈，人家根本都不听你的推销。但是，销售员没有气馁，依旧四处奔波，一家又一家地继续去推销，磨破了嘴皮子。

天无绝人之路。正当天能人一筹莫展之际，一个机遇从天而降。

那时，桂林要举办一次全国电动车比赛，需要选用比赛专用电池。张天任得知消息，跑到上海找到上海自行车协会，恳切地向他们作自我推荐，希望自行车协会采用他的电池。

上海自行车协会领导看到张天任态度非常诚恳，答应到长兴张天任的厂子来看一看。结果一看，他的技术、品牌、装备都不理想。

张天任又连夜赶到上海，第二天一早找到了自行车协会会长，向他表态：别看我的装备不如人，但我的蓄电池产品确实是好东西，质量可以超过别人。

自行车协会会长将信将疑，派了上海蓄电池厂的检测专家，专门到张天任的厂来监督生产。同时，他又在桂林市找了第二个电池厂家，以防万一张天任的电池不能用，他可以有一家备用的电池厂家。

好不容易争取来这样一个宝贵机会，张天任他们非常努力，自己跑企业，参与技术改造，琢磨着怎么样才能把蓄电池弄得更好。

后来，他们研发出的蓄电池充一次电就能跑 70 千米。

但是，电动车厂的专家认为张天任的电池不可靠，他们找到张天任，指责他破坏了行规，以牺牲电池寿命的方法来满足电池的容量，估计他的电池跑不到两个月。

张天任不以为然。

比赛开始了。安装张天任电池的电动车，持续跑了 70 千米。

其他电动车公司的参赛者都无法置信，质问道："你的车怎么能跑 70 千米？！"

张天任回答："请放心！我们找到了电池容量和寿命之间最佳的结合点，把所有的泡沫都放空了。"

比赛规定一个单位有两部车参赛，张天任当场表示，自己的这两组电池不收回，一组放在实验室，另外一组让它继续在路上跑。

比赛是 11 月底举行的，到了 2000 年 6 月，张天任的这组电池充一次电还能跑四五十千米。比赛组委会也被感动了，他们说要把电池还给张天任。

于是，订单就来了，许多电动车生产厂家纷纷来找张天任，要订制生产这种电动车蓄电池。

然而，刚开始时张天任也不敢大搞，对于电动车蓄电池能否搞大，他心里还没有底，因为有些地方禁止电动车上路，2004 年之前的道路交通法规规定，非机动车和二轮车不能加装动力装置。

张天任一边转型一边观望。

这时，台湾捷安特自行车老板的一番话，让张天任深受启发。他说："用不用电动车，这应该由市场说了算，而不是市长说了算！市场决定一切，有人需要它就有市场，有市场就应该允许它生产。"

2004 年，新的道路交通安全法出台，将电动车归入了非机动车。于是，电动车行业包括蓄电池行业开始产业大爆发。长兴县以前做矿灯、汽车节片的厂家，大都不死不活的，2000 年以后感觉市场很好，一下子冒出了 175 家有许可证的蓄电池生产厂家，加上没有证的还有 200 多家，蓄电池生产市场一片乱象。到了 2004 年，因为有钱赚，毛利能达 80%，净利能达 45%，于是出现了无序竞争。原先搞建材水泥的、搞机械的、搞纺织等其他行业的企业，也都纷纷涉足蓄电池产业，大家都认为这是一块产业洼地，水都向洼地流，出现了蓬蓬勃勃的"候鸟经济"，有钱赚就都奔向那里，几乎所有的企业都介入了。但是，这些企业大都是低小散企业。个体业主泛滥，对环境影响很不好。

2003 年底，长兴县委召开了"宁可放慢发展速度，也要为子孙留下碧水蓝天"的"不发展会议"。2004 年，长兴县蓄电池行业被确定为全省"重点污染监管区"。

在此前后，长兴县开始对蓄电池行业进行了大力整治，关掉了一大批低小散企业，175 家蓄电池企业被压缩到了 50 多家。

天能"重生"铸传奇

2005 年 8 月 15 日，习近平视察长兴相邻县安吉县余村，正式提出了"绿水青山就是金山银山"的科学论断。9 天后的 8 月 24 日，习近平在《浙江日报》"之江新语"专栏发表《绿水青山也是金山银山》一文，指出："我们追求人与自然的和谐，经济与社会的和谐，通俗地讲，就是既要绿水青山，又要金山银山。""我省'七山一水两分田'，许多地方'绿水逶迤去，青山相向开'，拥有良好的生态优势。如果能够把这些生态环境优势转化为生态农业、生态工业、生态旅游等生态经济的优势，那么绿水青山也就变成了金山银山。绿水青山可带来金山银山，但金山银山却买不到绿水青山。"[1]

习近平提出的"两山"理念，给在经济社会发展过程中感到迷茫困惑的长兴县委和天能公司以极大的启发与警醒。

是啊！再不能走过去那种以"牺牲环境换取发展"的老路，而必须走"环境优化发展"的新径！

遵照浙江省委"八八战略"的要求，长兴县将县域经济的发展目标从单个

---

[1] 习近平：《之江新语》，浙江人民出版社 2007 年版，第 153 页。

经济指标转变为一个综合的"生态立县"战略。相应地，在干部考核上，也明确规定生态县建设实行"一票否决"制，把生态环境作为"第一要素"，纳入地区发展的总体布局中。

长兴县政府毫不犹豫地在全县范围内开展了铅酸蓄电池产业的治理整顿工作，出台了《关于蓄电池行业专项整治的工作方案》，按照"关闭一批、规范一批、提升一批"的思路，把所辖区域划分为3类，即禁止区、限制区和集中整治区。在禁止区内，将全部小企业依法注销，限制区和集中整治区内的企业应限期整治，逾期不达标的企业将被关停。

在严禁的同时，长兴县也出台了鼓励政策。如果企业通过环保治理验收，那么，县政府将给予企业设备投资额4%的奖励。在规定时间内自愿申请停产的、在村中的蓄电池企业，凭营业执照注销手续，县政府将给予1万至5万元的补助。如果转产到其他产业，县政府将在用地、资金保障上给予优先考虑。对改造生产设备、改进生产工艺、提升产品档次的企业，县政府也将给予一定奖励。

在长兴县政府的政策措施引导下，2005年，长兴县约有2/3的铅酸蓄电池企业自愿关闭。地方政府通过补偿企业退出成本，为转移产业提供土地和资金支持，再加上明晰的3类区域的划分和制度设置，使整个地区的产业转型得以迅速完成。

这一年，长兴县邀请北京大学相关专家为蓄电池产业作更为前瞻性和指导性的产业规划，形成了《浙江省长兴县绿色动力能源中心发展战略规划》，确定了"以集中布局促进集约发展、以绿色环保建立竞争优势、以集群配套提升产业环境、以科技创新拓展升级途径、以合作和谐成就共同愿景"等发展思路。

长兴县利用这种借用智力资本的方式，分别对水泥、蓄电池、纺织和耐火材料等行业制定了7个产业发展规划。这些产业发展规划为长兴县产业升级与集聚、主导产业的培育和发展起到了很好的指导作用。其中，《长兴县蓄电池及新型能源产业集群示范区转型升级实施方案》是委托浙江大学的专家团队研究制定的。

按照长兴县工业转型升级的要求。在县委县政府的大力支持下，张天任对自己的天能蓄电池企业进行了治理整顿，淘汰了公司里低端的加工制造模式，对达不到环保要求的就关掉。同时调动力量开展科技攻关，以达到最大限度地减少污染的目的。不断进行产业改造升级、产品创新。天能集团的镍氢电池、锂离子电池和储能电池等新能源产品，逐步成为企业新的经济增长点，为长兴蓄电池产业的转型升级树立了良好的典范。

在蓄电池的设计上，长兴县要求去产能，淘汰落后产能，对新建蓄电池项目均要求采取内化成工艺、实现工业废水零排放；追求企业的环保，要求其贯彻生态发展的理念，达到国际领先的制造水平。这首先要求产品的材料要环保。电动车以电代油，节能，无噪音，又比较环保。还有光伏电池、风能电池产品，这些再生资源的储存也是环保的。其次是制造的过程力求环保，也就是制造清洁化，采用环保工艺，用水量节约了90%，剩余的水可以循环再用。其三是产品的使用端也竭尽全力确保环保，产品的使用、运输、加工、回收要无害化，废电池要回收再利用。

2015年，天能公司在环保上的投入超过6000万元，环保项目不仅通过了浙江省的环境测评，而且通过了国际机构按照国际标准进行的评估。天能公司在取得中德合作"有效益的环境成本管理（EOCM）"示范企业的基础上，全面导入"6S"现场管理，着力推行节能减排降耗活动，累计投资2亿多元，加快技术改造和环保整改步伐，在生产车间建立全自动电子监控和烟尘净化循环利用系统，全面实现清洁生产和对环境的零污染。

同时，天能公司致力建设现代化的花园式工厂，不断加快绿化、美化力度。企业绿化面积不断扩大，绿化系数高达80%。无论在浙江长兴总部，还是在安徽芜湖、江苏沭阳等各大生产基地，厂区和生活区内都是绿茵如织，绿树成荫，花香扑鼻，在蓝天白云的映衬下，大工业的恢宏气势和绿树红花相映成趣。

在做精、做强传统动力电池的基础上，天能公司加快产品转型升级的步伐，率先进军镍氢、锂离子高能电池和太阳能、风能储能新型环保动力能源领域的研发和生产。天能和浙江大学合作攻关，研发出以锂离子动力电池为代表的新型动力能源，并将新动力能源确立为企业未来的核心产品。2007年，天能动力以"中国动力电池第一股"在香港主板成功上市。

治理污染的社会压力和血铅事件给长兴县的一些企业家造成了心理创伤。县域经济中的部分优秀企业出现向外地迁移的倾向和趋势。为了尽可能消除血铅事件所带来的负面心理效应，县委主要领导不失时机地利用全县工业经济大会、经济形势分析会，采取电视现场直播的形式，直接和老百姓进行对话，向他们宣传企业和企业家对一个地方发展的重要性，并从北京邀请著名专家，以经济讲座的形式向各级干部讲述如何面对工业化初期企业和社会其他群体的矛盾和冲突。政府还充分调动电台、报社等宣传单位，制作一系列专题节目，引导社会舆论，努力形成"企业家是不可或缺的社会资源"的社会共识。

2011年，长兴县蓄电池企业又从61家减少到了16家，还不及当年繁盛期的1/10，而效益却是当年的10倍以上，产值和销量都是当年的13倍。产业的转型升级，使得天能的产值和利税都达到之前的100倍。

废旧蓄电池尤其是铅酸蓄电池的回收，是控制铅酸污染的重中之重。为此，天能集团组织力量开展技术攻关，于2009年6月在长兴吴山乡投资18亿元，兴建天能集团循环经济产业园，成为全省首家也是唯一一家废旧蓄电池回收企业，至今已成为国家级废铅酸蓄电池循环标准化示范基地。目前，企业已实现了每年30万吨废旧铅酸蓄电池的处理能力，可产出20万吨再生铅，1.8万吨塑料，3万吨硫酸；铅回收率达到99%，废酸废水100%回收利用。回收产物全部用于制造新电池，开创了蓄电池"变废为宝"的新纪元。

如今，天能电池被广泛应用于节能环保领域，包括储能、微电站、航空航天、机器人、智能化装备等。譬如，氢燃料电池，是水和空气的发电装置，是一种环保产品；锂电池、镍氢电池可以应用到飞机和高铁上，这些都是高新技术密集型产品。在我国的制造业领域，低端产能是过剩的，高端产能还有很大的发展空间。天能集团始终坚守实业，坚持专业，专注于做好自己的产品。

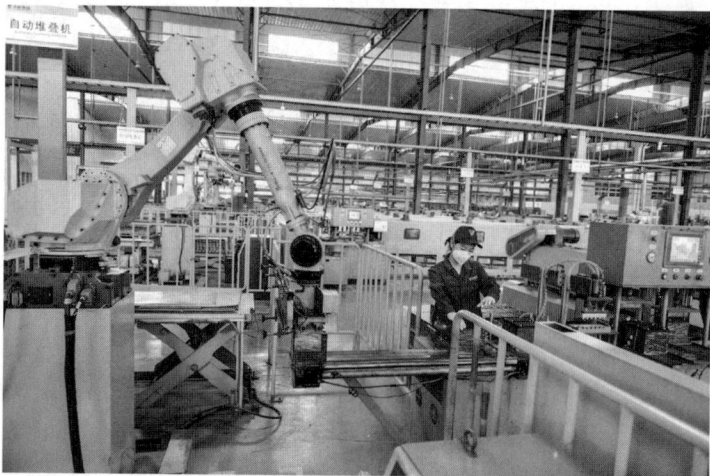

天能循环经济产业园内，一块块智能云电池在机械臂的运作下有序产出

张天任说，长兴县一向重视工业，每年都大张旗鼓地进行支持。对于长兴这样的三四线城市，处在工业化的中期，必须立足工业，而不能去工业化，要依靠工业强县，因

此长兴县每年都要召开工业大会，表彰一批工业企业。政府一年奖励100万元、两三辆汽车，奖励金额并不巨大，但起到了一种很好的导向作用。长兴县工业一直在湖州市三县两区中排名第一。

张天任认为，浙江的民营经济，具有强烈的创新、创业精神；长兴企业家的精神，就是执着坚持，碰到困难不怕苦，敢于奋斗，狠抓实体经济为基础。即便在2008年的金融危机中也是这样。企业家就是财富，在企业家成就的背后都有巨大的付出，他们大多没有休息天，长期承受着常人不能承受的困难，有着别人无法理解的承受力以及眼光和高度。企业家要有责任，有担当，要敢于创新。蓄电池产业是长兴县域经济的一个重要板块，经历了发展中的困难，经过企业一步步的克服，持续走在发展的路上。即为自己考虑，人生短暂，也要努力履行自己的社会责任。

张天任举例说，在我们国家，如果有1亿元，生活就绰绰有余了，理财投资一年可以有三四百万元收入，足够八九个人的开支。如果这么想，他就没有动力了。那他现在还不抓紧玩吗？因此，企业家必须讲社会责任，不仅是采用节能环保技术让空气质量好，社会需要他，他的企业一年能给国家上缴20亿元利税，还可以促进扶贫和就业，同时员工也要发展，要实现自身价值，天能一年的工资支出就达到10亿元，2万名员工，还有30多万人的经销商队伍，还有大大小小的配套企业，他们都要依靠天能集团这样一家企业来支撑。中央保护产权和企业家精神，因为实体经济是基础，企业家是保证。

2013年，张天任当选为全国人大代表。他大力呼吁，发展是总开关，国家应该支持实体经济的发展，要增强企业家的信心。

2008年金融危机来袭，他提出，信心比黄金重要。

后来，张天任继续呼吁，民营经济不是路边草，人人都可以踩，政府应该支持实体经济，支持其发展，依靠实体经济创造财富，企业家是财富、是老黄牛，带着责任和担当，帮助解决就业，政府应该褒奖和鼓励他们持续地干下去。

多年来，张天任都没有休息天，身体感觉不好时就多躺一会儿，每年正月初就开始跟企业的高层进行交流，社会事务多，一周6天时间都在应对，中午饭往往要拖到下午两三点，晚上从12点半到夜里凌晨一两点还在工作，常常要到后半夜才有时间学习和思考。他最大的贡献是做大做强企业，有更多的精力就为村里多办的企业，能够安排几百人就业。慈善也要做，但是他更倾向于帮助对方造血,这是一种良性的输血。他希望社会对企业家多一些包容和理解,优化营商环境,政府的"放管服"要到位,不能打折扣。

张天任预见到,在发展中国家,中低收入人群占了大多数,普通人短途出门的交通工具,还是要用电动车来代替摩托车和自行车,这种新型交通运输工具,现在全国已有 2.5 亿辆。几千万辆的摩托车需要替代,而国家的公共交通又还跟不上来,因此,节能又环保的电动车是个发展方向。市场将会起到决定性的作用。目前电动车常规产品已日渐饱和,智能化将是下一步的发展方向,电动自行车、三轮车要和智能化结合,具备新型功能。现在,每年有 1000 万辆电动三轮车投放市场,山区老百姓骑着它上山干活很方便。山里出产毛竹和竹笋,这些产品都不值钱,如果用肩膀扛效率太低,销售款还不抵刀工费,而电动三轮车一次可以装一吨,用它运山货农民就可以增收,而电动三轮车又是一种无污染的运输工具。同时,电动三轮车还可以充当物流车,解决快递最后一公里的难题,电商网购快递要运送到各家各户,就需要电动三轮车。

传统的电动车产业要改造升级,同时要通过创新,培育新动能、新需求,开发新兴的市场领域,主动去创造市场。天能电池保用 1 年半,一般充电使用 3—4 年没有问题,曾经发现一组电池正常使用了 17 年。

天能同时积极推动产品走出去、产品研发国际化。现在,在美国、韩国、澳大利亚都有天能的研发平台,研发团队中有全球顶尖和国家"千人计划"的专家。未来,天能的工厂也要走出去,走到"一带一路"沿线国家中去。近 5 年要按照高质量发展的要求,清洁化,绿色增长,低碳可循环,实现绿色发展。所有蓄电池可以回收循环利用,在市场上不造成二次污染,其中,铅的回收率可以达到 99%,回收的铅可以满足生产中 5% 的需求,就可以少开采新的铅矿,从而减少采矿和尾矿的污染。这种可循环经济有利于实现经济、社会发展和环境效益的三赢。资源节约利用,环境得到保护,提高了环境的质量,推动了高质量的绿色发展,使资源的利用最大化。市场需要赚钱,新动能与老动能接口,旧电池回收,通过提高电池的技术密集度来提高电池的附加值。利用互联大数据、云计算和人工智能来推动两化融合,建设智慧天能、数据天能,使经济规模和效益每年提升 30%,用工减少,推动回乡农民创业,参与乡村振兴。

长期以来,张天任都主动履行自己的社会责任。他 1994 年入党,还担任着家乡新川村党总支书记,每月回去开例会。他要求党组织带领村民致富,搞乡村振兴要依靠产业振兴，还要给农民搞社保养老，履行企业的社会责任。我国是一个发展中国家，发展中的矛盾要靠发展来解决，而支撑发展的基石是实体经济，支撑实体经济的是企业家。回顾企业的发展，最重要的是浙商精神，就是专注于创新创业，以奋斗者为本，靠实业、靠人才集聚求得高质量发展。

张天任时刻牵挂着自己的家乡新川村百姓的生活和发展大计。新川村是2008年兼并了包括张天任原先所属的楼下村等4个村而组成的一个大村。新川村常住人口3602人，全村25—50岁之间有70%的人在天能集团工作，如今几乎家家户户都有车，有的甚至不止一辆，拥有20万元以上车子的有570多人，天能集团普通打工者，年收入都在6万元以上，那些出去跑销售的，很多都是百万元、千万元富翁了。

被称为村里乡贤的张天任所带来的影响，并不仅仅是在给村民提供就业上。2011年，天能和新川村建立了村企共建模式。从公共设施到环境整治，天能几乎都责无旁贷地帮村里去解决，赞助了3000多万元。修桥铺路、技术帮扶、资金支持、就业支撑，天能用各种方式来拓展村企共建。如今村子里整洁干净、鸟语花香，村民其乐融融。

除此之外，天能对贫困学生、老弱困难家庭的帮扶等，也都印在了村民们的心里。从1997年开始，村里60岁以上老人每年过生日，都会收到天能发的红包。

新川村建有农民公园和老年活动室，所有村中道路硬化、绿化、美化。农民别墅、小洋楼依山而建，比比皆是。家家用上了自来水，户户都有卫生间，村民生活水平已经小康化。村民们说，这一切都不能不归功于乡贤张天任和他领导的天能集团。

张天任多次掷地有声地说："天能已经成为一家藤在外、瓜在内的'地瓜型'企业，但永远不会改变'地瓜'的属性，永远不会改变我们回报家乡、回报乡亲的愿望和出发点，永远不会改变绿叶对根的深情……"

天能的成功历程，已经被清华大学列入 MBA 课程，在中央党校被作为案例来进行研究和教学。但是，对于天能和张天任来说，一切都还在路上。

工业创新谋新局

习近平对于如何推进经济结构调整，提出过养好"两只鸟"的生动比喻：

一个是"凤凰涅槃",另一个是"腾笼换鸟"。所谓"'凤凰涅槃',就是要拿出壮士断腕的勇气,摆脱对粗放型增长的依赖,大力提高自主创新能力,建设科技强省和品牌大省,以信息化带动工业化,打造先进制造业基地,发展现代服务业,变制造为创造,变贴牌为创牌,实现产业和企业的浴火重生、脱胎换骨。所谓'腾笼换鸟',就是要拿出浙江人勇闯天下的气概,跳出浙江发展浙江,按照统筹区域发展的要求,积极参与全国的区域合作和交流,为浙江的产业高度化腾出发展空间;并把'走出去'与'引进来'结合起来,引进优质的外资和内资,促进产业结构的调整,弥补产业链的短项,对接国际市场,从而培育和引进吃得少、产蛋多、飞得高的'俊鸟'。实现'凤凰涅槃'和'腾笼换鸟',是产业高度化发展的客观趋势和必然选择。"[1] 在推动工业化和产业转型升级过程中,长兴正是遵循了习近平的这一重要理论。

长兴县工业化进程,首先表现为建材产业的成功升级。长兴以新型建材发展为重点,稳步推进落后产能淘汰,有计划地开展了黏土砖瓦窑关闭工作,全面完成水泥机立窑的淘汰,实施矿山企业和小石粉厂集中整治,引导矿山企业二次创业。多个新型墙材项目建成投产,长三角新型墙材基地已粗具雏形。对耐火材料产业实施环境大整治、结构大调整,关闭了未能达标的小耐火材料厂,拆除了未改造的燃煤倒焰窑,改变了燃烧方式,并积极引导企业进行科技创新、提高产品附加值,社会效益和经济效益得到明白提高。而如果不进行转型升级,这些企业恐怕连生存的机会都没有。

浙江新明华特种水泥有限公司,是李家巷镇一家以生产白水泥为主的集团型新型建材企业,主要产品有白水泥、装饰水泥以及轻质碳酸钙、石灰石、光催化剂等。这是一家老牌企业,已有30多年的白水泥生产历史,目前采用国内先进工艺的新型干法白水泥生产线,年产量30万吨左右,所生产的"明华"牌白水泥是湖州市名牌产品,"明华"商标是浙江省著名商标。新明华的发展历程就是走的新型工业化和转型升级之路。

王晓世是新明华董事长,他的父亲是竹器手工业者。17岁时,王晓世进入长兴化工总厂当学徒工。他对自己的要求是"做最优秀的一个"。为此,他把大部分业余时间都拿来自学高中、电大专科、本科课程,并对其中的"化学工程"产生了浓厚兴趣。由于他工作勤奋,又爱动脑子,很快就被提拔为车间主任。

[1] 习近平:《之江新语》,浙江人民出版社2007年版,第184页。

1993 年，在茅临生书记的倡导下，长兴县试行人事制度改革，首次面向社会招聘乡镇长助理。王晓世成绩优异，从 200 多名应聘者中脱颖而出，被任命为太傅乡乡长助理。但是，他依旧念念不忘自己酷爱的化工专业。1995 年 4 月，他主动放弃乡长助理的职位，毅然返回长兴化工总厂。因为工作表现突出，1997 年，不到 30 岁的王晓世被任命为国有长兴石灰厂厂长。

看到王晓世是个勇于改革的人才，1998 年 7 月，县委县政府将他调到县属最大国企长兴白水泥厂任厂长，领导改制工作。

那时的白水泥厂已拖欠了高额税费，濒临倒闭，职工不断上访索要工资，被定为全国 5993 家特困企业之一，是县里的大包袱。王晓世到任后看到，全厂职工 1200 多名，但是财务账上竟然只剩 9 万多元，而且没有库存原材料，工厂生产陷入停顿。没有启动资金，王晓世就果断采取一系列改革措施以增加和充实流动资金：加大货款回收，建立奖惩机制；对原材料采购实行公开招标，降低采购成本；盘活存量资产，使土地变现；对历史性遗留债务通过法律途径追讨；加强岗位责任制考核，体现多劳多得，等等。就这样，在短短一个月内，就让工厂全面恢复生产，一年后实现扭亏为盈，为企业改制奠定了基础。

然而，改制损害到了一小部分习惯于吃企业大锅饭的人的利益。这些人连续 3 个月在厂里吵闹围攻、威吓王晓世，扬言要用炸药炸他的家，企图用暴力阻止他的改革，就连王晓世的妻儿也赶紧躲到娘家去了。

但是，王晓世改革的决心丝毫没有动摇。为了全厂 1000 多人的生计，再大的坎他也要跨过去。

2000 年，长兴白水泥厂转制成功，王晓世出任新组建的长兴新明华化工建材有限公司董事长、总经理。

他首先从管理创新入手，企业自上而下解放思想、转变观念，在生产管理、质量管理、财务管理、营销管理等方面进行创新，健全了各项管理网络，一系列新的管理制度随即出台，促进了企业的良性循环和健康发展。

与此同时，王晓世带领企业决策层进行深入的市场调研，提出了"调整产业结构，实施行业发展战略，进行二次创业"的企业发展总体思路。

围绕这一思路，王晓世设计出了做好"加减法"具体的发展路径。"减法"就是要减污染，即逐步限制石灰石开采、关闭石灰窑和普通水泥机立窑。"加法"就是要做强特种水泥。为了改造 4 条设备陈旧落后的白水泥生产线，企业上下勒紧腰带，先后融资 2000 多万元，实施大规模技术更新，增加新型生产线，购置环保设施设备。同时，导入 ISO9001 国际质量体系，并引进先进技术和管理人才。

经过一年多的时间，新明华装饰白水泥在市场中崭露头角，产品质量和企业规模均出现大幅提升。"明华牌"装饰白水泥通过省级技术鉴定，荣获浙江省建材科技进步二等奖，填补了省内空白，并被评为湖州市名牌产品，"明华"商标也被评为浙江省著名商标。

与产业升级的同时，在拉长产业链上，新明华也有大手笔。王晓世果断作出引资借智、"腾笼换鸟"的决策，淘汰低盈利、低附加值产品，发展高端产品。新成立了碳酸钙有限公司，主攻轻质碳酸钙和活性碳酸钙新产品，将石灰石的附加值提高了近 40 倍。

2001 年 4 月，成立长兴新明华精细化工有限公司，涉足全新的产业领域。王晓世虚心向浙江大学、上海交通大学、北京工业大学的专家教授求教问策，又当起了勤奋好学的"学徒工"。他说："同样一块普通的石头，在产业发展的链条上'走'得越远，资源开发利用的价值就越能实现爆发式的增长。利用尖端科技和设备拉长产业链条，深度开发具有高附加值的产品，能使依赖资源优势的块状产业不断焕发青春，保持先导地位。"

几年间，新明华不仅建成了精细化工全套生产线，还与杭州一家化工企业合作，创建了精细化工研发基地，研发出一系列高新技术产品，尤其是主打产品第三代青霉素——阿洛西林中间体被认定为国家级新产品，获浙江省科技进步三等奖，国内市场占有率接近 100%；地红霉素中间体填补了国内空白，产品远销西欧各国。新明华的这次成功转型，不仅将石灰石的附加值提高了近 200 倍，拓展出了新的经济增长亮点，而且对长兴全县建材业的可持续发展起到了积极的示范效应。

然而，王晓世并未就此止步。新明华接着与浙江大学、上海交通大学合作，建立了新产品研发实验基地，其中与上海交通大学联合开发的"空气净化用纳米级复合光催化剂及其制备方法"获得国家专利。2003 年，新明华销售收入突破亿元大关，上缴税利超千万元；2004 年被评为长兴县 10 强民营企业；2006 年，销售收入上升到 1.5 亿元，成为湖州市、长兴县重点骨干企业。

为了做大做强白水泥产业，2008 年，王晓世引进国外技术，结合自身经验、技术，向县、市、省申报了"年产 15 万吨新型干法白水泥"项目，通过专家评审，2009 年 2 月通过浙江省立项。这项节能减排项目，是国内特种水泥行业最大最先进的，彻底改写了特种水泥的历史。新明华公司因此每年可节约标准煤 1.6 万多吨。

2014 年，企业进一步转型，正式进入环保、科技领域，同年 12 月，成立浙江每刻爱尔空气净化科技有限公司，主要生产空气净化器、新风系统、基于复合型空气污染治理的关键材料和空气净化装置，是一家专业从事空气污染治理关键材料生产，"新风、净化、热交换三位一体化"设备材料技术研发、生产制造、销售服务的科技型企业。企业以上海交通大学教授团队为技术支撑，积极开发新产品，推进技术创新。目前，公司已拥有国家自主知识产权专利 12 项，其中发明专利 2 项，实用新型专利 5 项。

王晓世说："企业要发展，必须提高自主创新能力，加快传统产业升级换代，走发展高新技术产业之路。"新明华在技改投入后，每年的产出均以 30% 的速度递增，这正是改革创新为企业所带来的无限生机。

石头之城著新篇

李家巷镇是著名的"石头城"。在传统产业改造升级中，换了一批新血液，迎来了小镇新生。

李家巷是全国最大的重质碳酸钙生产基地。2012 年以前，全镇 35 平方公里面积内，石粉企业就有 235 家，从业者近万人，年上缴当地税收超亿元，而 2012 年李家巷的总税收是 1.9 亿元，石粉企业对该镇的重要性不言而喻。但在光鲜外表下，还有另一番景象：穿镇而过的 104 国道上空尘土飞扬，遮天蔽日；国道两侧不见绿的树，没有红的花；人过一身灰、车走满身泥，白天不敢开窗，户外不敢晾衣……

宁可 GDP 少一点，也不能再让粉尘飞扬，这样的想法逐渐成为众人的共识。李家巷掀起了一场环境综合整治活动，关闭原有 13 家矿山中的 10 家，235 家低小散的石粉厂重新组成了 9 家现代化、清洁化、环保化、矿企一体化的新型粉体企业。

粉体企业重组后，能耗减少近 2 万吨标煤，腾出土地 1200 亩，石料从原来的 650 万吨下降到 200 万吨。腾出的土地可以打造绿色工业发展平台，围绕高端装备制造和新材料等主导产业，2017 年引进各类项目 28 个，总投资超 26 亿元。另一方面，重组后的 9 家粉体企业在政策倒逼、自身转型后焕发生机。更有世界 500 强法国圣戈班，还有浙江冠峰新材料等项目，利用当地的粉体资源延伸产业链，生产终端产品，提高利用率和附加值。5 年时间，石头城从一本灰色账本翻向绿色账本。

3 月，我们在采访李家巷镇党委书记金永良时，他激动地向我们提起，对李家巷的环境整治和工业改造升级，2015 年浙江卫视曾专门做过一期节目，就叫《石头城涅槃记》。

2011 年 9 月，县里决定派金永良来李家巷当镇长。

那时，县委下令要在全县范围内搞环境整治，将其作为工作的主线。李家巷有一座兴旺矿山，镇党委书记是由原先的镇长提拔的，为了关闭这座矿山，他不得不动用特警，强行关闭。

对粉体行业进行整治，几届县委都想做，但效果都不明显。以前县、镇干部还没进村，消息就走漏了，机器都被提前搬走了。那时整治力度也不够，"我进他退"，小业主都跟政府打起了游击，因此整治不下去。李家巷有一条专门运矿石的拖拉机通道，车辆经常超载，大家都怕车上的石头会砸下来。矿山分红多，利润大，李家巷这地方别的发财途径没有，很多人就都跟风做粉体企业，"钻进石头缝里很难拔出来"，几十年都吃这碗饭。

县委书记章根明找准了点，产业结构是根，通过行政调整、行政命令的方式效果不大，必须采取革命性手段来治理，矿山、道路、粉尘的治理三管齐下。最终，李家巷花了 1 年 7 个月，关掉了 235 家企业，矿山到期到量就停，改作旅游资源来开发。而后进行矿山复绿、厂房收购，至今"战斗"还在延续。

李家巷是传统的工业乡镇，很早以前就是全国千强镇，几乎年年拿到全市十大工业乡镇荣誉，产业结构包括纺织、耐火、粉体业。由于有长湖申航道，运输便捷，李家巷的建材大多通过水运送到上海，因此以前有这样的说法：上海高一寸，李家巷矮一尺；穿过东大门李家巷，硝烟弥漫"封锁线"，来到了长兴县。长兴在沪企业大多是做建材，绿化、红梅、苗木的，二者是互补的。

李家巷的粉体企业从 20 世纪二三十年代开始就有，2010 年时达到鼎盛。原来是一个暴利行业，整治时产业比较低迷。2000 年，通过一台类似拖拉机头改造的破碎机就可以进行矿石破碎加工，加一个料斗，一年一对夫妇就能收入 1

万多元，多的一年能挣 20 多万元。生产很简单，都是家庭作坊。

停产以后，镇里经常来巡查，看有没有死灰复燃的，保持取缔高压的常态。那些小企业主，因为断了他们的饭碗和财路，就跟政府玩起了猫捉老鼠的游戏。有些人家偷偷地生产，政府检查人员来了，一发现就把马达拆掉，将设备搬离。但是，政府的人一走，他们就又把机器安上。后来检查人员在安装机器地下的料坑填入速干水泥。然而还是不行，检查人员一走，企业主回头给人一二百元，就又把水泥挖干净，安上机器又开始生产。再后来，政府拆掉了他们的生产厂房，接着集中连片地征拆，同时以奖代补，挤压小厂的生存空间。

2011—2012 年的集中整治末期，只剩下了 5 家企业未关。李家巷镇领导班子成员每人负责一家。金永良负责的是其中一个残疾人，名叫徐五一。徐五一不在李家巷过年，说是去收应收款了，打电话不接。晚上 10 点金永良和派出所所长赶往安徽某地，住在他家房子对面，截住他，要带他回家，徐五一不肯回，说自己要在这里讨钱。金永良又跟他做工作，讲政策，又请他吃饭。晚上 12点，3 人一起去喝啤酒，徐五一敬了金永良一大杯酒，说：喝完酒，明早 8 点就回去签字。

早晨 7 点半，徐五一打电话告诉金永良："对不起，昨晚在家一宿没睡，企业就是我的命根子，镇长，这个字我不能签！"

金永良说："随你吧！"回到办公室，感到非常难过。

他派车去把徐五一接到自己的办公室，又让徐五一的妈妈帮助做工作。他的妈妈是个深明大义的人。

到中午他们一起在办公室吃了中餐，又吃了晚餐，金永良讲遍了道理，徐五一终于签了字。

后来，金永良按照政策，在设备方面给他补了点钱，又通过县残联给了他一些帮助。再后来，徐五一改做粉体销售，厂房也被收购了。

关停粉体业对于地方的经济、政绩影响很大，波及矿山粉体从业者 1 万人、年税收 1 亿元。整顿粉体行业对于政府而言无疑是一场刮骨疗毒。为此，章根明开过 28 次例会，把在李家巷工作过的担任过领导的县里各部门主管都抽调来李家巷做整治工作，全镇分成 4 片，这些领导穿插安排进这 4 个片区。235 家粉体企业分 4 批次关闭，对厂房进行收购，而后打造工业走廊，让老百姓看到未来和希望。

经过整治，李家巷的矿山从 13 家压缩到只剩下 3 家，粉体业全部关停后，重组成了 9 家。

关闭粉体业也不是搞一刀切，而是以环评为抓手。无证的或证照不全的、批件不符的（比如预制厂搞粉体生产），这些都予以关闭。对于落后设备的淘汰，县里和乡镇都有奖励，希望其利用原厂房进行改造升级，"腾笼换鸟"，从吃"石头饭"中解脱出来。这些关停粉体企业有转产的，有停产的。之后，104 国道沿线、青草坞和集镇范围内的粉体企业土地实行回购，打造工业走廊。土地能用则用，不能用则绿化，环境整治县和镇两级总投入达到 6 亿—7 亿元。原有企业在自愿、合法前提下以产能组合的方式，进行重组。有的搬迁去了杭州、山东、安徽办企业，后来也被当地整改。有的用原来的厂房进行升级，少数企业改行，如冠峰新材料增做 PVC、地板、墙板，搞装修材料出口。第二水泥厂腾出来，引进世界 500 强之一的法国圣戈班公司，工厂仅需 3 人，搞石膏粉，为牙膏、化工、化妆品、航天等提供原材料。

235 家被关闭的粉体企业后来大都认可了政府的决策，没有一人到镇里反映问题，或为民工工资事情闹不愉快。大家都是"石头碰石头"——非常爽气，对党委政府的环境整治工作都表示理解，在外经营的企业也有各自的心酸。只要是真心为百姓，最终百姓是不会对政府说不的。

整顿了 235 家粉体企业，腾出了 1200 亩用地，现在改造升级后保留了 9 家，用地只有 300 亩，每年 600 多万吨的产品，能耗却从标准煤 4 万吨降到 2 万吨。

有一位村干部对金永良说："镇长，现在我们可以睡到自然醒，而且能够听到鸟叫了。"大家对整治后环境的优化都很欣慰。

2017 年，李家巷腾出 300 亩土地搞招商引资，引进一批"大好高"项目，同时对产业链进行延伸，如运用法国企业的品牌加技术，提升新型建材＋新型制造业。引进瑞晨环保、欣世纪幕墙、以林机械，等等。搞招商引资必须进行综合评估，评估符合要求的项目才把它引进来。2011 年，李家巷 12 个村被划走了 5 个村，财政收入却从 1.7 亿元攀升至 1.9 亿元，后升至 2.1 亿元，2017 年达到 3.4 亿元，2018 年突破 4 亿元。

金永良的父亲当过煤矿矿工，他记得小时候父亲每天下班回家，全身都是白色的粉尘，只有一双眼睛在动。环境整治以后李家巷继续搞绿化，鸟儿也回来了。原来每家厂房都是 24 小时作业，噪声非常大，现在噪声也没有了。

通过粉体行业整治，打开李家巷这个长兴的东大门，喷水织机、烟囱、窨井盖、汽车维修、垃圾收购点、东大门环境等 15 项整治任务都顺利完成。

李家巷工业园区是 1999 年兴建的，基础设施不完备，欠账多。主要是水环境问题，下大雨的时候，镇长的电话都被百姓打爆了。粉体整治告一段落，镇里就开始进行园区治水，将园区管网整理了一遍，又在污水处理厂的基础上，建起了两座中水回用站，一座 2.5 万吨，一座 1 万吨。政府巧用民间资本来治水，中水回用站就是民间资本投资的。

在涉水企业内部，铺设好雨污管网，安装了小小的流量计，用科技来治水。以前，企业都是直接从河道里取水，现在改用回用的中水，让其自己来算经济账，督促企业在生产过程中节水，倒逼企业转型升级，推动产品和设备的更新。譬如，长兴丝绸厂有 416 台喷水织机，全都改换成信息化和工业化两化融合的设备，采用计算机程序操控。有些企业对治水节水有想法，但是园区管网建好后，看到政府是真正为其做事，企业得利了，态度也转变了。党委政府在创新发展的治理过程中起到了主导作用。

通过环境整治，老百姓在思想意识上对政府工作和净美家园建设给予了高度的认可。传统的乡镇、村庄的环境往往是"脏乱差"的代名词，要搞净美家园建设，保洁方面的投入很大。镇域经济的发展要靠项目，靠招商引资，而招商引资就要加强基础，建设净美家园。为此，李家巷将全镇划分为 7 个村、1 个居委会，对老百姓进行网格化层级管理。

每周二和周四下午是镇干部固定的下村劳动时间，以加强基层管理，加强与老百姓的互动，解决"四不"问题——老百姓对镇村干部不熟悉、不知道（做了什么）、不配合、不理解（信息不对称）。下村劳动时，干部都要穿红马甲，戴党徽，举着党旗下去。村干部把承包组长和当地知名人士拉进网格里。每个月都有一个主题：下雨天走访承包组长、党员困难户，平时搞保洁、垃圾分类、平安宣传，等等。每季度召开镇情通报会，汇报工作，了解老百姓的忧思和关心的问题，也通过这个组织出台为民办实事，并将其列入人代会政府报告的工作计划，采取民生措施，让百姓得实惠，百姓和政府双受益。两三年坚持下来，干部和百姓的关系就非常融洽。

镇里还确定每月首周周六是固定的志愿服务日，上午 8 点到 9 点，所有的干部都要上集镇，开展志愿劝导活动。持之以恒地做下去，老百姓的思想观念和精神面貌也发生了变化。2017 年，长兴县考核社会满意度评价，李家巷镇获得了第一名。在金永良看来，只要是为老百姓做了他所想的事，群众就会给领导班子好评，因此这一切的付出都是值得的。

陪同采访的长兴县委宣传部副部长刘月琴说，这些年，李家巷走过了一条从温饱到环保，再到文保（文化保护）的道路。生活富足了，李家巷人就抓起了环保；有了钱，环境保护好了，李家巷人又开始搞起了文化保护。

青草坞村的"鸳鸯龙"就是李家巷的一个文化品牌。

青草坞位于弁山西南麓。全村被弁山群峰环抱，中间平坦。太平天国时还是一个大草坞，青草茂盛，是太平军放牧军马的地方，故名青草坞。清朝同治年间，浙江平阳百姓移民至此，逐渐形成村落。这里原本是一个有山有水有花有草的地方，但是 20 世纪 80 年代以后矿山林立，搞得山体支离破碎，厂房一家连着一家，一共 200 多户人家，厂房都连着住房。每天噪声喧天，灰尘飞扬，工人全身都是白的。经过环境整治，青草坞完全换了一个新天地。如今，青草

航拍下的李家巷镇青草坞村空气通透、河水清澈

坞村支书是湖州市美丽乡村带头人，青草坞下一步的发展目标是打造美丽乡村精品村。"鸳鸯龙"就是其中乡村文化建设的一项内容。

鸳鸯龙原名双龙戏珠，源自一个传说：相传100多年前，青草坞村东邻"龙井山"，西靠"凤凰山"，中间有山名叫"馒头山"，整个地势像"龙凤戏珠"，故而创编了青草坞双龙。新中国成立前，每逢过年过节，都要挨家挨户表演双龙，更有外地人慕名前来邀请表演，以祈求来年大吉大利。

鸳鸯龙是一种民间舞龙表演形式，经常在农村喜庆节日中演出。两条龙分为雌龙和雄龙，雌龙表演者为9个女性演员，雄龙则为9个男性演员，另加1名男性演龙珠，共有19个舞龙者。双龙龙身由布制成，用颜料画满鳞片，龙头小巧，龙棍较短，舞时灵巧轻便。表演开始后，5位伴奏者敲击大锣、小锣、鼓、镲等乐器，龙珠先出，在搭建的高台上造型，之后翻跳下来，跑到舞台前方，将棍子在地上跺3下后，雌雄双龙分别由两边舞动上场，跟着龙珠跑阵，称为"双龙戏珠"。之后，龙珠进行绕阵、穿阵表演，或龙尾缠绕，龙头相碰，或龙头缠绕，龙尾甩动，都有代表雌雄双龙彼此情深意切之意。第三阶段，龙珠又出场，带引双龙表演，直至结束。

青草坞双龙的"非遗"文化已传承到了第五代，2016年邀请了最有名的5位舞龙专家来进行论证，认为其可以成为与长兴百叶龙齐名的文化品牌，由吴露生老师改编并改名为"鸳鸯龙"。这是一个"非遗"项目，对于提高青草坞和李家巷的美誉度，对百姓的生活和老百姓的思想意识影响很大。要从家庭到家族，一点一点地把传统文化挖掘出来，让老百姓受教育。2017年鸳鸯龙出访意大利，获得了很多赞誉，演员们都激动地哭了。他们非常敬业，脚肿得像馒头一样，还在坚持训练和表演。目前，鸳鸯龙正在申请浙江省"非遗"项目，下一步还要争取"山花奖"。金永良说，这条"龙"要走市场化的道路，已成立文化公司并注册商标，打造其知名度。

鸳鸯龙演出团队到意大利访问时，在一家中餐店里正好遇到了一个吕山乡的人和一个泗安镇的人。那两位听说来的艺术团是长兴县李家巷镇青草坞村的，乡亲相见异常惊喜，同时又非常惊讶，说："你们是李家巷人？你们李家巷不是吃石头饭的吗？怎么还有时间搞艺术表演呢？"

在长兴人的印象里，李家巷的村民90%都是和石头打交道的，或者开拖拉机的，怎么可能跟文化搭起边来？那时，大家都起早摸黑，每天起得很早，开着豪车，直接开上矿山去抢石头。

当那两位身在异国的老乡了解到李家巷近年来的巨变，都感到很兴奋，他们说，真没想到家乡环境整治效果这么好！

织造名镇写华章

在工业转型过程中，长兴县纺织产业也得到了较快提升。作为传统产业的长兴纺织业，经过20多年的发展，已基本形成从原料、织布、印染及后整理到服装生产一条龙的比较完整的产业链。2003年以后，纺织企业技改投入力度不断加大，行业装备水平明显提升，产业升级加速。全县大量引进高档经编机、棉纺生产线、无纺布生产线，主要产品向多样化发展，已有经编织物、全棉织物、箱包布、无纺布等30多个品种，成为国内有一定知名度的纺织品生产基地。

夹浦镇素有湖州"织造名镇"之称。夹浦的纺织设备从有梭织机，到喷水织机，再到经编机的升级，带动的是纺织行业从单纯织造向集织造、印染、家纺为一体的轻纺产业链的拓展。

在促转型、保生态、求发展的道路上，夹浦镇积极配合长兴县专项整治领导小组和各有关部门的工作，在积极推进喷水织机淘汰、整治的基础上，大力开展污水管网升级换代与企业排水强制入网工作，积极发展中水回用技术，降低污染的同时降低不必要的水资源消耗。

与此同时，夹浦镇针对纺织产业技术水平较低、劳动力密集、机械设备密集等特点，大力推进工业园区建设。在依法关闭有关企业的同时，坚决打破"小、散、乱"的产业格局，形成了以环沉工业园区、月明工业园区、滨湖工业园区、城北工业功能区为依托的纺织产业园区体系，基本实现纺织企业全部入园、纺织污水全部入管、太湖沿岸区喷水织机全部迁移，坚持"一企一策"精准指导，培育了以盛发纺织、莱美纺织、诚鑫纺织等为代表的一批龙头企业。2015年5月，经中国纺织工业联合会和中国长丝织造协会认定，夹浦被评为"中国长丝织造名镇"，充分体现了夹浦纺织产业转型升级、实现可持续发展的丰硕成果。

位于夹浦镇的湖州纳尼亚实业有限公司（原浙江恒鑫纺织印染有限公司）是一家集纺织、印染、家纺的研发、加工、生产、销售为一体的轻纺科技型企业。公司拥有完善的纺织生产线、印染生产线和家纺生产线，产品有 60—100 英寸幅宽的各种色丁、春亚纺、涤塔夫、TT/C、浴帘布、印花纺粘布、箱包布、涂层、涂胶、PVC 压延产品、复合面料、服装、床上用品等，产品远销美国、日本、缅甸、菲律宾、拉美、东欧及中东等国家和地区。

恒鑫纺织的董事长戴顺华，1972 年生，夹浦镇滨湖村人。1990 年 7 月，他在长兴中学毕业，高考落第后到乡镇企业杭兴丝绸印染厂当了一名普通工人。20 岁那年，厂部派他前往杭州喜得宝丝绸公司进修。他从喜得宝公司的打样工做起，刻苦学习，认真掌握印染经验。学成归来后，他很快便成为厂里的技术骨干，并担任染色分厂的生产科长。

1997 年，乡镇企业推行企业改革改制。那一年，正值长兴丝绸行业遭遇低潮，许多轻纺厂家或停产或转向。戴顺华作出了一个大胆的决定：用所有的家当和父母、亲戚的资助为担保，租赁承包了当时已经亏损很多的杭兴丝绸印染厂染色分厂。凭着对事业的痴迷，通过一年的辛勤努力，他硬是把已亏损的车间拉到了赢利的行列。

1999 年，他果断抓住机遇，筹资 300 万元，和几位朋友在夹浦环沉成立了长兴恒烨纺织有限公司。2002 年，戴顺华又筹措资金 1000 多万元，征地 20000 多平方米，聘请多位行业专家，在环沉轻纺工业园区注册成立了浙江恒鑫纺织印染有限公司，担任董事长。

在戴顺华的带领下，恒鑫公司在短短两年多的时间里，就从一家无名企业跻身长兴县民营企业 10 强，2005 年被列为县、市重点企业，完成了企业从低层次向高层次的跨越。

这时，时任浙江省委书记习近平提出了"绿水青山就是金山银山"的科学论断。戴顺华积极响应，认定企业的发展同样必须"既要金山银山，更要绿水青山"。为此，恒鑫公司跳出常规发展模式，制定了节能减排、走循环经济道路的发展方针，实行最严格的环保一票否决制。即使再赚钱的项目，只要环保一项不过，就坚决放弃。

2007 年、2008 年共投入资金 3000 余万元，对企业进行技改升级，淘汰了一批高能耗、高污染、技术含量低的生产设备，大大减少了能耗和废水排放，完成了企业节能减排的指标，受到政府和百姓的褒奖。2007 年，由政府牵头，联合东华大学、长兴县技监局、夹浦镇政府等 5 家单位共同组建了中恒纺织品检测中心，在家门口就可以完成各项指标的检测，省去了将样品送去杭州、绍兴等地专业机构检测的奔波，提高了企业的生产效率。

随着企业的不断发展壮大，原有的生产厂房已跟不上企业的发展速度。面对土地这一生产要素的制约，2007年，公司投入近500万元，拆低层建高层，向空中要土地，在坚持质量的前提下，扩大了厂房面积。此举，得到了政府有关部门的赞许。

为了适应外向型企业的要求，树立公司品牌，2012年，恒鑫纺织更名为湖州纳尼亚实业股份有限公司，并将"纳尼亚"作为商标在其对外出口销售的4个国家进行了注册。有了自己品牌的纳尼亚公司，企业经营随之发生了翻天覆地的变化。2013年，公司销售额突破1.5亿元大关。戴顺华说："以前为了推销我们自己的产品，到处奔波，宣传推广，虽然做了很多努力，可效果并不明显。现在有了自己的品牌，很多客户都主动上门来订货，特别是不少国外商人通过我们公司网站上的地址，大老远跑到我们长兴来寻找纳尼亚公司。"

就在戴顺华感叹品牌带来的效益时，一个意外的喜讯再次让他看到品牌发展的好处。做大型进出口代理贸易的巴西商人Coelho先生主动找到他，询问能否在2014年世界杯期间为巴西生产国旗。平时就喜欢足球的戴顺华欣然同意，并承诺一定会做出质量一流的产品。经过诚恳的交流，巴西客户颇有信心地将戴顺华的这个意愿带回国内。

"我也是个巴西球迷，所以，一听到巴西国旗的制作招标就来劲了，我很希望接到这个单子，由我的企业亲自制作这样一个有意义的产品，而且，我很希望巴西队能得冠军！"戴顺华说。

最终，订单成了。

2014年6月13日，巴西世界杯揭幕战打响，东道主巴西队以3∶1战胜了克罗地亚队，飘扬的巴西国旗庆祝着巴西队的首场胜利。而在欢庆胜利的黄绿色海洋里，就有不少是来自12000公里外，产自湖州纳尼亚公司的产品。

令戴顺华高兴的是，这份订单不仅圆了他的世界杯梦，还为他的业务带来了意想不到的推动。这个单子的成功让巴西客户更乐于与纳尼亚结成亲密伙伴，为纳尼亚的发展写上了浓墨重彩的一笔。

2018年4月10日，我们采访了夹浦镇党委书记陈剑峰。

他介绍说，夹浦镇面积只有69平方公里，是一个半平原半山地地区，全镇辖 13 个村，2.9 万人。从 20 世纪 80 年代初开始，夹浦镇就开始搞起了纺织业，那时的织机主要是有梭织机，后来改成了以喷水织机为主，纺织业的前整理工序和后整理工序都有。另外，夹浦镇的耐火产业影响很大，在八九十年代时是半边天。特别是父子岭耐火集团闻名遐迩，父子岭村也被称为"浙北第一村"。耐火产业相对比较稳定，品质提高和规模扩大都比较慢。夹浦有 10 家耐火企业，目前在全镇的工业占比不大。

纺织产业是夹浦镇的主导产业，夹浦被称为全国化纤长丝织造五大基地之一，每年生产的化纤长丝布（家纺布）50 亿米，也是全球最大的磨毛布基地，年产近 40 亿米，占全球产量的 65%。纺织行业年产值在 2000 万元以上的规上企业有 110 家，规上企业占全县总数的 1/6，规下企业 350 家。

夹浦镇以前主要依靠"一匹白布打天下"。现在，夹浦已形成了一个最完整的织造产业链。除了前端的工序——从石油切片制丝这一段没有，后续的工序都有：夹浦企业买了丝以后，加弹，增加柔韧性，进行织造前道工艺的加工，一直到后道工艺，包括磨毛、印染、压印花等后整理程序。夹浦纺织业绝大多数都是生产成品布，也有一部分是生产半成品坯布。原先是以坯布为主，现在则以成品布为主。

成品布与坯布不同，通过染色、印花以后可以直接拿来做窗帘、沙发、床品等。有一部分成品布加工成了产品，其中有些是为外来客户加工的贴牌产品，还有一些是夹浦自有品牌产品，比如一些床品等。面料有各种不同的型号和品质，终端产品也开始日益多样化，夹浦镇的目标是面料精品化。

据介绍，夹浦镇外来人口超过 2 万人，本地人从事纺织业的占大部分。纺织业年产值 202 亿元，耐火产业年产值 20 多亿元。镇财政每年收入三四亿元，2018 年的目标是 3.9 亿元，因此，纺织业是强镇富民的产业。

但是，纺织业也是一个严重的污染源，既有废水废气，还有固废。

2000 年，太湖零点行动开展，太湖沿岸的污染企业都被列入整治的重点，夹浦镇亦在其中。从此，夹浦的纺织产业开始自我加压，开启了高强度的环境整治提升过程。整治的效果有目共睹：环境保护意识大为提高，纺织生产设备、工艺水平得到提高，环保设施配套得到提高。譬如印染厂的定型机现在已经更新到第三代，而别的地方有的还停留在第一代。夹浦有的企业主到外地去参观，看到还有纺织企业在直排废水，都觉得不可思议，他们都已经习惯地认为，污水就是应该排到污水厂去进行处理。

2017年，夹浦镇投入1.17亿元，进行污水管网设施建设，确保做到3个100%：对管道的标高和材质进行调整，要求生产厂家、小经营户100%的废水要进入到统一的管道；100%的废水要走到终端的污水处理中水回用站；到终端后，除了爆管等事故性不可排除因素外，100%的废水要处理成中水。

镇领导认识到，夹浦的纺织产业来之不易，一定要规范好，而有投入才能更好地管理。原来的管道长年使用，局部已毁坏，走向也不好，有的管道还铺设在河道里。整治后，全都改到岸上走，一旦有跑冒滴漏就可以及时发现并采取措施。

排放的污水中，油都浮在上面，当油达到一定的厚度和浓度时就可能成为易燃品。这也是为什么有些污水河会着火的原因。以前这些油还可以拿去卖给加工企业，用来提炼润滑油等。后来，夹浦镇明令禁止回收这些废油。但是，周边地区还是有人跑过来偷这些油，他们把窨井盖揭开，然后用勺子撇掉过滤，收集漂在上面的浮油。经过政府反复监管之后，现在这种现象已绝迹。

现在，污泥都送到定点焚烧厂也就是南方水泥厂去焚烧，以前的"牛奶河"得到了规范、保护和提升。定型机上都要配装第三代除尘器。污泥安排专人去回收，一年回收一次，送到处理厂处理。一个家庭如果有20台织机，就在他家门口配一只桶，每年派管理员去运输，再送回桶。如果哪家的污泥多了，也可以随时打电话给管理员让其上门去回收。有200个经营户就安排了200只桶，谁乱倒就罚谁。2017年派出所里拘留了两个人，就是因为偷排偷倒废水废物。在高压管理态势之下，现在已几乎没人图方便省事乱倒废水废物的了。

废丝、废塑料泡沫、纸筒可以作为废品回收再加工利用，可以变成钱，设有固定的废品回收点，人们就不会乱倒了。每家都安有一个废水排放口，要求排入阳光排放池，再进到污水管网，没有这样做就要给予处罚。那些大企业更好管、更规范，偷排偷放的往往是一些小企业。

污水处理采用1+7模式：建了1个4万吨污水厂，7个总量10万吨的中水回用站，每天共处理14万吨污水。纺织户一家20台织机，200家就是4000台，原来的管网布局不科学不合理，跑冒滴漏严重，镇里都重新进行了科学改造。

2017年，镇里搞大兵团作战，决心要做就做一劳永逸的，单测绘的就有10多人，采用了"四好"标准：材料材质好、标高流向好、管道走向好、管径匹配好。材料用的均是 PE 管，全部用上市公司公元牌的自来水管，每平方厘米能够承受 10 公斤的压力。夹浦地势北边和西边高，东边和南边低，管网就顺着这个地势走向布置，免得水流不畅。为了保证水流畅通，有些地方的管道挖下去 3.5 米深，管网施工一共花了 7 个月时间才完成。原来很多通道建在河边、河里，都跟地势有关，因为织机都是在地势较低的坝区里，村庄和房屋密集，管道无处可走，只好放在河道里走，这样一出事，假如夜里爆管的话，可能白天才能查清楚，这时河水已经变白成了"牛奶河"。现在改造以后，所有的管网全部都在岸上走，用牵引机牵引着水管从各家各户的房子下面打个隧道穿过去，就像土拨鼠打地洞一样。管径按区域精确设计，对每一个企业户都实行了定人定数量定地点的"三定"方案，严控新增，地点不能变。配套管理上去了，企业户的效益也提高了，2017 年织造产业的效益很好，百姓的收入达到了新高。

为此镇里一共投入了 1.1 亿多元，而 2017 年镇里财政返还才 1800 万元，等于花了 6 年财政的钱才建成了这些管网。

夹浦的耐火产业，当年是由父子岭村的刘阿苟引进的，他是现任村支书刘伟星的父亲，父子岭耐火集团受钢铁行情的影响很大。耐火厂都是以镁矿和石墨做原料，原来的耐火企业，车间里扬尘比较严重，现在也开始采用自动化搅拌生产线，进行粉尘防护，保护工人身体，原来进工厂都是灰蒙蒙的，现在车间里干干净净。

一台织机一年能创利 8000 至 2 万元，织机价格 4 万元一台，两到三年就能收回机器成本。这对农村劳动力是利好，一对夫妻可以管理 20 台机器，有的能够管理六七十台织机，还有的企业，有上千台织机，因此农民致富很容易。我们后来采访了盛发纺织，这家企业就有职工 1000 人，每人年产值 80 万元，全公司年总产值达到了 8 亿元。另一家名叫常鑫纺织的公司，也有上千台喷水织机，所有的污水全部回收再利用，全公司有员工 100 人，人均月收入五六千元，公司年产值 2 亿元。

夹浦镇企业多，老板多，农民富，但是政府的管理压力大。陈剑峰到这里当党委书记已经一年半。他的父亲就是从事纺织产业的，1998 年开始在上海搞贸易，生意做得很大，后被招商回来在长兴当地办了企业，主营是出口贸易，将成品布产品卖到了墨西哥和韩国等。陈剑峰这个堪称"富二代"子弟却没有子承父业，而是甘愿在收入不高的乡镇当干部，至今已经 10 多年了。他更愿意在乡镇当基层干部来锤炼自己，为纺织产业的健康发展尽一份力。

钱锡花当时是夹浦镇分管文教的副镇长。她介绍说，现在夹浦镇一共有4所学校，一所初中，两所中心小学，还有一所幼儿园。2017年夹浦创办了一个教育基金会，共募捐了776万元基金，其中政府配套100万。企业纷纷慷慨解囊，多则二三十万，少则一两万。基金会非常阳光透明，请的是夹浦中学一位70岁的退休男教师蒋老师来管理基金，蒋老师不要一分钱的报酬。基金会的运营每年收益可达50多万元，加上政府附加投入100万元。2017年基金会一共给教师发放了82万元的奖励，多的2万元，少的1000元，也给优秀学生包括打工子弟发放奖金给予鼓励，以此来留住一些好老师和好学生。以后基金会余额不足时，将继续募捐，企业也都能接受，这样就可以确保基金会持续运作下去，每年都能有力地奖教助学。

夹浦镇文化品牌方面比较著名的是出了个文化名人臧懋循。明清两代，夹浦的鼎甲桥臧家一门九进士，1550年生，以编著《元曲选》而闻名，是集元曲之大成者。

臧懋循纪念馆

从夹浦镇驶往父子岭村，我们的汽车走的是104国道。

104国道长兴段全长33.6公里，公路两旁是连绵的香樟树，枝叶繁茂、四季常青，由此得名"百里香樟大道"。在浙江省公路管理局和浙江经视联手打造"寻找浙江最美公路"活动中，104国道长兴段在广大观众微信票选中脱颖而出，凭借着百里绿廊的美景，毫无悬念地入选"浙江最美公路"。

到了父子岭村，我们紧接着采访了父子岭村支部书记刘伟星和村主任张爱兵。

刘伟星的父亲刘阿苟原来

担任村支书和耐火集团的董事长，1997 年因为车祸不幸去世。

刘伟星书记介绍说，父子岭村有 6 个自然村 1703 人。中心村斯圻村是吴越时代屯水兵的地方，拥有 2500 年的历史，斯圻杨梅闻名全国。父子岭位于江苏和浙江的交界处，古名浮渚岭，远远望去就

1997 年 5 月，时任省委书记李泽民视察父子岭村

像太湖上浮起的一座小岛，根据其谐音人们称这里为"父子岭"。20 世纪 90 年代时任省委书记李泽民曾在这里蹲点，并题词誉为"浙北第一村"。

父子岭村有 730 亩田，7000 多亩的山，人均耕地不足 4 分。山上主要是种紫笋、白茶和杨梅，年收入达到 2000 万元。730 亩田流转给大户承包，拿去种葡萄、水果、苗木。父子岭村的土地流转已实施了七八年，按照亩产 700 斤稻谷折算给农民。

目前，斯圻杨梅种植面积达 3000 多亩。近年来，父子岭村通过对杨梅树进行嫁接，并引进东魁、小黑炭、大黑炭等品种，优化杨梅产业结构。村里通过和旅游公司合作，带游客上山采摘杨梅来助农增收，采摘季时每天都有十几辆大巴车的游客前来。父子岭杨梅合作社还与淘宝、顺丰签约合作，将斯圻杨梅通过网络，用最新的冷藏打包技术发往全国各地，进一步打响了斯圻杨梅品牌的知名度。正是因为杨梅特色产业的发展，有些年轻人就回来了。品质好的斯圻杨梅就卖鲜果，低档的杨梅合作社都予以收购，将其生产成杨梅干。

村里一年的支出大概在 300 万元，主要是年终分红、养老保险、大病医疗、有线电视等补助。

耐火厂是 20 世纪 70 年代末开始创办的一家村办企业。1983 年，刘阿苟担任父子岭村党委书记，大胆招用优秀的年轻人入厂跑业务，加强企业内部管理，狠抓质量，耐火厂逐渐红火起来，1985 年，产值达到 40 多万元，名列全县第一，后来听朋友说办镁质厂利润大，但办镁质厂，还要一笔巨大的资金。当时刘阿

父子岭斯圻杨梅林

苟顶着巨大的压力到银行贷款140万元，1988年建成一条年产3000吨的生产线，创办了当时全省唯一的生产沥青镁碳砖的长兴镁质材料厂，次年创下了产值906万元、利润近百万元的佳绩，1990年，村里投资55万元，建成华东第一条铝镁碳砖生产线，填补了省内空白，当年实现产值1200万元，利润200万元。1992年，村里又投资550万元，扩大镁质材料厂生产规模，与北京钢铁研究总院"联姻"，生产高强度节能型真空油浸镁碳砖，又填补了省内空白。到1995年，进一步做大做强，将耐火厂与镁质厂合并，成立父子岭耐火集团，还收购了一家长兴制药厂。2000年完成企业转制，成为民营企业。现有员工280名，其中80%都是父子岭村村民，年产值达到4亿元。

如今，父子岭的村民基本上不种田了。7000多亩的山，半山下种杨梅，半山以上种茶叶，田里种的是葡萄、水果和苗木。除了在村里办耐火企业，因为村里已没有土地，村里人还外出创办了10家耐火企业，年产值超过10亿元。村里还拿出10亩地，建起了建筑面积达3000平方米的轻纺工业园。建好了厂房，再把它们出租给本村轻纺业主，把村里所有的织机都集中在这里，以便于污水全部回收处理成中水再利用。

为了补贴村民的养老保险，村里已拿出了几百万元。在企业工作的人，企业和个人各承担一部分；在家里的村民，村里给补一块，自己再拿一块；300多个失地农民，国家有政策给他们都买好了养老保险。现在，全村享受养老保险的有600多人，每年可以拿到养老保险金1000多万元。60岁以上的夫妻，一年养老金能拿到4万元，打工能挣一两万元，杨梅和茶叶收入一两万元，一年的总收入轻轻松松就能达到10万元。

村账户上当年因为企业转制收入 3500 万元，全部放在企业里运作产生效益，每年的固定分红是 100 多万元，村民每人每年可分到 800 元。对于那些因大病导致的特困户，村里除了当年给十几万元资助，还对医保之外自付的部分再补助一半，封顶是每年 3000 元。

耐火厂派了很多年轻人外出搞售后服务，还有许多年轻人进城去开店就不回来了，因此父子岭村在长兴县城买房的已有一两百户，还有一些在夹浦镇上买房，孩子都送进县城去上学，或者在夹浦镇中心小学读书，父子岭村已经没有学校了。

2017 年父子岭村的"村晚"节目还上了 CCTV。那是在 2017 年 12 月 28 日举办的夹浦镇"村晚"，一村一品，每个村先后上台进行会演，盛况空前，效果非常好，因此中央电视台也播了这条新闻。

扬眉出鞘"反倾销"

除了传统产业的转型升级，长兴县还着力推动机电产业的快速扩张。机电产业作为长兴县重点引导发展的新兴产业，表现出惊人的发展速度，一段时间规模工业企业产值年均增长 60% 以上，已经形成了以普通机械专用设备生产、白色家电和节能灯等电子电器生产为代表的特色产业相互交融、多层次发展的格局，部分产品已占据国内外较大的市场份额。

诺力机械股份有限公司是一家专业的仓储物流设备制造企业，其前身"长兴煤炭机械厂"原为长广煤矿生产配套液压机械的民营企业，是一家濒临倒闭的二轻系统小企业。2000 年改制以来，诺力机械股份有限公司积极投身仓储物流设备的研发、制造与销售。轻小型搬运车辆一直是公司的主要产品，年销售收入占比均在 70% 以上。2003 年以来，公司逐步开始电动步行式仓储车辆的规模化生产。因为注重知识产权专利建设和核心技术的开发，不断追求产品转型升级，公司到 2005 年就达到了全球销量第一的水平。

一场反倾销官司使诺力股份扬名天下。

2005 年在与欧盟的贸易摩擦中诺力机械坚持抗争并最终反败为胜，这也是我国第一起扭转欧盟反倾销诉讼初裁决定的案件。

2004 年 4 月 29 日，诺力机械接到中国机电产品进出口商会的紧急通知：应欧盟 4 家生产企业的申请，欧盟委员会将于 4 月 30 日宣布对原产于我国的手动液压搬运车正式立案，并启动反倾销调查程序。

得到消息的第一时间，诺力机械高层开了一个碰头会。军人出身的公司董事长丁毅随即拍板：事在人为，坚决应诉。诺力机械没有退路，因为它的产品85%都是出口，其中40%出口至欧盟。如果丢掉了欧盟市场，诺力的前景可想而知。2004年，诺力以超过35万台手动液压托盘搬运车的销量名列全球第一，总产值近4亿元。

诺力机械迅速决定：立刻开始应诉的准备工作。其中最重要的一项就是挑选律师，他们选择了价格最高但经验丰富的傅东辉律师。

丁毅表示："只要是傅律师提出来的要求，我们全部照办。"

由于不知道欧盟到底对哪些材料特别感兴趣，为了防止其突然袭击，公司将从2003年1月至2004年3月能准备的应对现场核查的材料全备齐了。

在接二连三地索要补充材料之后，2004年9月初，两位欧盟官员到现场核查，诺力机械为此做了精心的准备。长兴县政府官员亲自陪同，他们大方得体地向调查人员介绍了近年来中国改革开放和市场经济建设的进程，并意味深长地讲述了长兴与欧洲城市建立友好合作关系的故事。

2004年10月1日，欧盟公布了初裁决定，以诺力机械会计实践不符合国际会计准则为由，决定不给予诺力市场经济地位，并裁定了35.9%的高额初裁倾销税率。

丁毅再次拍板，把官司打下去。

按照对方的要求，诺力机械全力以赴提供了各种资料，并多管齐下，开展针锋相对的抗争。

2005年7月22日，欧盟作出终裁，决定给予诺力市场经济地位，并将终裁倾销税率由初裁的35.9%降为7.6%。诺力机械成为全国同行业唯一被欧盟给予市场经济地位的企业。

"反倾销不全是坏事。"这是经过这场贸易摩擦洗礼的诺力人一致得出的结论。在丁毅看来，反倾销就是"撑竿跳高的那根竿子"。

"如果没有竿子，你能跳多高？有了竿子，一切就不一样了。"丁毅说。

在反倾销期间，诺力机械用十几个月走完了3年的路，拿出上千万元资金，开发了近10种新产品。反倾销也使诺力提前升级其产品战略，他们的目标已不再是手动液压搬运车第一把交椅，而是在两三年内成为国内电动仓储车辆的领先者。反倾销更使诺力开始对管理苛求，15个月炼狱般的日子使公司的管理问题充分暴露，也使员工从根本上认识到高效管理的重要性。反倾销使诺力开始思考"市场多元化"的问题，不能在欧盟这一棵树上吊死，他们开始加强对美国、东南亚等市场的布局。

此后，诺力机械更加注重自主知识产权高端产品的不断开发，力争从卖得多到卖得贵。到2008年，诺力机械的销售额比2005年增长了5倍。这家企业目前的主要市场在欧美。企业负责人说："在转型升级理念指导下，金融危机也不可能影响到我们，首先这个行业有刚性需求，其次我们拥有世界一流的技术水平，美国、欧盟都没有理由拒绝我们的产品。"

自2010年起，诺力机械电动步行式仓储车辆销量达到国内同行业第一位，成为公司新的利润增长点和未来重点发展的产品之一。电动步行式仓储车辆的规模化生产同时证实，公司有能力根据市场需求在工业车辆领域不断自主开发推出新产品，确立并巩固自身的竞争优势，实现产品升级。

2015年1月28日，公司成功登陆A股主板市场，在上海证券交易所挂牌上市，成为长兴县首家A股上市企业。目前，诺力机械已成为国内知名的仓储物流搬运车辆制造企业，产品线从轻小型搬运车辆扩大至电动仓储车辆，在工业车辆中高端市场占据了领先地位。

在扩大产业规模的同时，长兴县企业的规模和创新能力也得到了进一步提高。到2009年，长兴全县规模以上工业企业达到721家，比2003年新增了499家；单个企业平均完成产值6297万元，比2003年高出1864万元；亿千企业（产值过亿或税收超千万的企业）达到86家。通过实施"技术创新引导工程"，逐步实现了技术创新由政府推动向企业自主创新的转变，初步形成了以企业为主体的技术创新投入机制、运行机制、激励机制。企业科技意识不断增强，研发投入力度加大，创新能力不断提高，新产品开发步伐明显加快。产品结构优化提升，市场竞争力得到加强。

人人都是招商员

除了依靠本地民营企业的发展壮大，推动工业化进程之外，长兴县更多着力于通过招商引资来发展本地经济。

招商引资对长兴的发展变化起到很大的作用。这种变化首先要归功于思想观念的变化，长兴的发展理念是：依托自身求得发展，借助外力加快发展，积极营造一种开放包容的氛围。在这种理念指导下，长兴县得以快速成长为经济和工业的强县，1978 年财政收入是 0.22 亿元，2018 年已突破百亿大关。世界 500 强和国内 500 强企业，有多家都在长兴投资建厂。

招商促进了产业结构优化，推动了拳头产业转型，还带动了民营企业做大做强。超威和天能成为电池行业的龙头，而且跨出了国门。

招商也使企业成长平台环境得到优化。工业园区、科技园区建设得到提升。工业平台建成了"1+3+2"的格局：1 个国家级、3 个省级、2 个专业特色开发区。构筑起了 1+5+N 的产业发展格局：1 是资本市场、金融纽带，5 是提升 5 个大学科技园、孵化器，N 是 N 个科创园中园、众创空间。形成了能够承载各种人才团队的项目平台、支撑体系和空间。

在软件城市配套方面，长兴县本着城乡一体化原则进行了高起点的规划，按照高标准进行建设。2008 年成为国际花园城市，2017 年在全国文明城市评比中排名县级第一名。在城市规划中，引山入城、引水润城，城区人口 30 万，配套承载 50 万人，县行政中心是一种开放式的办公场所，无围栏，体现开放包容的格局。

招商还锻炼了队伍。县里把招商引资作为一把手工程，在县里、在乡镇都是一把手亲自抓招商，招商搞得好的乡镇干部优先提拔。

长兴的招商有着自己的特色，形成了完整的激励机制、氛围和考核办法。在商务局（招商局）党委书记钱永泉看来，20 世纪 90 年代到 2009 年长兴县的招商是初级阶段的招商，那时候来啥要啥；自 2009 年开始，长兴县实施产业招商，并出台了产业招商的实施方案，清晰定位主导产业方向，通过招引产业链项目，达到延链补链；自 2017 年"龙之梦"项目和 2018 年吉利项目的落户以后，长兴县的招商进入了"精准招商"的阶段，即在招商过程中，我们"有什么？要什么？怎么要？"更加精准、清晰。同时，将每个项目的谋划、引进、推进各个环节有机结合，真正做到按照自己的需求有选择性地开展招商引资工作。

精准招商还要与龙头企业和企业家谋划。譬如，同超威集团谋划建设普朗特物流车，投入人民币 30 多亿元。美国 GE 集团要搞钠盐电池项目，长兴也与之谋划，双方达成合作意向。

精准招商也要与园区一起谋划。譬如，有多大的筐装多大的蛋，开发区有一块 1000 多亩的地，就等待着做大项目。吉利集团本来计划在武汉等一线城市投资新能源汽车的项目，长兴方面获悉后，派出专业团队与吉利集团接触，通过各种渠道同吉利老总李书福进行交流，了解吉利新能源汽车项目要什么样的配套，让其开出一个菜单，谈条件，谈承载，让其实现在行业中的竞争力最强、效益最大化。这个项目前期已由县开发区的招商人员跟踪了 4 年时间，但进入实质性谈判后，效率很高，由县委书记亲自带班洽谈，在 2 个月内迅速拍板签约。长兴效率高，政商环境好，因此李书福决定在长兴投资。长兴南太湖产业园为新能源汽车配套建设另外给了 2000 亩地。吉利的油电混动整车项目 2018 年开始动工，发动机项目 2018 年 6 月开始动工，总投资 326 亿元，计划两年之后建成投产。

招商需要优化环境。日本高田集团一行到长兴考察，首先就要看医院，看到长兴的医院设施很好，他们都很满意。近年来，长兴在医疗方面引进了浙二医联体，学校教育方面做强长兴中学等，外地企业主可为子女择校入学。

长兴国际投资贸易洽谈会已举办了 18 届。"长洽会"刚开始举办的时候是来者不拒，由县里出资邀请客商到长兴签约。报到的宾馆在金陵大酒店，目标是 1000 多人，结果来的客人失控，连疗养院都住满了，长兴没有接待能力，只好用大巴车将客人送到湖州的太湖山庄去住宿。头两年客商是鱼龙混杂，招商也是大海捞针。各乡镇还抽调了 20 多人住在东莞半年，专门招引台商。2001 年，按照县委的安排，县里选拔 40 多人，送到复旦大学、浙江大学、上海交通大学去学习了两个月，专门学习招商引资技巧。现在，这些人成长为各个乡镇的领导。

长兴县还到全国各地，分专业片区进行招商，举办专业的产业推介会，如文化产业招商去上海、杭州开专业推介会，2017 年推介会当天签了 10 个项目。

挑货郎变小"村淘"

长兴的经济发展还离不开商业格局和物流环境的改善。改革开放初期肩挑背扛下乡进村去进行供销，现如今，长兴人已经可以通过互联网，坐在电脑前轻轻松松就把商品卖出去，通过物流就把货物运送出去。

说起当年的物流和商品销售，就不能不提一根扁担走天下的陈华。

陈华（1934—1987 年），江苏省丹阳市新桥乡人，家境贫寒，13 岁至长兴鼎甲桥一家私营油酱店当学徒。1955 年 1 月，到长兴合溪供销社工作。1956 年 8

月，加入共青团，1959 年 9 月，加入中国共产党。历任煤山供销社营业员、付款员、出纳员、文书收发员、人秘组长、会计员、副主任、党支部副书记等职，并任县联社监事会监事、县人大常委会委员。

陈华以雷锋为榜样，争做好事，20 多年来，始终如一。每天提早上班，打开水、扫街道、冲厕所，晚上帮门市部做业务准备工作。他自己动手，建造密封舱，制作纸袋，并坚持义务帮食堂挑水达数年之久，还经常关心退休职工的生活与健康，陪老人上医院治病。平时生活极其俭朴，上级奖励的奖金，或赠给敬老院，或买热水瓶，分赠给同事。

煤山山民居住在山界里，远离集镇十几里。为方便群众，陈华购置了一对特大的箩筐和扁担。每逢农忙季节，便挑起 180 斤重的货郎担，跋山涉水，走村串户，将生产资料和生活日用品及时送到山民家。陈华送货下乡有个规矩：近街不送送远村，山山岙岙、单家独户，都要送到，对孤寡老人所需的油盐酱醋送上门去，有时老人袋无分文，便慷慨解囊，送货上门一直到老人去世为止。

1979 年，陈华担任煤山供销社副主任后，继续坚持送货下乡。同时自我约法三章：凡要求职工做到的，自己带头做到；凡定量供应的商品，自己绝不多买；凡特殊供应的商品，自己绝不搞特殊化。每到一处，就把山民所需商品，记在一本缺货登记簿上，不分大小，有求必应。有些供销社不经销的商品，他也千方百计帮助代购，及时送去。一次，山里有个产妇想吃油头绳，煤山街上缺货，陈华记在心上，趁到长兴县城开会之机，买了带回送去。又有一次，二都的山民急需毛竹上号用的炭墨，陈华翻山越岭，专程到江苏宜兴，背回几十斤，及时送到山民手里。春节前夕，他又将自己写的春联主动送到农村。

陈华坚持送货下乡长达 25 年，送货 20 多万斤。1979—1987 年的 8 年中，陈华只休息了 5 天，上"贡献班"多达 350 余天。

1983 年，陈华担任领导职务后，更严格要求自己。岳父造房子，要陈华帮买点计划分配的木材、毛竹、香烟，陈华耐心说服，婉言谢绝，就连儿子要买一辆凭票供应的自行车，他都予以拒绝。

1984 年，供销社从外地购进一批丝棉，拟抬价出售，陈华一方面加以制止，一方面向县领导汇报，最终迫使供销社以原价出售，维护了价格政策和消费者利益。

陈华不怕得罪人，经常配合有关部门组织检查组，赴各门市部、代销店、个体商店进行物价、食品卫生、度量衡器检查，并且建立监事会联络点，在市场上设立监检台，寄发征求意见信。又在3个门市部内设立"服务态度评议台"，创文明经商新风。为帮助农民致富，陈华组织成立了农民致富信息联络处，创办信息交流刊物，仅一年时间，即向50多户农民提供致富信息140多条。

20世纪60年代初，陈华被评为县级一等先进工作者、县级"六好"职工、雷锋式的商业战士。1977—1983年分别被评为县、地（市）、省级先进工作者和省劳动模范、全国商业系统劳动模范。1984—1986年，又分别被评为县、市、省劳动模范、优秀党员。报刊、广播、电视对他的先进事迹多次作了宣传报道。

1987年9月26日，陈华身患肝癌去世，终年53岁。陈华去世后，7个行政村的群众为其召开追悼会，种纪念树。当陈华骨灰送到煤山镇时，迎丧队伍长达2华里。

这就是一根扁担与挑货郎陈华的故事。

据原长兴县商业局人事科费春华科长介绍，长兴商业改革步伐始于20世纪80年代初，县百货公司和五交化公司率先进行承包经营制试点。80年代中期至90年代初是商业系统的辉煌时期，经营有百货、糖业烟酒、食品、五交化、医药、饮食服务等传统行业，也有龙达、双龙、华联等新企业、新业态的崛起，职工人数超3000人，经营业绩在全省县级局里名列前茅。后来通过改制，国有商业逐步退出，民营企业、个私企业逐步壮大发展。1994年，实行现代企业制度试点股份制改革；1997年改制，实行资产和职工身份"双置换"，一次性给予补偿买断工龄，2000多名国有企业职工变成社会自然人，自谋职业。1999年后，国有商业企业不断破产。90年代末，长兴开始抓招商引资工作，蓬勃兴起的外来企业和民营企业让很多下岗者获得重新上岗就业机会，使社会保持了稳定。

鲁炳良科长1981年到县粮食局工作，他亲历了国有粮食行业的兴衰和粮食购销政策变化。1953年开始实行粮食统购统销，农民交公粮；1985年后将计划收购改为合同收购；1993年后取消了粮食统购统销，实行随行就市，但还是按计划收购。1998年全面实施粮食流通体制改革出台，把粮食局行政职能与经营权分开，政企分开，成立了县粮食收储公司。2001年粮食购销实行市场化，不用交公粮了。在90年代，特别是1992—1997年，是粮食行业的一个辉煌时期，金陵大酒店建筑面积11170平方米，1997年11月建成，就是县粮食局投资6000多万元兴建的全县第一家三星级涉外酒店，也是当时全县的第一高楼。

　　原物资局杨毕路主任说，他是 1982 年调入的。1993 年后开放了钢材、玻璃市场，长兴县开始做建材物资串换。从云南采购生铁，供给上海，上海换给长兴钢材，每年能给长兴 5000 吨左右的钢铁，以满足长兴建设的需要。那时候长兴人就懂得要走出去，思想开始逐步解放。长兴的火力发电厂、大企业都需要煤炭，但是仅凭计划满足不了，于是就跑到秦皇岛去，并在天津设办事处，进行煤炭调运。通过走出去，长兴经济逐步从计划向市场化转化。

　　徐虎 2008 年进入外经贸局，从事外贸进出口和境外投资管理服务工作。在他的印象中，长兴县 90 年代起搞自营出口的也就四五家企业，年出口 1000 多万美元，1998 年受东南亚金融危机的影响，降到了 800 多万美元。2000—2008 年是一个高速增长阶段，年均增长 58%，2010—2017 年是一个平稳增长阶段，年均增长 12% 以上。2005—2006 年长兴发展家庭工业户，县里组织人员分乘两辆大巴车，到慈溪去学习。2006 年第 99 届广交会，长兴县组织了 200 多人，包机去参加广交会，每年组织企业去学习如何做外贸。那届广交会上，长兴只有 5 家企业设置了展位，2017 年已发展到了 80 多家 120 多个展位，企业自营出口的企业则有 500 多家。2004 年，诺力在反倾销案中胜诉，将关税降到了 7.6%。2014 年应诉复审失败了，欧盟要对其征收 74% 的反倾销税，诺力就改到马来西亚去投资设厂，避开高关税。长兴对外投资合作开始于 2006 年，现在借"一带一路"的东风，走出去的企业主体越来越多，2017 年有 17 个。诺力在俄罗斯设立了销售公司，在新加坡设立了亚太总部。

　　长兴的劳务输出也经历了曲折的过程，2004—2005 年，长兴县组织人员去日本打工，一年 200 多人。2007 年，通过中介和瑞典卡尔马省达成协议，派去 27 人采摘蓝莓，两个月时间每人可以赚 1 万多元。2008 年 7 月份长兴组织了约 500 人去采蓝莓，然而由于蓝莓低产，加上有斯里兰卡、印度等国来的劳务竞争，出去的人没赚到钱，就在国外闹事。县长去现场指挥、平息事件，并给每个人予以补助，使其安全回国。这样一来，外派劳务人员才不再闹事了。如今，长兴县出国务工的人越来越少，主要是因为汇率等原因，出国务工成本较高，挣的钱越来越少。

　　倪会东科长负责电子商务。他介绍说，电商主要搞网络零售，可以到达终端客户，长兴电商起点低，全省排名靠后。2013 年开始搭建发展框架，2014 年成立电子商务科，2015 年发展电商应用，2016 年规范发展提升，2017 年增量提速，2018 年提质增效创新。长兴县真正有了电商是在 2015 年，网络零售额达到 18.58 亿元，2016 年达到 26.71 亿元，2017 年达到 40.99 亿元，2018 年的目标是 52 亿元，年增幅在 43.7%—53.46% 之间。其中电池是销量最大的商品，2017 年销售 1 亿多元。2014 年，县委通过同阿里巴巴合作，在长兴落地了 15 个村淘，计划 3 年做到覆盖全县所有村庄，主要是帮助村民搞代购，同时也要做农产品和工业品的代销。2016 年，长兴县邀请浙江工商大学教授帮助完成了长兴电商"十三五"计划，目标是发展县域电商，打造浙北最大的电商仓储物流中心。南太湖物流园区已有 5 万多平方米，要利用长兴的交通优势，和杭州、上海仓储物流成本较高的城市进行仓储对接和转移，使其改用长兴的仓储基地。比如，泗安镇对接杭州的服装，做跨境电商，每年电商交易数十亿美元，物流仓储收益 5000 万美元。2020 年，电商交易额要力争达到 260 亿元。

园区局升国家级

科技是第一生产力。长兴县高度重视科技创新在技术含量和产业发展中的重要分量，率先规划建立了大学科技园，承接大学的科研成果转化项目，培育孵化高科技企业，集聚创新创业人才，从而调优长兴产业结构，推动产业转型升级，2002 年长兴科技创业园一期建成开园。

2009 年 4 月，长兴县与浙江大学联手，合作共建"浙江大学长三角国家大学科技园"，以长兴县经济和主导产业为基点，充分发挥浙江大学科技产业化优势，推动长兴工业转型升级往"三低一高"新产业（包括低碳经济、循环经济产业）的方向迈进。

"大学科技园"建成以前，时任长兴县委书记刘国富向浙江大学方面表示，迫切希望通过与浙江大学的科技合作，改变长兴科技"短腿"的现状。为了在长兴建立一个国内一流的高水平大学科技园，长兴县将在财力、物力、人力等方面提供全方位的支持。

在长兴县领导的热情邀请下，浙江大学国家大学科技园主要负责人专程赶赴长兴县，先后考察了长兴县经济开发区、雉城镇工业功能区等地。他们对县领导提出的共建大学科技园的设想，特别是对主要领导的决心和信心表示了高度的认同。在最后签约时，大学科技园主任握着县主要领导的手说："我们是被你们的真情所感动。"

2009年4月22日，浙江大学国家大学科技园（长兴）开园仪式举行

长兴县科技局领导对此感慨万千："我们县领导'手比较长'，'胆比较大'，在竞争中敢为人先，脱颖而出，做了我们想都不敢想的事。"

长兴主动与浙江大学地方合作处、生物系统工程与食品科学学院、环境与资源学院等有关部门合作，广泛发动研究生参与到长兴工业往绿色发展的转型升级中来。靠技术、设备的不断更新，为整个长兴县工业的节能减排做出了巨大贡献。比如，原来专门从事城市生活垃圾综合处理及开发利用的公司设备陈旧原始，只是依靠简单的焚烧，浓烟加恶臭弥漫在空气中，群众意见很大。2005年，通过在网上查找和比较先进的垃圾处理技术，长兴选择了浙江大学作为合作伙伴。为了真正实现长兴县生活垃圾无害化、资源化、减量化的目标，公司花百万元购入浙江大学异重循环流化床焚烧专利技术。浙江大学热能所派专家作为企业的长期顾问，进行技术指导，这"一买一派"彻底改变了长兴的环境。该公司承担着整个长兴县50年的垃圾处理任务，由各乡镇统一运输过来，每天少则处理300吨，多则可以达到五六百吨。这么多的垃圾经过焚烧，产生了大量的热能，为工业园区周围的多家印染纺织公司所利用，焚烧后的残渣可用作铺路的材料，将原先纯粹的生活垃圾全部转化成了"宝贝"。

但是，由单一大学主导的科技园也存在着入驻产业匹配度不高、转化效率不快、服务水平不够等种种弊端。2012年，长兴县开始筹划建设由自己主导的、市场化运作的科技园，2015年5月建成了长兴国家大学科技园并实现顺利开园。

每次乘高铁到长兴，出站后第一眼望见的便是这座清新优美的科技园。那时，我的心里就在纳闷：长兴这样一座并非沿海的城市，自身又没有什么知名的大学或高校，如何能建起如此气派的国家大学科技园？

2018 年 4 月 13 日上午，在刘月琴陪同下，我采访了长兴国家大学科技园管委会主任袁德惠和副主任胡斌。

袁主任介绍说，长兴国家大学科技园是在长兴民营科技园的基础上建立的，是县级层面上第一家拿到国家级孵化器称号的大学科技园，也入选了国家星火计划，习近平总书记曾经到这里视察过。科技园区位优越，园区总占地面积 330 亩，规划建筑面积 22 万平方米，已建成 13.2 万平方米。园区定位是建成集新能源汽车及关键零部件、高端装备制造、电子信息、新能源及生物医药等领域研发、孵化、中试、量产示范为一体的国内一流国家大学科技园。

2012 年，长兴县委谋划搞科技创新。此前成立的浙江大学国家科技园长兴分园，运营效果不太理想。原因是对大学的依赖性太大，但是大学的机构效率和积极性不高。2012 年后，长兴果断转变思路，调整管理运用模式，由地方政府来主抓，与国内 23 所知名高校合作，并将其改名为浙江长兴国家大学科技园，吸引了很多中科大、湖州师范学院等高校前来创业，还和省内外工科类院校进行合作，比如与浙江科技学院、上海机电学院、上海工业大学等都有合作项目。其他的外围合作比较灵活，一年互动两三次，比如像湖州师范学院、浙江科技学院等。2015 年 5 月开园以来，引进领军人才及核心团队中有硕博士 191 名，其中院士 1 名，"国千"人才 6 名，"省千"人才 6 名，获"南太湖精英计划"奖 22 个。园区还获评省级众创空间、省级留学生创业园、省 10 大小微企业集聚发展优秀平台、省级小微企业创业创新示范园、省级双创示范基地、浙江千人计划产业园等荣誉称号。

据袁主任介绍，国家大学科技园归口科技部和教育部管理。一种是以大学为主的，把大学冠名在前，譬如浙江大学国家科技园；一种是以地方为主，把县市名称冠名在前，比如像在杭州市滨江区建立的浙江国家大学科技园。国家大学科技园全国一共批准了 118 家，现在剩下了 115 家，后来这种地方冠名的都停批了。长兴国家大学科技园是湖州地区的第一家依托合作大学，通过引进人才和成果来搞产业开发，其中 90% 是外地高校的教授、副教授和讲师的项目，比如中国科技大学教授创办的长兴蓝杉生物科技有限公司，其中最年轻的张国庆教授只有 35 岁。

蓝杉生物科技公司是由中国科技大学 6 名博士共同成立的高新技术企业，

依托中国科技大学先进技术研究院和合肥微尺度物质科学国家实验室，专注于生物技术应用研究、成果转化、产业化开发。公司聚焦预防医学和大健康消费领域，推出"蓝杉"牌手部免洗系列消毒产品。这种凝胶系类产品，选取医用级乙醇，采用美国路博润进口水凝胶材料。公司生产的免洗手消毒凝胶经广州工业微生物研究所和浙江省疾控中心检测，在 30 秒内能够杀灭 99.99% 致病菌，包括肠道致病菌、化脓性球菌、致病性霉菌等。

2015 年，作为中国科技大学博士生导师的张国庆，带着手中的"人工抗菌多肽"项目报名参加了湖州市南太湖精英计划。在项目申报过程中，张国庆看中了长兴的投资和地理环境，于 2016 年 8 月成立长兴蓝杉生物科技有限公司并入驻国家大学科技园。然而，正当大家准备喜迎"人工抗菌多肽"产品量产之时，意外却发生了。

张国庆他们当时信心满满地以为新产品马上就可以上市，没想到他们的这款产品属于"三新"产品，未曾在国家药典中出现过，上市必须经过国家卫计委批准，需要 1 年时间。

是选择企业关门，还是继续营业？继续营业，又该做些什么？张国庆被这些问题困扰着。

就在此时，蓝杉数十人的研发团队奋力攻关，在短短 20 多天内，便从癞蛤蟆的皮肤上提取出一种生物肽，成功研发出免洗手消毒产品。这种高效杀菌消毒剂可以除臭、除味，又不伤人，不产生耐药性，副作用较化学品要小很多，而且更加便捷、健康、环保。

这个产品一经推出，直接就为蓝杉带来了销售收入。

如今，蓝杉拥有发明专利 17 项，两条生产线已投产，针对母婴的无醇免洗手消毒产品也已投入市场。与此同时，蓝杉也在期盼着其核心技术"人工抗菌多肽"的量产，力争生产出为人类健康服务的新型抗菌肽，从而实现替代传统杀菌剂的目标。

与蓝杉科技相似，芯科物联科技有限公司也是一家高科技企业。

芯科物联是由北京大学电子信息系一位副教授袁帅创立的。芯科物联采用物联网技术来开发产品，初创一年就拿到了浙江省的重大专项，省里补助了120 万元。作为高层次人才和技术含量高的项目，芯科物联前后共获资助 1000万元。

2018 年，芯科物联投入近 500 万元研发 5G 领域 NB-IoT 芯片。

"核心产品领域必须要自己掌握技术，所以我们加大芯片开发投入。"公司总经理袁帅说。该产品应用能够覆盖物联网终端所有涉及联网通信的硬件，市场容量预计可超过千亿元规模。"今年企业能够投入重金研发芯片，还要感谢园区的大力支持，年初拿到了一笔 200 万元的基金，这笔基金来自园区专为科技型企业设立的启航天使投资基金。"

这家专注于物联网领域科技开发与应用的小微企业，经过短短两年的发展，2017 年已经有了 2000 万元的产值。

湖州美科沃华医疗技术有限公司引进美国的高新尖技术，在长兴进行二次研发生产青光眼早期筛选医疗器械的项目，目前已完成二代机的研发试验，具有体积小、成本低、受外界干扰小、准确率高的优点。第一年产值 3000 多万元。他们还和大型医疗体检机构合作，免费送器械设备，卖耗材。同时将一次性耗材成本压得很低，成本只有 3%，利润高达 97%。

公司于 2014 年获"最具创业潜力的企业""浙江省科技型中小企业"称号，2016 年荣膺"2016 安永复旦中国最具潜力种子企业"大奖。在技术方面，公司已申报发明专利 1 项，已授权实用新型专利 6 项。2017 年公司已申报国家高新技术企业。2018 年这项专业的体检耗材利润有望达到 7000 万元。2018 年经过 IPO 股改，公司估值 2.5 亿元。

长兴国家大学科技园定期与各高校科技处或科技转换中心保持联系，经常进行走访，有好的信息都能及时地汇总，觉得好的、符合长兴发展导向的，就引进到长兴，而各个高校也很支持将科技研究成果进行产业化转化。长兴方面鼓励大学教授与学校签约，由创业者出资买断成果的知识产权，政府给予鼓励支持。学校也很开明，这种产权一般只需几万元就能买断。

迄今，长兴国家大学科技园已引进以氢途、柿子新能源、晶正光电、美科沃华、加百列、悦瑞三维为代表的 128 家创业公司，孵化成活 80 多家，清一色的都是有科技含量的企业。大学科技园的产业定位是服务县域经济，现在，全县上下正在推动以能源产业为主的转型升级，聚焦新能源汽车及关键零部件、智能装备制造、电子信息、生物医药 4 个主导产业。长兴国家大学科技园于 2012 年筹备，2013 年兴建，2015 年 5 月 22 日一期建成投入使用。建成已 3 年，下一个 3 年将重点打造新能源产业。

大学科技园主要是通过政府主导、市场化运作的运营管理模式。进园的创业项目都要经过种子期，条件成熟时成立公司，开展中试和小批量生产。经第三方评估委员会评估合格后，才允许企业对接入驻到大学科技园，在这里可以有更大的空间，同时成本又比较低。

在房租收取方面，长兴大学科技园另辟蹊径，做法迥异，一定要先收取房租再给钥匙。对这一点，许多招商员和领导都很不理解，认为这样如何能够吸引来科技创业公司呢？

实际上，长兴大学科技园是吸收了民营科技园的教训。原先的民营科技园是不收房租的，创业者对物业空间就不珍惜，造成了很大的人为浪费，同时优质的项目又没有承载空间；有的项目不死不活，但却一直赖着；还有的公司更加恶劣，竟然做起了"二房东"，把房子转租给他人……

大学科技园不仅收房租，而且房租价格相对周边区域还略高一些，每平方米每月最高可达18元，因为园区区位、配套和服务都比较好。但是，科技园收房租的目的不是为了赚钱盈利，而是要通过收房租促使企业主节约物业空间，高效率地使用空间，从而让有效的空间承载更多的项目。园区采取了先交后返、绩效考核的方式进行房租返还。每年年底对这些企业进行绩效考核，创业项目计划兑现、评上优秀的企业奖励100%的房租，考核良好的奖励80%，考核合格的奖励60%，不合格的不奖励，目的就是倒逼那些不合格的企业腾出空间，自动实现优胜劣汰。第二年如果他还占着不走，房租就要上涨50%。开始时，大家对此都不理解，现在都理解了。

科技园区管委会主要做了3件事。一是围绕科技型企业的资金难问题，与当地科技银行合作，设立了"科创贷"项目，通过对企业项目等进行调研后给予小额贷款。有朝一日这个项目做大了，那时它就会变成银行的一个优质客户。这种贷款免抵押，免担保，从申请到贷款到账只需10天时间，授信1—3年流动贷款，利率上浮不超过20%，政府、园区再联合贴息50%，年利息不超3%，额度在20万—200万元。一旦发生贷款风险，由大学科技园存在银行的风险保证金200万元予以先行赔付。保证金风险池政府承担50%，银行和园区各提25%，迄今已为20多家企业提供了贷款。

第二件事是，通过政府财政拨款加上县开发区补助和园区自筹3000万元，成立园区启航天使基金，每个项目投资不超过200万元。像芯科物联天使基金就为其投入了 200 万元，占 14.4% 的股份，完成了第一轮天使轮投资。所投资企业可以在 5 年内提出，让园区的这部分投资退出，按保底一分二的利即年息 12% 给付利息；但至少要保留 1% 的股份，以分享企业成长的财富，用于滚动投资；如果投资失败，则参与承担风险。过了 5 年期限，园区的这份股权就不退了。这种投资是由政府授权，委托基金管理方进行评估之后进行的，有着较为完善的机制保障。

园区还开展社会融资。金融服务科负责定期举办一些项目、企业路演，吸引投资圈的朋友。此外，经常邀请天使轮、种子轮投资的朋友前来考察，会见企业家，帮助双方相互进行筛选，为项目寻找投资机构合作。2017 年融资 6000 多万元，解决了企业早期资金难的问题。

园区还主动发挥桥梁作用。帮初创业企业从上海交通大学等请来教授上门辅导，进行点对点的一次性服务，费用由园区承担。帮助园区企业与长兴本地企业结合，将在一个产业链上的企业串起来，促使他们产生一些合作，比如超威就投资了园区很多企业。

考虑到园内创业团队是一批平均年龄不到 30 岁的年轻人，园区在生活方面进行了统筹配套，建设了餐饮中心和创客公寓、青年公寓，设有简餐、咖啡吧，引进了功夫茶，有小的活动室。篮球场、灯光球场、乒乓球室、健身房、台球等都是免费开放的，还安排有健身教练。园区创业团队平均年龄 30 岁，园区还与团委、妇联联合开展户外拓展活动，牵线搭桥做媒人，帮助创业者在长兴找到自己的"另一半"。

2016 年 6 月，长兴县在杭州西湖科技园成立了湖州市首家离湖孵化器——"UNI- 科创森林"杭州飞地孵化器，孵化承载空间 4 万平方米，首创了"注册在长兴、孵化在杭州、最终回流长兴产业化"的飞地孵化新模式，吸引浙江大学的学生和周边高层次人才就近进行创新创业。同时，以杭州飞地为人才集聚载体，辐射全球，形成国内外高层次人才集聚的"洼地"，等人才项目瓜熟蒂落时，再"摘"到长兴进行产业化。这片飞地虽在杭州，但实行异地同城待遇，即享受长兴的人才政策及其他政策优惠。杭州飞地已然成为长兴县新兴产业的培育基地、长兴县高端人才引进的桥头堡、湖州地区创新发展的新标杆。截至目前，已经集聚了像氢途、格恩、红谱等高科技企业 35 家，引进硕士以上高层次人才 45 名。其中有一个创业项目是浙江大学本科应届毕业生推出的 3D 打印巧克力蛋糕，一个巧克力蛋糕的打印已从半个小时降低到 5 分钟，将来的目标是生产一个蛋糕只需 1—2 分钟。盈利的模式是先卖机器，通过卖机器带动食材的销售，机器开始时一台售价 2 万元，现在已降到 1 万元。目前，产品已研发成功并已形成销售，年产值 500 多万元。

采访手记 刮骨疗毒实上策

习近平说："生态环境方面欠的债迟还不如早还，早还早主动，否则没法向后人交代。"[1]"发展不能竭泽而渔，断送了子孙的后路。粗放型增长的路子，'好日子先过'，资源环境将难以支撑，子孙后代也难以为继。"[2]再走"'高投入、高消耗、高污染'的粗放经营老路，'国家政策不允许，资源环境不允许，人民群众也不答应'"。[3]

长兴县为了还清生态方面的巨额欠债，采用了奋不顾身的自救措施，也就是壮士断腕、刮骨疗毒的决绝做法。

"壮士断腕"这一成语出自唐·窦臯《述书赋（下）》："君子弃瑕以拔才，壮士断腕以全质。"意思是：勇士手腕被毒蛇咬伤，就立即截断，以免毒性扩散全身。比喻做事要当机立断，不可迟疑、姑息。

通常认为，"壮士断腕"的典故源自禅宗二祖慧可的立雪断腕。慧可是南北朝北魏到隋朝时人，当年为求佛法，来到嵩山少林寺达摩祖师面壁处，朝夕承侍。开始时，达摩祖师根本不理睬他。但是，慧可并不气馁，内心反而愈发恭敬虔诚。他不断地用古德为法忘躯的精神激励自己："昔人求道，敲骨取髓，刺血济饥，布发掩泥，投崖饲虎。古尚若此，我又何人？"就这样，他每天从早到晚，一直侍立洞外，丝毫不敢懈怠。有一年腊月初九的晚上，天气陡然变冷，寒风刺骨，并下起了鹅毛大雪。慧可依旧站立雪中，一动不动。天快亮时，积雪没过了他的膝盖。这时，达摩祖师才慢慢地回过头来，看了他一眼，心生怜悯，问道："汝久立雪中，当求何事？"慧可禅师流着泪回答："惟愿和尚慈悲，开甘露门，广度群品。"达摩祖师道："诸佛无上妙道，旷劫精勤，难行能行，非忍而忍。岂以小德小智，轻心慢心，欲冀真乘，徒劳勤苦（诸佛所开示的无上

---

[1]《水秀山青宜为家（推进生态文明建设）——浙江生态文明建设侧记》，《人民日报》2018 年 5 月 29 日 09 版。
[2]《生态蓝图绘到底 八八战略一脉传》，人民网 2018 年 6 月 29 日。
[3]《生态蓝图绘到底 八八战略一脉传》，人民网 2018 年 6 月 29 日。

妙道，须累劫精进勤苦地修行，行常人所不能行，忍常人所不能忍，方可证得。岂是小德小智、轻心慢心的人所能证得？若以小德小智、轻心慢心来希求一乘大法，只能是痴人说梦，徒自勤苦，不会有结果的）。"听了祖师的教诲和勉励，为了表达自己求法的决心，慧可暗中拿起锋利的戒刀，砍断了自己的左臂，并把它放在祖师的面前，顿时鲜血染红了雪地，达摩祖师大受震动。此后，慧可继续留在达摩身边，长达 9 年，后继承了祖师衣钵，成为禅宗二祖。

而"刮骨疗毒"的典故更是妇孺皆知。刮骨疗毒，就是将深入骨头的毒液用刀刮除，达到治疗的目的。典故出自历史小说《三国演义》中名医华佗为关羽刮骨疗毒。而在信史《三国志》中，对此亦有记载，只是医生不是华佗，因那时的华佗已为曹操所杀。《三国志》原文："羽尝为流矢所中，贯其右臂，后创虽愈，每至阴雨，骨常疼痛。医曰：'矢镞有毒，毒入于骨，当破臂作创，刮骨去毒，然后此患乃除耳。'羽便伸臂令医劈之。时羽适请诸将饮食相对，臂血流离，盈于盘器，而羽割炙引酒，言笑自若。"

这两个典故中的主人公都付出了常人难以承受的痛苦和代价。长兴县为了恢复良好生态，保障人民群众健康以及可持续的生产生活，毅然做出了如同断腕刮骨的污染整治风暴，迎来了生态恢复重建，换回了千金难买的绿水青山，这样一段艰难曲折的历史尤其值得长兴人永久地铭记。

第四章

——

协调发展：农业华丽大转身

2003 年，浙江省委提出的"八八战略"明确要求：进一步发挥浙江的城乡协调发展优势，统筹城乡经济社会发展，加快推进城乡一体化。

长兴县坚决贯彻落实浙江省委的"八八战略"要求，在推动农业绿色发展，推动城乡一体化方面采取了一系列富有成效的举措。

长兴在历史上是一个农业大县、国家商品粮基地。早在 1998 年，长兴县委就提出了以市场为导向、资源为基础、改革为动力、科技为手段、增效为中心的结构调整指导思想，在保证粮食产量总体平衡前提下，对全县的农业采取强有力的产业内部结构调整。长兴县从当地的实际出发，发挥本地区的自然资源、劳动力成本和地理环境优势，以优化农业生态环境为前提，充分发挥生态环境和农业资源的优势，走出了一条农业可持续发展的新路。

2004 年，长兴县委提出，要以提升农业产业化为重点，大力发展特色农业、精品农业、效益农业，同时围绕打造"长三角绿色高效农产品主产区"的目标，以科技为支撑，以市场为导向，深入实施绿色工程，大力发展高效生态农业。

长兴县域一面临湖，三面环山，土壤肥沃，生态良好，物种丰富，具备了发展绿色高效生态农业的良好自然条件。全县土地资源储备丰富，有耕地 67 万亩，可开发旱地 8.8 万亩，林地 90 万亩，水面 10 万亩，温度适宜，雨水充沛，无霜期长，盛产粮油、瓜果、蔬菜、茶叶、水产、花卉、苗木等优质产品，有闻名海内外的"太湖四珍"：银鱼、白壳虾、鲚鱼、大闸蟹，有久负盛名的"长兴四宝"：银杏、吊瓜、板栗、青梅。

为了优化农业生态环境，长兴县注重抓农业面（点）源污染治理和清水入湖行动，实施测土配方施肥，水稻重大病虫综合防治，并且建立农药减量控害增效示范区。长兴县推行的测土配方施肥三种服务模式，获得了农业部认可，被推荐为全国测土配方施肥的经验模式。

长兴每年投入巨资，对农村污水进行治理和村庄环境整治。通过兴建"人工湿地"，使农村生活污水问题得到了有效解决。对农村生活垃圾所造成的环境脏乱差问题，长兴在全县推行将农村垃圾集中处理的办法，作为新农村建设和治理农村污染面源的一个突破口，专门出台了农村生活垃圾集中收集处理建设项目与收集运输"以奖代补"办法，实现了户集、村收、乡镇运、县处理的农村垃圾集中收集处理模式，通过县、乡镇、村、户四级联动，有效地破解了农村垃圾污染突出的难题。

长兴新城环保有限公司是一家专门从事垃圾处理、为企业供热、将生活垃圾变废为宝的绿色环保型企业。每天处理垃圾600多吨，最多时可达700多吨。2009年该公司机组并网，"生活垃圾焚烧热电工程"正式投入运营。这种利用垃圾发电的具体做法是这样的：长兴县环卫所将全县每日所收集的生活垃圾，运到位于夹浦轻纺工业园区内的新城环保公司。公司在分拣出铁和石头后，将所有垃圾"喂进"两台循环流化床垃圾炉中。同时，利用燃烧的能量转化，企业内配套建设的1台6兆瓦抽凝式汽轮机发电机组和1台3兆瓦背压式汽轮机发电机组进行发电。按设计运行，全年直接"产出"包括：约6480万度电、为夹浦镇轻纺工业园区12家印染企业小锅炉进行集中供热。间接的"收获"包括：取代12家印染企业小锅炉后，减少二氧化硫年排放量360吨，减少烟尘年排放量242吨；通过尾气脱硫装置，烟囱焚烧炉主要污染物排放量控制在国家标准限值以下，其中二噁英的排放量远低于国家标准。烟囱几乎不见烟，也没有气味，焚烧后的残渣还可以用于制砖等。

在新城环保集控大楼内，工作人员紧紧盯着垃圾循环处理显示大屏幕，这里能看到垃圾焚烧的全过程。处理垃圾的关键在于设备的稳定性，生活垃圾中小到一根头发，大到一只沙发，都有可能影响企业设备的运行。为保证垃圾处理的数量及效率，新城环保投资 500 多万元，引进新的破碎设备并投入运行。与此同时，为了解决垃圾处理后产生的蒸汽，新城环保还研究设计出一套蒸汽回收系统。锅炉的蒸汽直接引到供热的热网管道里，每小时供热量可达 20 吨。新城环保公司在生产运行中高度重视科技创新，通过创新方式来优化设备设施布置。在出渣系统分拣站，在电磁除铁器转动的轰鸣声中，混在垃圾焚烧后废渣内的各种火烧铁被一一吸走，并通过输铁皮带系统输送到堆场。这件神奇的"武器装备"——电磁除铁器和输铁皮带系统就是新城环保在 2018 年出渣系统改造中，根据日常工作实际需求自主探索改造的一项创新发明。

作为长兴县生活垃圾无害化处理的主要阵地，新城环保创新锅炉技改，发展绿色经济，通过节能减排、集中供热，取代了周边 13 台小锅炉。

这项投入过亿的"朝阳产业"工程，其投资者为夹浦镇曾经的几位印染大户。他们看好这个新的投资领域，已经不再做印染了，也减少了不少污染。新项目的投产，不仅可以处理城区及农村的所有生活垃圾，同时可以防止夹浦镇附近热用户企业自建吨位小、热率低、污染排放大的锅炉，大大节约了能源，减少了污染排放，可谓是一举多得。

而在 2000 年之前，长兴县的垃圾处理基本上靠填埋，不仅占用大量土地，而且单纯依靠土地对垃圾进行分解需要上百年时间，其间有害的垃圾会通过土壤中种植的植物，把有害物质转移到人身上，对人体造成诸多伤害。如今，通过这项过硬的垃圾发电技术，既消除了污染，又能产生经济效益，真是功莫大焉！

截至 2016 年底，新城环保已累计处理生活垃圾 60 多万吨，发电 1 亿多度，供热 60 多万吨。

为了推动农业跨越式发展，长兴县着力培育七大特色产业。以高效生态农业为主攻方向，按照高产、优质、高效、生态安全和基地规模化、生产组织化、产品标准化的要求，以工业化的理念来发展现代农业，集中力量推进商品蔬菜、花卉苗木（含鲜切花）、特种水产、优质茶叶、高产竹林、水果、蚕桑七大特色产业，建设了一批以提高亩产效益为核心的现代农业示范基地，培育扶持了一批规模大、带动面广、竞争力强的农业龙头组织，大力发展农业标准化和品牌建设，积极发展休闲观光农业。

苗木致富泗安路

泗安镇一直是长兴县一个比较落后的山区丘陵乡镇，这里的居民大多是从温州平阳，河南光山、罗山县以及安徽、湖北、苏北等地在100多年前迁过来的。2018年3月，我们采访了泗安镇县委正科级组织员黄际来。

黄际来是泗安人，在泗安工作了32年。1978年家里穷，他在生产队里，常常是吃了上顿没下顿，干活记工分，往往一年都没分红拿不到钱，有的话最多也就能分红10元、5元，干一天活才值一角钱。人均1.5亩地，粮食不够吃，就到处去借。有客人来，招待吃米饭是很稀罕的，大多数时候甚至连番薯干都不够吃。有的家庭主妇到别家去借一碗两碗米，回到家里想一想将来还是没有米还，就又退还给了人家。直到80年代初，泗安人才慢慢地解决了温饱问题，不用再到处去借粮食。

1986—1987年，乡镇和村成立了一些企业，主要是建材厂、砖瓦窑。泗安属于长兴西部丘陵地区，有石矿。90年代初县里开始搞招商引资，因为长兴靠近安徽广德，因此招来的主要是徽商，建起了黄沙厂，搞起了交通运输，把黄沙运到上海去出售。泗安还建起了砖瓦厂、机械厂、毛纺厂、服装厂、羊毛衫加工厂、石灰窑等。

2000年后，泗安建起了工业园区。上海、杭州等都在搞省际产业转移，泗安镇就选那些品质好的引进来，主要是机械装备、家具、服装、汽车配件等。

泗安历史上徽商比较多，又靠近安吉县，农贸市场比较火。农业方面，80年代温饱解决了，但还没有余钱，这时开始进行农业结构调整。如何让农民的钱袋子鼓起来，这是摆在政府面前的一个首要问题。1984年、1985年开始种杭白菊，运到广东去卖。又种西瓜、水果等经济作物，但还是以粮食为主，农民收入增加并不快。老百姓挣不到钱，女孩都不愿嫁到泗安来。1986年、1987年开始种青梅、板栗、蚕桑，到安徽、温州乐清去采购青梅苗，政府给了贷款扶持，农民收入逐步增加。1993年种早园笋。1998—1999年提出要"革番薯命"，搞起了优高农业。以前泗安人都是把番薯（地瓜）刨成丝晒干后再卖钱，因为那时地里种的全是番薯，大家都吃番薯，所以要"革番薯命"。

2000年，县里实施"510工程"——推广种植蔬菜、吊瓜、水果、优质粮油、畜牧养殖等各10万亩。泗安镇1999年种了几百亩吊瓜，后来扩展到两三万亩，建成了万亩吊瓜基地，瓜子可以做休闲食品，百姓收入明显增加，2000年人均收入达到 3000 元左右。

长兴县积极推动高效农业示范带建设，2000 年泗安开始试种花卉苗木 730 亩。苗木种植的带头人叫吴加平，原为泗安长岗岭牧场员工，在牧场转制后，带着 6 名下岗工人在房前屋后种起了树，开始绿化苗木的生产培育和经营。

"种番薯、种蔬菜会有人买，种树又不能吃，能卖钱吗？"村民们心里充满了疑惑，都不敢尝试。

镇领导黄际来自己贷款 3 万元，免费为镇上 200 多户农民提供种苗。年底再通过申请补助，还上了贷款，推动苗木产业的发展。

结果，农户们一亩的苗木竟卖出了 5000 元左右。这下子，吴加平家顿时变得门庭若市，挤满了前来取经的人，纷纷想要种植苗木。

当时苗木发展的环境不好，数量不多，品种不全，种植技术欠缺，苗木存活率低，种植苗木的农户少，全镇只有几百亩苗木，远远满足不了市场的潜在需求。这让吴加平看到了苗木发展的巨大潜力，毅然决定成立苗木公司，创办了长兴县长岗园林绿化工程有限公司，最初的资金投入只有 60 万元。

2000 年，公司引进了桂花、玉兰、女贞等新品种。

2001 年，吴加平种植苗木 220 亩，年利润 30 多万元。他凭借着长期从事绿化苗木培育与经营的实际经验和对苗木产业、市场的深入了解，大胆探索，坚持以市场为导向，采取"农户生产 + 基地生产 + 销售"的经营模式，以公司为龙头、带动周边农户共同种植形成基地，实现运营的良性循环。苗木主要销往上海、江苏、安徽、福建等邻近省份和本省的一些中小城市，行情十分看好。

吴加平依托浙江大学科研人才力量，开发新品种，推广设施苗木，培训培养技术人员。在生产实践中不断探索大树移植成活的新技术，提高苗木移植的成活率，以此来提高市场的占有率和经营利润。

老百姓从苗木种植中逐渐尝到了甜头，2004 年种了 1 万多亩。县里也及时给予大力鼓励，安排了 1000 万元的贴息贷款。种苗木 30 亩以上，政府一亩补贴 100 元；如果是在公路边种，因为帮助政府做了道路绿化，一亩就补助 300 元。通过政府引导，泗安苗木得到了突飞猛进的发展，到 2012 年底，泗安地区苗木种植面积达 5 万亩。

那时，一棵直径 15 厘米的香樟就能卖到 1000 多元。北京奥运会主场馆鸟巢周边的绿化风景树——200多株银杏树都是从泗安镇七里亭苗木基地移栽过去的，有十几年的树龄。泗安的苗木还卖到了重庆、上海、安徽、江西、江苏、云南西双版纳、湖北武汉等地。有调查显示，上海绿化苗木中的香樟大苗70%源于长兴，其中90%由泗安镇提供；泗安成了上海的"后花园"，成了名副其实的苗木之乡。

花卉苗木产业的做大做强，为泗安百姓增加了收入，老百姓的腰包越来越鼓。2000年泗安的大街上还没有几辆车，如今，种苗木的村民家家户户都买得起好车，住上了小洋房。

二十年前，泗安镇白莲村还是有名的"地瓜村"，家家户户种地瓜、水稻和油菜，现在，村里都改种苗木。大伙儿吃的大米都是绿色无公害大米。农民们自己算了一笔账：种一亩水稻的净收入是500元，油菜是300元，轮作一年才800元，而一棵直径15厘米的香樟树运到上海去卖，净收入就超过800元，可抵一亩传统作物的收入。一亩直径10厘米的广玉兰可抵100亩水稻。有一个苗木大户收购一株直径34厘米的银杏树花了1.1万元，没多久一转手就卖了2万元。一些村民一边种树，一边帮别人挖树，一年收入近10万元一点儿都不稀罕。早在2006年，该村就已拥有千万元户7户、百万元户31户。

泗安镇有一个被老百姓称为"点木成金"的基地。在这个基地里，被当地农民当柴烧的老油茶树，经过"整容"，3年后每棵都能卖到8000元；2000多元的紫薇古桩进入基地后，形态好的甚至能卖出10万元的天价。

这个基地便是浙江大学生命科学教学科研基地。从这个基地，农民听到了一个"新名词"——珍稀物种繁育。从这里出来的科技成果每年至少有3—5项在当地成功实现转化，全县数万亩苗木基地因此受益，苗木成为长兴农民致富的一棵"摇钱树"。

"现在在泗安，只要有空的地方都被种上了苗木。我们已成为名副其实的'森林中的小城镇'。同时我们还将持续做好'绿色'文章，凡是影响空气、影响环境的项目，我们一个都不会引进，影响苗木生长的事情，我们一件都不会干。"泗安镇领导表示，"此外，我们先后通过土地流转建立了有机茶叶基地、有机大米基地、特种水产养殖基地、无公害蔬菜基地、水生花卉基地、浙江大学长兴农业科学试验站和绿萌苗木基地。"

泗安苗木产业随后又从普通种植逐步向大规模苗木标准化种植、容器种植转型，搞起了鲜切花，建立了苗木合作社，采用同一个品牌，规范生产。种的苗木主要有香樟、银杏、朴树、榉树、桂花树、栾树、红枫等。一棵几十年的桂花树能卖到 30 万元。2017 年，有两棵罗汉松造型树就卖了 18 万元。

泗安人还把安徽等地的大树收购回来，移植到稻田里，成活之后再伺机出手。泗安苗木效益很好，种一亩粮食一年收益大概 1000 元，加上补贴 200 元，扣除化肥、农药、劳力成本，其实农民是亏本的。而种苗木，直径 1 厘米的香樟卖 105 元，40 厘米的卖三四千元，一亩产值可达 50 万—60 万元。而且，国税局对苗木销售还给予免税收优惠，一亩可免 2 万元，超过 2 万元的部分缴纳 10% 的税，税务部门还直接到现场去进行核定。2017 年，泗安人均收入达到 29800 元，其中 70% 来自苗木花卉产业。

泗安农民原来种水稻还要除虫除草，现在种树就免去了这些田间劳作，劳动力被解放出来，就可以到乡镇工业园区去打工，每个月还能有两三千元的收入。这不仅增加了收入，而且不耽误时间搞苗木田间管理。

苗木产业还带动了很多人就业。譬如有专门挖树的人，一天 400 元，包工的一天可以挣到 1000 元，早上 4 点就起来挖树。黄际来说，挖树人白天干活很辛苦，但是晚上向妻子交钱时又很开心。五六十岁的人都能去挖树。挖树的人还可以评技师职称。挖树人员等要吃饭，又带动了餐饮业、运输业。饭店生意很好，都是流水席。运树需要用草绳捆绑，于是就有配套编草绳的工人。树木养护公司也需要雇工，五六十岁的人可以去种花草，从事花木养护，连老太太都可以从事这些养护工作。泗安薰衣草园一个 70 岁以上的小工一天可以挣 150 元，干活的人当中甚至还有 83 岁的老人。

有的老板到泗安来，指定要买 100 棵一定直径的香樟树。这时，就有专门帮他找树的人。这种人在当地被称为"看树先生"。找到一棵合适的树，人家给他 100 元报酬。老板提要求，树径多少，树高多少，然后"看树先生"就到安徽、湖州甚至全国各地去给他找树。看好后，老板自己找人去挖来再移栽。

现在，泗安人开始追求种大规格苗木、一级苗木、名贵精品苗木、容器化苗木。他们的目标是："人无我有，人有我优，人优我特。"他们很早就意识到，发展苗木要走精品化、标准化、机械化、设施化、容器化、造型化的路子。比如造型苗木，造成孔雀、凉亭、花瓶、椅子等形状，一棵树都能卖到 15 万—20 万元。种百合、非洲菊、切叶小菊，从国外引进的七叶小菊 1 亩产值能达 2 万元以上。还建起了 500 亩薰衣草园、1000 亩杜鹃花（映山红）等，将农业和旅游结合，搞休闲农业。

有了钱，苗木老板们还捐树帮助镇上做绿化。前几年，镇政府、镇文体中心拆建，周边需要绿化，一棵树 2000 元，一共需要 190 万元的苗木。苗木老板们一共捐了 220 万元。敬老院的绿化工程也是由 5 个老板义务完成的，种的树有 5 厘米、10 厘米直径的。

苗木大户还跟贫困户结对子，帮扶他们脱贫致富。泗安有 100 个相对贫困的农户就这样解决了脱贫问题。泗安人还去安徽、江西、河南等地种树。苗木大户一年收入可达 150 万元，最多的三五百万元。一个家庭一年挣 20 万元很轻松。因此，泗安人都不愿意进城，念高中时进城读书，毕业后就回来建设美丽乡村，享受小康生活。镇上也建起了 3D 影院，医院是长兴第二人民医院，设施设备好，还经常邀请浙二医院的专家到这里来看病，生活同城里并无太大区别。

徐侠是泗安镇的一位作家。他是浙江省作家协会的会员，现在是泗安作家协会主席，同时也是泗安镇的一名乡村医生，在仙山脚下出诊。

徐侠在《千朵向往》一文中记述道：泗安镇主要地形为黄土丘陵，属于西天目山余脉。土地资源是"六山一水三分田"。以前，泗安镇是比较富庶繁华的，有一百多家粮米店、一百多家山货店。据雉城镇人说，雉城镇农民种的菜都要挑到泗安去卖。在周边乡镇都还住着茅草屋时，泗安人已率先住上了砖瓦房。但是，当其他乡镇农民住上楼房的时候，泗安镇却落后了，停步不前。这时的泗安，被人们戏称为长兴的"小西北""西伯利亚"，全镇存款总额只有区区几百万元，不足煤山镇的 1/20。

突然有一天，从城里回到家乡的徐侠发现，泗安人开始漫山遍野地种起苗木来。以前，人们常说："面朝黄土背朝天，就为半斤番薯干；一根番薯干磕一个头，今年磕完明年再从头。"现在，泗安人为了种树、挖树、运树、卖树，一个个全都累趴了。短短几年，泗安人的人均年收入就从千把元上升到了8000 元。真是一棵树富了一方百姓！2008 年，全镇居民储蓄存款 5 亿多元。泗安镇陆续被授予了"浙江省文明镇""浙江省生态镇""浙江省十强花卉苗木乡镇""浙江省特色农业产业（苗木）强镇""浙江省富民兴林示范镇"等称号。

如今的泗安人，又有了新的共识：要想富，多种树；有多富？看他树；唯有树，康庄路！

徐侠见到我们这几位写作的同行，感到特别亲切。他告诉我们，泗安镇是国家级卫生镇，镇文化站 2015 年被评为全国十佳优秀文化站，中宣部原部长刘奇葆曾在这里召开过全国精神文明建设现场会。泗安文化中心建筑设施非常完备，有体育健身、乒乓球室、戏曲、书法、棋牌和图书室，图书室藏书十几万册。平常还搞各种业务培训，包括成人月嫂、陶瓷制作、种树、烹饪、裁缝、盆景制作等。从外面请专家来教授这些课程，由政府来买单。

2016 年泗安还成立了长兴县第一个乡镇文联，办起了《四安》文学杂志。杂志一年出两期，印刷费、稿费由镇上承担，作者有 30 多位，都是写本地的诗词、故事等。2015 年，镇政府资助徐侠出版了其第一本个人散文集《寻找汉朝人的足迹》。

富裕起来的老百姓精神面貌发生了很大转变。以前人穷志短、家庭不睦、赌博成风，现在这些已经很少见了。生活改善了，老百姓都很重视对健康的维护。社区医生平常为农民提供量血压、测血糖等服务，医生还和农民家庭签约，提供上门服务。徐侠负责的村里有 1978 人，他已和 1000 人签约上门服务。每人签约一年，收费 30 元，包括血糖、血压检测，门诊挂号免费，医疗报销额度提高。政府通过宣传发动，每年向 65 岁以上老人和慢性病患者提供一次免费体检，包括心电图、B 超、血生化、肝肾功能等检查。农民医保一年一人政府补贴940 元，自己掏 450 元，所有农民都上了农保医保。现在，徐侠每天上午在仙山医院出诊，下午去镇里编纂《泗安镇志》。

"点树成金"童鸣初

童鸣初是泗安镇赵村村民，长兴县长绿特种园林工程技术研究所所长、长兴树文化博览园创始人，拥有四大苗木基地和一个奇树文化博览园。企业注重品牌建设，2005 年注册的"泗安红"苗木于 2015 年被评为浙江省著名商标。2013 年，研究所获得浙江省农业科技企业称号。2013 年，绿化苗木自产自销及收购额达到 2120 万元。童鸣初还曾获众多荣誉称号，如全国农村科普带头人、浙江省科普惠农兴村带头人、浙江省优秀林业科技示范户、浙江省十佳花木经纪人、浙江省园林专业农民高级技师……

童鸣初创造了泗安镇乃至湖州市苗木界的多个第一：第一个开发荒山，第一个规模化种植绿化林，长兴苗木产业第一批"吃螃蟹"的人，第一个做造型树……他倡导一辈子只做好一件事。

童鸣初身材瘦小，这样的体格在农村干活可能没有优势，但童鸣初很有志气，不甘做一个碌碌无为的人。

1987 年，童鸣初高中毕业后回村务农。他大胆承包了村里一片 150 亩的荒山种果树。那是一座名副其实的石头山，杂草丛生、遍地砾石。年轻的童鸣初万万没想到，开垦这片荒山竟然花费了他 10 多年时间。但是，也正是这片荒山，揭开了童鸣初辉煌人生的序篇。

由于没钱买肥料，童鸣初和父亲承包环卫所垃圾的清运工作。将收来的垃圾发酵，变成二次利用的肥料。收了近 10 年的垃圾，童鸣初终于将 100 多亩的山都施上了肥，种上了树，绿化了荒山，被县政府领导称誉为"绿色的画笔"。

2000 年，长兴苗木产业开始崭露头角，童鸣初果断决定，将果树改种苗木。当时，培育一株香樟幼苗可以赚 0.1 元，1 亩地能赚 2 万元左右，童鸣初感到非常满足。然而，2005 年的一次广东之行过后，童鸣初便不再满足于这样的赚钱速度。

那一年，他收购了一棵没人要的树，结果竟然让它增值了 20 倍。

一天，一个名叫郑南的苗木商找到童鸣初，向他推销一棵 1000 多元买来的三角枫。那棵树没有土球，树根裸露，已经严重失水，郑南找了几个买家，都不愿意收购。他们说这棵树怕种不活，没有卖的价值。

但是童鸣初看到这棵树树枝扭曲如虬龙，斜过去，又折过来，弯过去，又弯过来，还翘向天上去。他对这棵树的形状感到很惊奇，便爽快地出 1500 元买下它。

郑南庆幸自己没有亏本。然而，三年之后，郑南多次跟妻子提起这棵树，一个劲地说卖后悔了。

这棵谁都不想买的树，童鸣初为何愿意出大价钱买下呢？

原来，在 2005 年 8 月，童鸣初听说广东省顺德陈村花卉世界有很多名贵的树，他便准备了 200 万元，想去陈村买几棵好树。

当时童鸣初看中了一棵罗汉松，里面有个老太婆的造型，他感觉真好，就想把它买回去，然而卖树的老板娘竟然开价要 460 万元。童鸣初一听傻眼了，自己兴冲冲带来的 200 万元竟然连一棵树也买不回来。

在此之前，童鸣初见过的最贵的罗汉松也就值 20 多万元，但这棵罗汉松，经过人工造型，精心打理，树形丰满，树干苍劲，竟然能卖出如此天价。

这让童鸣初开始关注造型树市场。他了解到，苗木的市场需求，已经从单纯的绿化环境向美化环境转变，那些造型奇特的树利润远远高于普通苗木。从广东回来后，童鸣初看到了那棵没人要的三角枫潜在的价值。

童鸣初买下这棵树后，精心照护，不仅救活了它，而且把它打扮得很漂亮，经过修枝、拉片，造型非常奇特，变成了一棵艺术树。在树下摆上一个茶几喝喝茶，或是放一架钢琴弹弹琴，别有情趣。这棵树的升值空间非常大，保守估计价格也要在3万元以上，增值了20倍。

童鸣初将他的树艺园命名为快活林。在这个园子里，移栽了许多童鸣初从全国各地搜集和采购来的珍品树。其中有一棵从安吉买来的几百年的老树，原先在一个院子里，鸡和牲口就关在里面，踩来踩去，泥土踩掉了，树上面的根露了出来，上面结满了一个个结。买的时候童鸣初花了1万多元，现在这棵树价值数十万元，成了镇园之宝。

一棵从安徽牛头山大山里买来的青檀，童鸣初花了1.8万元。这棵树被瀑布冲刷了上百年，形成了稀奇古怪的形状。

一棵被称为"事事如意"的柿子树，原先在太湖石上生长了七八十年了，柿子和石头长在了一块，所以取名叫"事事如意"，童鸣初他们是从石头里把它炸开挖出来的。

园子里的每一棵树，无论是朴树，还是桂花树、杜鹃树，都各有不同的来历。但是，几乎每棵树童鸣初买来的时候都花了几万元甚至十几万元，有一棵看起来不起眼的像戴着方巾的杜鹃树花了他20万元。

童鸣初对树痴迷，爱树如命，出手大方，他去买树，卖家还会故意提高价格。只要是童鸣初看中的树，不管多少钱，他都要给买回来。

2008年，童鸣初去了安徽，当地新农村拆迁，有一棵"人"字形的树要被挖掉，童鸣初就把它买了回来。这棵树人人称奇。

受到这棵树的启发，童鸣初开始对园里一些树动刀，几十棵原本长得好好的枫树，硬是被他劈成了"人"字形。

被童鸣初用刀劈过的树不仅没有死掉，反而越长越奇特，也越长越有味道。过了几年，两棵树都变得很光滑，还长在了一块。

童鸣初的这些奇形怪状、"别有姿色"的树，吸引很多买家慕名而来。

客户单爱林说："不懂艺术的人肯定认为它不值钱，对于懂艺术的人，就不是价钱多少的问题了。"客户张小妹说："我们的度假村房价就要五六万元一平方米，差的东西也不能用。"

但是对这些人，童鸣初竟然一概拒绝了。有一位老板出价 18 万元要买一棵金条树，他都不卖。

到 2010 年，童鸣初为了买树已经投入了 5000 多万元。这时，一直积累的家庭矛盾爆发了。因为买树，妻子一年到头都没钱买几件新衣服，女儿上大学还要自己做家教赚生活费，手头拮据的时候，甚至连买米的钱都没有。童鸣初一家四口，就住在快活林园中的一个小房间里，房子是几年前装修的，总共花费 1.4 万元，还没有园里的一棵树值钱。看着一起种树的老板都住进了漂亮的楼房甚至别墅，妻子非常恼火。

2010 年，童鸣初提出去银行贷一笔钱买树，妻子毛其英急了，她对童鸣初说："从一开始你就是借钱，现在 20 多年了还在借钱，你不要一辈子都在借钱，你有多大能力就做多大事情。"

原来，在 2008 年初，童鸣初迫于资金压力，把自己的 30 多棵造型树以 100 多万元的价格卖给了一个房地产商。当时童鸣初觉得价格不错，但现在却追悔莫及。因为这些好树现在都买不到了，即便出再高的价钱也买不到。

2011 年，童鸣初又去广东陈村看那棵开价 460 万元的罗汉松，再次深受启发。他分析了一下，这棵树有 50 年树龄，是两代人的坚持才培养出了这么一棵树，于是，他决心要跟他们学，一个人一辈子造一棵树，甚至几代人造一棵树。

房子可以以后再建，好树错过了就没了，童鸣初坚定信念，再困难也要守住自己的这些树。他下定决心要拼命地干，把自己的园子建好一点，建成一个全国示范性家庭农场，目标是做到全省全国最好的一个家庭农庄。只要还没有达到这个目标，他就要无条件地拼命下去。

要把快活林建成家庭农场或树博园，童鸣初还要源源不断地投入资金。

2012 年，泗安镇政府为童鸣初申请做了 180 万元的担保贷款。在发展精品树木的同时，童鸣初还把自己另外 700 多亩山地都种上了香樟、银杏。这些短期经济苗木，每年能为童鸣初带来 500 多万元利润。

2013 年 11 月 27 日，长兴县苗木大会，童鸣初和一家广东的苗木绿化企业现场签订了 5000 万元的意向合同，出售香樟和银杏。他许诺给对方"三包"：

包质量，包效率，包成活。

大会上，童鸣初展出了他的部分短期造型苗木。这些苗木一上市场就受到了追捧。原先一棵卖十几元的树，短期造型之后就可以卖到几千元。有几棵树他就造成字，比如"爱我中华"。还有一些三角枫，他刻意让它们长到了一起，这要是放在农家乐门口就是一道美景。

看到童鸣初取得的好效益，当地越来越多的农户纷纷向他学习，转变经营思路。童鸣初起到了示范引领的作用。长兴苗木经过多年的发展，面积已经够多了，今后的发展方向就是提值增效，发展精品苗木。

如今，虽然童鸣初一家还住在那间简陋的小房子里，但是快活林树博园早已价值不菲了。童鸣初说："有些树最后是要卖的，太密了，园子里那些弯来弯去、很有历史文化的树就不会卖了。"

2016 年，童鸣初的绿化苗木销售额达到 2000 多万元。在实现人生梦想的同时，童鸣初没有忘了做到先富带动后富。他利用"基地＋研究所＋协会＋农户"的农业产业发展模式，辐射带动泗安镇 4600 名农户发展名特优新经济作物和绿化树苗，面积达 15 万亩，引领该镇苗木产业发展、农民增收致富。

苗木行业在快速发展的同时，也面临着转型升级的迫切需要。为了让更多的农户参与苗木行业的转型升级，童鸣初捐给镇农函大辅导站 7 万元，用于举办三期绿化苗木工和造型高级工培训班。而他本人也被聘为农函大讲师，为学员讲解苗木如何管理、修剪、造型等知识。

童鸣初是一个很干练的中年人。我们参观了他创办的闻名遐迩的树博园。童鸣初说，他 1981 年高中毕业，1985 年开始从事水果种植，那时国家还不允许这么做，1986 年还只准种粮食油菜，搞粮油生产，不允许种经济作物，因此他是偷偷摸摸种水果的。现在，他主要做造型苗木，由工人来把树木弄成各种各样的形状，经过 15 年的时间树木才能长成一定形状，比如镂空的小孔；50 年树木才能长到一起，比如变成一个花瓶，那时这棵树就特别值钱了。在昆明植物园有一棵花瓶树已经长到一起了，价值是 300 万元。树老了以后就会长瘤子，丝棉木长得粗，艺术家们经常来树博园观赏弯来弯去的丝棉木，丝棉木很适合做造型苗木。

童鸣初深有感触地说，苗木造型需要几十年的时间，才能搞出一些有文化的东西。几乎所有的树都可以编织成各种形状，有的在花瓶树里再种一棵树，就像槐抱柏一样，这是一种树文化。树还可以编织成拱门的形状，编成镂空状或是"福"字……

在童鸣初看来，所有这些都是树文化的内涵所在。因此他创建的树博园里有各种各样的造型树，还收藏有大量精美的根雕、木雕等。夏天，中小学生可以在这里搭建帐篷，过夏令营，或是在这里休闲写生画画。艺术家们也可以到这里来漫步、驻足、观赏，寻找灵感，在这里绘画、摄影，开展各种艺术创作活动。树博园俨然是一座树文化的大观园，让来到这里的每一个人都流连忘返。

沧桑巨变白莲村

白莲村位于泗安镇东侧的村镇接合部，与泗安工业区交界，318国道穿村而过，地理位置优越，交通便利。古时村中多水塘，塘中多种莲藕，白莲盛开硕大而香飘四方，传说在唐代是贡品。该村人口以移民为主，来自平阳、河南、安庆各地，全村农户951户，人口2882人，耕地面积2522亩。原先白莲村农民以种植番薯为主业，生活极其艰难，多数人家住的都是茅草屋。

白莲村历史悠久，堪称是浙江最早有人类活动的地方。2004年在白莲村西山自然村北七里亭发现了一处"陇岗"形旧石器遗址。2005—2006年，文物部门在此发掘出土了石核、石片、断块（片）、砍砸器、刮削器、尖状器、石球等800余件，时代为中更新世，最早达100万年以上。七里亭遗址现存区域保存良好，内涵丰富，区域文化鲜明，它把古人类在浙江省境内劳动、生息的历史提前了100万年，具有很高的历史、艺术、科学价值。2006年，七里亭遗址入围全国十大考古新发现，2013年5月，被国务院核定公布为第七批全国重点文物保护单位。

2000年以来，白莲村发挥本地人文自然、地理位置、物产资源、生态环境等优势，加快新农村建设。一是大力发展绿色产业。以苗木为主导产业，白莲村已打造50亩苗木基地20个，全村共有10亩以上苗木种植大户100多户，种植苗木4500亩。二是加速发展工业经济。通过招商引资，划出集体土地100多亩，成立工业孵化区，引进3家大型企业落户办厂。

农民有了钱，茅草屋先是改建成了瓦房，接着又改建成了楼房。这几年，又都纷纷建起了农村小别墅，每家每户都有一座独立的花园式小院，都开上了高档小轿车。2012年，中央电视台的新闻报道不无赞叹地说："长兴县泗安镇百分之六七十的村民都开着小车去干农活……"这正是白莲村农民生活的真实写照。通过种植苗木，白莲村已从"民穷、村弱"发展为美丽富饶的魅力乡村。

如今，全村85%的农民都在从事跟苗木相关的工作。其中不少村民已从普通农民蜕变成了富有经济头脑的苗木经营户、企业主，陈邦强就是其中之一。

陈邦强一直以务农为主，干活很累，收入又少。后来，他开办了水泥预制板厂。但是，经营预制板厂压力很大，不仅要考虑安全问题，而且成本很高，实在赚不到多少钱。

1998年起，村上陆续有人开始种植苗木。当看到那些养了几辈子蚕桑的人家都放弃了桑树地而改种苗木，政府也鼓励从传统农业向苗木产业转型升级，陈邦强便大着胆跟着种起了香樟、合欢等。就这样，他从一个种番薯、植桑养蚕的农民，摇身变成了苗木种植户。

开始时种植香樟、合欢，后来增加了市场行情更好的樱花、广玉兰、桂花、紫薇等花木，白莲村的苗木品种达到了几十种之多。陈邦强的苗木也向多样化、专业化、精品化发展。

到2005年，白莲村的苗木种植形成了完整的产业链。技术指导、日常养护、挖树、运输、小型餐饮，甚至连"看树先生"这样的苗木经纪人等工种都应运而生，形成了小有气候的苗木经济。

陈邦强也逐渐从养护工作中脱离出来。他请了10个工人帮忙施肥、喷水，要是有订单就请专门的挖树工、运输工来帮忙，自己则转向以管理和营销为主。由此，陈邦强从苗木种植户又摇身一变成了苗木经营户。

这时，泗安苗木业开始了第二次转型升级，走向标准化生产管理。陈邦强学历不高，但他也认为实行标准化有好处。于是，他便筹备成立公司。

2008年，陈邦强的苗木种植面积超过了300亩，他注册成立了浙江长兴永诚园林绿化工程有限公司，被县政府授予"农业龙头企业"称号，以企业化运作的方式开展苗木种植、经营、承包工程等。于是，他又变成了企业老板。公司主要经营香樟、银杏树、朴树、栾树、三角枫、榔榆、黄连木、重阳木、桂花、榉树、无患子、乌桕、枫香、广玉兰、精品玉兰、早晚樱花、红叶石楠、浙江楠、鸡爪槭、瓜子黄杨、红枫等。如今，陈邦强已拥有500多亩苗木基地。

2009年以后，泗安苗木业开始发展大苗容器花和鲜切花、盆栽花卉，进行第三次和第四次转型升级。在这个过程中，陈邦强通过引进银杏大苗，使公司的年产值达到了 1000 万元。

在陈邦强看来，现在老百姓越来越注重生活品质，室内装饰花卉应该是未来发展的方向。种植这些也不像香樟、银杏等需要较大的人力、资金投入，而且政府也在鼓励发展。

前几年，陈邦强的苗木基地一直以种植榉树、无患子、黄山栾树这些常规的树种为主，但是这几年，他发现常规的树种虽然销量高，但是种的人多了，总有一天也会面临市场饱和的问题，如果不改变方向，这对企业来说将会是一个致命性的隐患。为此，他经常通过互联网了解苗木市场的行情和需求，还经常参加各种苗木展会或者去全国各地考察。有一次在北方考察途中，陈邦强发现在北方常绿的树种很少，冬天许多山都是光秃秃的，毫无生机。他意识到现在北方许多地方经济发展速度很快，政府在绿化方面的补贴力度也会持续增大，迫切想要采购一些耐寒常绿的品种，像香樟这些常规的常绿品种在北方种植不了，因此从 2017 年起，他专门针对北方的这个大市场种了 200 亩比较耐寒常绿的树种。

陈邦强只是白莲村成百上千苗木专业户农民的一位代表。他的几次蜕变，喻示着白莲村曾经守着"一亩三分田"的地道农民如今确已发生了历史性的变化。

在陈邦强看来，泗安镇这些巨变都归功于政府的引领，用"绿水青山就是金山银山"来形容泗安的发展再合适不过了。

"以前泗安地区治安非常差，老百姓的素质也不高，现在却成了长兴地区百姓素质最好、最文明的地方，这其中最大的原因就是苗木转换成金钱了，路走对了。"陈邦强说，"在长兴地区，各级政府对苗木行业的扶持力度很大，在苗木运输等方面只要是合法的就全部开绿灯，因此，泗安地区的苗木发展虽然起步比较晚，但是速度却十分惊人。"

深藏齐里"古茶村"

水口乡位于长兴县西北部，历来以紫笋茶、金沙泉而闻名，有"茶文化圣地、生态旅游乡"之美誉。

春节已经过去了一个多月，2018 年 3 月 21 日下午，我们来到了水口乡悬臼岕。岕，山间谷地之意。悬臼岕这里有农家乐 40 多家，每一家都客满。

有一家名叫"友鑫"的农家乐，老板是一个中年男子，他说一年能够赚到三四十万元，家庭宾馆平常都是客满的，到了节日时更是一房难求。在友鑫门口，一位老太太闲坐，晒着暖洋洋的太阳。她说自己是从上海过来的，这里的卫生条件好，住得好，吃得好，休息得好，很开心。春天的时候可以到山上去挖笋、采摘水果，边上又有水库，有步行栈道，可以步行养生，真正享受慢生活。这一次她是同小女儿的闺蜜两口子一起来的，从上海开车到这里只需 3 个小时，从上海出城时比较堵，然后就一路高速畅通无阻。她每年都会来这里游玩四五次，今年春节她已经到这里来住过两三天了。4 月初她还要再来一次。这里能够吃到绿色的时令蔬菜，像竹笋等都很新鲜可口，而且宾馆门就对着玉窦泉。

水口乡地处长三角地区的中心地带，相传是陆羽写作《茶经》的地点之一。这里的乡村旅游已经红火了十余年。

水口乡发展之初，游客以老人居多，当时的私家车尚未像今天这样普及。于是，水口乡的农家乐便尝试开展大巴定点接送服务，为游客提供方便。大巴接送慢慢形成了独特的发展模式，加上水口乡民风淳朴、美食众多，吸引了很多回头客。

如今的水口乡不仅风光秀美，而且成为了"浙江省民宿样板区"。很多熟识的上海游客会主动把钱抵借给农家乐业主，帮助他们扩大生产，改进设施，相互之间建立起了情感的纽带。还有一批年长的客人，一年要在这里住上 200 天，像候鸟一样，城里乡下各住半年。

2005 年，"绿水青山就是金山银山"的理念让水口乡的村民看到了希望。

要实现真正的"水更清、地更绿、天更蓝、景更美"，长兴县采取的做法是加快推进各项整治提升工作，要求标本兼治。2015 年 9 月，长兴县重点对水口乡顾渚村悬臼岕片区内的违章建筑、环境卫生、民宿庭院与外立面、民宿规范办证、水环境等开展综合治理，同时进一步完善景区基础配套建设。

经过一年多的努力，景区环境面貌明显改善，农家乐户均收入增加约 30%，游客满意度明显提升。

以民宿产业为例，此前顾渚村悬臼岕自然村存在大量违法建筑和私自搭建的桥梁和围墙，侵占了大量公共空间。整治提升工作启动后，拆除违建 6.2 万平方米，累计投入资金 9400 余万元用于民宿立面、庭院改造工作，倒逼农家乐转型升级，向全域旅游、全龄旅游发展，全力打造乡村旅游的升级版。

目前，水口乡村旅游产业聚集区形成了完备的"吃、住、行、游、购、娱"服务体系，农家乐的蓬勃发展也带动了农产品"生产—加工—销售"产业链的发展壮大，形成了农村产、供、销的产业化生产体系，给交通运输和商业带来了市场空间。

据了解，2017 年水口乡接待游客近 315 万人次，仅农家乐休闲旅游业就实现收入 7.9 亿元，农村居民人均纯收入由 2004 年的 3888 元增加到 2017 年的 35590 元。顾渚村 900 多户人家中，直接从事农家乐、民宿经营的超过 80%，剩下的村民也基本从事与旅游产业相关的工作。2018 年春节假期，顾渚村 480 多家农家乐和民宿一共接待游客 18.5 万人次。

长三角的风景名胜不在少数，为何那么多上海人偏偏钟情于水口这处乡野呢？

首先是吃得好。像顾渚村全村竹林遍布，春茶、春笋是此地特产，一年四季，农民自种的有机水果蔬菜从不间断，马路边的林子随处散养的土鸡，它们吃菜、吃虫，下土鸡蛋。所有这些，对于大城市里的人来说，都是相当稀罕的天然食材。

大城市的年味越来越淡，可走进这里的农贸市场，浓浓的过年气氛扑面而来。

其次是好山好水好空气加上价格实惠。全村唯一的疗养院——申兴疗养院，每月只需 1500 元，吃住全包。81 岁的上海老人陆老伯就在这里住了 10 年。

有意思的是，疗养院院长吴军也是上海人。当年，吴院长的父亲退休后，偶然到顾渚村游玩，没想到对这个环境优美、气候宜人的村落情有独钟，于是就出资办起了这家申兴疗养院，"申"指上海，"兴"指长兴，寓意两地结缘。

开办疗养院的初衷，是为方便招待来自上海的老伙伴，没想到口口相传后，来此小住的上海老人越来越多。再后来，疗养院住满了，附近农户就开始帮着接待。

如今，顾渚村的农家乐，每人每天只需花费 100 元到 200 元，包吃包住。如此高的性价比，很受上海中老年人欢迎。每年 4 月到 10 月，几乎家家客满。多年来，村民们并没有因为生意好了，就坐地起价。如此淳朴热情的民风，或许也是吸引上海游客的原因之一。

为接待好外地客人，当地农家乐也在走规范化管理的道路，每年还会开展星级评定。如今，顾渚村已成为浙江省农家乐特色示范村。

旅游摘掉贫困帽

2017年7月18日，"中国最美村镇"网页上公布了中国最美村镇与人物第一轮入围名单100家和150人，长兴县也有一村、一人入围，就是北汤村和北汤村支书汪海浪。

用"青砖小瓦马头墙，回廊挂落花格窗"这句诗来形容现在的北汤村再合适不过了。我们走进这座村庄，看到阡陌交通、水塘相连，到处是白墙青瓦的徽派建筑，村容整洁，村风和谐，家家户户生活其乐融融，根本无法想象，就在几年前，这里还是一个远近闻名的"市级贫困村"。

北汤村，地处长兴县林城镇西南，由原北汤村、孟圹村合并而成，面积4.65平方公里，辖11个自然村、20个承包组。目前有农户746户，常住人口2307人，耕地4922亩，水塘1500余亩。近十余年来，北汤村通过大力发展现代农业和乡村休闲旅游，村集体收入从2006年不足3万元增长到了2018年的450万元，2018年农村居民人均纯收入32100元。在村干部的领导下，北汤村正逐步变成一片"村在林中，民在花中，游在画中"、具有浓郁"水乡"风情的七彩宜居宜游之地。

曾经的北汤村，经济贫困、交通闭塞、基础设施落后，全村7公里长的中心路都是泥土砂石路。2007年，北汤村迎来了一位新书记，正式开启了脱贫致富的时代，这位新书记就是北汤村党支部书记、股份经济合作社社长汪海浪。

"要脱贫，先修路。"汪海浪一到任，二话不说先修路，他自掏腰包为村里修建好7公里的道路，并建好了4.8公里的标准圩堤，打通了村内外的交通，使村里的农产品能够便捷地运出去。

路修好了，汪书记又开始犯愁了，到底应该如何让北汤村村民脱贫致富？他带领村干部挨家挨户走访调研，了解到村里一直以来都是"七分田三分水"的纯农业，经济基础薄弱，村民增收困难。于是，村里研究决定，通过土地流转，鼓励广大党员干部、村民积极发展现代农业。

这一招果然奏效，2009年全村人均收入11741元，村集体收入43.98万元，仅用 3 年就摘掉了贫困帽！

致富需要带头人。2010 年，汪海浪带头种植芦笋。头一年，他承包了 100 亩地，每亩净赚了 5000 元。这下子，村民们就像吃了定心丸，更加坚定地跟着汪书记种植芦笋。

随着村民们种植技术普遍提高，芦笋产量也稳步提升，北汤芦笋远近闻名，经济效益一年比一年好，每亩利润从最初的 5000 元增加到 20000 元。如今，北汤村已建成湖州市首个"全国蔬菜标准园"，被评为湖州市现代农业示范园区、长兴县社会主义新农村建设先进村等。

通过发展特色水产养殖和种植芦笋，村民们摆脱了贫困，但如何进一步帮助村民增加收入，改善生活质量，又成为摆在村干部面前的难题。"绿水青山就是金山银山"的理念给了北汤村新的启发。北汤自然环境优越，适合花卉生长，用旅游业带动村民就业增收正是深入践行"两山"理念。

于是，北汤村又开始大力发展农村旅游业，积极引入社会资本开发建设新北汤，浙江七彩农林科技有限公司投资 1.5 亿元的七彩北汤项目年年扩建，形成了花卉产业特色旅游。春天有樱花，夏天有荷花，秋天有菊花，冬天有蜡梅，主打月季，一年四季都有盛开的鲜花迎接来自四面八方的游客。

这个昔日的贫困村，如今已华丽变身成为现代生态农业园，成为集农业产业、休闲娱乐、观光旅游为一体的社会主义现代化新农村。2017 年，北汤村顺利取得全域旅游牌照，整村被列入为国家 AAA 级旅游景区，12 月，北汤村获评 2017 年中国最美村镇宜居奖。北汤村还被评为浙江省文明村、民主法治村、生态文化基地、慢生活休闲旅游示范村、"一村万树"示范村等。结合农综项目发展特色，这个村借重旅游的乡村振兴之路已迈开大步。人们称道：北汤一年四季有美景，村民吃上了"旅游饭"。

农园变脸新风景

虹星桥镇地处杭嘉湖平原腹地，是个典型的传统农业大镇，面积 71 平方公里，总人口近 4 万人，耕地 72430 亩，其中水田 69372 亩。多年以前，虹星桥镇作为长兴县的重要粮仓，农业经济一直以粮油作物生产为主，发展模式较为单一，农业产业的经济效益及农民的增收渠道比较单一，农民人均收入相对较低。近几年来，虹星桥镇党委、政府高度重视现代农业发展，特别是从 2014 年开始，以建设新 318 国道农园新景现代农业示范带为契机，狠抓土地流转和农业转型升级，不断引进有资金、技术和市场的现代农业生产经营主体，打造现代农业发展样板工程，并以此为示范，引领带动全镇各村农业抓转型、优结构、强管理，取得了可喜的变化和成果，较好地实现了"农业增效、农民增收"的目标。

截至 2017 年底，全镇土地流转率达 75% 以上。有较大现代农业企业 20 多家、农业专业合作社 66 家、家庭农场 60 家，建立省级粮食功能区 1 个、县级粮食功能区 27 个、市级农业精品园 4 个，特别是农园新景农业综合园区建设有力，龙从葡萄精品园、虹溪水果精品园、塘湾生态农业园、蠡塘特种水产园、光伏农业科技园等五大园区高标准建成，以较大的规模、良好的设施、标准的管理、现代的经营理念打造了现代农业园区的样板，促进了农业转型升级和提质增效，引领带动全镇现代农业的稳步发展。

虹星桥镇在不放松粮食生产的前提下，根据社会的需求和市场的变化，不断进行农业产业结构调整和优化，目前已经形成以粮食生产为主，各种特种水产和特色水果、时令蔬菜百花齐放的局面，全镇共有粮油作物种植面积 90000 亩（复种面积），生态鳖、河蟹、青虾、龙虾、黄颡鱼等特种水产 10000 亩，葡萄 6000 亩，设施西（甜）瓜 960 亩，火龙果 450 亩，蓝莓 130 亩，芦笋 650 亩，其他设施蔬菜 1700 亩。

与此同时，虹星桥镇不断打响农业品牌。通过加大对业主的科技培训、专家指导、外出考察等多种方式，提升农业基地的产业品质和品牌。经过培育，农业品牌不断叫响，知名度不断提高，除了原有"忘不了"牌生态鳖及"虹观"牌小兰西瓜双双获浙江省名牌产品和著名商标称号外，2013 年开始，长兴虹韵西瓜合作社及长兴虹星桥香乡西瓜合作社的精品西瓜分别获浙江省农博会评比金奖和优质奖，长兴海华葡萄专业合作社的"东方之星"葡萄及香乡西瓜合作社的"虹香乡"西瓜、长兴水红葡萄专业合作社的"恋红"葡萄分别获湖州市名牌产品称号。5 年来，获无公害产地认定面积 2 万亩，无公害认定产品 25 个，市级农业大好高项目 8 个，市级农业龙头企业 2 家，省级休闲农业示范点 1 个，市级休闲农业示范点 2 个。

全镇农业效益不断提升。各类产业农业效益均有较好增长，如：粮油产业通过高产示范方等培养和引领效益，亩均 800 元，葡萄产业亩均 6000 元，设施西瓜亩均 8000 元，甜瓜亩均 6000 元，火龙果亩均 9000 元，生态鳖、青虾、黄颡鱼等特种水产亩均 5500 元，常规水产亩均 2500 元，设施蔬菜亩均 7000 元。各农业基地的发展壮大，也带动了周边百姓增收致富，群众一边拿土地等租金，一边在基地打工赚钱，农村居民人均纯收入由 2013 年的 17207 元上升到 2017 年的 27817 元。

2018 年 4 月 12 日下午，天灰蒙蒙的，我们来到了虹星桥镇郑家村，这座色彩鲜艳明快的乡村，让我们眼前一亮，使得灰蒙蒙的天空也分外有了光彩。

陪同我们的是虹星桥镇党委书记陈峻强和副镇长郝晓彬，还有农园新景金唐湾水果乐园的老总倪建明。

农园新景景观带，沿 318 国道铺开，大约有 38 公里长，犹如一条绿色的哈达挂在大路的两旁。从吕山乡到虹星桥镇，道路两侧种植着各种水果花木，包括热带水果以及特色水产养殖养鳖厂、热带鱼厂等，光伏发电、农业鲜切花、休闲旅游，一直到泗安镇花木城，大多属于设施农业。

北纬 30°，被称为最神奇的纬度，农园新景景观带正好处在这条纬度上。郑家村种植有小甜瓜、小兰西瓜、哈密瓜、火龙果等各种特色水果，因此被称为北纬 30° 上的一个甜蜜的村庄。郑家村的村歌，名字就叫《北纬 30° 最甜蜜村庄》，歌中唱道："这里四季如歌瓜果飘香，这里游人如织快乐非常……甜蜜的人们声声欢唱，甜蜜的一代健康成长……"

倪建明的水果基地里的草莓正好成熟，一颗颗草莓和樱桃西红柿鲜红欲滴，很是诱人，咬一口，甘甜爽口。

这个淳朴地道的农民企业家 1970 年出生，曾经开过建材公司，后来转型回到村里当上了农民。他是这个村的女婿，在郑家村流转了 200 亩土地种蔬果，山上还有茶叶地 200 亩，种红茶和白茶。每亩付给原来的土地承包者 600 斤稻谷，这对于原来的承包者而言是非常合算的。农民的土地大部分都流转给了种养殖大户，只留一点点责任田种蔬菜等供自己食用。倪建明的农业基地种植的水果蔬菜，四季都可以供游客采摘品尝。他还办有农家乐，游客们可以在这里吃到地道的农家菜，这又吸引了更多的人前来游玩采摘和休闲旅游。

郑家村就在新修的 318 国道旁，属于农园新景的中段。以前灾害多，洪水经常淹没村庄。作家张加强回忆说，1982 年他下去蹲点的时候到郑家村，当时都进不了村，因为道路非常泥泞，加上洪水泛滥，基本年年都有内涝。现在，洪涝灾害已经治住了，郑家村正在日益变成人间桃源。

2016年起，郑家村依托农园新景建设的绿水青山、田园风光、乡土文化等资源，借助3D彩绘与现代农业相结合的形式打造美丽乡村，使特色乡村形象更加鲜明，更能突出美丽乡村的高品质和高档次。郑家村彩绘特色小镇以3D动画《马达加斯加》为主题，根据原创作品，将郑家村农园新景综合服务中心树立成一个标志性区域，利用逼真的3D绘画艺术，打造集视觉艺术性、娱乐互动性、生态风情为一体的、有格调的服务中心。

3D彩绘特色小镇的方案一共分为三期。第一期包括郑家村及核心区域，第二期生态种植区，第三期旅游观光区。第一标段的墙体绘制已经完成，创作了不少于1900平方米的3D动画，为郑家村披上了一件别具风情的彩绘外衣。郑家村村里各座房屋的外墙上，如今都画上了3D动漫壁画，有各式各样的动物，如爬高的熊猫、鳄鱼、老鼠、猫、狗，立体感很强，非常吸引人。绘画是由专业团队进行指导和绘制的，因此水平很高。它是另一种高层次的专业涂鸦，观看者恍如被牵引着进入了一个童话般的世界。

郑家村有一个公共的露天舞台，就修在马路边上，一面是白色的墙，可以作为屏幕投影，放电影和进行各种歌舞表演。有一回，浙江省文联送文艺下乡到郑家村大舞台表演，观众人山人海，农民们背着小凳子来看演出。演员们很久没有见到如此独特的表演场所和如此热情的观众场面，都特别感动，表演也特别投入。

村里原先没有公共文化设施，于是村干部找到了县委宣传部的刘月琴副部长，提出也要建文化礼堂，请县里给予指导。县委宣传部考虑到郑家村正是农园新景示范带的一个节点，便按精品示范的要求，给予重点指导，当时的县委书记吕志良专门作了批示。通过一次次的协调，各方齐心协力，郑家村文化礼堂就办了起来，位于318国道旁的村核心区域，很有特色。

郑家村文化礼堂雄伟高大，可容纳两三百人，既可以办寿宴摆婚席，也可以布置T台，让模特走上台，展示各种特色农产品。文化礼堂还可以举办演出、讲座、晚会等各种各样的活动。村里有自己的村规和习俗，比如编斗笠、包粽子、上梁等，这些都在文化礼堂里集中进行展示。这些非物质文化遗产，在村庄里通过一代代农民，不断地进行传承。礼堂四面墙上挂有善行义举榜、贤达榜、学子榜、笑脸墙等，摆得非常喜庆，而且富有教育意义。寿星榜挂着的寿星照片，都是村里八九十岁老人的照片，一个个笑呵呵的，显得非常幸福。老人在这里可以办寿宴，青年可以办婚庆，寿宴婚礼都显得很高大上。每逢过年就在这里举办"村晚"、唱村歌……

文化礼堂的布展也是由县文联专家进行指导，总顾问是县诗词楹联协会主席杜使恩，图片由中国摄影家协会会员陈鲜忠多次前来采风拍摄。

因此，所有的装饰没有一点儿粗制滥造的痕迹，显得相当的精致精美。村里的步道也被刷成了彩色，彩色步道可以用来散步，还可以休闲游玩娱乐。以前在村里穿鞋，走的是烂泥路，鞋子很容易就破了，现在村里都是柏油路。村里生活污水都排进了管网，还建有专门的污水处理终端，将一个村的污水收集起来，汇集在终端处理。

一座废弃的水塘被改建成了一个观光的湖泊，湖上建起了吊桥。吊桥大约有100米长，走在吊桥上颇有一点惊险刺激。在房子之间的草地上塑造有各种动物，比如熊猫、熊、兔子等可爱的形象。鱼塘边可以垂钓。农园种植有火龙果、葡萄、草莓、小兰西瓜、哈密瓜、水蜜桃、黄桃等，可供休闲采摘。村里还把一片空地划分成若干小块，可以供城里人到此自己动手种植蔬菜，体验农事劳作，平时由当地的农民代为进行田间管理。等到蔬果成熟的季节，代管农民打个电话或是发条微信告知，城里人就可以开着车，沿着318国道，不用20分钟就到达郑家村采摘。此外，还可以体验采桑养蚕，晒制菜干等农事活动。

郝晓彬1986年出生，在虹星桥镇担任副镇长。她父亲在当地驻军工作过，祖籍徐州，转业来到了长兴，是长兴一代，她属于长兴二代。在大学求学期间，她曾做过一个课题——农业技术推广与土地流转研究。从浙江大学毕业后，她回到了长兴，进入了县环保局，后来被提拔到虹星桥镇当副镇长，至今已经两年多。

她认为农村的天地非常广阔。她当年硕士论文课题研究的就是农村问题，得出的结论是：农村人口老化，农民少，必须实行土地流转，将土地集中到少数大户手里搞规模化经营，才能更好地发展现代农业，先进农业技术才能得到更好的推广。现在，农村变化的现实，郑家村的发展变化，验证了她的这个结论，即要以大户为主，以大户作为职业农民来进行农业种植。为此，她颇感欣慰。

青梅脱胎成红梅

在长兴县农业转型升级过程中，东方梅园董事长吴晓红的人生传奇是其中不可或缺的一篇华章。

其实我早就听说过吴晓红的大名，2013 年时参观过由他创办的古木博物馆。这座博物馆是民营博物馆，位于湖州市太湖之滨，是全国首家也是唯一的古木馆，因此那时就对古木博物馆的主人吴晓红感到了好奇。2018 年 2 月 5 日，终于有缘第一次见到了他。

他其貌不扬，身材中等，衣着朴素，但是，他做成了两桩常人难以想象的伟业。一是把青梅树嫁接成红梅树，在全国各地搞起了红梅产业；二是相继在北京、上海和湖州创建了古木博物馆和关于古木的研究体系，使散落于自然界的枯木进入古木博物馆，形成古木文化。

谈起建造古木博物馆的初衷，吴晓红回忆说，2012 年他去美国访问，看到有一棵枯木很隆重地摆放在黄石公园内。他好奇地问当地的朋友，为什么要把它放在那里？美国朋友解释说，美国的历史很短，要把所有有历史的东西都展示出来，而这棵枯木是有历史的。吴晓红心里想，这算什么呀，我们中国上下五千年，有多少自然和历史，他脑海里马上浮现出自己年轻时采购木材时的情形，中国类似这样的枯木有很多，如果把它们搜集起来，随便怎样也比眼前的这棵强啊。

吴晓红是木工出身，曾到全国各地采购木材。当年国家给浙江省在大兴安岭分配了 1 万立方米木材，就是吴晓红想方设法运回长兴的。在那个计划经济时代，吴晓红负责跑遍全国各地林区，去把国家分配的木材采购回来，因此，他对全国的林业资源非常了解。

从美国回来他萌发了一个想法，要搜集枯木，要把它们聚集起来，建造一座博物馆，借此普及古木文化和古木艺术。可那时他是一名国家工作人员，而建古木博物馆需要几千万元资金。这个梦想虽然没有办法实现，但吴晓红却一直藏在心里。到了退休之时，他用前瞻性目光，把当地濒临砍伐的青梅树嫁接成红梅树，开创出了一个新产业，赚得了人生中实现梦想的基础。

2001 年，一直对木头有特殊感情的吴晓红和红梅结下了一世之情。早在 20 世纪 80 年代，江南青梅种植兴盛。大多可做梅酒、蜜饯、梅精，在食品、药品和饮料行业中用途广泛，是一枚让当地农民视若宝贝的珍果。全国青梅产地中，长兴独占半壁江山，青梅栽培有 1500 多年历史，素有"青梅之乡"的美誉。县内林城、小浦、泗安、二界岭等乡镇均有大规模的种植基地，到 2001 年底，青梅成为长兴农业的支柱产业，种植面积达到 5 万余亩。

　　青梅树于春寒料峭时开白色花，绵延数十里，于清明即可采摘。在青梅种植的兴盛时，其间许多青梅树由于树龄老化，结果的数量和质量会不断下降。由于树不结果，当地农民通常将树砍去，再种下新的树苗。青梅树生长数十载，树干虬枝屈伸，造型极佳，这对于视"树篼头"为珍宝的吴晓红来说，很是心疼。

　　吴晓红年轻时就是一个出色的木匠，他做木头物件不循常理，不遵老套，总是千方百计想着如何创新，做到与众不同，所以年纪轻轻就练就了一身好手艺。平时一有空闲，吴晓红就往山上跑，带个饭团就能在山上待一整天。捣鼓着挖树根，找"树篼头"，下山时往往裤脚都撕得不成样子，且满手满脚的泥土，让妻子又是心疼又是无奈。一旦得了形态各异大小不一不同树种的"树篼头"，吴晓红就狂喜，一回家就浑然忘我，一头扎进盆景造型中。中年的吴晓红潜心盆景栽培，人称"浙北盆景王"。他拥有一座盆景园，百余株盆景树秀石润，令人赏心悦目，其中高 4.2 米的榆树盆景"东方虹株"1994 年还入选过"大世界吉尼斯之最"。

　　从出色的木匠到盆景王，吴晓红天生对木头充满了热爱。中年时，吴晓红又一次独辟蹊径，行走于全国各地，执着地收集大量古木，有松花江的浪木、昆仑山的柏木，有四川盆地的乌木、喜马拉雅山的神木，也有印度的菩提木、非洲的蚂蚁木等，各个古木系列的艺术品一应俱全。吴晓红知道，这些"木头"是遗落在自然界的精魂之作，随时间的推移、环境的破坏会越来越少，他把它们聚集在一起，不仅可以研究每一棵植物的生长和变迁，还可以让下一代读懂这些木头身上的历史和故事，这不仅是对环境的保护，更是一份对社会的责任。

　　1998 年，视木头为宝贝的吴晓红开始关注到长兴因不结果而被砍伐的青梅树。他想，一株株青梅树沐风雨、汲天地之灵气数十载，风姿已成，不仅有很好的艺术观赏价值，也是不可多得的造景奇材。假设对青梅树进行造景，那便得嫁接红梅枝条，红梅树干生长缓慢，直径较细，如果二者能成功结合在一起，相得益彰,一定会有全新的视觉效果。他有了一个大胆的设想:尝试运用现代园艺育苗技术,将原先开白花的青梅嫁接成开红花的观赏红梅,这样便可以挽救这些濒临砍伐的青梅树桩。

于是,他准备对青梅进行嫁接。他想:小小梅桩盆景都能够通过嫁接开出梅花,那么在老的青梅树根树桩上能否进行嫁接,让这个能挂果的青梅树变成会开花的梅树呢?他遐想,最好这个青梅老树开的是红花,开的是红梅,在腊月初春的季节,红梅怒放一定是一道亮丽的风景,而且也能带来喜庆吉祥的气氛。

正好他的盆景园中就有一株红梅小盆景,花开时犹如朱砂,颜色艳丽,吴晓红就想拿来试一试。他切下了一小根枝条,将它嫁接到院落里的一株老青梅树上。

2001年初春,嫁接的小红梅在寒风中努力地绽放出一粒小小的花苞,露出了一点点红色。吴晓红心里"咯噔"了一下。他惊喜地跑到梅树旁仔仔细细地察看,果真,那枝新嫁接的红梅已经开出了娇弱的小花。

他的脑子里立刻闪现出一个新的念头,他要将更多的青梅老树进行嫁接,通过嫁接变成红梅,这有可能会带来一个新的产业。

就在这一年春天,由于日本限制中国青梅的进口,而长兴青梅又获得了大丰收,农民们的青梅卖不上价钱,原来一公斤四元钱,现在只能卖四角钱,还不够成本。许多果农伤心不已,他们感到非常失望,拿起斧头准备砍掉青梅树,而砍下的果树只能当柴火烧,烧不完的只能按照100斤三四元的价格廉价卖掉……

吴晓红得知这个消息后,紧赶慢赶赶到林城去。他看到那些被砍下的青梅老树,知道自己来晚了,心疼不已。他对梅农们说:"不要再砍了!我们总归有办法的。"

梅农反问他:"青梅卖不出价钱,政府都没辙了,你又能怎么样呢?你能把这些梅子都收去吗?"

吴晓红回答:"梅子可以不要,但树不能砍。"

"梅子都不要了,那你还要树干嘛呢?"

"我要把它们嫁接成红梅。"

"嫁接成红梅,那又有什么用呢?"梅农们脑子没转过弯来,很纳闷,百思不得其解。

他们继续抡起了手里的斧头。

"不要再砍了！我把你们这些梅树都买下来，你们看卖多少钱合适？"吴晓红大声地喊道。

"你要买树？"梅农们都不约而同地停下了手中的活，仿佛不相信自己的耳朵。

"你买它们干啥呢？能当饭吃吗？"他们反问道。

其实，那个时候吴晓红自己心里也没有底，但是，他决心要把这些老树买下来，把它们嫁接成红梅。这可都是活了几十年的老树啊！一棵棵树就是一个个鲜活的生命啊！

他以一棵树 5 元的价格买下了本来要被砍下做柴火的老树。

除了买青梅树，吴晓红还把那些种青梅树的土地也承包了下来。一共租了1000 多亩地，一亩地一年租金 400 多元。

他和梅农们签下了一张张的合同，一笔笔的钱款打到了梅农的手中。

梅农们又惊又喜。他们高兴的是，老吴帮他们解决了自家的大难题；担忧的是，这老吴，他买了青梅树不会亏本吗？

全县的青梅地数以万亩计，光林城地区就有 2 万余亩。一下子要收购那么多的树和土地，资金从哪里来？吴晓红想到了家里的房子。这时，一直默默支持着他的妻子忧心忡忡，最后轻轻地说："晓红，我知道你喜欢和木头打交道，你以前买了那么多古木我也没拦着，现在你也退休了，当兴趣爱好不可以吗，

吴晓红

你还要把家里的房子卖掉，你真的有把握在青梅树上把红梅种活？"

吴晓红心里不由又"咯噔"了一下，红梅嫁接只在家中的盆景中试验成功，但在大棵的梅树上还缺乏实际的操作经验，但箭在弦上，不得不发，他看着相濡以沫的妻子，用坚定的语气回答："你放心，一定行！"

就这样，58岁的吴晓红花了300多万元，把青梅树和土地一起承包了。谁也看不懂吴晓红想干什么，大家都说：吴晓红疯了，变成"梅桩疯"了。

把青梅树买下，把地租下来后，老吴开始对青梅进行高位嫁接。

吴晓红笑着说：自己很喜欢"梅桩疯"这个称号。他喜欢一心一意做事的感觉，虽然做的事是当时大家都不能理解和接受的。

的确如此，怎么来形容当时的情形？没有学习和借鉴的范例，没有操作和实践的参照，没有退路，没有迂回，更没有办法后悔，他唯一能做的，只有一头扎进去，一心一意，摒弃所有的杂念，把"红梅"种好。

别人看到他用高位嫁接法都感到惊奇。北京有一位花木学博士，认为在青梅上嫁接红梅是不可能的，但是吴晓红硬是把它嫁接了上去。

通常，嫁接都是在砧木顶部上进行，但是，如果嫁接在砧木树冠的顶端，风一吹就会把那个嫁接的芽折断，新苗长不牢。吴晓红想出了一个绝招，他把嫁接的枝条往下移了一点，在树干上进行嫁接，再用绳子把它绑好，等过了一两年时间长好以后就不再怕风吹雨打了，这时再对上面的树冠进行修剪。他不仅能够在树干上嫁接，还会"腹接"，在树的任何部位嫁接都可以，没有一点儿难度，因为以前他当农民的时候，给桑树、桃树都这么嫁接过，在这方面他很有经验。然而，当他把那些嫁接桑树、桃树的经验应用到青梅上时，实际上还是冒了点风险的，但是结果却成功了。

第二年春天，第一批青梅基地上嫁接的3000余棵梅树上，红梅枝条的成活率达到了90%。这株株"红梅树"均有十几二十几年的生长期，树干造型刚劲有力，姿态各异，龟裂的树皮宛如龙鳞，尽显岁月的沧桑，而枝头红梅又烂漫无比，真是老枝新梅，阳刚阴美，锦上添花。这奇特的创意，展现出自然造物的神奇和生命的力度。

中国的梅花是可以入画入诗的，以前的梅树都是娇小的，没想到吴晓红居然能嫁接出这么大株的红梅，全国各地的人们纷纷前来学习，采用长兴红梅的嫁接技术。

东方梅园

　　中国梅花文化悠久。红梅事业做起来后，吴晓红特意深入研究起梅花文化。他专门收集了古今名人、伟人和诗人写梅花的诗作，精选了 500 多首，包括陆游那些著名的咏梅诗，正式出版了《中国历代咏梅诗词选》。

　　吴晓红的红梅嫁接成功了。他还向周边的农民赠送了 10 万株红梅枝条，并且帮助他们嫁接，带动大家一起来发展长兴的红梅产业。

　　为了丰富红梅的品种，提升红梅的观赏性，吴晓红带领种梅大户开始着手培育红梅的品种，他们把散落在民间的 20 多个梅花品种像珍珠一般拾了起来，并到国外引进了许多新品种，让梅花花开各不同。美人梅、宫粉等新品种相继培育成功，更有一株状如朱砂、花色异常鲜艳的奇梅，吴晓红给它起了个名字，叫"东方朱砂"。

　　梅花虽好，却在深闺，虽灿烂无比，但也不能只孤芳自赏。为了让红梅走出长兴，2004 年，吴晓红注册成立东方梅园公司，积极收购长兴梅农中的零星梅树，将长兴的红梅资源整合，要打响"长兴红梅"这一品牌，带领梅农致富。

　　时值改革开放已走过 20 个年头，国家大力发展旅游业和生态、观光农业，尤其鼓励民间资本的投入。而改革开放的成功，让人们的物质生活变得丰盈，从而更加追求精神的富足。正是在这样的时代背景下，吴晓红用前瞻性的感知力，敏锐地捕捉到，果梅的辉煌历史已经结束，而观赏梅花的大门正在打开。红梅作为历史上有丰富文化积淀的名花，不能孤芳自赏，一定能走到寻常百姓的身边，让所有人都来感知梅花之韵。

2002 年，吴晓红个人出资，在上海世纪公园举办了首届梅花展。这一举动，在许多人看来未免有些"冒险"，凭一次展览，就能把红梅卖出去吗？但吴晓红却不这么想，他关注的是，世纪公园融合了中西方园林艺术的精粹，能在世纪公园开设梅花展，这对于长兴红梅是一个展示产品、进入上海市场的绝佳机会。

所以，他对上海世纪公园的负责人说：我把红梅花送来免费办梅花展，不影响主要景点，就在空的地方或角落放一下。

就这样，经过他和员工们的努力，在十二月的刺骨寒风中，千余盆精品红梅用大卡车一车一车运抵世纪公园，进行紧张而有序的布展。当时的长兴至上海，全程高速未开通，大卡车要开四五个小时，半夜十一二点装车是常有的事。吴晓红和员工们咬着牙，渴了都来不及喝一口热水，晚上累了就打地铺，倒头便睡。跟随吴晓红多年的员工们都清楚，这是一场实打实的硬仗。不要求回报，不要求利益，吴晓红背负着巨大的经济压力，把长兴红梅送进了上海这个大都市。

如吴晓红所愿，梅花在正月里香飘上海，千余盆梅花梅桩造型奇特，十余个梅花品种清香绽放，实在是让人大饱眼福。每天都有上万的上海市民前来赏梅，上海各大媒体争相报道，他们称誉长兴红梅为"梅花仙子"，不仅陶醉于这一美景，更折服于这一奇特的创意。随即，上海世纪公园同吴晓红联系，决定在公园内开辟一片梅花基地，也商讨让吴晓红继续筹备来年的梅花展。

从此，"长兴红梅"一炮打响。

2002 年，杭州西溪湿地公园，600 亩红梅园造景工程也在紧张而忙碌地实施中。年关已近，西溪湿润而寒冷的风从长长的堤岸上吹来，吴晓红不由得打了个寒战，可手心里攥着的却是一把汗。他心里明白，这 600 亩梅园工程是东方梅园的招牌，也是"长兴红梅"的招牌，他比任何人都紧张。但他又比任何人都自信，没有金刚钻，揽不来瓷器活，以他几十年来对花木的熟稔，他坚信，一定可以做好"长兴红梅"这个产业，因为，这不仅仅是他一个人的，他的背后，数以万计的梅农正用企盼的目光翘首以待。

　　继上海世纪公园梅花展和杭州西溪湿地梅花工程成功后，"长兴红梅"一鸣惊人，红梅种植和造景工程的订单接连不断。杭州超山风景区、上海东方绿舟和世纪公园，上海城隍庙、上海海湾国家森林公园、江苏大丰梅园、武汉东湖古梅园、张家港香山公园、无锡梅园、南京玄武湖公园、南京中山陵古梅园、福建鼓山梅园等二十余地都有了大规模的梅花工程。从此，"众香园里梅花著"，长兴的梅花绚烂优雅如同一个美丽女子，在大江南北怒放神韵。

　　青梅树桩通过嫁接成红梅树，一棵卖到了几千元、几万元，甚至几十万元。当地的其他梅农恍然大悟，纷纷加入红梅嫁接队伍，向"梅桩疯"取经。吴晓红不仅免费传授技艺，而且无偿提供种梅枝芽。就这样，长兴当地迅速扩大红梅培育面积达 2.1 万亩。长兴红梅形成了一个新兴的产业，不仅为个人，也为社会创造了财富。

　　好消息还在不断传来。

　　2008 年，长兴县被评为"中国红梅之乡"。

　　2009 年，梅花与牡丹被有关方面列入中国双国花。

　　2009 年，经梅花协会认定，东方梅园培育的"东方朱砂"在国际上登录，成为梅花家族里的新品种。

　　2016 年，吴晓红所在东方梅园主持的科研项目——三种特色木本花卉新品种培育与产业升级关键技术获得国家科学技术进步二等奖。

　　截至 2017 年底，中央电视台"致富经""两会直播间"等栏目数十次来到长兴东方梅园，拍摄长兴红梅发展之路。

　　吴晓红却谦虚地说，他只是让青梅的枝头开出了一朵小小的红梅。

　　2017 年 3 月 4 日，CCTV《春天的中国》节目，以"浙江长兴东方梅园，春回大地，梅花盛开迎客来"的拍摄场景拉开新闻序幕。航拍的高清 MV 中，近千米相依相倚的红梅树林在薄雾渺渺、晨曦清亮中，烂漫如云海般绵延，红艳如火焰般渲染，蓬勃升腾为一片片秀美兼具壮观的大好风光。"春回大地，踏青赏梅正当时，在浙江长兴东方梅园，数百亩红梅林已盛开迎客，梅园周边群山绵延，绿水青山与红梅相映成趣，犹如世外桃源一般。"解说词中充满了对长兴红梅与青山绿水共同渲染出的美丽生态画卷的赞美。

　　"宝剑锋从磨砺出，梅花香自苦寒来""不要人夸颜色好，只留清气满乾坤"。梅花可以说是中国精神、中国文化的一个重要象征。

　　有人夸奖吴晓红，你对中国梅花贡献太大了！吴晓红谦虚地回答，这也许是命里有木，自己的一辈子属木，梅花、木材、盆景、古木都离不开一个"木"字，自己可能天生就是做木头文章的。

　　吴晓红的红梅产业成功以后，他心里的古木梦想再一次升腾了起来，这次不同寻常，他有了更多的底气，向着古木博物馆的目标行进。

　　为了搜集古木，他跑到深山老林、塔克拉玛干沙漠、柴达木盆地、魔鬼城，冒着五十六摄氏度的高温，皮鞋都冒出了焦煳味，如果汽车车轮停止转动，从沙漠里出不来那就会十分凶险。为了把这些古木弄回来，他确实是费了九牛二虎之力。每一棵古木都有一段故事和不凡身世。最大的一棵古木是从缅甸运回来的，途中要过一座桥，但那座桥梁太低，古木过不去，最后只好晚上把泥石路挖开从桥下走，白天再重填回去，然后再走长江、大运河，到浙江，到江阴，最后再装上车运到太湖，从水路运到了长兴。

　　古木展览中最大的一件作品是陕西一个朋友给吴晓红的启发。他从西安回家，从飞机上看到绵延雄浑的秦岭，就在飞机上构思，要用天然的古木做成一个影像秦岭八百山，他给它起名叫"国魂"，华山、丝路古道、秦始皇兵马俑等，都被囊括在这个巨大的古木影像中。现在，吴晓红又对这件作品进行了扩充，把长白山、黄土高原、珠穆朗玛峰等也囊括进去，总面积要达到 2000 多平方米，打算做成一个独立的展馆，代表 960 万平方公里的国土。陕西在秦岭建，在杭州再做一个，全部都用自然的木头来做，不加任何的雕刻。

　　他说，世上没有废品，废品就是放错位置的资源，他要用古木，做成一条鲜活的"丝绸之路"，让我们的后代看到中国的历史和梦想。

　　做成了这么大事业的吴晓红，生活却非常简单。至今他还住在一幢两层楼的老房子里。他拥有几万平方米的博物馆，而自己住的房间却只有十几平方米。他说，住得小好啊，夏天睡觉，空调一打就凉，冬天空调一开就暖。他一生有梅花，足矣！

　　2018 年 3 月 25 日，我们再次采访了吴晓红。他刚从香港回来，兴奋地谈起他和荣毅仁儿子荣智健见面的经过。

　　荣智健喜欢梅花，每年都悄悄地来东方梅园看梅。2018 年他又来了，问吴晓红，今后怎么打算？

　　吴晓红说，他已经 70 多岁，精力和财力都不够，但是他还想搞一座梅花庄园，不同于农庄、民宿、农家乐，因为他看到，外国的国家元首都是住在庄园里，而且常在庄园里接待外宾，他也想搞这样一座庄园。

荣智健说："我投资，协议、股份我都不要。"

吴晓红说："您什么都不要，那我不能要您投资。"

荣智健回去后，吴晓红想来想去坐立不安，没过几天，他就赶去了无锡，对荣智健说："荣先生，你不能不拿我一点东西，这样我心里不踏实。"他把自己东方梅园古木博物馆的房产证带去，"我把我的房产证放在您这儿，这样我心里才安定。"

荣智健接过吴晓红手中的红本本，问："这是房产证？不用不用，我投资，是看重你的人、你的梅花！"

吴晓红问荣智健："您为什么这么信任我？"

荣智健回答："因为你这座梅园里，哪怕是一块石头都有文化。"

吴晓红因在培育种植梅花方面的贡献而获得中国"三农人物"提名奖、湖州市突出贡献奖、"长兴榜样"等无数荣誉，但与"木"为伴的"林泉之心"却让吴晓红淡定和平和，在成功打造出了多个知名梅花景点之后，梅花文化的延伸和传播依然是吴晓红念念不忘的心愿。他对于红梅产业又有了新的思考：红梅产业虽如日中天，但还是属于传统的种植业，并不是一劳永逸的可持续发展之路，当务之急是寻找梅花深加工路线，他耳边回荡起"梅花院士"陈俊愉到长兴品梅时的感慨：梅花这么香，我们中国什么时候才能用梅花制香水呢？陈院士一番话，让吴晓红豁然开朗，他开始尝试从梅花瓣中提炼梅花香水，这才是能够真正代表中国文化的香水产品，体现"暗香浮动"的内敛而简约的东方文化。

吴晓红开始和多家专业科研院所合作，致力于梅花香水等梅花产品的深度开发。功夫不负有心人，在2011年春红梅刚谢的时候，吴晓红的东方梅园里却依然飘逸着梅花的清香，幽然入怀，由红梅、绿梅、蜡梅花瓣调制提炼的梅花香水正崭露头角。梅花香水的研发是世界首创性的，它的包装结合了中国古典四大元素，相继有30多款梅香系列产品投放市场，并获得全国梅展"新产品和新工艺奖"等多项大奖。陈院士识梅闻香，欣然提笔将其命名为"中国香"。至此，一朵中国的传统名花不仅可以盛开于大江南北，更能潇洒地穿行四季，成为一朵真正的"国花"，散发出真正的"国香"。而吴晓红的东方梅园，也带动了长兴梅花产业实现了从"梅花"到"梅香"的精彩转型。

红梅是长兴的县花。因为红梅的映照，长兴的过往岁月变得明媚动人，"寻常一样窗前月，才有梅花便不同"。

党的十九大报告提出，"像保护眼睛一样保护生态环境，像对待生命一样对待生态环境"，而长兴的小小梅花，深刻践行了这一论述，美了一方水土，富了一方百姓，拉开了一道文化的新景。宋时张功甫著《梅品》，首句一语道：梅花为天下神奇。其中"神奇"二字指的是梅花脱俗神韵，而在长兴，梅花之神奇，在于契合了时代发展的前瞻意识，满足了人们对美的向往和追求，以及在长兴这片土地上深刻的变革所给予的热烈的回馈。

梅花是中国历史上留下的瑰宝，流传下来的关于梅花的诗词书画资料特别多。梅花主要用于观赏，古往今来，人们都是将梅花作为一个题材来写，体现梅花精神。吴晓红认为，在梅花产业方面，梅花种植、培育、产业拓展需要多方面的共同参与，虽然他已年逾古稀，但一路走过来，靠的就是梅花精神的支撑。

2018年年末，他又和"龙之梦"乐园总裁童锦泉联手，在太湖边开创出一片新的千亩梅花天地。他对童总说："倒过来你46、我47（童锦泉64岁，吴晓红74岁），我们还年轻，还有梦想、有情怀……"

成人学校传文化

在农业转型升级过程中，农民的转型蜕变是最根本的推动力。而在新型农民的培育方面，长兴县各乡镇的成人文化技术学校发挥了很好的作用。

2018年3月21日上午，我们采访了水口乡成人文化技术学校校长赵珍。这是一位40岁左右的中年女性，穿着一身蓝色青花连衣裙，她是中国书法家协会会员、高级茶艺师，她的先生从事紫砂壶制作。她负责的这所学校已经培训了700多人学习制作紫砂壶。其中已就业的学员中有近百人就靠制作紫砂壶为生，有的自己开店经营紫砂壶，有的在工厂里务工，还有一些学员则是出于兴趣和爱好来学习的。长兴的紫砂泥矿主要分布在煤山、白岘、槐坎一带，紫砂泥蕴藏量比宜兴多，但是紫砂壶生产却赶不上宜兴。北宋时，有"南窑北陶"之说，"北陶"指的是宜兴，"南窑"指的就是长兴。这两座城市拥有相同的紫砂矿脉资源，长兴县则是浙江省出产紫砂工艺品的主要产地。

水口乡成人学校建于 1992 年 2 月。学校占地面积 4.5 亩，建筑面积 1100 平方米，拥有茶艺实训室、紫砂实训室、电脑房、多媒体教室、文体活动室等多个专用教室，教学设施设备一流。学校的特色培训包括紫砂壶制作培训、紫砂雕刻培训、国画与紫砂艺术培训、茶艺师培训、评茶员培训、紫笋茶制作技艺培训等。水口乡成人学校面积不大，但是布置精心，一字一画，一石一景，处处让人感受到艺术的气息。赵珍介绍，水口成人文化技术学校紫砂系列培训班通常每期 30 人左右，学员 20 天可学会制壶或雕刻。学校从 2015 年开始开展培训，政府给予补贴资助。赵珍也有自己的特长，她所书写的石鼓文书法古朴有力，与制壶书画相得益彰。

水口乡成人学校紧扣当地特色产业，打造紫笋茶文化体验项目品牌，推进地域文化的传承，服务地方经济，造福他人，幸福自己。

"水为茶之母，器为茶之父"。长兴的紫笋茶、金沙泉、紫砂壶堪称茶事"品茗三绝"。本着传承紫砂文化、服务大众创业的宗旨，水口乡成人学校已举办了 15 期紫砂创业班。培训课程内容充实而又接地气。该校特邀首批浙江工匠、浙江省技能大师工作室领办人、中国工艺美术行业 2015 年度"典型人物"、中华传统工艺名师吴伟华及其工作室骨干督课授艺。

为了保证培训的质量，学校采取小班教学的模式，学员以来自长兴县各个乡镇的年轻人为主。希望通过培训，给这些有创业意向的人提供可以参考的经营方向。

水口乡成人学校还开办有高级茶艺技师、评茶师、茶艺师考评员、茶艺师培训师、湖州市技能大师工作室领办人杨亚静茶艺工作室，举办了 26 期茶艺师培训班。培训旨在让学员们肩负起传承茶文化的重任，特别是传承发扬长兴的紫笋茶文化。为了保证培训质量，学校组建了实力雄厚的师资队伍，授课教师有教授级高级工程师、国家一级评茶师、国家职业技能鉴定高级考评员（评茶员、茶艺师）、西湖龙井茶首席专家沈红，北京艺术创作中心国茶研究协会会长、国家一级茶艺师、一级评茶师葛玉冰，爱茶习茶十多年、在北京组织茶会近 500 场次、茶文化推广实践者蓝彬，国家一级茶艺师、国家职业（茶艺）技能鉴定考评员、国家职业（茶艺）技能竞赛裁判员周薇平等。学校坚持小班教学，严格控制学员数量，学员除了长兴本土的爱茶之人，还有不少来自北京、上海、江苏和浙江桐乡、宁波等全国各地的朋友。

2018 年 9 月 8 日上午，水口乡成人学校第二期高级紫砂创业班顺利开班，本次培训班特邀吴伟华大师及其工作室骨干授课。

培训班第一课，培训学员根据秦权壶画出相应的图纸。学员们三五成群，利用游标卡尺、钢皮尺，测量紫砂壶壶身高度、壶身最宽度、壶口壶底的宽度、壶盖壶钮的各个数据……经过两天的学习，大家都已经能利用曲线板等工具熟练绘制图纸。

此次培训为期 20 天，共有 33 名学员参加。培训内容包括：根据实物独立绘制秦权壶图纸，根据图纸制作制壶工具，根据图纸学会算出数据，练习起秦权壶身桶泥条、泥片、壶身、壶盖、壶钮、壶嘴、壶把并组合完成，壶身开口和了胚等。

长兴县的茶农、茶企，每年清明节前后都忙于采茶、炒茶、新茶上市，刚上市的茶叶总是供不应求，一斤能卖到一两千元。紫笋茶采摘标准要求一芽一叶或一芽二叶初展，采摘极慢，顾渚山里的古茶树采摘的难度更大。这样采的茶叶都是野生茶、有机茶。

如今，长兴县茶文化研究会、水口乡成人学校已经很好地传承了《茶经》所倡导的茶文化，甚至还能参照《茶经》制作饼茶，经七道工序将茶制作成小饼状，如茶钱，有熟味，且可用线串起，以便于运输。新采绿茶是清香的，唐朝时要求紫笋新茶必须在三五天之内运到京城，首批茶叶用来祭祀和分赐给皇室、功臣、边将及使节等，是一种只有贵族和上层社会才有缘享受的贡品。如今这种贡品已经走入了寻常百姓家。

不卖石头卖艺术

在长兴县煤山镇访贤村采访的时候，我纠正了几十年以来的一个错误的想法。以前在一些皇家园林和名山大川，看到过很多带镂孔的假山，通常被称为太湖石，一直以为，这些石头是因采自太湖湖底而得名。

来到原白岘乡（2015 年，白岘乡与煤山镇、槐坎乡合并为新的煤山镇），参观了太湖石博览园，我才真正知道，原来太湖石并非采自太湖，而是采自太湖周边的丘陵喀斯特地貌区，甚至未必采自太湖周边。所谓的太湖石，其实就是喀斯特地貌的一种产物，是因地质演变由水或土壤等侵蚀而成。

我们经常能够见到的钟乳石和太湖石，其实是一类东西，它们都是沉积石灰岩。太湖石被水冲刷滴落下去，逐渐堆积，长年累月就会形成钟乳石，因此，太湖石是钟乳石的原石或母石。

太湖石分为水石和旱石。水石是从水中采出的，在河湖中由富含二氧化碳的水长期冲刷侵蚀而缓慢形成，会留有水纹，孔洞较少。而旱石则是从山上采出的，又名干石，是石灰岩在酸性红壤中长期腐蚀而成的，孔洞较多。我们平常见到的太湖石多为旱石。在所有的喀斯特地貌区都有太湖石分布，包括贵州、广西等。

太湖石讲究的是瘦、漏、皱、透。从秦汉时始，太湖石就被用作园林景观。大户人家、贵族和一些园林等都会用太湖石来制作假山等造型。据曲阜孔庙碑林一块石碑上的记载，573 年，中国和罗马进行贸易交流，曾经将太湖石作为礼物送给罗马。唐朝的建筑也用到太湖石，唐太宗的后花园就用太湖石装饰。宋朝时著名的花石纲——《水浒传》中写到，开封府每年都要征集大量的花石纲，因为花石纲开采运输造成老百姓负担沉重，民不聊生。据说这些石头就采自长兴弁山，运到苏州的时候，北宋就灭亡了，因此这些太湖石便被置于运河岸边的狮子岭，就此形成了苏州园林。苏州园林中的太湖石，80%—90% 都来自湖州。扬州的瘦西湖也有太湖石。后来，太湖石也有产自巢湖、广西等地的。

沿着浙江省 10 省道进入原白岘乡境内，道路两边的绿化丛中，点缀着各具特色的太湖石，彰显着原白岘乡独有的太湖石文化。2014 年 12 月，位于原白岘乡的中国太湖石博览园建成迎客。

博览园占地 110 多亩，内有多个风格各异的太湖石展区，是国内首个集太湖石展览、游玩、品鉴、交流及经营接待等功能于一体的博览园。太湖石产业已成为原白岘乡的特色产业，当地人将太湖石作为艺术观赏品出售到上海、江苏等地装点园林。经营户达 200 多家，千余人从事太湖石、景观石的销售和施工。

博览园入口处，太湖石和绿化植物相得益彰，其间特地打造的水渠更增添了几分灵气。提供给经营户使用的房屋古色古香，富于艺术气息。

除了政府投资 1 亿多元进行建设外，博览园将更多的空间交由经营户自行打理。他们在自己所分得的场地内进行造景，借此对自己经营的太湖石进行推介。整个博览园就是一座具有古典韵味和蕴含太湖石文化的江南园林。这里不仅是一个高端太湖石的集散地，也是游客休闲旅游的好去处。

　　长兴太湖石是中国四大名石之一。2014年12月28日上午，长兴隆重举行首届白岘·长兴太湖石文化节暨长兴太湖石博览园开园仪式。此次文化节不仅吸引了众多专家，更是引得浙江、上海等一大批客商慕名而来，大家在忙着欣赏各类珍美太湖石的同时，还当场下了不少订单，为此次盛会增辉添色。近年来，白岘乡充分发挥太湖石资源优势，使太湖石为主的园林绿化产业成为白岘群众增收致富的重要途径。此次中国太湖石文化节的召开，不仅进一步提高了白岘乡太湖石的品牌知名度，还有力地推动了白岘乡建成具有影响力的太湖石交易市场。

　　太湖石博览园为太湖石注入了经久不衰的"文化魂"。博览园内，古树参天、怪石林立，园内还展现大量太湖石景观设计、情景雕塑，陈列展示了相关传说和典故。有了博览园作"背书"，园内一块太湖石价格可高至上百万元。长兴白岘奔腾园林景观石经营部的一块名为"万马奔腾"的奇石，有人开价100万元，老板都不肯卖。自从政府决定建造中国太湖石博览园以来，原白岘乡从事太湖石产业的经营户销售额一年翻了一番，2017年各类景观石销售额达3.2亿元。

　　太湖石博览园有一老总姓钱，他自己搞收藏，专门收藏太湖石。他说，小型的太湖石可以放在客厅里作为摆件，大型石则放在露天里作为摆设观赏。博览园周边有100亩左右，都是私人投资建造的太湖石展区，展出了许多珍稀奇石。

　　以前开采太湖石是原白岘乡的一个主要产业。不少村民家门口都堆放着形状不一的太湖石。

　　"你别看这块石头不起眼，一出手至少能卖到50万元。"三洲山村村民施顺东指着一块重约一吨的石头说。

　　据了解，原本从事毛竹销售的施顺东在2005年投身太湖石销售市场。

　　"近年来长三角地区城市规模不断扩大，太湖石市场缺口巨大。而正是这个缺口，使太湖石价格5年暴涨10倍以上。"施顺东说，如今在苏南等地，一块外观精美、体积庞大的太湖石售价至少100万元，即便是普通的太湖石也可卖到10万元。

　　施顺东坦言，这是一个暴利行业，更是个千载难逢的商机。

　　2006年，白岘乡三洲山村、五通山村等地有30户毛竹贩销户转行做起了"石头生意"，平均每年获利在100万—500万元不等。

事实上，如此暴涨的"石头经济"也曾遭遇发展困局。

为保护生态环境，长兴县政府早于几年前就把白岘境内以洞山为核心的所有太湖石资源列入保护范围，禁止开采。这样的政策对于"靠山吃山"的白岘人来说无疑是个难关。

而从事太湖石销售近9年的章新顺也因此烦心过一段时间。

禁止采挖后，章新顺只能去别的地方买来太湖石再出售。但是，很快他便发现，这一来二去，自己钱赚得反而更多了。如今，他的年均销售额可达3000万元，这在当地还只是中上水平。

日复一日，原白岘乡逐渐发展成中国主要的太湖石交易集散地，成为长三角地区太湖石最大的集散地之一，形成了集聚、运输、销售、安装等完善的产业链。原白岘乡总人口1万多人，从事太湖石、景观石销售和加工的就有千余人。真是一块石头富了一方百姓。

采访手记 "农民"一去不复返

时代的巨轮推动着每一个人不断地向前进。改革开放四十年来，中国的农村、农业和农民也发生了天翻地覆的变化。农村不再是呆板僵化的，而是富于生机与活力的。农业生产不再是单纯的粮食生产，而是转向多样化、多层次经营，也摆脱了落后的手工生产方式，生产效率和效能都得到了极大的提高。农民亦不再是面朝黄土背朝天，土里刨食靠天吃饭，也不再是纯粹的"粮民"，而是能够从事多样工种、多种经营的劳动力资源，善于广开财路从事各种工作，千方百计发家致富。农村也不再是脏乱差、愚昧落后的代名词，而是越来越美丽、能够不断勾起人们浓烈乡愁的美好之乡，是一片看得见青山望得见绿水、充满希望的田野。

沿袭了几千年的种田交税的规矩——农业税废除了，传承了几千年的传统农民也已一去不复回。今日的农民，是掌握先进技能和现代经营理念的新型农民。他们更敢于闯荡，更勇于奋斗，他们也更自信、更有能力。正是这样一群掌握了先进生产理念和技术的农民，为中国广袤的乡村大地带来了历史性的变革。

漫步在长兴县辽阔的乡野，处处都能感受到富足安康给每位农民带来的心满意足。乡村和城镇的差别正在不断地缩小。乡村生活逐渐成为城里人向往和追求的一种休闲方式。农家乐、乡村游、田园生活都能让人切身体会到农村生活的舒适与惬意。这一切，都不能不归功于改革开放，也不能不归功于浙江省坚定实施了十五年的"八八战略"。创新、协调、绿色、开放、共享的新发展理念，既要金山银山更要绿水青山的指导思想，让乡村重换新貌重展新颜，也让农民从美丽的生态和优美的环境中获益多多。

长兴的农村和农民正在迎来历史上最美好的一个时代。生活在这个时代的农民是幸福的。

第五章

绿水青山：生态为基环保先

在改革开放早期，由于过于强调和追求发展速度，中国一度在生态环境上付出了沉重的代价。随着发展的不断推进、经济实力的不断增强，国家越来越注重发展的质量，提出要协调好经济发展与生态保护的关系，建设和谐社会，实现人与自然和谐相处，积极探索绿色协调可持续发展之路。

浙江省作为"改革开放模范生"，在推进生态文明建设方面一直走在全国前列。从 2003 年以来，浙江省坚定实施"八八战略"，其中就包括进一步发挥浙江的生态优势，创建生态省，打造"绿色浙江"；进一步发挥浙江的山海资源优势，推动欠发达地区跨越式发展，努力使海洋经济和欠发达地区的发展成为全省经济新的增长点。浙江将生态省建设任务纳入各级政府行政首长工作目标责任制，每年签订省市长生态省建设目标责任书，对领导干部进行考核时实行环境保护和生态建设"一票否决制"。2005 年，浙江首次将万元产值主要原材料消耗、万元产值能源消耗、万元产值水资源消耗、万元产值"三废"排放总量等指标引入统计指标体系。对不顾环境容量、偏离科学发展的行为，坚决亮出了"红灯"。2006 年 8 月，浙江在全国率先出台了《市、县（市、区）党政领导班子和领导干部综合考核评价实施办法》，实施生态文明建设考核评价制度，把环境保护作为约束性指标纳入考核体系，改变了长期以来 GDP 至上的政绩观。

在浙江工作期间，习近平主持省人大常委会审议通过了《浙江省大气污染防治条例》《浙江省海洋环境保护条例》《浙江省森林管理条例》《浙江省渔业管理条例》《浙江省固体废物污染环境防治条例》《浙江省环境污染监督管理办法》等11 部地方性环保法规规章，初步形成了与国家生态法制体系相适应的地方立法体系，为生态省建设提供了良好的制度环境。

长兴县自 2003 年的"不发展会议"以来，在痛定思痛之后毅然实施外科手术式的整治，严格遵照浙江省委的部署，坚定不移地推进生态县建设，迎来了开创"绿水青山就是金山银山"的全新发展阶段。

水清引得巨龙来

习近平在 2006 年 3 月 23 日《浙江日报》的《之江新语》专栏撰文说，人们对于绿水青山与金山银山之间关系的认识，经过了三个阶段：第一个阶段是用绿水青山去换金山银山，不考虑或者很少考虑环境的承载能力，一味索取资源；第二个阶段是既要金山银山，但是也要保住绿水青山，这时候经济发展与资源匮乏、环境恶化之间的矛盾开始凸显出来，人们意识到环境是我们生存发展的根本，要留得青山在，才能有柴烧；第三个阶段是认识到绿水青山可以源源不断地带来金山银山，绿水青山本身就是金山银山，我们种的常青树就是摇钱树，生态优势变成经济优势，形成了一种浑然一体、和谐统一的关系。

这一精辟论述强调了生态保护建设的优先论，体现了经济发展与环境保护的统一论，蕴含了生态优势向经济优势的转化论。

"两山"理念提出后，长兴人率先动起来了，对环境进行了新一轮的深入持久的治理，打响了生态环境保护的猛烈的战斗，也为自身发展赢得了良好机遇。

几经周转，好不容易采访到上海长峰集团董事长童锦泉。我们在正在施工中的钻石大酒店大堂见到了他，钻石酒店是即将建成的"龙之梦"项目的一项标志性工程。

这是一位看起来忠厚而有智慧的企业家，说话斩钉截铁，干事干脆有力，一看就是一个善于指挥千军万马的将军式人物。

他在 2015 年 5 月 20 日来到长兴，考察 3 个月后感觉很好，对长兴县的地缘优势、人文文化积淀有很深的感受。长兴天时地利人和，民风很好，给他的印象特别深刻。他觉得长兴人精神面貌好、城市建设好、文化建设好。

30 年前，童锦泉去上海创业，事业发展得很成功。他到长兴洽谈合作项目，跋山涉水去实地考察。

我问他："有人说您有一根竹竿，上面刻满了刻度，您是随手拿着它来测量土地的吗？"

童锦泉看着我，回答："这根竹竿实际上体现了政府和企业之间那种默契的关系，体现了政府给予企业的那种无私的支持、大力的支持。"

原来，这根竹竿是当地的政府官员专门给他做的，说是看到他年纪大了，走路不方便，让他用竹竿当拐杖拄着走。

回想当初，童锦泉说，如果没有政府的支持，他个人深一脚浅一脚，想干也干不成，没有政府的支持，他也是不敢干的。

2017 年，浙江省委书记夏宝龙在视察"龙之梦"项目时，曾问他为什么把太湖龙之梦乐园建在长兴的图影。

童锦泉认为是这里的"三潭好水"吸引了他。第一潭好水就是钻石酒店东侧的矿坑，那水清澈澄碧得令人第一眼看到就心生欢喜，这分明就是一潭矿泉水；第二潭好水就是 5000 亩的图影湿地，这里有二类的好水，水草肥美，莺歌燕舞，宛如人间仙境；第三潭好水当然就是指我们国家五大淡水湖之一的太湖了，太湖美，美就美在太湖水。太湖不仅是一块美丽的魔镜，更是一块大品牌。

钻石大酒店边上，当年放炮挖矿留下了大矿坑，如今这个大矿坑积满了湛

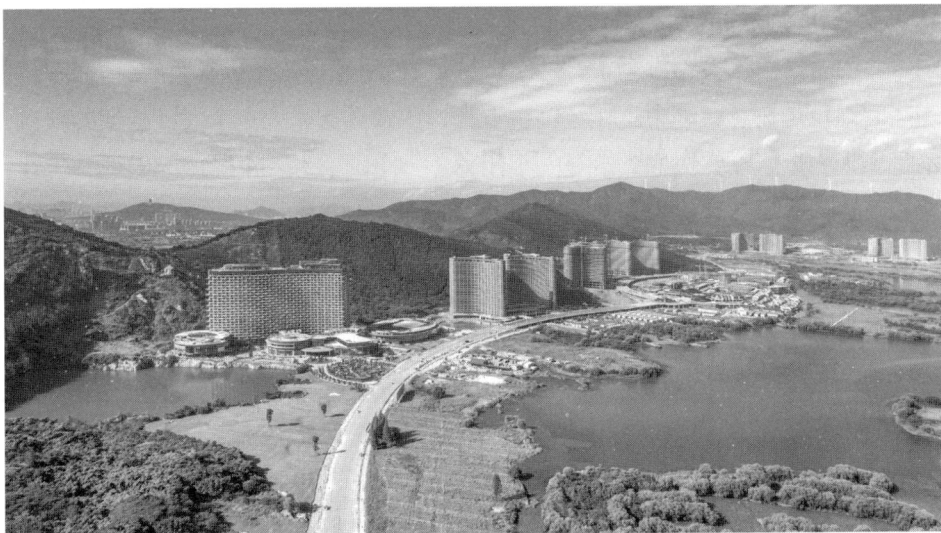

空中俯瞰太湖图影旅游度假区太湖龙之梦乐园，碧水青山相互映衬，项目粗具规模

蓝的水。当时，老童站在这个大矿坑前，看到陡峭的崖壁上像长了锈似的黑白画一样的苍朴的颜色，感觉特别有美感，有中国风格。

他来长兴一次就要到图影这儿走一次，每周来三四次，开始一年半都这样坚持，一直到走不动了。遇到打雷刮风，睡觉的时候腿都蜷曲伸不直。半夜，他给图影管委会成仁贵书记打电话，说自己打雷的时候脚都勾起来，心里充满了恐惧，心想大半生赚来的钱不容易，一下子要投入200多亿元的巨资打造"龙之梦"，自己能不能担当得起？

他自己看着挺好的项目，挺有自信，但是，刚开始的时候家里人都反对，认为他这么大年纪了，不该去干这么一件大事。后来，亲友都来图影实地参观了，都告诉他，这件事做对了！

成书记在一边插话说，童总的女儿说，其他的项目都是消耗童总的能量的，但是自从他干上图影"龙之梦"的项目之后，身体是越来越好了。做"龙之梦"，合作的双方彼此都很开心，遇到事情时童总能够和政府商量着做，相互都做到了零抱怨。

童锦泉则认为政府作出的承诺没有改变，他提出的商业经营模式也没有变。改革开放40年了，承诺产权70年，商人对这个事情很看重，以前大家老是不守法，现在大家都有法可依、有法必依，政府讲诚信，行政管理体系很完整。浙商的成功，一个很重要的原因要归功于政治环境，归功于商人的成熟，也归功于政府和社会的成熟。项目实施过程中要解决的问题、遇到的困难都不能叫困难，因为疙疙瘩瘩都没有了，"龙之梦"项目的规模是前所未有的，因此遇到一些问题也是在意料之中。在童锦泉看来，要做成这么大一个经济构架的项目，不是个人力量所能完成的，这是一个团体、一个国家、一个民族的力量，现在，各方面的条件都已具备，国家又提出"一带一路"建设，就更能做成事了。

谈到自己为什么选择图影，童锦泉说，他想到民族强盛了就必须搞出中国特色的文旅项目，图影这个地方好，能赚钱。2012年成立的图影度假区，一直找不到合适的合作伙伴。

成书记说，开始的时候大家都不相信童总能够建这么大规模，因为那时他提出要建1万间客房的宾馆。接触过后才发现，童总确实是很有魄力，不是只有钱，更有思想，他要做的是文化旅游。

2006年8月2日，时任浙江省委书记习近平从湖州长兜港海事码头登船前往无锡，横穿整个太湖。从无锡回来，他又到长兴太湖畔调研。当天下午，他在长兴县行政中心听取湖州市关于南太湖综合治理及开发工作的情况汇报。

当时，湖州市和长兴县对于南太湖是否要全部关停工厂转向发展旅游业，正举棋不定。关停搬迁工厂需要大笔资金，更要紧的是，这些工厂都是当地的摇钱树，关了之后对当地财政税收影响很大。但是，领导的讲话坚定了长兴县和南太湖走"绿水青山就是金山银山"发展之路的决心。

南太湖畔由此揭开了巨变序幕。

图影是南太湖边仅存的面积较大的一块天然湿地，河汊纵横，漾荡密布，草木茂盛，湿地中间还散布着 20 多个小岛，宛如太湖边一颗晶莹璀璨的宝石。但是，那时图影的生态状况却丝毫不乐观。这里散落着图影、陈湾、碧岩、大荡漾、水产 5 个村，村民家的污水几乎都直排入湿地。还有许多村民在这里开矿和从事粉体业，图影弁山周边最多时有 10 多家石矿和 235 家石粉厂，从业者近万人。水区内则有很多村民养鱼、种菱，100 多户 300 多人吃喝拉撒都在船上……

根据水产村村民回忆，村子里的河水一度变得很浑、很肥，散发着酸臭味，连鱼都养不好，于是村民就改种菱角。种菱角就要喷施农药，村民们就把杀虫双、敌杀死撒到河里。因此整个内湖水质都不好。2007 年夏天，图影边上的太湖爆发了蓝藻，发出恶臭的气味。

长兴县领导看到了问题的严重性。自 2005 年起，长兴县陆续出台了《湿地保护管理办法》《湿地水域保护规划》等，划定湿地保护的红线，先后投入近 3 亿元，用于退渔返湿、退耕还林、环湖湿地植被恢复。几年下来，共清淤 130 万平方米，基本清除水体的富营养化污染，将湿地的水质从劣质水、三类水提升至二类水，部分水域甚至达到了一类水标准。

2007 年，制定了太湖渔民上岸安居工程方案，当年 12 月正式启动。长兴县将图影湿地内的 800 多户居民全部搬迁，既解决了南太湖湖岸生活污染问题，又极大提升了群众获得感，同时腾出了一大片美丽空间来等待好项目。2008 年，南太湖度假区区域启动截污纳管工程。2010 年起，水泥厂、印染厂、造纸厂等陆续关停。2012 年，苕溪清水入湖河道整治工程正式启动，同时对苕溪两岸养殖业污染进行整治，并关停矿山，从根本上解决了太湖上游水源水质问题。

2010 年 6 月，长兴县成立西太湖旅游度假区，后更名为太湖图影旅游度假区。水变清了，湖更美了。生态优化迅速带动了图影地区的旅游和房地产等行业的发展。湿地附近原来有一个颐和地产开发的项目——太湖颐和山庄，2011年动工后，每平方米 5000 元都少有人问津，2017 年推出 85 套，均价 13000 元，居然有 365 人排队抢购。2015 年图影湿地公园对外开放后，当年就接待游客近 50 万人次，实现销售收入近 3000 万元。同年成功引进了投资 200 多亿元的"龙之梦"大型生态旅游项目。

"龙之梦"项目开工后，时任浙江省省长李强前来视察，问童锦泉是怎么考虑的？

童锦泉说，国家强大了，大众就有旅游的需求，他要做的是 50 年的生意，有钱，有资本，有游客，旅游市场的潜力太大了。难得的是图影这块湿地有好山好水，能够辐射到中原，他有自信也愿意做这件事，精神上也闲不着。他的工作方式是实事求是，很有信心。

童锦泉每天早上 6 点出门，在工地现场考察要走 2 万多步，很劳累，现在"龙之梦"已完成了一大半的工作量。他的一儿一女都很支持他，也愿意参与。

童锦泉如今已 65 岁了，有着 50 年的经商经历，读过 5 年书，没有接受过什么培训，但是他从每年"两会"听会就能感受到这个时代的变革。他说，他现在更多考虑的是自己该做什么。

龙之梦乐园于 2016 年 4 月 8 日开工建设，目前工程进展顺利。建成后，乐园内将有酒店住宿、演出、古镇游玩、购物、野生动物园等项目。国内外所有旅游业的游玩项目都能在龙之梦乐园里找到，一个人要想把这里的所有项目都玩上一遍，大约需要一周。乐园内酒店的价格设高中低不同档次，最便宜的一张床位一天只需 40 元；最贵的房间一天超过 1 万元。为了便利游客前往龙之梦乐园，湖州市长兴县政府不惜重金，专门在 G50 高速上为龙之梦乐园设置了一个下匝口，驱车可直抵龙之梦乐园。预计龙之梦乐园投入运营后，年接待游客将达 3000 万人次。

童锦泉说，龙之梦乐园建好了以后，将成为我们国家的骄傲。迪士尼那是人家的，他要搞就要扬民族志气，国家强盛了，中国人要造休闲旅游景观，要有强大的内心和自信。他清醒地认识到自己是在造一座符合中国人需要的旅游度假城市，目标是第一年就实现盈利。

童锦泉的父母是绍兴人。绍兴还住着他的一些亲人。他来长兴投资，也是浙商回归。

矿企整治换新颜

童锦泉之所以有强大的自信心拿出半生积累的大部分资本投入到长兴，建设"龙之梦"项目，最根本的原因是看中了长兴近十几年来大环境整治之下生态的优化和巨变，是看中了长兴的绿水青山。

在环境整治和生态恢复方面，长兴县的确是下了血本、使了大力的。矿企整顿和矿山治理就是其中重要的一个环节。

长兴县国土局矿产资源管理科科长宋耀为介绍说，长兴县在改革开放初期都是无偿使用矿山。长兴县矿种包括水泥灰岩、建筑石、粉体、方解石。长兴县是华东地区著名的石灰石原料供应基地、建材基地，也是浙江省重要的碳酸钙基地。当年浙江省采矿权拍卖的第一槌就在长兴。现在，矿山采矿权的出让都是在网上进行，更加公平、公开、公正，也更讲究资源的节约利用。历史上长兴县就是一个矿业大县，矿山开采企业最多时有600多家，2017年减少到17家，县里成立了专门的矿治办，负责关矿山、治环境。

宋耀为说，长兴县现在对矿山的开采要求比较高，准入门槛高，要求两年后必须获得绿色矿山称号，否则年检就不能过。矿山要制定开采方案，同时编制环境治理方案、边坡治理方案，边开采边治理，并且事先缴纳治理备用金，备用金不能低于治理成本，长兴县收取的矿山治理备用金占浙江省的1/9。2013年，长兴县推行矿山企业转型升级，实施"五化"战略：规模化经营、规范化销售、现代化作业、清洁化生产、动态化治理。边坡治理成本按照每平方米100元收费，每年再根据市场行情上调。收取力度大，收取标准略高，杜绝企业开矿赚钱、政府花钱治理的现象。长兴每年开采石矿2500万吨，收取的治理费也是一笔很大的资金。目前长兴县绿色矿山建成率达100%，国家级绿色矿山试点3个。

凡是开采矿山就要承担生态治理的责任。以前因为矿山开采造成许多山体千疮百孔，白头山多，2012年起，县里投入5.1亿多元专门治理矿山。如今，在高速、高铁沿线几乎看不到白头山了。矿山复绿采用喷播技术。喷播复绿采用的是本土植物种子，主要是刺槐、臭椿、胡柿子等，生长几年后就能和周边的植物融为一体。

金钉子保护区原先就是煤山镇的几个小矿山，是在开采矿山时发现的，政府为了保护长兴灰岩，关闭了矿山，设立了"长兴灰岩"保护碑。长兴县行政中心边上的齐山植物公园，原本也是一座废弃的矿山，利用起伏的地势打造喷泉水池等景观。童锦泉投建的"龙之梦"项目钻石酒店边上原来是个大矿坑，是洪桥镇陈湾石矿石灰石开采区，石灰石壁经风吹日晒，白得非常苍劲、耐看，就像一幅水墨画。这样一来，废弃的矿山又变成了景观。煤山镇则将三狮的黏土废矿改造成了青创园。近年来，长兴县对新出让的矿山标高定在与当地地平线相等的位置，提前考虑到将来矿山开采后能形成一片土地。"开掉一座山，整出一片地"，借助整治，将废弃矿山变成土地资源、旅游资源。

原来的长兴是"大炮一响，黄金万两"，上海的大量建材都来自长兴。那时长兴基本上是低端的原石销售，天上炮声隆隆，地上硝烟弥漫，附加值低，长兴的第一桶金来自矿山，20多年前矿山还是长兴的四大支柱产业之一。近年来，矿山企业通过转型，走深加工道路，利用石灰石、方解石生产氧化钙、氢氧化钙，成为食品、化工、塑料、化妆品等的原料，加工成钙片等医药中间体，推动水泥业从低端走向化工高端产品，附加值增加了数十倍。

为了深入了解长兴县矿山复绿、矿山整治和环境保护的情况，我们专门登门拜访了长兴县国土局。国土局副局长朱明权和办公室主任沈振兴、地矿站站长顾成贤等接受了我们的采访。

根据他们的介绍，我们了解到，长兴县历年来矿山开采量大，环境破坏很严重，原先矿山开采、建材都是长兴乡镇企业的支柱。2001年县里成立矿整办，开始对矿山进行关闭整合，关停、压产、控气、节气。长兴一直以来注重矿山复绿工作，"龙之梦"项目看中的陈湾石矿曾先后进行过复绿、复垦治理，被列入省废弃矿山治理"百矿示范"项目。2012年长兴县正式开始实施"四边三化"矿山复绿行动，对交通干线沿线的废弃矿山首次采用边坡喷播技术进行短时间内的快速有效复绿。长兴全县有300多家矿山，废弃矿山的治理走在全省前列，长兴县2013年下发的3号文件明确，利用三年时间完成治理。为此长兴县编制了废弃矿山治理的专项规划，确定对56个矿山进行公开招标，全面治理，重点治理李家巷地区，一共投入了4亿多元，资金很有保障。按照一矿一策一方案，每个矿山都有一个治理设计方案。有的进行平整、回填；对于高度边坡则要开台阶，15厘米一个台阶，进行挂网绿化，基材采用的是镀锌塑料网、土工格塞网，喷10—12厘米厚、内含树木花草种子的有机肥黏合剂基材，再安上养护设

石城夜色（2015 年拍摄于李家巷矿山）

施，经过三个月时间就能出苗，出苗后进行验收，养护两年左右，就能实现草木的自然生长。通过这种挂网养护，便能确保水土不再流失。不平的坡要将其削平，平台上覆土种苗木，如冬青树、榛树等，与矿区的自然环境协调。治理成本每平方米 80—100 元，最多的一平方米要投入 1000 元。

矿山复绿最难的是对高度偏坡的治理。李家巷三矿开采时采用了一面坡开采，而后从底部放炮，底下被掏空了，因此治理很难，随时都会有崩塌的危险。掏挖的矿复绿时就得往后退，才能拉出台阶。深坑、奇形怪状的地形地貌都存在隐患。李家巷地区治理了 8 座矿山，完成治理面积 79.7 万平方米，一共投入了 5510 万元。

矿山复绿的资金来源，一是原来矿山缴纳的治理备用金；二是采矿权价款提留 20% 作为治矿之用；三是争取"两路两侧""四边三化"（铁路边、公路边、山边、河边，美化、绿化、净化）省级配套政策和资金扶持，争取到了 2000 多万元；四是县财政拨款。长兴县规划在 2020 年底之前基本完成。自 2013 年至 2018 年初，已经完成了 603 万平方米矿山复绿，2018 年要完成 24 个矿 255 万平方米复绿，共完成 64 个废弃矿的边坡复绿。

按照"宜耕则耕、宜景则景、宜林则林、宜建则建"的治理原则，对废弃矿山进行多途径治理和利用。煤山镇 800 多亩矿山改成智能产业园，南太湖地区最多的时候有 20 多个矿，2017 年启动的南太湖废弃矿山治理项目，引入 PPT

模式，投入 4.8 亿元，打造浙江新型智慧冷凝产业平台，建设高新科技开发区。有的矿山治理成建设用地，有的变成林地。

20 世纪 80 年代，上矿山干活要找后门，安全意识很差，戴的是藤编的帽子，管理又不到位，经常发生伤亡事故。下雨天，山上掉下石头就会把人砸死；放雷管，哑炮还炸死过人。那时常常听到有人被炸死，赔偿的钱很有限。现在死一个人要赔偿 100 万元。因此，现在提出矿山生产安全也是生产力，要求企业执行 6S 管理标准，厂区都有监控，对采矿山实行全监管，不得越界，不能违规。厂区既有视频监控，也有现场监管、第三方监测，发现违规问题可以随时举报，矿山开采必须按照开采安全方案进行。矿山实行诚信管理，矿山开采、运输、加工的每一道工序都必须严格按照规范操作，否则视情况不同、程度不同进行扣分，扣满 15 分就停产。

现在采矿都是按矿山开采方案要求，从上往下进行中深孔爆破，每 15 厘米开出一个台阶，安全性大大提高，近年来没有发生过死亡事故。

那时的矿山开采遍地开花，只要有矿产资源就开采，根本不顾及生态环境，像顾渚山这样著名的风景区，也照样开采。现在，矿山开采点减了，量减了，开采更加规范了，要求边开采边治理，闭坑复绿，重点边坡复绿。

以前，矿石都是靠车辆运输，石头、泥水、泥浆、粉尘遗撒现象普遍，晴天一身灰，雨天一身泥，车况不好又开得快，环境污染大。现在，像南方水泥厂全部采用封闭式输送带，从山上的矿石开采开始，到输送到生产基地，到码头，全部是封闭式全覆盖，为此，南方水泥厂投入了 10 多亿元，到 2018 年底建成。目前，长兴县对所有的运石材、运水泥的车辆都设置了 GPS 定位检查，全程跟踪，用科技手段对运输加强管理。

环保生态优先行

环保局是从事环境污染治理和生态保护工作的。在长兴县环保局副局长王洪斌看来，任何一个行业都有排放，企业有排放，农业有污染，而环保则是纯粹的正能量、正回报的一个行业，是积德积善的行业。做环保工作很辛苦，但是各级领导都很重视，各界也很关注。环保部门业务增多，队伍年轻，执行力强，现在县环保局有 128 个编制，技术设备也很好，在新时代新起点上决心干出新形象、新标杆、新成绩，提高环境的群众满意度，打造一流的环保局。

以前做环保，总是遭遇门难进，工作人员也经常被群众围攻。长潮乡有一家地瓜加工淀粉的企业，排放废水，环保部门工作人员前去取缔，结果遭到当地老百姓的围攻，老百姓要发展，不让取缔这个污染厂家，后来还是警察把他们救出来的。2004年林城镇发生天力事件，省卫生厅和环保部门的专家都被群众包围了，三个小时不让他们吃喝拉撒……

1998年，国家开展"太湖零点行动"。为什么叫零点行动？根据1996年国务院《关于进一步加强环境保护工作的决定》，为了实现在2000年太湖变清的目标，国家环保总局下达了1999年1月1日零点，所有排污水入太湖的企业必须达到国家和地方的排放标准。

2004年，长兴县提出创建国家生态县，2014年成功获得命名。2016年，长兴获评国家生态文明县，县委又提出了《美丽长兴行动方案》，到2020年要成功创建国家级生态乡镇。在王洪斌看来，长兴的生态县是整治出来的。以前煤矿粉体是支柱产业，这些企业因为破坏山体后来都被关掉了。那时的西苕溪如黄河一般浑浊，山体破碎，河道抬高，船都不好开。县委、县政府常常开会到夜里12点，研究矿山整治，关闭机立窑、煤矿。

2003年浙江省提出"八八战略"，2004年开始推行"生态立省"。长兴县污染严重，因此当长兴县委提出要创建国家生态县时，人们都认为是不可能的。那时候长兴到处浓烟滚滚，李家巷全年都是灰蒙蒙的天，煤山镇则是炮声隆隆，和平镇也是满目疮痍。臭氧污染更大，印刷业、油漆、金属加工、沥青蒸发等都产生臭氧。环境污染太严重了，能把环境搞好就不错了，还要创建什么生态县，根本就不可能，更别说生态文明县！生态县指标高，生态文明县的指标更高。

为了创建国家生态县，县里每年都与各乡镇、各部门签订责任分解书。2004年起，县环保局大规模进入，执法队伍力量极大增强。环保工作关口前移，移到经济发展过程一线去，将环保做在现场。以前，企业主漠视环保、重利润思想非常盛行，对环保部门的要求不配合。2003年搞炉窑整治，环保部门不得不把炉头拔掉，通过严厉执法来行使行政监管。那时，乡镇为发展经济，办企业前从不问有无环保要求，有什么环保限制。现在，企业的环保观念开始树立，对环保逐步重视起来。

环保更需要全社会的重视。现在，政府在环保方面越来越主动，对企业进行前期服务，搞环评，制定准入门槛。以前环保主要靠执法、监管、打击来实现管理，现在则有了更多的手段和办法。以前发现排污，处罚的标准是 10 万元以下，现在则是 10 万元到 100 万元，对付炉窑现在采取的措施是停电、停水、查封、扣押，从罚款到行政拘留，追究刑事责任，力度更加强化。这些举措对企业主、对社会都是很好的教育和宣传，倒逼企业越来越懂法守法，自律意识增强，被移送追责的越来越少。排放源在本地的企业越来越规范，只有输入性的、外来企业在运输过程还存在污染现象。

2013 年 9 月，长兴县响应省里号召，提出治水、秀水行动，搞"五水共治"，由环保局治水办负责。2017 年起，治水办与水利局河长办合署办公，提出"近期洁、中期清、远期净"的目标。2015 年选了 13 条黑河、垃圾河进行整治，包括岸边和河中间环境的整治。2016 年获得了浙江省治水"大禹鼎"。2017 年开展剿灭劣 V 类水行动，排查了省级确定的 298 个水利点和长兴县自己确定的 836 个水体，一共 1134 个水体，实行水质监测、现场验收，达标以后才会给予"大禹鼎"这样的荣誉。全域现有 9435 个水体纳入了长效管理，日常专项监督。

治水的过程，开始时老百姓漠视，不配合。近年来在看到治水成效以后，老百姓开始主动参与并且积极配合。对剿劣除劣行动，百姓起初不支持，自家的池塘和院内都不让整治，后来看到效果非常好，还主动打电话要求清淤整治。现在，老百姓对清淤不到位的还要进行投诉，希望治水办去帮助整治。主动参与的企业也越来越多。有的乡镇资金紧张，有个别企业就主动参与投入，如洪桥镇企业主动结对，认领河道，捐钱，劳力不足时，企业员工主动参与，形成了县里出钱、乡镇配套、百姓参与的局面。建起了合溪水库，Ⅱ 类水达到 100%，煤山、小浦镇让百姓喝上了干净水。2013 年县里对水实施全流域治理。水的治理，问题在水里，根子在岸上，因此要从根子上进行治理，加大矿山的专业化、生态化和工程治理。

环保部门自身也不断锻造精神，增强执法力度，打造一支环保铁军。1996 年，长兴县成立了环保局。1996—2011 年，环保部门对企业处罚金额少，2012—2018 年处罚呈指数倍增长，行政拘留、刑拘力度加大。2015 年新环保法实施，力度空前，同时采取刚性加柔性的政策，引导和指导培训企业遵守环保法规，环保观念逐步深入人心。

2017 年，中央环保督察组到长兴督察，环保局干部压力和工作量很大，但精神面貌好。环保监测站编外人员多，年轻人多，都不抱怨。为了环保采样，夏天酷热，要冒着高温爬上烟囱，人都晒黑了。吃饭往往要到下午三点。监测站工作人员非常辛苦，轮流值班，查偷排违法行为。有时老百姓不理解，还嘲讽他们，监测站工作人员还要跟他们和气地解释。有时搞夜间突击稽查偷排现象，还需要整宿盯着。结果，中央督察组反馈，长兴没有重点整改项。长兴环保部门打出了一个好战役，打出了权威，也锤炼了队伍，在2017年的全县部门考核中获得了一等奖。

现在，全县COD等四个主要污染物指标逐年减少，直排污染物的基本没有了，淘汰老、小、低、散企业，控制排放量，减排指标不断提升。进行排污权交易，腾笼换鸟，控制排污总量，推动排污大户进行产业升级、技术升级。水泥厂投入7亿元，修建了24公里的封闭式传送带，关掉了下游的码头。实施了粉体企业整治、煤矿整治、发电企业整治、矿山整治复绿、印染耐火企业整治。为了监督执法，环保人有时一个月都没能回家，或者没法洗澡，要求不能离开工作岗位，一村一村分头负责，一旦出事负责人就地免职，用最高的标准来要求整治，来提高长兴环境质量。长兴的环保队伍不愧是一支铁军。

全域清淤"做透析"

水资源的科学保护和利用是环保和生态建设的重要内容。长兴县在水体保护和清洁等方面闯出了一条独具特色的道路。

2018年3月24日，我们采访了长兴县水利局副局长陈富强、蔡良琪等。

蔡良琪介绍说，长兴县在2003年提出河长制。时任浙江省委书记夏宝龙曾经对长兴县领导说过，要留点老东西。于是他们就建了一座河长制展示馆，集中展示"五水共治"的成果。长兴水利部门每年投入10亿元搞"五水共治"，现在正在打造一个智慧平台。这是一个集成系统，生活污水、河长APP、水资源保护、水利各项事业都能够集中在这个智慧平台上展示。这同时又是一个指挥监督的平台。

陈富强原来在城乡建设局，那时环保办公室设在城建局下面。他回忆说，1988年发生阳南化工厂事件，这是全国第一起因为污染，环保部门被起诉的案件。那次污染造成县城自来水不能饮用，县城紧急用大罐车送水，每家每户按每人每天50斤定额供给用水。环保办主任因为渎职罪被起诉。最终，阳南化工厂企业法人代表被判刑，放水人员被判了缓刑。1996年9月，成立了长兴县环保局。

　　长兴县推广综合治水，通过岸上岸下结合，重点治理排污企业。环保局和水利局在织机集中的夹浦镇等地都设有点。每条河由河长牵头，清淤治污，管理护岸，相关部门协同推进。

　　2013年12月，长兴县开始全面清淤，2015年浙江全省推行。在清淤行动中，长兴县要求对死水塘、小微水体全地域全县全流域全覆盖。对几十年积淀的淤泥全部予以清理。花了三年时间，将1100公里河道全部清了一遍，包括原本浑浊如黄河的西苕溪。当时的县委书记章根明提出，清淤要先上游后下游，全流域清淤不是挖淤泥，挖泥不彻底。县里总结清淤的经验，提出"清淤五步法"——抽、挖、吸、干、绿，拦断河道，抽干水，将泥浆用泵冲吸走，再用挖机挖干净，将淤泥晒干，然后再结合进行环境美化绿化。

　　全县轰轰烈烈搞清淤，到2015年长兴清淤行动完成。清淤过程中，县委书记亲自抓，每周都听一次汇报，水利局专门成立了清淤办，连夜作战。县里分成七个组下去督查验收。还出台了《清淤补助办法》，三年投入了1.2亿元。

　　对于淤泥的利用方面，先对淤泥进行检测，多数无害的淤泥用来肥田，做堤防绿化，填废旧池塘，少量有害的污泥送到李家巷南方水泥厂进行焚烧处理。水泥厂专门处理污水厂的淤泥，包括纺织、印刷行业排放的污泥，烧掉其中的有机物，剩下的无机物就变成了水泥。

　　2015年后，长兴县把水资源治理的重点放在骨干河道上。环保部门采用搅吸式清淤：将底部淤泥搅浑然后吸走，运至三四个大矿坑进行集中填埋，造出了1500亩的水田，投入了大量的人力和物力，实现了变废为宝。

　　长兴全县共有35座水库，其中1座大型水库、3座中型水库、31座小型水库。县里重点保水库安全，保供水，开展除险加固。中型水库投入2亿元，小型水库投入1亿元。原先的饮用水源包漾河水容量不大，加上取水量大，太湖水倒灌严重，相当于取了太湖的湖水，因此水质不稳定，不能保障自来水水质。合溪水库为新建的水库，投入14.08亿元，保证64万人的饮用水安全，水质达到Ⅱ类水标准。有了合溪水库，全县饮水就有了保障，2016年6月20日，长兴遭遇百年一遇洪水，合溪水库安全度汛。

　　长兴县同时治理10万立方米以下的山塘小水库。通过河道清淤，消灭劣Ⅴ类水质，目前地表水基本上是Ⅲ类水。开展生态河道建设，从保安全转向生态治理恢复。河道生态恢复尽量减少硬化措施，而以植物的措施来恢复生态，经过这样的改造，就让河道变成了景点，提高了水体自然净化能力。长兴县结合美丽乡村建设，每年建成 10 多条生态河道。这种河道治理让老百姓看得见，享受得到。为了打造生态河道，县里还给予乡镇政策补助，用好政策来进行推动。如此一来，一方面是美丽乡镇、乡村振兴，一方面又结合了国家和县里的中心工作，两者找到了很好的结合点。

苕溪清水入湖工程投入近 30 亿元。每年太湖水位抬高，对太湖周边是很大威胁。县里计划投入 20 多亿元，建设太湖环湖大堤后续工程，建成以后可以防止洪水漫灌，可保大堤安全，使滨湖大堤实现从保安全防洪到生态文化建设的华丽转变。

2016 年大洪灾，长兴县水利局全体 150 多人 24 小时上岗，45 天都没有休息。夜里还要同地方上干部打着手电筒去巡查。现在，采用高新科技手段，视频摄像头可以覆盖到每一座水体，实现了水文信息传输自动化。包括山塘、河道、水库、地质灾害、河长巡查情况等都可以在智慧平台上看到，连同河长巡查河道的路线也一目了然。大的水利项目也可以在办公室里通过无人机来巡查。2016 年开始，长兴县利用无人机巡查河道和对太湖进行管理，无人机通过拍照，自动生成坐标，让管理者在房间里即可直观地看到水体现场的状况。

污水治理方面，由于兴建"龙之梦"项目，长兴县计划建第三污水处理厂，实现中水全部回用，全县污水基本上做到零排放。

全国首创"河长制"

长兴县地处太湖之滨，境内河网密布，水系发达。得天独厚的水资源禀赋，造就了长兴因水而生、因水而美、因水而兴的山水文化特质。20 世纪末，传统发展方式在创造经济增长奇迹的同时，也逐渐积累了许多环境问题，为此，长兴陆续在卫生责任片区管理、道路管理、街道管理中推出了片长、路长、里弄长等管理机制。2003 年 10 月，长兴将各类"长"的成功经验延伸到河道管护上，率先在全国试行"河长制"。由此，"河长制"在长兴大地上落地生根。

2003 年 10 月 8 日，为切实做好全国卫生城市创建工作，长兴县下发了文件——《中共长兴县委办公室、长兴县人民政府办公室关于调整城区环境卫生责任区和路长地段、建立里弄长制和河长制并进一步明确工作职责的通知》（县委办〔2003〕34 号）。

这份文件明确，由时任县水利局和环卫处负责人分别担任城区河道长兴港、黄土桥港和护城河、长水港的河长，由县环保局、建设局、城管办和河道所在镇、街道、社区作为配合单位。

文件也对"长兴县城区河长职责"作出规定：

1. 负责做好河道日常保洁工作，确保水面无漂浮物、河道两边无垃圾污物。

2. 教育市民和河道两岸居民规范生活行为，不乱排污水，不随意向河道周边乱扔垃圾。

3. 协助城市管理部门对所负责的河道两岸的乱搭乱建、乱堆乱放等行为实施监督管理。

这就是在中国最早由政府任命的河长，也是后来风靡全国的"河长制"的雏形。

2004年，作为长兴县最重要的饮用水源地包漾河，由于周边区域个体经济发达，环境污染日趋严重，加之日常管护机制不到位，造成水环境面貌较差，水质波动较大等问题。

2005年，长兴县为切实改善包漾河饮用水源水质，任命当时的水口乡乡长担任包漾河及上游水口港河道河长，负责做好喷水织机整治、水面保洁、清淤疏浚、河岸绿化等工作。

2005—2007年，长兴又对包漾河周边渚山港、夹山港、七百亩圩港等支流实行河长制管理，由行政村干部担任河长，开展喷水织机污染整治、工业污染治理、河道清淤保洁、农业面源污染治理、水土保持治理修复等工作。

2008年8月28日，长兴县下发文件（长委办发〔2008〕147号），决定开展"清水入湖"专项行动，由4位副县长分别担任4条入太湖河道的河长，负责协调开展工业污染治理、农业面源污染治理、河道综合整治等治理工作。

为进一步壮大河长制管理队伍，2009—2012年，由乡镇班子成员担任辖区内的河道河长，落实河道管护主体责任。2013年，长兴县委、县政府提出"把锦绣写在长兴大地上"的口号，9月6日，下发文件（长委办发〔2013〕36号），开展"让长兴的水秀起来"水环境综合治理专项行动，对全县所有河道全面实行"河长制"，全面构建县、镇、村三级河长管理体系。2014年以来，长兴先后出台《长兴县基层河长巡查工作细则》《关于全面深化落实"河长制"工作的十条实施意见》《长兴县河长制工作制度》《关于全面深化落实河长制实施意见》等文件，不断深化完善河长制各项工作。

长兴县"河长"日常履职要点包括定期巡、规范记、及时报、认真改。

定期巡——确保巡查频次，县级河长不少于半月1次，乡级河长不少于每旬1次，村级河长不少于每周1次。对水质不达标、问题较多的河道须加大巡查频次。巡河过程中，最主要的是"六看"：一看保洁：水、岸有无垃圾或其他漂浮物，河道是否明显淤积；二看水质：有无异味、颜色是否异常；三看排水：排污排水口是否合法设置，有无非法排污现象，雨水口是否存在晴天排水问题等；四看行为：有无存在涉水违建，是否存在倾倒垃圾、固（危）废或其他侵占河道行为，是否存在电毒炸鱼等行为；五看标识：河长公示牌、排水（污）标识有无设置、是否规范，有无破损、变形等现象；六看问题：原来发现的问题是否整改到位，有无其他影响河道水质问题。

规范记——巡查过程中或巡查任务结束当天，应当及时、准确地在"河长"App中记录河长巡查日志，以信息化电子记录形式存档备查。河长巡查日志应当包括巡查起止时间、巡查人员、巡查路线、发现主要问题（包括问题现状、责任主体、地点、照片等）、处理情况（包括当场制止措施、制止效果，提交有关职能部门或向上级河长、当地治水办、河长办报告情况以及向上反映问题的解决情况）等基本内容。

及时报——巡查发现问题应及时安排解决，在其职责范围内暂无法解决的，应当在一个工作日内将问题以书面或通过"河长"App等方式提交上级河长或

无人机巡河

县、镇级治水办予以协调解决，落实责任部门。

认真改——对上级河长交办的各项工作任务，下级河长要认真做好整改落实，并在 3 个工作日内将整改情况上报上级河长。对 3 个工作日内确实无法解决的，应及时作出说明，并做好后续问题整改的跟踪监督，确保解决到位。

长兴县全面落实"河长制"。全县 547 条、1659 公里河道均纳入"河长制"管理，涉及省级河长河道 1 条、市级河长河道 2 条、县级河长河道 23 条、镇级河长河道 161 条、村级河长河道 360 条，共落实各级河长 524 名，其中县级 34 名、镇级 156 名、村级 334 名。

同时推广"小微河长"。在全面构建县、镇、村三级河长工作体系的基础上，结合剿灭劣 V 类水工作，将管理触角延伸至小微水体。通过试点推广，根据不同形态水域，分别设立了片长、河长、塘长、渠长，实行立体化、网格式管理。

依靠群众，拓展"民间河长"。依托组织部、教育局、工青妇和民间组织，形成了"党员河长""青年河长""巾帼河长""红领巾河长""企业河长"等一批"民间河长"，作为"行政河长"的补充力量，有效加强了治水工作的多元性、互动性、广泛性。其中，工业企业主担任 65 条河道的河长，并注资 200 余万元助力剿劣治水工作。

借力公安部门，配齐"河道警长"。依靠公安部门，与水利、环保、建设、监察、综合执法等部门开展联合执法，严厉打击涉河湖违法行为，清理整治非法排污、设障、捕捞、养殖、采砂、围垦、侵占水域岸线等活动，全程护航"河长制"工作。目前，已落实河道警长 486 人，实现河道警长与河长全配套、河道河段全覆盖。

长兴县根据近年来"河长制"工作实践，建立健全定期巡查、投诉举报受理、重点项目协调推进、督查指导、例会报告、信息化管理、信息公开、河长培训、河长述职、考核奖惩等 10 项工作制度，对各项工作的频次频率和时间节点予以明确，确保水体巡查、项目协调、信息报告、业务培训等工作能定期开展；确保投诉举报受理、问题整改、述职等工作按时完成，促成"河长制"工作常态化开展。

通过制度加强监督公开、项目公开、信息公开，确保"河长制"工作公信力。公开投诉举报电话、"长兴河长制"微信公众号等，主动接受广大群众对治水工作、"河长制"工作的投诉举报监督；公开年度治水重点项目信息，广泛接受社会监督；公开各级河长和河道警长信息、责任河道信息、县级以上"河长制"年度工作目标，信息有变动在7天内完成更新。通过制度促进问题整改、项目推进，确保"河长制"工作取得实效。巡河基本情况、发现问题整改情况、投诉举报处理情况等须汇总并形成报告上报；对日常保洁、截污纳管、违法排污、涉水违建等督查发现的问题须跟踪整改并纳入考核；对河长履职、项目推进、水质变化改善、"河长制"工作制度执行情况等进行考核并实施奖惩。多位河长由于履职不到位被约谈。

积极引入"互联网+治水"理念，运用"河长"App反馈信息。通过导入全县治水基础信息数据，建设完成"河长制"信息化系统及河长制智慧平台。为各级河长配发终端528台，并安装终端软件"河长"App。河长巡河发现的问题，以"文字+图片"形式通过该App上传至"河长制"信息化系统平台，再由平台管理员进行分类，将问题转至相关责任部门和乡镇（街道、园区），提高巡查治水效率。按照县级河长每月巡查2次、镇级河长每月巡查3次、村级河长每月巡查4次的要求，2017年以来应完成巡河96072次，实际完成巡河114000次。通过"河长"App，上报各类涉水事件85起，并已全部整改完成。

通过购买第三方服务的形式，引入无人机定期航拍巡河，确保高效率、广覆盖，有效解决部分河道因环境复杂无法驶入巡查车、巡查船的问题，实现全方位保洁。2017年以来，已利用无人机巡河4600余公里，发现并整改问题158个。

全面推行"河长制"，深入实施"五水共治"后，长兴的水更清了，景更美了，业更兴了，民更富了。近几年长兴县控及县控以上断面水质达标率保持在100%，功能区达标率100%。同时修复了一批古石桥、古石板路、古码头遗迹，新建了一批亲水平台、游步道、生态河道等水景观，成为周边百姓和游客休闲游玩的好去处。

以太湖龙之梦乐园为代表的一批"大好高"项目相继落户长兴，正是得益于近年来长兴生态环境的显著改善。而生态旅游、低碳运动、休闲养生的绿色发展，将成为长兴的一张新名片。近年来，长兴充分利用治水红利，发掘山、林、茶、田、水、村、药、遗址、非遗、特产等资源优势，大力培育和发展休闲运动、生态旅游、养生养老等新兴产业，推动城乡居民人均可支配收入逐年迈上新台阶。

2016年12月，中共中央办公厅、国务院办公厅印发了《关于全面推行河长制的意见》；2017年6月27日，"河长制"被写入新修改的《中华人民共和国水污染防治法》；2017年10月1日，全国首个"河长制"地方性法规《浙江省河长制规定》正式施行，这标志着"河长制"从地方的治水制度上升为河湖管护的法律制度。

如今，作为"河长制"发源地的长兴对自身提出了更高的要求——打造"河长制"样板地。与此同时，长兴县又率先推行"湖长制"。2017年出台《关于全面落实湖长制工作的实施方案》，完成长兴县"湖长制"扩面工作，新增湖长101人，作为包干湖泊治理"第一责任人"。

"五水共治"谱新曲

长兴依水傍湖，是典型的"江南水乡"，境内547条河道，长1659公里，大小漾塘2500多个，山塘水库1220座，水域面积88.88平方公里，约占县域面积1/14。一直以来，长兴县高度关注人与水、发展与水的依存关系，大力开展"五水共治"，着力走具有长兴特色的科学治水之路。

2013年，长兴县确立了水环境"近期洁、中期清、长期净"的总目标和集中攻坚、深化推进、巩固提高的治水"路线图"。近年来，在按期推进上级下达各年度任务的基础上，自加压力，新增屠宰场调整撤并、防汛防台"三基网"建设等30余项任务。先后编制水资源综合规划、水域保护规划、县域污水专项规划、县域供水专项规划、水土保持规划等各项专项规划，并将治水工作作为重点内容写入全县"十三五"规划，确保"五水共治"内容规划全覆盖。同时，各乡镇结合县域专项规划，编制完成本区域的污水、供水等专项规划，确保"五水共治"地域规划的全覆盖。立足全县水系、水资源、给排水等水环境生态现状，分类施策，有序推进，因地制宜制订《长兴县"五水共治"五年实施计划》，并纳入《"811"美丽长兴建设行动方案》重点子方案，结合工作实际，各部门每年制定治水十大工程分方案。制定《长兴县全面深化河长制工作方案（2017—2020）》。针对涉及面广、情况复杂、实施难度大的治水工作，注重分类别、分阶段实施，相继制订实施农村生活污水三年行动计划、农村河道清淤、印染化工整治等专项工作方案。

　　长兴县"五水共治"涉及面广、治理周期长、资金投入大，2014 年投入 15 亿元，2015 年投入 23.29 亿元，2016 年投入 20.51 亿元，2017 年投入 20.3 亿元，2018 年截至 11 月已投入 14.6 亿元。苕溪清水入湖河道整治项目总投资 28.94 亿元，其中，中央和省级财政补助占总投资的 46.56%。强化市场运作，加强政企合作，引入社会资本参与投资建设，在安全供水改造提升工程中，民间资本投入达 1.3 亿元，占项目总投入的 78%；与浙江金融资产交易中心签订"五水共治"融资合作协议，通过发行"五水共治"定向融资产品，筹资 2.8 亿多元用于治水。汇集社会力量，组织广大党员、干部、企业及社会各界积极参与治水助力活动，2017 年在剿劣工作推进中，企业主主动认领河道，洪桥镇探索建立"众筹"模式，群众自发筹资筹劳治理河道，38 位商会会员出资赞助 200 余万元，用于"剿劣"工作，16 家会员企业按照"就近原则"认领塘、渠、沟等小微水体 39 处。

　　深化工业治污，打好污水治理攻坚战。关闭造纸及化工企业 7 家，淘汰印染行业落后产能 1.39 亿米、纺织行业落后产能 2.97 万米。投资 11 亿元，完成 12 家印染、6 家化工企业的原地整治提升和全县 8.3 万台喷水织机的废水治理回用，完成 18 家蓄电池企业生产废水深度治理回用，在 34 家涉水重点企业运行刷卡排污系统，实现总量双控。

　　加快农业治污，划定禁限养区，出台生态畜牧业发展规划，实施生猪定点屠宰场撤并工作，关停生猪屠宰场 10 家，实施治理 2 家；完成存栏 50 头以上规模场污染治理 135 家、完成禁限养区养殖场关停 1563 家，建设标准化水禽场 9 个，畜禽粪便处理中心 7 个，病死动物无害化处理收集点 4 个，农牧结合资源循环家庭农场 22 家，新增沼液利用量 12.67 万吨；温室商品龟鳖全部清零，水产养殖尾水治理面积完成 4.54 万亩，稻鱼综合种养推广 7662 亩。累计推广测土配方施肥 441.45 万亩、商品有机肥 11.15 万吨、农作物病虫害统防统治 95.8 万亩，化学农药施用量比 2012 年减少 6.2% 以上；启动废弃农药包装物回收处理工作，回收 266.63 吨，无害化处理率达 100%。

　　推进城乡治污，全县共建成城镇污水处理厂 13 座，设计处理能力达到 31.8 万吨／日，实际处理能力达到 24.3 万吨／日，目前日处理水量达 19.7 万吨。全县已建成中水回用站 18 座，设计处理能力 18.95 万吨／日，实际回用量达 18.6 万吨／日。治水工作以来累计新建城镇污水管网 631.6 公里，雨污分流改造

75.8 公里，管网提标改造 78.3 公里，区块纳管改造 126 个。全面实施农村生活污水治理"三年行动计划"，共开展农村生活污水治理 227 个村（居）、新增受益农户 67760 户，实现农村生活污水治理行政村全覆盖，全县农村生活污水治理农户受益率达到 85% 以上。建成了农村生活污水运维管理中心，建立了"六位一体"的长效运维管理体系。在全省率先完成 2014—2016 年竣工的 437 座有动力终端设施的验收移交和远程监控改造。2017 年全省农村生活污水治理设施运维管理工作现场会在长兴召开。2018 年全省农村生活污水处理设施运维管理培训班现场教学活动在长兴县举行。长兴县连续三年被评为浙江省农村生活污水治理设施运维管理考核优秀县。

加强河道治理，深入开展河道清淤疏浚保洁工程，全面完成 8 条垃圾河共 14.6 公里、5 条黑臭河共 18.8 公里"一河一策"治理。通过多轮集中清淤，完成 2106 公里河道清淤疏浚，并打通"断头河"44 条。制定落实一系列"河长制"工作细则，县财政每年落实 800 万元专项经费，对各乡镇（街道、园区）1659 公里河道实行保洁全覆盖，县河长办联合县人大、县政协每季度开展河道保洁考核工作，根据季度考核成绩落实资金补助。

突出重点工程建设，推进防洪排涝能力提升。苕溪清水入湖河道整治工程完成堤防建设 109.79 公里，泵、闸 33 座；完成水毁修复工程 350 项，山塘整治 76 座，机埠改造 327 座；全面完成基层防汛防台体系规范化建设、山洪灾害防治项目建设和洪水风险图编制等防汛防台"三基网"建设任务，完成 4 座病险水库除险加固工程建设。推进水土保持修复治理，通过开展松材线虫病病死枯木清理、阔叶林化补植改造、割灌除草等森林抚育经营工作，完成重点生态公益林优质林分建设 29.3 万亩，采取补植、封育等综合措施，完成 25 度以上坡地修复 9525 亩，完成城区、集镇、村庄、通道等各类平原绿化 3.4 万亩；通过退渔还湖、退耕还林、堤岸加固、库尾湿地修复、水库清淤、水源涵养林建设等措施，完成各类湿地植被恢复提升 1.2 万余亩，治理湿地 6950 亩。注重排涝能力提升，完成圩区整治 19.79 万亩，堤防加固 128 公里，排水管网清疏 655 公里，新建排水管网 70.8 公里，新增应急设备 0.34 万立方米／小时，完成积水点改造 15 处。

突出安全保供水，力求供水节水水平新突破。投资 3.1 亿元，开展合溪水库饮用水水源保护区生态建设，确保饮用水水源地水质达标率保持在 100%；新建

（改造）供水管网 261.48 公里，完成和平、小浦、乐泉、水口和泗安二界岭等 5 座水厂扩建工程，加快农村饮水安全改造，提升 25.42 万人口饮水条件。以节水型小区（社区）创建和公共机构合同能源管理等工作"以点带面"，在全市率先推进节水型社会建设，实施最严格的水资源管理制度，实行计划用水管理和取水实时监测，并开展了公共机构合同能源管理试点，加大工农业和生活领域的节水改造力度，累计完成一户一表改造 44488 户，推广高效节水灌溉 2.2 万亩，改造农田渠道 125.5 公里。2015 年成功创建省级节水型社会试点县。2018 年完成县域节水型社会达标建设。

在农村污水治理中推行"县、乡镇、村、民"四级监管制度，规范"程序、设计、施工、用材、监理、安全"六大环节，并配备专门的材料采购员、档案管理员、设备维护员等，同时设立治理情况公示牌等。县委、县政府每年与各责任单位签订"五水共治"工作目标管理责任书，明确任务表、时间表和责任人。2017 年，以全县"双提＋攻坚"专项行动为抓手，将剿劣工作纳入月晒季考排名内容，形成"日统计、周通报、月晾晒、季考核"四项考核机制，每月开展剿劣成绩评比并在县行政中心大厅晾晒成绩单，每季开展工作专项考核，激励全县上下比学赶超。专门制定"五水共治"工作督查方案，构建县领导集中督导、代表委员督查、县治水办（河长办）日常督查、新闻媒体监督、群众义务监督的大督查格局。县人大、政协将"五水共治"纳入年度参政议政的重点内容，组织开展了多轮"一线"督查活动。围绕治水治气，抽调 7 名退居二线科级干部成立治水治气督查组，进一步加强督查力量。结合环保百日执法行动，开辟媒体专栏，加强问题曝光，倒逼整改提升。

强调党员干部带头，引导全民参与。开展村（居）干部"每天义务劳动一小时"、水面保洁集中清理义务劳动、"河长制"活动日等载体，县四套班子领导，机关部门、乡镇、村干部，对各自担任河长的河道开展了多次集中清理，广大党员干部以实际行动引导全民治水。发挥社会组织作用，充分调动各类义工组织、志愿者队伍等参与"五水共治"的热情，每年"3·5 学雷锋日"发动各志愿者服务队为"五水共治"投工投劳。长兴市民督导团长期活跃在"五水共治"一线，积极为治水工作"找碴""挑刺"；聘请钓鱼协会会员担任义务监督员，参与河道治理的监督；设立巾帼护水岗，助力拆违治水活动，2 万余名巾帼志愿者加入治水护水队伍。营造全民参与氛围，奖优罚劣，开展"五水共治在行动"专题公益宣传、"十佳最美乡村河道（漾荡）"评选等活动；《湖州日报》长兴分社、县水利局、县教育局、县科协开展"五水共治，我们在行动"的主题征文活动，培养中小学生爱水、护水、节水环保意识，通过"小手拉大手"达到"教育一个孩子，带动一个家庭，影响整个社会"的良好效果；县治水办结合浙江百叶龙文化发展股份有限公司农村下乡数字电影宣传项目，在片头播放"五水共治"公益宣传片，扩大治水宣传范围。

自 2013 年以来，长兴县从率先启动水环境综合治理到全面实施"五水共治"，经过三年多的努力，取得了阶段性成效。2015 年获省级"清三河"达标县称号，2016 年获评全国农村生活污水治理示范县，2017 年国家节水型县城（试点）顺利通过复评。2015 年、2017 年两次成功夺得"大禹鼎"。县控及县控以上监测断面 Ⅱ 类至 Ⅲ 类水质断面连续三年保持在 100%。

采访手记　世上什么最珍贵

"生态兴则文明兴，生态衰则文明衰。"生态就是人类的皮肤，就是文明的保暖箱和温室大棚，离开了良好的生态环境，人类的美好生活便无从谈起，人类的文明便随时都有灭绝的危险。可以说，世界上最珍贵的东西，就是我们身处其中的大自然，就是那时时刻刻供给我们滋养、围绕我们周遭的无处不在的阳光、空气、水和自然万物。我们是自然界、生态环境的一部分，我们只有顺应自然，按照自然演化的规律行事，才能与之和谐相处，和谐共生。

这是一个浅显明白的事理。然而，为了觉悟和顺应这样的事理，长兴人却走过了几十年曲折的路程。从 20 世纪 80 年代开始，他们便深受生态毁坏、环境恶化之害。他们日复一日、年复一年地面对着粉尘、污水和阴霾的天空，仿佛已经忘记了那种正常的、健康的生存环境应该是怎样的，几乎再也不敢奢望有朝一日他们还能重新享受青山绿水、蓝天白云、晴风丽日。直到 2003 年，浙江省委高瞻远瞩地提出"八八战略"，提出要建设生态省，强调"绿水青山就是金山银山"，于是，长兴人醒悟了，他们开始了断臂疗伤，砍掉了污染企业，首创了"河长制"，严格按照党中央和省委决策部署，扎扎实实推进工业农业转型升级和环境治理保护。十年树木，十年生息，十年发展。长兴的努力没有白费，长兴人的梦想没有破灭。他们用自己果敢的行动和英明的抉择，换来了美丽而锦绣的新长兴。

　　这是多么令人欣慰和惊喜的巨变啊！

　　这样的巨变，只有在"八八战略"这样伟大的擘画和长兴县一任又一任追求实干的领导的引领下才有可能取得，也只有在 64 万大气开放、实干争先的长兴人共同的努力下才能获致。

　　这是一个呼唤英雄并不断催生英雄的伟大的时代，这是一个翻天覆地变革行进中的时代。在这样的时代，我们所珍惜的一切，我们一个又一个美好的愿望、念想与梦想，都将成为美好的现实。

第六章

———

幸福长兴：社会治理人群乐

党的十七大报告提出，要加快推进以改善民生为重点的社会建设。社会建设与人民幸福安康息息相关，必须在经济发展的基础上，更加注重社会建设，着力保障和改善民生，推进社会体制改革，扩大公共服务，完善社会管理，促进社会公平正义，努力使全体人民学有所教、劳有所得、病有所医、老有所养、住有所居，推动建设和谐社会。

2003 年，浙江省委提出了全面实施"八八战略"。按照"八八战略"的要求，15 年来，浙江省坚定不移地进一步发挥浙江的环境优势，积极推进基础设施建设，切实加强法治建设、信用建设和机关效能建设。长兴县也在大力践行党中央和浙江省委的科学决策，积极推进社会建设，推动社会治理体系和治理能力建设。

小县教育开新局

百年之计在树人。在长兴，重视教育、重视读书是深厚的传统。长兴人至今仍津津乐道当年为了扶持民办教育、帮助解决贫困学生的入学困难，在全国首创推行教育券的举措。

教育券作为一种新生的事物，最早是 1955 年由美国经济学家、诺贝尔经济学奖获得者米尔顿·弗里德曼在其《政府在教育中的作用》一文中首先提出的。教育券制度是一种在教育领域试行代币券制度的政策主张，又称学券制、学票制、教育凭单制或教育凭证制度。米尔顿·弗里德曼对教育券概念的阐释是：为政府所规定的最低教育限度的学校提供教育经费，政府可以发给家长票证，如果孩子进入这些被批准的教育机构，这些票证就代表每个孩子每年所需花费的最大金额，这样家长们就能自由地使用这种票证，再加上他们所自愿增添的金额，向他们所选择的教育机构购买教育服务。教育券制度在美国实施后，很快便在世界各地推广开来。

2000 年 11 月，长兴县教委主任熊全龙随政府考察团在美国考察时，了解到美国的这种教育券制度，从而启发了长兴县教育主管部门用教育券制度解决长兴教育问题的想法。

2001 年 5 月 10 日，在县委、县政府和浙江省教育厅的支持下，长兴县出台了《长兴县教委关于使用教育券办法的通知》，在我国首开实施教育券制度之先河。

这种教育券是一张印制精美、大小相当于五元人民币的纸片，背景图案是漂亮的教学大楼，印有"教育券"三个大字，票面上还有 200—500 元不等的金额。在长兴县，学生在入学报到时将教育券交到学校，可以减免与票面金额相应的学费。学校则可经教育局审核后，凭教育券及在校学生名册，到县教育主管部门领取相应面额的现金。

教育券这种新鲜的事物"一石激起千层浪"，迅速引起全社会的广泛关注，各界纷纷给予了高度的评价，有的学者甚至称之为"长兴的教育革命"。随后，浙江其他地方，湖北、广东、山东等省也开始推行教育券制度。

2001 年 9 月，长兴县率先在职业学校和民办学校实施教育券。2002 年秋季，教育券发放的范围拓展到义务教育阶段各类学校，开始发放扶贫助学教育券，小学、初中阶段的贫困生每学期可分别获得一张面额为 200 元、300 元的教育券。2003 年秋季，又出台了补助薄弱高中和民办高中的教育券。

2002 年，浙江省政府研究室专门提交了一篇专题调研报告《一石激起千层浪》，详细介绍了长兴教育券制度。时任教育部部长陈至立作了重要批示。12 月，长兴县承办了浙江省教育券研讨会。2003 年 4 月协办了全国教育券研讨会，出版了我国唯一的一本关于教育券理论与实践相结合的专著《中国教育券制度的实践与探索》。

2004 年，长兴教育券制度被中央教科所列为现代学校制度建设课题之一。全国各地 80 余家单位到长兴学习考察研究教育券，并在一些省市付诸实施。中央电视台、《光明日报》等 120 多家媒体先后报道了长兴教育券的实施情况和实践经验，许多专家和学者在期刊上发表了关于长兴教育券的研讨文章。

教育券制度实施以来，长兴县一共发行了四种不同类型的教育券，民办学校、义务教育对象教育券（面值 500 元），职教学生教育券（面值 300 元），贫困学生教育券（面值 200 元或 300 元），农村技能培训教育券。截至 2005 年 10 月，长兴县共发放民办教育券 72 张，计 2.43 万元；扶贫助学教育券 8743 张，计 262.42 万元；职业教育券 15818 张，计 474.54 万元；民办高中教育券 787 张，计 7.87 万元；薄弱普通高中教育券 624 张，计 12.48 万元；农村技能培训教育券 11150 张，完成培训 9112 人，结算培训经费 396.56 万元。

长兴教育券制度促进了教育公平，检验了教育券在中国实施的可行性，开创了教育经费拨款体制改革的新尝试。政府对于教育投入的改革，把有限的经费投入到最需要扶持的群体和领域，不论学生就读公办学校还是民办学校，都享受到了政府的教育补贴。

教育券因此成为长兴县教育史上浓墨重彩的一笔。

教育传奇看长中

长兴中学是长兴县的一张"金名片"，当地老百姓对它是有口皆碑。长兴中学近年来的教育质量在全省的同类学校中一直名列前茅，高考成绩多年来领跑湖州市，不仅每年都能拿到湖州市的高考状元，而且 2012 年和 2016 年分别出了全省的文科、理科状元，成为长兴人民的骄傲。

为了了解这所学校办学成功的秘诀，2018 年 4 月 10 日，我们专门赴长兴中学进行了采访。

德育导师制是长兴中学在教育领域的一个创举。

2002 年 3 月，长兴中学对原有的班级管理进行"扩编"，即由每班的 2—3 名任课教师组成"班级德育工作小组"，班主任的工作分解给他们，包括班级卫生管理、学生寝室管理、班级黑板报等。经过试行，学校的各项工作有了较大的改进，师生间的沟通多了，关系也融洽了。

2003 年 3 月，长兴中学开始试行"德育导师制"。导师们有的运用心理健康教育的理论和操作技巧施导，有的运用行为科学的可操作性技巧来纠正学生的行为问题，有的通过周记、书信等方式和学生进行"笔谈"，走进学生的心灵，有的利用学校网站的论坛、电子信箱和学生进行不见面的交流，了解学生的喜怒哀乐，分担他们的忧愁烦恼。9 月，长兴中学全面实施德育导师制。一个导师带 3—5 名学生，全校受导学生占总数的 26% 左右。

2005 年初，长兴中学又推出了流动德育导师制。学校通过校园网、宣传栏、校园广播等形式公布流动导师的特点、专长以及他们的电子邮箱、电话、QQ 号码、通信地址。学生可以寻找各个不同的导师，从不同的导师处获得不同的教育。

2005 年 2 月，德育导师制在中央文明办组织的"未成年人思想道德建设工作创新奖"案例评选中获一等奖。4 月，学校的课题研究报告《中学德育导师制理论与实践的研究》被浙江省教科院评为"浙江省首届德育精品工程"。5 月 30 日，校长张向前在中宣部和中央文明办于北京组织召开的"改进创新未成年人思想道德建设工作"座谈会上作专题发言。随后，新华社、中央电视台、浙江电视台、《人民日报》、《光明日报》、《浙江日报》、《文汇报》、《中国教育报》等 30 多家媒体对长兴中学的德育导师制工作进行了深入报道。来自全国各地的 300 余所兄弟学校到学校进行了学习、交流，并积极推广、运用。

2018 年 4 月 10 日，我们来到了另一所学校——长兴实验中学。校长董成和学校工会主席章林冲陪同参观。

这是一所占地 302 亩的学校，请上海交通大学教授做的规划，按照江南水乡的风格进行设计。实验中学于 2003 年兴建，2004 年暑假时建成，资金投入了 1.9 亿元。

学校为初中三年制，每年级有 20 个班，全校共有 2800 名学生，住校学生 1000 多人，老师 200 多位。学校校训是"学以明德"。"学"是学校教育的起点与终点。"大学之道，在明明德"，"明德"是和美人生立足的基石。依托"全程助学法"实现"轻负担、高质量"是学校的办学特色，在全省有很高的知名度。

校园呈长方形，利用率高，这是长兴县在实施新城开发时最先做的规划，率先建起了这座学校，堪称长兴县教学质量最好的初中。这所优质初中建起后，迅速带动了周边开始进行房地产开发，这里的房价都很高。

校园内建有三座人工湖。前面一座叫忻湖，"忻"即开导、启发，"忻民之善，闭民之恶"。"忻湖"也是学校所在地的村名。唐太宗贤妃徐惠就出生在忻湖。后面还有怡湖、慎湖。"怡"即和悦、愉快，园林景观的校园，呈现江南水乡的独特韵致，令人心旷神怡。"慎"即谨慎，不懈怠，心存敬畏，行有所止。这是师生对待崇高事物的态度，也是为人境界。原来湖里还养天鹅、家鹅、野鸭，有时大鸭带着一群小鸭游弋，也是一道风景。慎湖前建有肃慎广场。

学校区域划分非常清晰，有教学区、功能区、宿舍生活区、行政区等。共有三座教学楼，每座大楼有1万多平方米。

在长兴采访期间，我走过了多所学校。这些学校都建得非常好，硬件设施一流。这几年施行《学前教育三年行动计划》，农村幼儿园都建得很好，让人大为感慨。想当年，我们这些农村的孩子，别说上一所好幼儿园，连幼儿园是什么样都没见过。

门口医疗惠民生

长兴县医疗卫生事业的发展，走过了一条曲折的道路，但是成就可圈可点。如今，分级诊疗、现代医院管理、全民医保、药品供应保障、综合监管等五项制度具体任务逐步落地，形成了以三级医联体为核心、以"三医"（医疗、医药、医保）联动为主线的医改"长兴模式"。长兴县先后获评落实国务院公立医院综合改革真抓实干成效明显表彰激励县和国家级综合医改示范县。2017年，长兴县卫计局被评为全国卫生计生系统先进集体。

为了深入了解长兴县医卫事业，我们专程采访了长兴县卫生和计划生育局副局长敖新华和长兴县人民医院党委书记卢火佺。他们两位都是专家型的领导：卢火佺是呼吸内科的教授级专家，后来走上了行政岗位。敖新华则是一位知名的骨科专家，他戏称自己是"专业变业余，业余变专业"，现在分管的工作正是医改。

敖新华说，没有全民健康，就没有全面小康，要建成全面小康社会，首先是要确保全民全面的健康。他用了"三个三"来总结长兴县医疗卫生事业工作。

一是打下了三个基础。县、乡镇、村三级医疗机构进行改革和改造，硬件焕然一新。长兴县人民医院在2019年底完成二期工程的建设，建成后床位从600张增加至1200张，床位数量增加一倍；院内医疗直升机平台已经建成并投入使用，前后共飞行了 19 次。长兴县中医院 1956 年建立初期面积只有 200 多平方米，1987 年前后陆续建成了门诊楼、病房、中药库楼、急诊楼；1995 年建成新病房楼，增加床位 200 张；2010 年医院整体异地新建；2018 年底，长兴县中医院二期综合楼建成，建成后医院总建筑面积达 7 万平方米，床位 730 张。长兴县妇幼保健院前身为长兴县妇幼保健站，成立于 1953 年 3 月。1985 年 5 月，妇幼保健机构拆站建所，人员增加到 20 名，逐步开展了妇保、儿保门诊和计划生育门诊。1993 年 12 月，长兴县妇幼保健院成为浙江省首批县级妇幼保健院。1998 年，县妇保院通过省卫生厅评审，被命名为省内首批一级甲等妇幼保健院。在 2005 年省卫生厅妇幼保健院等级评审中，县妇保院被评为省内首批"二级甲等妇幼保健院"。2009 年，长兴县妇幼保健院迁建完成。妇幼保健院二期工程 2017 年投入使用。长兴县人民医院、中医院、妇幼保健院目前都是三级乙等医院，都是在 2012 年创建成功的。按照国家考核标准，一个县域有一家二甲医院就算合格，而长兴县已经有了三家三乙医院。

全县共有 15 家乡镇卫生院，都已建成等级卫生院。各地卫生院基本已完成迁、扩建。其中面积较大的和平镇卫生院达 1.2 万平方米，接近二级医院的规模，最小的乡镇卫生院也有三四千平方米。全县建成村、社区卫生服务站 177 家，已全部完成标准化改造，每家卫生服务站面积都在 150 平方米以上，小的社区或者村是两个行政村合署一家服务站。医疗卫生硬件建设已全部完成，这是打下了第一个基础。

第二个是人才基础。全县共有医务人员 5000 多名，约有 1800 名医生，2300 名护士，其中博士毕业一人、两名在读，硕士 70 余人。通过实施三年技术人才计划，培养引进了一批高级人才。给高级人才提供津贴和住房补贴，正高住房补贴 30 万元，副高 20 万元；每月津贴补助 1000 元到 2000 元。

对基层人才实行考录一体，解决乡镇医疗人才缺乏难题。2014 年起从高中毕业生中每年录取 60 名，迄今共 240 名，送到医学院校去学习培训，毕业后再补充到各乡村社区卫生服务站和卫生院，到"十三五"末，确保基层每个卫生服务站至少有一名执业医师。

第三个是信息化基础。区域医疗健康信息互联互通标准化成熟度达到五级乙等，这是全国最高的等级。全国只有厦门、张家港、长兴 3 个县市达到了五级乙等信息化程度，真正实现了上下、左右医疗资源的打通，形成了"一号全市通用、信息互联共享、城乡资源同化、看病费用减少、就诊时间缩短、健康有人管理、专家床位预约"的区域健康信息化长兴模式。目前，长兴全县健康档案建档 59.3 万份，建档率超过 92%，动态管理实用率超过 70%。借助信息化，可以管理每个人的健康档案，患者可以通过手机实行挂号、支付、看检查检验报告，老年人也可以授权给其监护人来查看自己的健康信息。医生可以通过健康档案进行疾病随访。通过刷卡授权，家庭医生可以看到管理服务对象全部的信息，包括检查报告、拍片完整的全息信息。以前拍一次 CT 可能需要几百张图片，打印一叠胶片，现在照片全都存放在云存储里，医生只需通过扫描报告单上的二维码，即可看到患者全部的检查报告，看到全部的 CT 照片，并可以利用碎片化的时间，随时随地进行会诊诊疗。病历、CT 照片、化验资料等，都可以通过手机或电脑直观地看到，真正实现信息的共享。甚至可以约请北上广的医院专家联手来查看，约请名家一起来会诊。还可以解决患者重复检查的难题，拍的片子无须随身携带。全县一年可以节省 100 万张胶片，按一张 20 元计算，每年可为患者节省 2000 万元的开支。通过信息化平台，卫生行政监管部门更是可以随时掌握医院的信息，包括医院的门诊量、出入院情况、药占比等，更实时、更精准地进行行政监管。

2007 年，"浙医二院长兴分院"正式挂牌为"浙医二院长兴院区"

2018 年 6 月 22 日上午 9 点，浙医二院骨科主任严世贵教授，坐在长兴院区（长兴人民医院）网络医学中心，对着摄像头正在进行远程会诊。屏幕那一头是远在 2500 公里之外的青海省乌兰县人民医院的一名患者。

乌兰县医院的医生对患者的病史作了介绍：女，56 岁，一周前因腰疼就诊，做了 CT 等系列检查，发现有腰椎间盘突出、腰椎骨质增生。

严教授仔细询问："病人咳嗽的时候疼痛厉害吗？左下肢抬高试验是否阳性？几度？左下肢有无肌肉萎缩？右侧呢？大小便正常吗？"

在得到回答之后，严教授作出了诊断："这个年纪的女性腰疼要鉴别究竟是由什么原因引起的，最常见的就是腰椎间盘突出，这已经有 CT 照片印证了，对这种病症绝大多数采取保守治疗。如果疼痛未减轻，病史超过半年，就需要考虑手术治疗，椎间孔镜技术在长兴院区的骨科就可以应用，这也是最适合这个病人的治疗方式。"

在作出诊断结论之后，严世贵高兴地说："我感到很欣慰，能够为青海乌兰县的人民作点贡献，远程传输过来的 CT 照片非常清楚，远程治疗的确很方便。"

长兴县人民医院对口支援乌兰县人民医院，是从 2013 年 7 月开始的，当年长兴院方派出了第一批帮扶专家，还捐赠了一辆救护车，这是当地医院唯一一辆正规的急救车。2014 年，乌兰县人民医院选派 6 名医护人员到长兴人民医院来进修。2015 年开始，长兴人民医院每年派出专家团队到乌兰医院进行帮扶。这次严教授的远程会诊，也是帮扶的内容之一。

长兴县医疗卫生事业工作的第二个"三"是三级医院医联体建设。省里对县里，长兴县人民医院对接浙江大学第二附属医院，与浙医二院开展了三年的合作，带动了医院的各个学科发展。原来，长兴人得了像心肌梗死这样的病，都要到上海、杭州去看病，现在在长兴人民医院即可就诊；原来有一些急性疾病可能来不及抢救，现在，像常态化的心脏检查，支架植入等心脏手术，都可以在长兴本地进行。

市里对接县里，对接乡镇。譬如和平镇卫生院，和湖州市中心医院开展医联体建设，原先和平镇卫生院由于条件限制，大手术无法开展，和湖州中心医院对接后成功开展了多例高级别手术。2018 年 11 月底，我去安吉县参加一个文学活动，夜里坐车经过和平镇，看到医院高大的楼房在黑暗中闪着亮光，楼外挂着"湖州市中心医院长兴分院"的红色霓虹灯招牌，显得格外醒目，完全不像是一家乡镇卫生院，更像是一家中型医院。

县乡则进行医共体建设。由县人民医院、县中医院牵头，各带七八家乡镇卫生院，全面开展同质化管理，确保每周下派医疗专家在医共体单位坐诊、查房、疑难病例讨论、开展新技术新项目，以及执行院长、执行护士长业务指导，全面推动医疗和管理资源下沉。这样，就形成了一个从省级到县级，从县级到乡卫生院，都有专家坐诊查房的一个完整的医疗服务体系。同时，长兴县积极利用信息化手段，通过远程会诊室开展会诊。坐在乡镇卫生院的大屏幕前，可以与省里的专家直接面对面座谈，将患者就医的信息通过大屏幕传输过去，既免去了病人为看病奔波，还可以连接浙江省级医院，甚至可以连接到美国加州洛杉矶分校的专家共同进行会诊，将省级以上的专家资源引进到长兴，让长兴人足不出户，坐在家里即可享受到全国一流甚至是国际一流的医疗就诊服务，极大地提升了县里的医疗服务水平。

第三个"三"是三方面都满意。一方面是老百姓满意，总体满意度测评高。在每个诊室窗口都设置患者评价按键，县卫计局同时委托杭州的第三方机构进行电话随访，调查统计得出，长兴县医疗整体满意率在92%以上。

医疗改革对长兴县卫生行政部门和医护人员都有压力，但是长兴县患者的医疗费用降下来了。2012年起，作为全国首批试点地区，长兴县三家公立医院同步实行药品零差率销售，初步扭转了"以药养医"局面。如今，长兴县级医院出院人均次花费为7200元，而浙江省平均是8500元，单此一项全年就可以为长兴百姓节省近上亿元开支。县级医院门诊就医平均时间由2015年的超过90分钟缩短至目前的60分钟左右，年均可减少就医时间115万个小时。县域心电图、检验、影像三大中心及区域"影像云"项目年均服务患者约50万人次，可节省就医成本约3500万元。WHO健康指标——长兴县人均平均期望寿命连续上升，2018年达到80岁，在"十二五"期间提高了近两岁。

敖新华的父母血压高，在家里配备了血压计，可以自己检测血压。和家庭医生签约后，由乡村医生进行随诊。口腔治疗、补牙在吕山乡卫生院就可以解决，卫生院设有专科的口腔门诊。胆囊息肉手术以前需要到湖州去做，现在在县中医院就可以做了。2018年上半年，敖新华的大姑要做心脏手术，他就建议她在县里做，由县人民医院的专家李勇大夫执刀完成。她通过网上挂号，到医院实施了心脏介入手术，安装了永久性的起搏器。在县医院就诊，不仅费用比省级医院节省了一半，而且还特别方便。

第二个方面是医务人员满意。县里大力推进医院薪酬制度改革，县级医院的医疗技术提升了，医务人员的收入提高了，医护人员的积极性得到了调动。三家三级乙等医院年人均收入在15万—16万元，相当于3—5倍的社会平均工资。医护人员实行定向招考、培养，长兴县医务专业招考分数线逐年上升，只有上了第一批录取分数线的考生才能报考本科医学专业；长兴县医务人员的子女报考医学专业的也不少，由此亦可看出，医护人员在长兴是一个热门职业，是受到大家尊敬和追捧的一个职业。

第三个方面是政府满意。全国有1000多家三级医院，浙江省有100多家，有机构专门做过第三方调查，长兴县两家医院都是排在全省前十名。国务院表彰长兴县为综合医改示范县。在2017年县级机关绩效考核中，长兴县卫计局获得一等奖，获得了社会的认可。医疗卫生是民生保障方面的一个亮点，也是长兴县大项目引进的一个有力的支撑和保障。大项目引进的重要保障，一是教育，二是医疗。对于像吉利汽车、"龙之梦"那样的大项目，可以为其职工提供很好的医疗保障，这是这些项目投资者相当看重的一点。

卢火佺是温州医科大学毕业的，当时是长兴县唯一的一个医学专业本科毕业生，1987年参加工作时，长兴县是全省的贫困县，但他主动要求回乡工作。1985年，长兴县人民医院只有四层楼房，病床不到300张，医护人员200多人，一年收入一两百万元，技术条件差，能做的手术只有胆囊手术、胃部手术。医生中有几个本科毕业生，但都是60年代初的毕业生，其中内科有3个、外科有2个，大多数的医生都是中专毕业，有的医生连心电图都不会看。如今，长兴县人民医院可以开展难度最大的头部、颈、椎、气管、胸腔、颅脑等手术，有硕士生几十人，还引进了两名博士、一名在读，开放床位900张，新大楼建成后可以扩展到1200张。90年代初医院才有了CT，只能治疗一般的肺炎、肺结核，重症病人包括肿瘤病人都需要转到外院去治疗。2000—2006年，新院区建起，技术得到提升，内科原来只有一个病区，现在已发展到六个病区，外科也从一个增加到六个病区，规模增长了，硬件设施、病房条件改善了：以前是六七个病人住一间病房，连氧气罐都需要搬来搬去，现在医院里全都装上了中心吸氧；1989年，医院里的呼吸机非常老旧，抢救条件差，像重症肌无力、呼吸衰竭等病患有时会因为抢救不及时而丧失生命，现在医院的设备和技术能力都已经得到了很大的提升，因抢救不及时而宣告死亡的几乎为零；以前长兴农村因为农药中毒致死的多，现在则明显减少，可以就近在长兴的医院进行血透，及时地抢救过来。医务人员各方面的能力也得到了很大提升。以前，他们的科研能力比较弱，现在每年都有几篇科研论文能够上 SCI；科研项目以前很少，现在每年有省级科研项目两项，市级十几项，一个医院一年就有 20 多项。

医疗保障方面，医保已覆盖到 98% 的人群，住院可以报销 85% 左右。农村原先实行的是新农合，开始时农民每年交 5 元钱，保障力度非常有限。后来转为城乡居民医疗保险以后，医保 1/3 的钱由个人来缴纳，其余 2/3 由政府来承担。开始的时候农民都有疑问，不愿意出这个钱，后来看到医保实行以后，为农民带来了实实在在的好处，大家就都纷纷参加了医保统筹。目前，长兴县是以县域为单位来进行医保运转的，每年个人缴纳 450 元，政府补贴 940 元，这样每人每年一共有 1390 元医保经费。报销方面，农民门诊在卫生院的可以报销 45%，如果是签约对象则可以报销 55%，住院报销向基层倾斜，在卫生院的报销 85%，县级医院报销 75%，市级医院报销 60%，省级医院报销 55%，平均报销 70% 左右，这样就能保证每个家庭不会因病致贫、因病返贫。同时规定，医生的收入严禁和检查、化验、药品的收入挂钩。2016 年起，长兴县大力推行家庭医生制，在乡镇卫生院、社区卫生服务站构建医疗团队，一名医生带领的团队可以签约 1000 多人，开展预防保健、健康教育、随访，给患者以专业性的建议，还可以将诊疗信息上传给上级医生，可以帮助预约专家号，预约好后再去县级医院看病，如需住院，则可以为其预约床位，节省了病人跑腿的时间，而且专家下沉到乡镇坐诊时也可以约好专家进行会诊。对于慢病者，家庭医生可经常上门帮助测血压、血糖，监管其健康状况，以预防为主、预防为先，防止小病变大病、大病变重病。现在，家庭医生移动签约服务平台已经上线，全县已组建 200 多个家庭医生服务团队，有 22 万多人签约，占全县人口的 35%，其中农村签约比例更高，家庭医生还能提供上门服务。签约的个人一年只需缴纳 30 元。

长兴县级医院的医生还经常进村开展健康教育，县人民医院每周举办一场义务的健康讲座。卢火佺主任医师联系了四个乡镇的卫生院，几乎两周下去一次，每周五周六在卫生院出诊，每年要举办四五场公益健康讲座，2018 年已经作了两三场讲座，这些讲座都是义务的，主要是宣传一些健康的资讯。

忠诚奉献保平安

社会建设好不好，一个最重要的衡量指标就是老百姓生活的幸福感和幸福指数。而安全指数、免于恐惧的安全感则是幸福指数的有机组成，也是一种基本的人身权利。长兴老百姓幸福指数高，安全感强，这些都应归功于长兴县长年致力于平安长兴建设。

在推进平安长兴建设过程中，长兴县公安局发挥了很大的作用。他们在打击犯罪、维护社会治安、保障社会管理方面都能很好地履行职责。人们的法治意识与经济社会的发展、文明素质的提高正相关，法治建设的推进与经济的发展正相关；而经济发展与社会结构的优化，又能促进公安等法治建设工作。

2018年3月21日，我们采访了长兴县公安局局长盛洪卫，他详细列举了一些例子，为我们介绍了长兴县在维护社会治安等方面卓有成效的工作。

这些年来，随着苗木行业的日益发展，在给农户带来经济效益的同时，也给社会治安带来了不少隐患。泗安镇是长兴县的苗木大镇，以中小型种植户为主，具有低、小、散等特点。一户人家一般种植五亩到几十亩不等。而农户为追求效益最大化，常把苗木种植得密密麻麻，不放过交界处的每一寸土地。苗木长大后，树荫、树冠就会延伸到邻居林地上空，由此而引发的农户间的纠纷不在少数。除此之外，受经济利益的驱使，涉及苗木案件也时有发生。苗木行业在运营过程中，各种液压车、拖拉机、三轮车、吊车、大型机械等挖掘、运输工具，也会带来道路交通方面的问题。

和平镇是产茶大镇，每年4—5月都会迎来采茶旺季。在一个月左右的采茶旺季中，来自四川、安徽、湖南、湖北等外省的采茶工蜂拥而至，最多时可达20万人。而茶叶厂家大都属于低、小、散个体，缺乏管理经验，大量的采茶工涌入，势必会带来诸多社会管理问题。采茶工大都以老年人和妇女为主，繁忙季节他们集中在茶山上居住，由于人员混杂、地形复杂、设施简陋等原因，由此带来的矛盾纠纷、出行困难、消防安全等问题比比皆是。如不加以防范，势必会造成不可估量的后果。早些年前，和平茶山上就发生过强对流天气引起的"龙卷风"自然灾害事故，多处采茶工棚被吹塌，造成数人死亡。政府部门除了要采取措施加强防范、加大安全宣传和检查力度外，还需要解决中介劳务公司规范用工等问题，公安机关在这中间就承担着大量的工作。

夹浦镇是长兴县的轻纺大镇，但以家庭式作坊为主，门槛低，企业相对分散，而这里的外来人口相对集中，外来人口管理成为一大问题。公安机关如何更好地服务经济建设，就需要放在当地经济社会的背景下来考量，要在县委的统筹下，全盘考虑，使之与经济社会发展相协调。

水口乡以农家乐闻名，其中的顾渚景区属国家 AAAA 级旅游景区，每年有 300 余万外地游客涌入，引发大量的游客纠纷问题，这些都是平安长兴建设过程中必须面对的问题。

盛洪卫介绍说，长兴县的违法犯罪案件的恶性程度已大大降低，命案数量逐年下降，从 20 世纪 90 年代时的每年一二十起，降到现在的个位数。社会治安好了，而民警的幸福感却一直得不到提升。为什么会出现这样的问题？长兴公安民警总编制数 644 人，各级公安机关每年都存在提警力不足的问题，十多年过去了，警力却没有出现大幅度增长。

盛洪卫告诉我们，任何事物都有主要矛盾，新时代公安工作的主要矛盾是什么？对长兴公安而言，主要矛盾就是"人民对警务效能提升的需要同不平衡不充分的警务资源配置之间的矛盾"。长兴公安所有的工作要围绕这个主要矛盾展开。

长兴公安承担着打击、服务、管理、维稳等职责。侦查破案方面，围绕哪里违法犯罪突出就打击哪里，黄赌毒、盗抢骗是公安机关打击的重点。社会管理方面，涉及娱乐场所、旅馆、网吧、出租房屋、流动人口等多个领域；经济发展方面，主要以非法集资、食药环领域为主；扫黑除恶方面，2017 年就开展了全行业、全链条式打击"套路贷"违法犯罪行为，摧毁了盘踞在"车贷"行业里的黑恶势力。

2017 年，长兴公安在侦办两起暴力案件中发现，嫌疑人大多在"车贷"公司中营生，这引起了县公安局的高度重视。后经深入调查，在基本摸清了长兴多家"车贷"公司背景、人员架构以及违法犯罪事实后，9 月 25 日下午，长兴警方迅速集结 400 余警力，开展了"铁拳一号"集中统一行动，对前期排查掌握的 39 家可疑"车贷"公司进行集中突击检查，查获可疑人员 142 名，缴获管制刀具、射钉枪、仿真枪、吸毒器具以及伪造的公章等违禁物品 312 件，并掌握了大量"车贷"行业的涉黑恶违法犯罪线索。

在侦办长兴"套路贷"案件中，长兴公安发现"车贷"行业从原先的一般抵押放贷，到现在的变相"套路贷"，"车贷"公司与借款人签订所谓的合同，设置陷阱让借款人违约，并从中掠取大量违约金，借款人如不履行违约责任、"车贷"公司从业人员就会以软硬暴力的形式对借款人实施迫害，造成借款人有家不能回、有苦无处诉的悲剧，有的还演变为离家出走甚至轻生的结局。

而"车贷"行业中的从业人员，大都为社会闲杂无业人员，有些还带有前科，雕龙画凤文身现象普遍。这些人每天吃喝玩乐需要大量资金，如何能够在短时间内不需要大额投资即能获取大量现金，"车贷"行业慢慢地成了他们寄生的场所。他们假借签订贷款合同，让贷款人出具借条等，从中获取高额"利润"。比如，贷款 2 万元，通过利滚利让贷款人重写借条可以变成 5 万元、在汽车上安装 GPS 定位、随意认定车主违约后，将车拖走，又要收取 1 万元的高额拖车费，等等，这一系列的违法行为已经演变成"车贷"行业里的潜规则。

长兴县有常住人口 64 万，外来人口 15 万左右。近些年来，长兴县始终保持良好的发展势头，产业结构逐步优化，人民群众安全感、满意度逐年提高。特别是在党的十九大前后，长兴公安始终牢记习近平总书记"对党忠诚、服务人民、执法公正、纪律严明"的"四句话、十六字"总要求，坚持以"防为主、防为上"为工作方针，以"站在一线、干在一线、赢在一线"为姿态，对黑恶势力保持露头就打，打早打小打苗头的原则，全力维护人民群众人身权、财产权和人格权，街面社会治安明显好转，党委、政府公信力明显增强。

与此同时，长兴公安转变工作理念，取消对下考核，以成立侦查打击中心为切入口，实施大部门大警种制改革，以"警务资源配置、警情常态管理、警队长效建设"为抓手，打破"男与女、老与少、机关与基层、领导与民警、城区与农村"五个差别、让派出所警力回归派出所，在基层工作的民警比例从原先的 30% 上升至 80%，彻底剥离了压在派出所身上的打击考核指标，让每个派出所都有自主权，做到守土有责、守土尽责。

除此以外，长兴公安还提出了"天下无警"理念，逐步提升民警幸福感。一方面，通过每天研判警情，分析对策，先后对娱乐场所、足浴、洗浴、旅馆、网吧实施了严管措施，压降警情。另一方面，通过"四星民警"评选，探索"警体训练日"工作等，让民警有更多荣誉感、归属感。公安局局长坚持每周走访民警、辅警家庭，与民警、辅警交朋友，逐步增强了他们的职业认同感。

由于从严治警，社会治安工作成绩优秀，长兴县公安局被评为了全国优秀公安局。

全民社保解民忧

长兴县的社会保险是从 1989 年开始施行的。当时，仅仅面向全民所有制和县级以上集体所有制企业职工，进行职工养老保险和退离休基金统筹，目的是减轻企业的负担，转为社会养老。当时由县社会劳动保险委员会办公室负责，对全县所有国企的职工，包括在职的和退休的，实行养老统筹，通过差额结算的方式，向企业收支养老保险费。当时，供销、二轻系统退休的职工多，而浙江水泥厂职工有近 3000 人，退休的只有几十个，养老统筹之后，就能达到收支基本平衡。

1994 年起实行养老保险制度改革，实行新的养老金计发办法，从原来按在职职工档案工资打折计发，改为由基础性养老金、缴费年限养老金和生活补贴三部分组成养老金的计发办法。同年开始实施工伤保险，企业须为职工缴纳工伤保险。1997 年，国家进行企业职工基本养老保险制度改革，次年实行全国统一的职工基本养老保险制度，执行养老保险费收支两条线、社保基金财政专户管理。养老保险缴费基数以在职职工的工资总额为准，企业缴纳 21%，个人缴纳 5%—6%。

1998 年 4 月开始实行企业职工大病保险，以前企业都是实行公费医疗的，但是有些企业因为经营不好职工就无处报销医疗费。实行大病保险后，职工每个月缴纳工资总额的 2%，大约十几元，医药费 3000 元以上部分可以报销 70%。

1999 年，许多国企进行改制，买断工龄，少数转为民营企业，多数关停破产。同年，浙江省扩大职工养老保险覆盖面，把民营企业职工、机关企事业的编外人员、体制外的劳动者都纳入进来。

当时社会保险的社会知晓率低，老百姓也不买账，因此，2000—2002 年主要是依靠行政手段来推动，各个乡镇村下达任务，让企业职工必须参保。

1999 年 6 月，出台了机关事业单位养老保险试点制度。机关、事业、教师、医生的退休金也由社保办发，扩大了社保覆盖面和人数。全县机关事业单位在职职工 1 万多，退休的 3000 多人；企业有在职职工 3 万多人，退休的 6000 多人。

那时断保的特别多，随着企业职工参保意识的逐渐增强，2002 年起做续保的不断增多。以前企业只为个别人参保，2002 年以后开始正常参保。当时养老金支付能力只有四个月，在浙江省属于养老保险支付困难县之一。要让企业真正参保，所有企业都必须缴费，地税部门采取按企业职工工资总额直接扣缴单位部分社保费的办法，以此来倒逼企业为职工参加社保。2004 年在全省率先推行"五费合征"，五个险种同时征缴，包括养老、医疗、工伤、失业、生育，长兴县实施的是强制性征缴，2004 年底参保人数翻了一番，全县的养老金支付能力达到了 7 个月。2005 年，浙江省采纳了长兴的模式，出台了《浙江省社会保险费征缴办法》(省政府令第 188 号)，"五费合征"办法在全省推广，从此，养老保险走入了良性循环，参保率提升，基金支付力也增强了。2002 年建立并实施职工基本医疗保险制度，对机关事业单位还建立了公务员补助的医疗保险制度，住院报销比例在职职工为 90%，退休人员为 95%。

2005 年，长兴县建立被征地农民基本生活保障制度。被征地农民每人可自行选择一档一次性缴纳基本生活保障费 6000 元、9000 元、16000 元或 23000 元，由个人和集体共同承担(从征地安置费及土地补偿费中列支，不足部分由本人负担)，满 60 周岁(2010 年后改为女满 55 周岁)后每月可领取 190—430 元的生活保障金。此外，参照湖州市的办法，还建立了被征地农民生活补助制度，一次性缴纳 3000—6000 元，满 60 周岁(2010 年后改为女满 55 周岁)后每个月可以领取到 100—210 元的生活补助金。

2010 年，浙江省在全国率先建立了城乡居民养老保险制度，打破城乡两元差别，实现城镇居民和农民统一的养老保险制度。长兴根据省政府的文件精神全面实施，从 2010 年 1 月起，没有职工养老保险待遇的城乡居民凡年满 60 周岁，每人每月发 60 元基础养老金，全部由财政出资。当时在白岘乡举行了城乡居民养老金首发仪式。仪式上，有一位老人还专门作了一首诗，称赞国家政策好。2010 年 5 月后，浙江省启动了针对没有参加职工养老保险的城乡居民参保缴费工作，缴费标准比职工养老保险低，年缴纳标准从 200—1400 元七个档次供老百姓选择缴费。低保、残疾、计生困难户由政府出资代为缴纳。50 岁者可以往前补缴 5 年，再继续缴到 60 周岁，满 15 年即可领取养老金。2010 年后，经过多次调整待遇标准，城乡居民基础养老金从当时的每月 60 元提高到了 90 元，现在，基础养老金已提高到每月 180 元。一个 60 岁前每年缴费 200 元缴纳了 15 年的城乡居民，他 60 岁后每月可以拿到的养老金，包括基础养老金 180

元加上缴费年限养老金（每月可以拿到 30 元）和个人账户养老金 24.9 元，共
234.9 元。

2014 年，长兴县将被征地农民生活保障制度衔接到职工养老保险制度，与
企业职工养老保险并轨。超过退休年龄（男 60 周岁、女 50 周岁）的失地农民
一次性可以补缴 15 年职工养老保险费，次月就可以领取养老金。以前发放的生
活保障金数额少，不足以养老，现在每个月养老金可以拿到 1500—1600 元，生
活可以比较小康。全县有 7 万多失地农民，其中有 6 万多转为了职工养老保险，
自 2004 年起国家已连续 15 年调高职工养老金，这些政策的实惠，失地农民同
样可以享受。失地农民转为职工，除了个人缴费外，其他费用从土地转让金中
出，每人平均缴费 6 万元。

2014 年 1 月 1 日起，长兴县将城镇居民医保与原先专门针对农民实行的医
保"新农合"进行整合，推行城乡居民基本医保。城乡居民医保基金通过个人
出资、上级财政补贴、县乡财政补贴三部分资金合成医保基金。2018 年，城乡
居民医保参保率达 98% 以上，人均筹资 1390 元，未成年人 1250 元，其中成年
人缴费 450 元，未成年人缴费 310 元，各级财政每年补贴 940 元，残疾、低保、
优抚对象、独生子女困难户由政府出资代为缴纳，低保边缘户个人和政府各出
一半。门诊一年费用在 1200 元以下部分按医院级别不同报销比例也不同，市域
内一级及以下定点医疗机构门诊报销 55%；住院也分级报销：城市内乡镇卫生
院住院 300 元以上部分可以报销 85%，市域内二级定点医疗机构住院 600 元以
上部分报销 75%，市域内三级定点医疗机构住院 1000 元以上部分报销 60%，最
高限为 8 倍的居民可支配收入，现在已达到 35 万元。

目前，全县养老保险参保率达到 94%，医保参保率达到 98.8%。2017 年，全
县养老金一共发放了近 30 亿元，收入也达 30 亿元，向省里上缴调剂金 7000 万
元，基金当年收支持平，2018 年预计赤字 4 亿元左右。目前，长兴县职工养老
保险基金有 13 个月的支付能力，在湖州市属于最好的。医保方面，前几年，由
于失地农民一次性补缴的医保费用多，医保基金有节余。从 2017 年开始医保基
金赤字 1936 万元，2018 年预计赤字达 1 亿多元。

除了抓好全民社保之外，长兴县还特别重视对职工进行全员培训。

以前是在农村劳动力大转移的时候，对农民工进行技能培训。2003 年至
2004 年，县里成立农民工转移指挥部，由政府买单，成立培训组，把培训办到

农民家门口，也有一些开着大篷车下乡去搞培训。这时的培训主要由有技能培训资质的机构来执行。那时的培训设备初期是非常简陋的，农民由各个镇村来组织，培训好后再输送往各个企业。

2004 年在泗安镇进行试点，搞缝纫工的培训，这是应当时招商来的企业的需求。开始时老百姓都不相信，都不愿意来参加培训，后来都是由乡镇和村动员硬拉他们来，培训好后政府敲锣打鼓地把这些缝纫工送到那家企业。结果，第二天就有 50 多人逃回去了，因为他们不适应工厂有规律的作息和流水线的生产，但是也有四五个人留了下来，每天按时上下班。到年底的时候，老百姓就熟悉了政策，看到了好处，因为留下来的这些农民过年回家都带回了不少钱，都有很好的收获。这下，其他老百姓都坐不住了，纷纷主动要求参加培训，然后再到工厂里去打工。2005 年，培训工作打开了局面。接着，又在全县推广农村转移劳动力培训。一般培训 20 天就可以出师了。

2007 年用大篷车下乡培训，进行广泛的宣传，满足百姓大量的培训需求。2008 年后，注重抓培训设备，抓培训质量。那时老百姓都愿学，有好多人都走路来参加培训。以后，培训就安排在学校里，各个乡镇也相继办起了成人文化学校或者民办学校，开始时实行的是超市化的培训，农民可以在这些培训机构里挑选自己喜爱的专业。

2013 年以后，每个学校都结合各自所在地域的产业特色，搞"一乡一品"专卖店式的培训，每个学校开办 1~2 种特色培训班，设施设备都配得比较好，请的师资力量也是很强的。比如，水口乡成人学校特色是当地的"三绝"：茶、泉水和紫砂壶，泗安镇则是苗木、造型苗木、容器苗木等，增加苗木的技术含量，走精品化苗木之路，增加产品的附加值。林城镇是电焊培训；雉城镇则是烹饪培训。分区域搞"一乡一品"，因此各乡镇在设施设备上也敢于投入。中心城镇管小乡镇，各个乡镇都办出了成效，而培训的项目都是职业院校所没有的，因此成人学校、民办学校都是职业院校的重要补充。

这些培训都是公益性的，培训对象的范围逐年扩大。开始的时候只是针对本地的农民，由政府向农民发放培训教育券，领券进行培训，学校再拿培训教育券去政府申请补助。后来，培训范围扩大到了失业下岗工人和本地农村劳力，又扩大到外来人口和企业在职职工。每年培训费用都超出了预算，超出部分也由政府来兜底承担。开始时每年的培训费用 500 万元，按照每人 300 元做的预算，缝纫工培训每人补助 230 元，发给农村技能培训券。培训分初级，中级和高级技能，2004 年最高可以补 500 元培训券。而要想学习挖机操作、铲车操作，超出部分的培训费用需要由学员自己付，大部分工种的培训都是免费的。后来，培训费调到了 800 元、1000 元以上。县里现在考虑的是如何能够更好地满足企业的需求，今后将争取举办高级技师培训班。

2001 年开始企业改制，长兴县有两三万人下岗。2002 年围绕再就业，县里出台了一些针对这些下岗职工的优惠政策，以提升他们的就业技能，促进再就业。2005 年，农村劳动力转移试点出台，长兴县把泗安镇选为试点镇，并将原有的"再就业专项资金"改为"就业专项资金"，一字之改，在资金上实现了统筹，将政策享受对象由原来的城镇国有企业下岗失业职工扩大到全县所有城乡劳动力，县里用这笔钱面向全员开展职业技能培训。2008 年，审计部门在审计时提出了一个问题，这些再就业扶持资金应当专款专用，长兴县用这些资金去培训农民工，培训农村转移劳动力是违规的。县长坦然地说："我们是错了，但这是一个美丽的错，让农民多一项技能有什么错？"

2009 年，长兴县转向以创业促就业，扶持青年创业。2010 年向社会募集资金 500 万元作为担保，将担保资金专户存储在银行里，专项用于大学生创业贷款担保。通过融资帮扶，由政府贴息，鼓励青年创业。迄今放出去的贷款有5000 多万元，其中最高的 50 万元，没有发生一起不良贷款。

同时，开展创业培训，邀请杭州创业导师合作课题，促进创业者能力提升。2017 年出台了《长兴县初创业者能力提升全攻略》。2016 年成立了创业服务中心，为创业者配备导师，采取各种方式服务创业。目前，太湖资本广场内已经入驻了 20 个创业项目，由政策扶持给予房租减免。邀请、外聘青年创业的典型、杭州的一些企业家等作为专职的导师，进行创业跟踪帮扶，定期指导。通过这一系列的举措，让青年创业者的路子走得更稳、更快、更好。

采访手记　长治久安百姓福

城市化是与工业化、现代化相伴随的一个必然的过程，也是现代化程度的一个重要指标。改革开放以来，数以亿计的农民涌入城市，从事各种行业的工作，在城市里挣生活、挣钱、挣尊严。他们在推动自身家庭走向小康的同时，更是为城市、为国家的发展立下了汗马功劳。

　　城市规模日益扩大，不少农村日渐萎缩乃至凋零，社会治理难度和复杂程度不断提高。在这个过程中，尤其考验政府的治理能力、执政为民的能力。党委、政府不仅要保障社会稳定、国家安定，还肩负着管理好城市、管理好社会的重责，承担着为民谋福利谋幸福的职责。中国共产党的宗旨决定了它是一个人民政党，决定了它的人民性，它必然要将人民的利益和幸福放在首位。为此，党和政府需要时时处处为民生着想，样样工作都从民生出发，并落脚于民生。老百姓需要的、渴望的，就是党和政府奋斗的目标。在这个过程中，长兴县委、县政府敢于担当，勇于作为，凡是事关民生的事情都殚精竭虑地做好。无论是教育还是医疗，无论是社会治安还是社会保障，无论是执法监督还是社会治理，长兴县都注重发挥民智民力，调动社会各方面的积极性，让老百姓参与，让老百姓监督，最终让老百姓得利得益。

　　几千年来，中国老百姓向往和追求的就是长治久安、安居乐业，过上有尊严的体面的生活。今天在长兴，我们看到了老百姓的富足，看到了老百姓的安全感、幸福感正在不断增强，老百姓的满足程度日益提升。党的十九大明确提出，进入新时代，社会的主要矛盾已经转变为人民日益增长的美好生活需要和不平衡不充分的发展之间的矛盾。人民对美好生活的向往，就是中国共产党的奋斗目标。除了人民的利益，共产党没有自己其他的利益。人民，人民，一切为了人民，一切属于人民。中国的国家理想、中国的奋斗目标都是为了人民福祉。代表最广大人民的根本利益，将人民放在心中至高位置，一切为人民谋利益谋长远，这是一任又一任长兴县领导的愿望和追求。15年来，长兴在"八八战略"的指引下，在"两山"理论的指导下，正变得越来越宜居、宜业、宜人，正变得越来越美丽、美好、美妙，人民的满意感满足感越来越强。

　　这，无疑是一个充满希望的时代。这，无疑是一片生机无限的热土！

第七章

———

双腿走路：文明创建阔步前

文化是一个国家的灵魂，文化是一个民族的精神标识，维系着民族和国家的精神血脉。怎么强调文化和文化建设的重要性都不过分。从国家层面，我们可以看到，早在改革开放初期，党和国家领导人就已经意识到文化和精神文明建设的重要性，提出物质文明和精神文明两手都要抓，两手都要硬，决不能厚此薄彼，更不能顾此失彼。党的十八大以来，习近平总书记更是旗帜鲜明地提出了文化自信，并将其与道路自信、理论自信和制度自信相提并论，强调文化自信是更基础、更广泛、更深厚的自信，文化是更基本、更深沉、更持久的力量。

近15年来，浙江省竭力推进的"八八战略"明确提出：进一步发挥浙江的人文优势，积极推进科教兴省、人才强省，加快建设文化大省。

在打造文化强县的过程中，长兴无疑走在了前列。2017年，长兴县被评为全国文明城市，就是一个最好的证明。

多年来，长兴县狠抓文明创建和文化建设，取得了有目共睹的多方面的成就。

文化礼堂放异彩

长兴县的文化礼堂建设非常有特色。我们在采访长兴县改革开放成就的过程中，一路上走访了多个农村文化礼堂，每一家都很美，很有特色，都是美丽乡村建设的重要项目和重要成果。

2018 年 3 月 21 日，我们走访了渚山村文化礼堂。

渚山村位于长兴县龙山街道西北部，村庄西北面山峦起伏，东南边紧邻包漾河，景色宜人，以盛产杨梅而著名。陈霸先母亲陈母墓就在村子附近。

一面雪白的墙壁上，以隽秀的书法体写着"渚山幸福大舞台"七个黑色大字。大字上方居中钤着一枚朱红印章，"文化礼堂"四个楷体字晚上还可以亮化，这是浙江省农村文化礼堂的标志。小小的舞台前方，用红砖铺成了一个小广场，平时可以做晒谷场，演出时可以当观众席。

渚山村文化礼堂建设重点定位为村民的"精神家园"，不仅是老百姓茶余饭后的好去处，更成为展示渚山村特色亮点的窗口。礼堂以文字和图片的形式分别展示"村史村情、崇德尚贤、乡风民俗、美好家园"四个方面的内容，使之成为全景式展示村情村史村貌、弘扬道德文明新风的教育阵地。在 2016 年 9 月 28 日龙山街道"美丽龙山行，欢乐乡村游"暨森林养生小镇休闲体验活动周开幕当天，同步开放运营，迎来省、市、县各级领导参观指导。

从墙上贴着的乡贤榜可以看到，这个小小的村庄也有学子考上北航、中科院、浙大，甚至留在那里工作。村子里长寿的人很多，90 多岁的老人都有好多位。笑脸墙上，一个个村民笑逐颜开，满脸幸福。这是由长兴县文联摄影家协会主席梁奕建拍摄的，选取的角度非常好，画面很有感染力。

村文化礼堂管理员周佳伟介绍说，为了拍摄好村民、村景、村俗照片，长兴县摄影家协会主席梁奕建早晨六点多就到渚山村。为取景拍村全景照，爬过两座山。长兴县几乎每一座文化礼堂墙壁上悬挂的照片都是由长兴摄协的摄影家们拍摄的，这些摄影大都属于义务的公益性拍照。而各村村歌的歌词、谱曲，门上、柱子上题写的楹联，整理的村俗、家族的家风家训等，也都是由长兴县文联的文艺家们义务地帮助完成的，因此显得特别有品位、高雅大气。这也是主管文化礼堂的刘月琴副部长兼长兴文联主席，利用了自己的"职务之便"，调动全县文艺家资源完成的一桩义举。

渚山村里的几个大姓有周、施、吴等，村文化礼堂把人口较多的姓氏家族的家风家训和村规民约都上了墙。

文化礼堂还能举办"村晚"，进行歌舞表演。老年人喜欢唱戏，为此，"村

渚山村文化礼堂

晚"特意多排了一些戏曲节目。"村晚"从下午 1 时开始，文化礼堂管理员通过农民信箱和微信群等发出通知，结果参加者众多，年轻人也很活跃，积极参与，连敬老院的老人都来观看"村晚"表演，效果相当好。

除了举办一年一度的"村晚"外，渚山村文化礼堂平时每个月都安排有各式各样的文化活动。譬如，邀请县戏曲家协会的艺术家演唱滩簧戏，请百叶龙艺术团表演龙飞荷舞，请县书法家协会的书法家教村民学书法，请县民间文艺家协会的艺术家传授剪纸技艺，请县茶文化研究会的茶艺师教习茶艺……

不久前，村里的老寿星陈扣子先生在文化礼堂举办了百岁寿宴。

依托文化礼堂，村里还组建了舞狮队、戏曲队、篮球队、象棋队，极大地丰富了村民的文化精神生活。

据小周介绍，村里原来就修有杨梅大道，杨梅种植历史悠久。20 世纪 80 年代，小周的爷爷从慈溪引进了小杨梅品种，现在又引进了大杨梅品种，杨梅种植不断发展，已经成为渚山村的一大农业产业，也是渚山村一张闻名遐迩的名片。村里一个大娘种十几亩的杨梅，一年就能有十多万元的收入。渚山村每年都要举办杨梅节，杨梅成熟时节，马路上车水马龙，开车都进不来，采摘活动非常热闹。杨梅还可以制作成杨梅汤、杨梅干、杨梅酒等延伸产品。

小周说，文化礼堂每月都有活动，在年初就要制定每月的活动安排：2018年 1 月是迎新年联欢会，2 月是"村晚"，3 月是风筝制作比赛，4 月是文化点餐，

5月是红五月歌咏比赛，6月是杨梅节，7月是春泥计划，8月是开蒙礼，9月是平安创建知识讲座，10月是国庆联欢、重阳敬老，11月是"和"文化宣讲教育活动，12月是读书会。作为文化礼堂管理员的她基本上每天都要过来，没有周末一说，除了私人有事请假。文化礼堂的开放时间和微信群、微信公众号二维码都贴在礼堂外的大门上，方便村民查看和随时联系文化专员。

包括渚山村在内，长兴各地的文化礼堂建设得好，与县文联启动的文艺家"八进"礼堂和县委宣传部、县文广新局"全程服务"的建管用模式有关。

2013年在启动文化礼堂建设之初，长兴县就确定三年建成60家、五年规划建设110家，到2022年全覆盖的目标。截至2018年底，全县已建成文化礼堂123家，并注重串点成线、以点带面。长兴文化礼堂太湖风情实验示范带，围绕太湖文化，已经完成了小沉渎村"在水一方"、太湖村"太湖人家"、沉渎港村"红船启航"、新开河村"不沉的土地"、彭城村"农业部落的守望者"、丁新村"藏懋循文化"6个重点特色村的建设。

为了让文化礼堂更接地气，更具特色，县文联组织下属的8个文艺家协会80多名文艺家，细分为文化挖掘、图片摄影、村歌楹联创作、书法题字、文艺辅导5个组别，通过每个组派出1名文艺家结对指导服务1家文化礼堂，深入挖掘了各创建村的文化特色，5年来已为各文化礼堂创建村开展现场服务指导600次以上，创作用于展览展示、活动开展、主题宣传的文艺作品1000件以上。同时，推进上下联动，充分调动基层的积极性，发挥村干部群众的主体作用，在建筑规划、主题确定、资料收集、设计方案4个环节上全程跟踪，以座谈会、评审会的形式，通过群众提出意见、专家审核提炼、干部执行落实的互动，使文化礼堂建设接地气、显特色，同时在创建中培育基层文化人才。

县委宣传部、县文广新局全面整合县、乡两级和社会文化服务资源，推出农村文化礼堂"文化点餐制"活动，打造"文化服务项目大平台"，把长兴县所有部门可以送到文化礼堂的服务项目按类别制成菜单，供基层群众点选。迄今，各文化礼堂已点选开展各类活动超过1000场。长兴文艺家组成了5个专业的文艺辅导团，开展各类培训300多场，其中特色文艺创作培训160多场，特别是在原创童谣大赛、原创村歌大赛、特色村貌等比赛中，对基层作品的创作进行了全面的辅导。

县域融媒数第一

长兴融媒体的发展，可以说是全国传媒界的一则佳话。

在长兴传媒集团的办公楼里，我看到了一份独特的报纸——《长兴新闻报》。在这份报纸每周五的"融媒选粹"版块，所有的新闻都只有一个标题和一句简单的内容提要，旁边都配有二维码。这一版面上共有几十个二维码。扫描二维码，就可以看到这条新闻的详细内容，以视频、音频、H5等形式呈现。

这张二维码报纸，正是长兴融媒体发展的一个小小的缩影。

说起长兴融媒体的发展，当地的朋友都不约而同地提到了章根明书记，当年正是因为他的一句话，开启了长兴融媒体发展的漫漫征程。

那是在2011年春节刚过的一天，章书记要坐车下乡去考察，于是，县里的媒体记者带着各式照相摄像器材，跟着他上了一辆中巴车。每个报道组都有两三个人，一辆中巴车上一半的座位都被媒体记者坐满了。章书记刚要上车，一看这阵势，就皱起了眉头。他说：不用去这么多新闻记者！你们可不可以只去一个报道组，然后把采访回来的内容同时供给各家新闻传媒单位共享共用，这样不就可以省去许多的人力和物力吗？！

这，不仅是要给媒体记者松绑，同时也是给县委领导松绑。以前，五个报道组分别采写的内容，县委领导都要审阅，既劳心又劳力。

章根明书记向来高度重视本地新闻舆论宣传工作。于是，下乡回城后，他立即向时任长兴县委常委、宣传部部长王庆忠提出，能否将县域这些媒体整合起来，形成一个声音出，确保宣传报道的权威性又节省人力和资源。于是，县委宣传部组织时任长兴广播电视台党委书记、台长许劲峰等人，先后赴杭州日报报业集团、浙江广电集团、东方卫视、上海第一财经频道和上海复旦大学等地考察。

2011年4月15日，长兴县整合县内媒体资源，以资产为纽带、以功能为依据，组建全国首家县级传媒集团——长兴传媒集团，实行事业单位企业化运作，在深化文化体制改革、推动地方新闻事业发展方面，开始了积极有益的探索。

在长兴传媒集团组建过程中，遇到了许许多多的困难和阻力，特别是包括资产的处置、人员的安置以及领导职位、职数的调整等一系列的难题，但是，经过从上到下大家共同的努力，最终，这一个个的难题都被克服了，长兴传媒集团成立了，这大概是全国第一家县级传媒集团，更为了得的是，这家传媒集团采取的是多媒体融合的运作方式，一桩新闻事件、一个新闻人物，只需派出一支全媒体采访小分队，有时是一个人，有时是两个人，既负责文字的采写，也负责图像的摄录、拍照，他们采访回来的稿子不仅供给《长兴新闻报》刊发，也供给网站刊载，而且还用于广播电视台和微信公众号、移动客户端等，真正实现了新闻资源利用的最大化，使之产生最大的社会效果。

　　长兴传媒集团由长兴广播电视台、长兴宣传信息中心、县委报道组、"中国长兴"政府门户网站（新闻板块）跨媒体整合而成，是全国第一家整合广电和报业资源的县域全媒体传媒集团。

　　其实，早在 2007 年，长兴县政府就划拨了龙山新区地块，兴建传媒集团大楼。集团又自筹资金 1.5 亿元，建设了传媒大楼和开放式演播厅、600 平方米大型活动演播厅等 5 个演播厅，以及非编系统、硬盘播出系统等硬件设施，于 2009 年正式投入使用。这些设施在当时全国的县级媒体中都屈指可数。

　　自长兴传媒集团组建以来，长兴新闻宣传战线牢牢把握主线，围绕中心，服务大局，努力营造全县经济社会发展浓厚氛围；广播、电视外宣排名年年位列全省县级台前茅，在央视《新闻联播》播出的条数连续 7 年排在全省市县台十强，连续 7 年被浙江广电集团评为新闻协作优秀单位；2015 年被评为全国文明单位。目前，长兴传媒集团旗下共有三个电视频道、两个广播频率、一份报纸、一份杂志、两个网站，"两微一端"（微信、微博、客户端）用户超过 65 万，有线电视用户近 18 万户。现有员工 500 余人，总资产 9 亿多元，2017 年总营收 2.09 亿元。

　　传媒集团多次优化采编流程，2011 年设立全媒体采访部，2012 年升级为全媒体采访中心，2014 年搭建全媒体新闻集成平台，2015 年升级为融媒体平台，2017 年优化为融媒体中心。

　　融媒体中心包括 10 个部室，分别为综合部、采访（图片）部、大型活动（专题）部、外联部、制作部、技术部、广播部、电视部、报刊部、新媒体部。构建融媒体中心，旨在探索适应新形势下的新闻信息生产传播规律，升级再造采编播全平台生产流程，推动传统媒体和新兴媒体在内容、渠道、平台、经营、管理等方面的深度融合，推动信息内容、技术应用、平台终端、人才队伍共享融通，促进管理扁平化、功能集成化、产品全媒化，从而实现"一次采集、多

长兴传媒演播厅

种产品、多媒体传播、多元经营"的发展格局。同时，借鉴"中央厨房"的先进经验，打造县域版的"融媒眼"。

近年来，长兴传媒集团以媒体融合为核心推动力，以大数据为强劲引擎，向创新、融合、智慧、品牌、文化、人才六大发展领域纵深挺进，加快打造现代互联网智慧型区域融媒体集团。

在长兴县委、县政府支持下，长兴传媒集团将兴国商务楼场所作为集团产业运营的基地。结合智慧城市管理系统建设，传媒集团主动承接全县智慧型城市的公安视频监控系统建设、重点部门云数据库建设。全面推进以"长兴发布"公众号为核心的政务新媒体体系建设，由传媒集团统一运维管理。

长兴传媒集团主动与乡镇就农事节庆等活动开展"一条龙"服务，从策划包装、搭台演出、广告宣传合作、制作播出全方位呈现；集团与部门共同策划"红绿灯前见文明""警察故事""娘舅来了"等12档广播电视融媒体专题节目，合作推出车展、房展等各类展会活动。

长兴传媒集团还和航天五院等国内一流的大数据公司进行战略合作，全力打造打破县域信息孤岛的信息系统，率先在全省建成工业亩产效益大数据中心。同时，充分利用移动终端、新型传播平台积极推动智慧城市建设，重点打造信息资源汇聚平台、"掌心长兴"App，推动具有长兴特色的智慧城市建设。

内容永远是新闻媒体根本，是"硬通货"和核心竞争力。长兴传媒集团坚持"内容为王"，以内容优势赢得发展优势。注重新闻本土化，每年推出切合全县中心工作的重大主题报道近40个、小型报道栏目60多个。民生栏目《小彤热线》是浙江省新闻名专栏，充分发挥"6111890热线""市民督导团"两大载体的作用。创新策划《温暖》栏目，累计播出 500 多期，感动和带动社会各界人士 1000 余人，参与帮扶低保户、低保边缘户、残疾家庭、大病家庭等困难群众。2017 年，在爱心企业的支持下，筹集到 200 多万元爱心款，成立了"温暖公益基金"，使传媒集团成为一个有温度的媒体。传媒集团每年举办各类活动 300 多场，其中广播部一年就要完成各类活动 100 场左右。"幸福都是奋斗出来的""信仰的力量""永远跟党走""那样芬芳""走在乡间小路上""了不起的乡村匠人""诵读过家家"等广受好评，并且都获浙江省对农大型活动政府奖一等奖。

同上级媒体和知名互联网平台的合作不断深化，专题活动逐渐向定制化、全网化、高端化、系列化发展。积极拓展专题制作业务，年均完成近 100 部，实现创收 400 万元。广播部策划制作的微广播剧和"掌心音频"，常年制作系列音频产品，而且开始逐步走向市场，定制化生产。

移动端产品日益多样，推出了掌心视频、掌心音频，目前，每月短视频生产量突破 50 条，最高的阅读量在自己的平台上突破 6 万，台风"山竹"到达长兴的直播达到 50 万传播量。"掌心音频"上庆祝改革开放 40 周年的《历史的回望》第一集《狄家圩的故事》，传播量达到 60 多万。推出微直播栏目，主打各类突发、服务、新闻类直播，《河长带你去治水》总观看人数超过 11 万，端午直播观看人数突破 5 万，"山竹"突袭的直播，从早间 10∶00 广播率先直播、紧跟着掌心长兴微信微博滚动直播，然后午间 12∶15 电视直播，一直持续到中午 13∶30，影响力巨大，第一时间传递了长兴四个乡镇遭受灾情信息。类似这样的移动首发的直播，如《直击太湖超高水位》《直击暴风雪》《强降雨来袭》等移动直播，在长兴传媒集团已成常态。

积极拓展 H5 制作业务，2015 年推出短视频《浙江知性女县长隔空喊话河南任性女教师》，阅读量突破 1000 万；2016 年策划的小游戏《顺手牵羊》，传播量达到 10 万以上；2017 年制作的 H5 作品《秸秆漫游记》，获浙江省新媒体作品二等奖，制作的 H5 作品《寻水的鱼》，以互动形式推广治水理念，访问量达到 50 万；2018 年制作的《紫笋茶的前世今生》，传播量也达到 10 万以上。

2017 年 9 月以来，由县委宣传部等主导，长兴传媒集团推出了大型融媒体舆论监督节目《直击问政》，每个季度一期，直面社会热点问题，节目收视率屡创新高，推动解决了大量社会问题。策划制作的微电影《亲水谣》，纪录片《工业的力量》《了不起的企业家》《摆脱贫困》《我们村干部》《老兵无悔》等好评如潮。

2014 年开始，每年开展融媒体直播 12 场，成为收视率增长的最大利器。《铁军红流》《高考揭榜夜》《一起跑太马》《破风环太湖》《铁三铁三》《开学第一课》《清明图》《端午来了》等屡创传播量新高。

媒体要融合，技术是支撑。2009 年，长兴传媒投入 5000 万元进行新大楼设备技术改造。2017 年至今，又投入 6000 多万元，对电视高清转播车、高清摄像编辑设备及"中央厨房"等进行了全方位建设和改造，完成高清化改造和调频频段数字音频广播等项目建设。运用 4G 传输、流媒体传输、移动直播、无人机采集、VR 全景拍摄等技术，实现内容从可读到可视、从静态到动态、从一维到多维的多媒体化展示和表现。2018 年，开发新的传播平台和移动终端，重点打造第三代"掌心长兴"App，主打"新闻＋服务＋互动＋直播＋游戏"等功能集合体的牌子。找准"新闻＋服务"的模式，尝试搭建长兴本地最优质的"政务＋民生"服务平台，力争打造长兴政务、民生、公共资源、自然人等公共服务平台。

2017 年 10 月，长兴传媒集团成为首家成功入驻《人民日报》"全国党媒公共平台"的县级媒体。

2018 年 9 月 20 日至 21 日，中宣部在长兴县召开县级融媒体中心建设现场推进会，总结交流各地经验做法，对在全国范围推进县级融媒体中心建设作出部署安排，要求 2020 年底基本实现在全国的全覆盖，2018 年先行启动 600 个县级融媒体中心建设。

会议提出，加强县级融媒体中心建设，是加强和改进基层宣传思想工作、推动县级媒体转型升级的战略工程。各地各有关部门要聚焦更好引导群众、服务群众，因地制宜开展工作，努力把县级融媒体中心建成主流舆论阵地、综合服务平台和社区信息枢纽。要做好整合媒体机构、建好采编中心、统一技术平台、加强队伍建设工作。

推动传统媒体和新兴媒体融合发展，是党的十八大以来，以习近平同志为核心的党中央作出的战略部署，是新闻舆论战线履行"举旗帜、聚民心、育新人、兴文化、展形象"使命任务的重要责任。近年来，长兴县和浙江省按照整合、聚合、融合、联合的思路，扎实推进媒体融合发展工作，不断增强了新闻舆论的传播力、引导力、影响力、公信力。

少年学校育作家

一个人，一辈子，一件事。每个人用自己的一生能够专心做好一件事，做成一件事，这就是一项无尽的"功德"，也是一项无上的事业。田家村就是这样的一位基层作家和文学工作者。他现在是湖州市作家协会副主席、长兴县作家协会主席、长兴文联秘书长，还是湖州市文艺家领军人才，兼任长兴少年作家学校的荣誉校长和首席主讲。

长兴少年作家学校的成就令人惊叹：

长兴作家协会成立于 1999 年。2000 年成立了长兴少年作家协会，同年创办了长兴少年作家学校。2003 年，浙江文学院在长兴少年作家学校建立全省第一个"省文学院少年作家培育基地"。长兴少年作家学校先后培养了 10 名"浙江省少年文学之星奖"获得者，长兴是全省获得此奖最多的一个县。

少年作家学校培养的一名初二学生的中篇小说被《中篇小说选刊》转载，成为全国首位在该刊发表作品的在校学生，2017 年，该生成为湖州市最年轻的省作协会员和省作协"新荷计划"人才。长兴先后有 4 位省、市高考状元就是从这所学校起航的，其中签约培养的少年作家张振宇在 2016 年高考中以 749 分的总成绩成为省理科状元。

近 20 年来，少年作家学校已义务培训农民工子弟和少年作协会员逾万人次。少年作家学校还配合文联、作协、图书馆，坚持每年举办 15 场"以文学的力量"公益巡回文学讲座，走进乡镇学校普及文学，推动阅读，让更多的孩子成为文学爱好者。

长兴少年作家学校多次被团中央学校部、省作协授予少年作家培养先进单位、团体优胜奖。田家村先后 10 多次被省作协、省教育学会授予"浙江省少年文学之星园工奖"。

2000 年起，长兴教育局、文联、作协坚持每年举办约有 7 万人参加的师生文学大赛，迄今已举办 19 届，共有 140 余万人次参加。2005 年，长兴县委宣传部、教育局、文联等五部门联合出台了《长兴少年作家培育工作的实施方案》，将少年作家培养工作列入了相关学校争创文明单位和年度工作的考核目标之一。2011 年，长兴县委将少年作家工作列为"未成年人思想教育创新工作案例"并给予了表彰。

长兴少年作协现有理事学校 32 所，会员 2000 名。长兴作协与企业家戴顺华签订设立了"长兴·恒力少年作家文学奖"的协议，每年由其出资奖励优秀的文学少年。长兴作协还就师生文学大赛与长兴文旅集团签订了终身冠名权协议，由长兴文旅长期赞助大赛的举办。

中国当代文学研究会会长白烨 2011 年在考察过长兴少年作家学校后表示："长兴作协利用少年作家这一载体，对孩子们进行最直接、最有效的文学教育，培养了新一代文学的阅读者与追随者，你们做了一件很多作协想做，但一直没能做成的事，你们做了一件功德无量的事。"

在这一大串光彩照人的成绩单后面，除了归功于这片肥沃的文学土壤，归功于长兴县委宣传部、文联、教育局等部门和单位的支持，其中更有田家村近 20 年坚持不懈的付出、奉献和牺牲。

田家村高中毕业后，参加并通过了县财税局的招干考试。但为了文学梦，最终他选择了参军。在部队里，因为他写得一手好文章，被任命为文书，并被借调至师政治部报道组专门从事新闻报道工作。他每天的工作就是跑连队，写新闻，向《解放军报》和《人民前线》投稿。

三年后，田家村退伍回到了家乡长兴县。因为那时他已经在《解放军报》《南湖》等多家报刊发表过很多小说、诗歌和新闻稿件，在整个湖州文坛也是小有名气，因此，县人武部、广播站、乡镇企业局等几个单位都向他伸出了橄榄枝。

就在这时，县文化局了解到了田家村的情况，考虑到当时文化馆正缺一名创作干部，于是马上向县劳动人事局打报告要他。不知为何，劳动人事局却坚决不同意放田家村去文化馆，还将他的人事档案直接送到了乡镇企业局。

无奈之下，田家村只好连夜将自己在部队发表的小说、诗歌以及撰写的新闻稿件原件剪贴到一个大本子上，然后用毛笔在封面上自题"田家村作品集"几个大字。次日一早，他就捧着这部作品集直接闯进了长兴县委书记丁文荣的办公室。第三天下午，田家村就接到了文化局办公室主任姚金山的电话，让他去局里报到。

2018 年 4 月 9 日，田家村陪我去采访丁文荣书记。回忆起这些往事，老书记不胜感慨，他再次肯定地对田家村说："让你去文化馆工作是对的。"

浙江省作协党组书记臧军对长兴少年作家工作多次调研后肯定道："青少年文学阅读习惯的培养，事关我国文学的发展战略，长兴少年作家培养坚持了十多年，搞得很出色，在长兴营造了浓厚的文学氛围，为全省提供了很好的示范经验，在全国都具有一定的标杆意义。"

环保卫士楼伯余

2018 年 3 月 9 日，一位老人的去世在长兴县成为一大新闻，几乎刷爆了长兴人的朋友圈。他就是长兴县"文明创建第一人"楼伯余，去世时享年 86 岁。

说起楼老伯，大多数长兴人都不陌生，他为长兴的文明城市创建作出了突出贡献。

楼伯余，生于 1933 年 6 月，中共党员，原长兴邮电局工作人员。自退休后，他一直热心于社会公益事业和城市文明创建，用坏 3 辆自行车、3 辆电瓶车，行程 8 万多公里，拍摄监督类照片多达 3 万余张，提出问题 7000 多个，仅记录情况的笔记就有 30 多本。楼伯余替百姓排忧解难上千个问题，被各级各类媒体誉为"文明创建第一志愿者"，被老百姓尊称为"楼老伯"，连续被授予"长兴榜样"、湖州市道德模范、"浙江骄傲人物"、"中国好人"、全国学雷锋志愿服务"四个 100"最美志愿者等荣誉称号。2011 年，长兴县发出向"中国好人"楼伯余同志学习的号召；2012 年，《公民楼伯余》获得全国党教电视片最佳作品奖。2017 年 11 月 21 日，长兴县全国文明城市创建总结表彰大会上，楼伯余获得历史贡献奖，县委书记周卫兵为他颁奖。

楼老伯的事迹引起了全国各主流媒体的关注。楼老伯帮助村民调查枯树问题的事情被中央电视台《今日说法》栏目报道；人民网也转载过楼老伯的事迹。2010 年 3 月 24 日，中央电视台新闻频道《共同关注》栏目把焦点对准了楼伯余。这篇题为《楼伯余：两万张照片为政府挑刺》的报道，时长 2 分 11 秒，电视画面展现了楼伯余 8 年多来坚持用相机给政府"挑刺"的很多细节。

那是 2002 年初，已从长兴县邮电局退休多年的楼伯余迷上了拍照，他每天背着相机到处拍风景，回家再和老伴一起慢慢地整理和欣赏。这时，一件小事改变了他的生活。那天，他在马路上偶然看到一个窨井盖丢了，为了给大家提个醒，他拍了张照片，投给了当地的报纸。没想到，报纸还真的给登了出来，不到三五天，窨井盖就被重新安好了。楼伯余心想，做这种事，也是为老百姓服务啊，以后自己就做这些事了。

从那时起，不管楼伯余去县里哪个部门，门卫都认识，都不会拦他。以前，县文明办还和文联一道在县前街的老县委楼办公。田家村说，每天早上上班，只要一听见"笃笃笃"拐棍敲击地板的声音，他就知道准是"楼老伯"又来反映问题了。

十几年来，楼伯余专挑城市各种毛病。他说只要自己还能走得动一天，就要为长兴县再多挑一个"刺儿"。

六月的一天早晨，长兴明门港河长孙伟峰接到了一个电话："五月份我 3 次来到明门港，发现河道情况都不好，河水里有黑油出现，这都六月了，到底是什么问题？"孙伟峰还没反应过来，对方又一口气地报出了具体的日期和情况："3 号、20 号和 31 号一共去了三次，我都有详细记录，孙河长，这问题你看到底怎么解决？"

对方并没有报上姓名，但这直率脾气和大嗓门，让孙伟峰一下子反应过来了，是楼伯余！

孙伟峰担任河长的明门港，由于附近污水管网设施相对落后，下雨天气雨水管网经常会出现满溢情况，为此，楼伯余没少给他打过电话。从 2008 年开始，楼伯余就盯上了县里各处 28 条"问题河道"。他经常带着照片，为了一些琐碎的小事出现在政府部门，一坐就是半天，不给个交代不罢休。

楼伯余拍的都是与寻常老百姓息息相关的小事：小区里垃圾箱倒地，路面上窨井盖被偷，化工厂附近的河水发黑……

除了这些鸡毛蒜皮的小事，楼伯余还"端掉"过当地一家偷排漏排的化工厂。那是 2007 年夏天，楼伯余骑车转悠到小浦镇蝴蝶村一条小河旁，发现附近稻田里水稻枯黄、河道里面漂着死鱼。村民们向他反映，附近有家化工厂严重影响了他们的生活，味道难闻不说，还有不少村民生了病，大家都觉得跟这家化工厂脱不了干系。这是一家生产农药的化工企业，当时还是长兴县的纳税大户。

整整一个星期，楼老伯每天都沿着这条小河来回转，详细记录下了河面、河岸和稻田里的情况。

过了五个月，楼老伯在县城中心的长兴港看到了一幅触目惊心的画面：河水发臭，许多死鱼浮在水面，他马上联想到几个月前小浦镇蝴蝶村的画面。长兴港位于蝴蝶村下游，河水最终流入太湖，这要是把太湖的水都给污染了，那可是不得了的大事。楼老伯赶紧把此前拍的照片，加上长兴港的几十张照片，附带 3 页纸的情况说明，直接寄给了当时的县委书记。

很快，环保部门调查核实了楼老伯的举报，这家化工厂被责令整改关闭，河道也得到了治理。

2012 年，时任长兴经济技术开发区创建办主任的周幼春，就因为两棵行道树的问题被楼老伯挑了"刺"。当时，周幼春正在办公室上班，楼老伯跑来找他反映问题，长兴大道边有两棵行道树种歪了，其中一棵还被来往的车辆撞断了树梢。当时看到 80 岁的老人家，周幼春心疼地对他说："这么小的事情，您就别亲自跑了，打个电话就行了！"孰料，楼伯余却说："长兴大道是我们长兴的门户，代表着长兴的形象，这可不是小事！"当时周幼春的脸就红了。后来，楼老伯每次再来反映问题，周幼春都虚心接受，并及时处理。

楼老伯每个月 2000 多元退休金，都花在这上面了。他的尼康数码相机是分两年凑起来买的：第一年买机身，第二年才买的镜头。为了省下钱，楼伯余退休后硬是把吸了半辈子的烟生生地戒掉了。

这些年，楼老伯担任生态环境和文明创建义务监督员，触碰了不少人的利益。有的人或单位为了阻止他向主管部门反映或曝光问题，想通过给他"好处费"私了，有的还把商场购物券、现金或礼品直接送到了他家中。每次面对利诱，楼老伯总是严词拒绝。他说："我多管闲事当侦探监督举报，唯一的目的是希望长兴变得更好，环境更优美，绝对不会为了个人私利就放弃自己的理想。"

有的人见利诱不成，就想用威胁恐吓的办法妄图使楼伯余却步。高家墩有一家豆腐加工厂，将污水排入长兴港，经楼老伯曝光后被查封。厂主打电话威胁楼老伯，叫他不要多管闲事，否则就把他这副老骨头扔到河里去喂鱼。对这些威胁，楼老伯总是一笑置之："革命不怕死，怕死不革

楼伯余

命，我就是要当侦探，谁跟长兴的水过不去，我就要跟他过不去。"

在楼伯余看来，好的公民不仅仅只是提升自身的素质，同时也要监督好政府的工作。在各方面的有力监督下，在政府各部门的推动下，长兴县百姓的文明素养提升了。以前随手乱扔垃圾、闯红灯等不文明行为曾让楼伯余揪心不已。记得2014年，楼伯余曾在特定时段对一个路口的电动车、行人闯红灯行为进行记录，概率高达30%—40%。到了2017年，同样的时间同样的路口，不管非机动车还是行人，都整整齐齐排着队等待。过去，楼老伯每天都能挑"刺"二三十个，到2017年竟难得发现一个，他认为这绝对不是自己偷懒或者降低了标准。而是因为长兴全县上下力往一处使，全力争创全国文明城市，职能部门高效拔"刺"、争着拔"刺"、提前拔"刺"已蔚然成风。

爱挑"刺"的楼老伯快要"失业"了。2018年，当他闭上双眼安详地走时，心里一定是欣慰的。那一天，许多人前往殡仪馆为他送行，包括那些曾经被他挑过"刺"的人，各单位和个人赠送的花圈摆满了殡仪馆。众多媒体以《今天，这位可敬的湖州老人走了》报道他去世的消息，字里行间充满了悲痛、惋惜与不舍。

盆景风景成风尚

在长兴县采访期间，我经常看到一句标语："有时间，当志愿者；有困难，找志愿者。"长期以来，志愿服务在长兴县可谓是风成化俗，深入人心。

矢志不渝扬人间真善美的楼祖安就是一个典型代表。在他身上集中体现了长兴人的精神品格。

楼祖安，1954年出生，现已退休，原来是长兴莱迪油脂有限公司市场部经理。长兴莱迪油脂有限公司2000年之前是国有企业，生产油脂。2000年企业改制以后，楼祖安下岗，3万元就买断了工龄。

回想过去，1969年，楼祖安以四年级的学业水平考进了初中，后来在糕点厂当团支书、供销科长，又上夜校补习了高中课程，从浙江职业进修学校中专部毕业。1993年入党。通过人才流动到麦芽厂——长兴啤酒分厂当供销科长、厂长，后来麦芽厂被粮食局接管，他又调到了油脂厂，以工代干担任职务。他做事稳妥，供销业务中未出过一分钱的差错。他从不贪小，廉洁奉公，不该自己拿的一分钱也不拿。他在油脂厂每月收入3000多元，通过竞争上岗担任市场部经理，保障产品的原料供销不出差错。全厂有 120 多名员工，年加工量 2000 吨，产值 1 亿多元。

下岗后，楼祖安就在马路边开了一家经营烟酒的小店，一边开店一边做公益。搞个体小本经营，挣点小钱，吃穿用都够。住的是单位分配的自建房，66.7 平方米。有一个儿子，从浙江工业大学毕业，学自动化控制设备，自己开公司，把公司办到了印度尼西亚，2017 年还把楼祖安接到印度尼西亚去生活。孙子已经 11 岁，也很争气。楼祖安妻子也诚信做人，遵纪守法，和他是同一个单位的，提前 5 年退休。

开始的时候，楼祖安在自家小店门口发现，经常有一些环卫工人索水喝。后来，他就摆了一个免费茶摊。这个茶摊从 2003 年起，已经摆了十几年。环卫工人夏天扫地很累，带水又不方便，没有水喝，他们就可以到这个免费茶摊歇歇脚、喝喝凉茶。看到这一幕，楼祖安感到很欣慰。

楼祖安是党员，平时参与社区的文明共建，常有老百姓投诉侵权案件。他就和消费者保护协会沟通，参与维权，又被消协聘为义工。后来，他想把维权推到前沿，又主动成立了一个工作室。现在维权工作室已发展到四个人，其中两人是 50 多岁的个体户。楼祖安还担任着社区党委委员、第一支部书记、调解委员会主任，所有这些职务都是无偿的、义务的。

楼祖安公信力高，深得老百姓信任。多年来，他帮助 4000 多户 8000 多人解决了困难和问题。有一对夫妻分居两地，孩子已经工作了，男的想要离婚。楼祖安劝说他们家庭建立不容易，让他们多想想对方的优点，帮助找出他们的矛盾节点，说服在外地的女方主动多回家住，最终调解成了。

有的因为楼上漏水，引发邻里纠纷。楼祖安就上门去，一次一次地做工作，劝说他们做人要讲公德、讲底线，他努力做工作，最终解决了问题。

有时，楼祖安也把自己做的好事讲给他们听，说自己并不富有，但一年要拿出 1 万多元赞助贫困生，等等。大家听了他的行事后也很感动。这种事例影响力大，也最有说服力。

《长兴时报》2011 年有一个叫《爱心涌动》的栏目，请楼祖安牵头，组织起一批爱心人士做好事善事，成立了"长兴爱心大使团"，成功挽救了 3 条人命。后来，楼祖安发现社会上有许多爱心人士愿意帮人，就又重新组织了"阳光爱心大使团"，现在已从 20 多人发展到了 200 多人，197 人加入了微信群。2017 年在民政部门注册，成立阳光爱心志愿服务中心。先后救了 6 条人命，为 100 多名贫困生提供了资助，参加各种公益服务 30 多万个小时。成功举办了 30 多次"南爱北传"活动，与西藏、甘肃、四川、青海等贫困地区的教育局沟通，募集衣服给他们送过去，已捐赠衣服 1 万多件，包括甘肃民勤、张掖等地，他们都是直接把衣服运过去。

在行善过程中，楼祖安发现，爱是可以传递的。他们头一次找到中德快运公司快递衣物，只要求他们给予价格优惠。但是快运公司年轻人很有爱心，了解到楼祖安他们的意图后，当即表示，愿意免费提供快运服务，至今已经免费了三年。爱心团队还派人过去，把衣物直接送到学生手里。现在，越来越多的人愿意加入这个公益活动，这让楼祖安感到自己做的这件事很有意义。他们给长兴当地的蓝天民工小学送冬衣、捐款，将甘肃穷困地区的状况拍照上传发布，感染和带动社会上一大群人加入爱心行动，这些善行在长兴都起到了引领标杆的作用，引导人人都献出一份爱来做善事。

楼祖安说，他的初衷就是做善事。他从小家穷，读书都是免费的，受过党和政府的哺育，他认为自己应当感恩，回报社会自身才有价值，他个人有一个奋斗目标，就是为社会尽一份力。很多人不理解，有的人还嘲笑他。楼祖安都一笑了之。他说，人生短暂，一个人要有自己的价值观，捐助他人，给人带去希望和温暖，他认为这是一种享受。他现在每个月退休工资有 4000 多元，小店还开着，有盈利，还可以多做公益事业。他的收入并不多，但是已经捐出去了十七八万元。

长兴县领导和文明办的领导也很关心楼祖安，给予了他各种荣誉。他自己却对荣誉看得很淡。但是这些荣誉也给了他一个新的起点，鞭策他今后为社会作更大的贡献和奉献，带动社会风气和谐诚信。他希望奉献爱心的人越来越多。

2016 年 G20 杭州峰会期间，他做文明劝导工作，参与全县文明创建工作，在火车站为农民工送温暖，大雪天组织扫雪团……楼祖安还担任长兴传媒集团组织的市民督导团副团长，对长兴的不文明现象、职能部门的工作作风、卫生、安全等一旦发现问题，就通过媒体曝光。近年来已提出整改意见 800 多条，起到行风监督的作用。督导团一出现，对方都很重视。比如粮食储备局门口有一大堆垃圾，老百姓不断反映，一直没有解决。后来，督导团将开发商、街道办、土管局都请到现场，以前三方相互推诿，通过督导后明确了责任就都不再推诿，而是立即整改。

楼祖安一年光电话费就要花掉 3000 多元，他经常要打电话反映问题，和老百姓沟通，帮助维护政府的形象和政府的公信力，帮助政府维稳，因此也得到了政府的认可，为老百姓维权，老百姓也很满意。

他曾经为一个残疾老人维权。这位老人当了 17 年的民办教师，生活困难，楼祖安帮他申领到了低保补助，一个月有 700 多元。老人的腿不能走路，过年的时候，他拎着一篮子鸡蛋，坐着三轮车送到楼祖安门口。楼祖安不肯收，老人就坐在车上哭，别人都劝楼祖安收下。无奈，他只好收下，同时也非常感动，自己小小的一个善行，就迎来了人家如此"隆重"的感恩。

楼祖安妻子非常支持丈夫的公益事业，平时帮助守店，热情接待来客。

几年前，楼祖安在农村服务中碰到一个孤寡老人，已经 70 多岁，名字叫胡良福。他拉着楼祖安的手说他们是好人，求求他们帮助他治好自己的眼睛。这是一个五保户，身体不好，眼睛有白内障，需要 6000 多元做手术。楼祖安回到长兴县城，先找残联沟通，残联一年有 300 个治疗白内障的名额，每人可以给 1000 多元的补助。他又找到了民政局，他们有 10 个名额，每人能给 3000 多元补助，但是那一年的名额已经用完，不过他们将下一年的指标拿来一个专门给胡良福。楼祖安又找到三狮眼科医院院长王国平，院长说不够的钱他来支付，他说："老楼，你是个好人，你要把这个做好事的机会留给我。"两人争执了好久，最终院长承担了余下的费用。楼祖安非常感动，专门给医院和院长送去了一面锦旗。王院长后来也加入了爱心使团，他说自己一直在找这样的组织，现在终于找到了，他也要加入进来，今后也要多作奉献。

手术做好后他打电话给楼祖安，非常激动，说他现在能够看清了，以前因为患白内障，夏天吃稀饭有时吃到苍蝇，咬到了才知道，真的是非常感谢楼祖安！胡良福现在已经 81 岁。

和平镇有一个农民去河边洗菜，结果被狗咬了，看病花了 8000 多元也没治好。楼祖安得知后，主动帮助维权，通过调查，他发现那条狗尽管拴着狗绳，但绳子长度有 5 米多，超过了限定的 3 米长度，最终，他让狗主人赔了 1 万多元。

类似这样的善事好事，几十年间，楼祖安自己都记不清做了多少件。在采访的最后，他告诉我："做身边平凡事，扬人间真善美，这就是我的人生座右铭。"

在长兴，还有很多外地人，也加入了行善的队伍，革命后代刘新就是其中一位。

刘新是长兴鼎鼎有名的新四军"方司令"刘别生的长子，现在家住上海。当年，长兴有1600人参加了新四军，许多是在老虎团，老虎团下辖五个营，在天目山战役、苏北战役中七战七捷，声名大振。

刘新1943年1月出生，原先是工人，后当过上海外贸公司国营厂厂长，"文化大革命"中被打成"走资派"。"文化大革命"期间，他的母亲在上海公用工业局担任副书记。母亲曾经领导建成了秦山核电站，1996年10月去世。在上海外贸部门工作期间，刘新邀请外商投资10万美元，在金沙泉那里通过物探，打了半年，从800—1000米深的花岗岩中打出了泉水，矿泉水的质量可与法国维希矿泉水媲美。1986年，上海外贸投资办厂。后来，为了保护水源，水厂解散了。

新四军研究会成立了个分会，以当年长兴"老虎团"的子弟为主。通过这个分会联络，每年刘新都要带回很多专家，到长兴进行考察指导。这些专家包括上海交通大学、浙江大学的教授，以及总工程师、科技人员、经理、经济学家等，一共已带回550多人次到长兴考察。2018年4月10日，他又邀请了19名专家到长兴考察，探讨合作项目事宜。

除了推介项目外，刘新还组织新四军合唱团，送文艺进学校，推动长兴有关方面搞红色旅游。几十年来，他为这个特殊家乡的发展操劳不已，却乐此不疲。

诚善勤慎文明家

2016年12月12日，第一届全国文明家庭表彰大会在北京召开，全国共有300户家庭入选。浙江省有10户入选。长兴县也是湖州市唯一当选的家庭是董小白一家。董小白长子董平作为浙江省入选代表之一上台领了奖。而在此之前，董小白一家已被浙江省文明办和省妇联选树为浙江"最美家庭"。

董小白与彭美珠夫妇都是退休教师。他们一家四世同堂，现有13口人，其中第一、二代8人中有4名共产党员。长子董平是一名警察，在民事调解中工作耐心细致，曾获"2013年长兴县首届最美警察"称号；次子董成夫妇都是中学教师，董成就是前文中写到的长兴实验中学校长；女儿董斌现在一家房地产公司当会计。每到周末，只要有时间，这个大家庭就会聚在一起，妈妈掌勺烧一桌好菜，兄妹三个则和爸爸聊聊工作，拉拉家常。

董小白是中学高级教师，多次被评为市县优秀党员，1989年获全国教育系统劳动模范。退休后，他志愿担任社区业委会委员兼秘书长，经常组织家庭成员参加社区的政策宣传、平安巡逻、文明劝导等活动。董小白给全家确定的家训是"诚善勤慎"。在他的影响下，全家人都拥有热情善良的处世作风、豁达开朗的为人心态、不事张扬的恬淡性格、求同存异的兴趣爱好，营造了一个温馨和美的"家庭"港湾，成为长兴县文明家庭、最美家庭的典范。

在画溪街道曹家桥村董家老宅，门上挂着题名"省一居"的匾。这是董小白2010年对旧宅进行改造后起的名字。

"我的名字叫小白，'省'字如果省去一横，就是'小白'两个字竖写在一起，第二个意思，'省'是反省的意思，第三个含义是省，就是节省。实际上，这块匾就是提醒我们做人做事的一些原则。"他这样解释道。

董小白19岁开始当老师，曾在长兴多所学校任教，退休后还被几所学校返聘。他的成长经历相当丰富。已经77岁的他，抽空把自己的亲身经历写下来，写成一部20万字的自传。他说自己是生在旧社会，长在红旗下，经历过"文化大革命"，也见证了改革开放。这部自传对于董小白的小家庭而言，能够让子女了解他的生活轨迹，也能让他们看到国家的变革。在他的这本自传里，还收录了曾经的教案和教学经验。他自编的关于平面几何证明题的顺口溜，至今还在沿用。

"省一居"有一间十几平方米的屋子，里面有个一人高的柜子，满满当当摆放了10多只大大的铁盒子，每个盒子上分别标着"证""影""资"等字样，柜子一侧贴着一张纸——"家庭档案"。

这份董小白自制的家庭档案，记录了一家人50年来生活、工作、成长的点点滴滴，让后世子孙能追寻记忆，了解家风，感受生活的来之不易，以及父母对他们的爱。

董小白给档案制作了一个总的登记表，把所有的资料分门别类，编成字号。就像书本目录一样，有一个个编号，查阅的时候非常方便。比如，第一个字号是个"证"字，分为两类，一类是资格证书，一类是奖章荣誉。这本家庭档案收入了通讯录、教案、收藏的书画、自传，甚至是人情往来的信息。董小白说，一册档案，一段历史，从这些档案里，能细细盘点出生活所发生的变化，也能看到一个人的成长。这份家庭档案可以薪火相传，用来教育自己的子孙后代。在他看来，一个人一生的教育途径有三条：家庭教育、学校教育和社会教育。其中家庭教育是时间最长、影响最深、作用最大的一种途径，影响一个人从出生到少年到中年甚至到老年，所以，好的家庭教育可以培养出有德有才的人，为国家作出更多的贡献。

董小白说："我们家是知识分子家庭，对几个孩子从小的教育就遵循一条线：学习要扎实，工作要踏实，做人要诚实。要善良、孝顺、有爱心，讲诚实和诚信，这是根本；工作勤劳是生存的根本；谦虚、不骄傲、谨慎是安身立命之本。"

这些教诲后来便凝练成了董家的四字家训：诚善勤慎。董小白希望这些家训能一直传承下去。

在良好家风的熏陶下，董小白的子女都在工作上取得了好成绩。作为长兴县公安局雉城派出所民警，董平牢记家训以及父亲赠予的十八字箴言"老老实实做人、踏踏实实办事、勤勤恳恳工作"，在最烦琐、最辛苦的调解岗位上开展工作，成功调处了治安类矛盾纠纷近3000起。派出所也以他的名字组建了调解工作室。

在工作中，亲和力是董平的王牌。每年他要调解800—1000起纠纷。当地电视台有档调解的节目，董平是上镜最多的"老娘舅"。从他手上经过的矛盾纠纷，没有一起发展成恶性案件，化解率百分之百。

2016年7月28日，在浙江省公安厅举办的全省公安荣誉章颁发仪式上，董平上台接受省公安厅领导颁奖。8月初，长兴县公安局下发了《关于向董平同志学习的决定》，要求全县公安机关学习他扎根基层、无私奉献的优秀品质，爱岗敬业、追求卓越的职业精神，情为民系、权为民用的爱民情怀。

董平说："我在岗位上，做一天就一定要尽责，这是我常对自己说的。我尽职尽责是一天，懒懒散散也是一天，但父母对我这么多年的教育，让我没办法做到后者。"

董平已经50多岁了，但是老父亲还时常谆谆教诲他："别人请你吃饭抽烟，一定要拒绝。天下没有白吃的午餐，人家请吃喝，一定是有事求你，提前拒绝可以省去很多麻烦。"

董成的儿子董凌旭马上就要参加高考了。董小白专门把孙子叫到身边，把家训家规又讲了一遍。最后他提醒孙子说："一个人顺心的时候要低调，低迷的时候心气要高，不能萎靡不振。"

董小白一家是长兴县良好家风的榜样。注重优良家风的传承在长兴县是一种传统，也是一种风尚。

诚信还债姐妹花

2016 年"发现最美浙江人——浙江好人榜"6 月榜单揭晓，长兴县水口乡顾渚村村民周丽锋、周丽梅姐妹获诚实守信类浙江好人。

此次"发现最美浙江人"评选活动由浙江省委宣传部、省文明办、浙江日报报业集团联合在全省开展，共分为助人为乐、见义勇为、诚实守信、敬业奉献、孝老爱亲五类。周丽锋、周丽梅姐妹获奖是因为她们自强不息，为故去的父亲还清了 100 多万元的债务。姐妹俩"替父还债"的举动感动了父老乡亲，被当地百姓亲切地称为"最美诚信姐妹花"，两人曾先后获"最美长兴人"、湖州市"最美家庭"等荣誉称号。

周丽锋、周丽梅的父亲叫周小泉。1992 年，长兴轻纺工业产销两旺。看到纺织业行情大好，周小泉也着手做起了轻纺生意。因为既勤劳又能吃苦，他的生意越做越大，收益也越来越大，随之而来的资金风险也更大了。一心想把事业做大的周小泉，在不能掌控的行情中一再增添设备扩大生产。1997 年，国际金融危机袭来，对周小泉造成了极大的冲击。

受金融风暴的影响，广东客户迟迟未付货款，加之周小泉未能及时采取应对措施，导致工厂资金链断裂。付不起工人工钱，更无力偿还当初为扩大生产所借来的资金，就这样，他欠下了 104 万元的巨额债务。

为了能够早日还上这笔钱，周小泉和妻子赶到广东讨债。然而，奔波了几个月却一分钱也没有要到。无奈，周丽锋只好借住在舅舅家里，周丽梅则借住在阿姨家里。要债无果的周小泉则开始寻求新的创业之路。身在异乡，举目无亲，又无一技之长，他们尝试着开起了快餐店，起早摸黑地苦心经营，也只能勉强挣够两个女儿的学费。2001 年，快餐店因为经营不善关了门。为了维持生计，周小泉夫妻又开了一家杂货铺。

家里几乎没有余钱，周丽锋只能早早地就去宁波打工。2003 年，周丽梅中专毕业后，也到广州找了份工作。一家四口人分居三地，日子慢慢地过去。

然而，周小泉是个要强要面子的汉子，那 100 多万元的债务一直压在他的心头，那些年里他一直心情压抑。虽然他从不在女儿面前提起，可孩子们都知道，父亲是多么想把这些钱还上，好在家乡人面前抬得起头来。

2008 年，周小泉因病突然去世。姐妹俩拿着父亲留下的账本，一边擦干眼泪，一边心里暗下决心：不管多苦多累，一定要把爸爸欠下的钱还清。一定要帮爸爸了了这个心愿！但是，100 多万元可不是个小数目，如果单靠打工不知道猴年马月才能还上。

这时，周丽梅萌生了一个想法：自己创业办服装厂。

有想法还得有办法，姐妹俩把几年打工的积蓄全部拿出来，又向朋友们借了一些，一共凑了 20 多万元，办起了一家服装厂。

两人精心经营，服装厂很快就开始赢利。2012 年底，服装厂净赚了 100 多万元，终于有钱替父亲还清债务了。

这时，有人劝阻周丽梅姐妹："你们父亲欠的债是他借的，欠条又不是你们写的。人走了债就没了啊！"

但是周丽梅却不以为然，她对那个人说："债主的钱是靠辛苦劳动赚取的，父亲虽然走了，但债还在，父债子还这是天经地义的事，我们不能因为父亲的离去而赖了人家的债。"

赶在大年三十之前，周丽梅姐妹和母亲带着当年的账本和 100 多万元现金，回到了水口乡，一一登门把钱送还给每一位债主。

当章国平接过 3 万元现金，感动得说不出话来。事后，他对别人说："老周当年很不容易，人也没了，我把借条都丢了，真的没想到他女儿把钱送到家，太难得了！"

姐妹俩却觉得，她们只是做了一件对得起自己良心的本分事，更应当感谢乡亲们对她们家的宽容和慷慨让息。

姐妹俩替父还债的事迹在家乡传为了美谈。顾渚村村主任张明祥说："当前，老百姓最担心的就是诚信问题，一些亲戚朋友之间的借债行为，借钱时装'孙子'，借到钱后当'老赖'，有的还玩'失踪'，和周家两姐妹相比，这之间的思想境界相差十万八千里。"

美德少年徐沁烨

2000 年 8 月出生的徐沁烨，原先是林城镇中心小学太傅小学的一名学生。她聪明乖巧，十分懂事，学习认真，成绩一直保持在班里前几名。

在童年时期，徐沁烨也有一个温馨和美的家庭。爸爸经营着一家小养殖场，一家人的生活还算富足。然而，2011 年 12 月，徐沁烨一向健康的妈妈被查出突患急性淋巴性白血病。这个消息犹如晴天霹雳，吓坏了徐沁烨。以前，她的梦想是每天都有好吃的，她从未想到，有一天自己的爸爸妈妈也会离开她。

但是，小沁烨并没有被吓倒，面对惊慌失措的妈妈，她反倒镇定地安慰妈妈："现在医疗技术这么发达，你的病一定能治好。"

父亲卖掉了养殖场，一家人开始了长达两年的"抗病之路"。

每天早晨 5 点，徐沁烨便跟着爸爸早早起床，点亮那盏略显昏暗的厨房灯，准备早饭，同时还要喂家里的几头猪。

饲料桶太重，刚开始徐沁烨提不动，一次只能提小半桶。她还要扫猪槽、给猪圈冲水、拌饲料，每次都要折腾上好一阵子。但是她心里想："只要妈妈能好起来，所有的苦就都不算苦。"

做好早饭，她就给妈妈端到床边，扶她起床吃饭，然后再给她喂药。吃完饭又马不停蹄地洗衣服。不仅如此，她还不忘时时安慰爸爸，让一家人都放宽心，相信病总是能够治好的。

妈妈要先做化疗，然后进行骨髓移植，才有生的希望。当她得知自己的病况后，一度想要放弃。懂事的小沁烨就每天开导妈妈："没有钱可以凑，骨髓可以找，一定要坚强。"

妈妈在病重期间强忍着病痛，坚持绣了一幅长约 2 米，宽约 1 米，名为"旭日东升"的十字绣，想把这份最后的礼物送给女儿当嫁妆，给女儿留下一份念想。小沁烨深知这份礼物厚重，但她也知道妈妈的苦心，妈妈绣十字绣时她就帮妈妈理理绣线，和妈妈说说话，妈妈绣得疼痛时，她就帮妈妈按摩，并安慰她："妈妈不疼，妈妈不哭……"

徐沁烨性格坚强，在人前乐呵呵的，背地里却总是偷偷地哭。妈妈因为生病身上痛，她就时常给妈妈按摩。有时候妈妈忍不住掉眼泪，她就赶紧跑出去，回来的时候眼睛也是红肿的。

徐沁烨和其他女孩一样，也喜欢玩 QQ 等社交聊天工具，由于家里经济条件拮据，她只能用妈妈的手机登录 QQ。

有一次，妈妈无意间打开了手机 QQ，发现女儿的 QQ 签名是"我总是在夜里忍不住偷偷哭泣"，妈妈不禁失声痛哭。

为了给妈妈筹钱治病，2012 年 8 月，徐沁烨走上湖州广播电视传媒集团主办的"天声歌王"大型歌唱比赛的舞台，因为她知道"天声歌王"比赛总冠军将获得 10 万元大奖，原本就爱唱歌的她希望能通过自己的努力来为妈妈治病筹到更多的钱。尽管评委给了徐沁烨一个待定的成绩，最终她没能晋级，但她并没有灰心，她相信社会、好心人会来帮助他们这个家庭的。在活动现场，许多人纷纷解囊相助。

妈妈和舅舅的骨髓配型成功了。妈妈一边打着点滴，一边绣着十字绣。经过两个月的辛苦劳作，这幅打算留给沁烨长大后当嫁妆的十字绣终于完成，妈妈算是了了一个心愿。

看着妈妈因药物作用而有些浮肿的脸，徐沁烨心里十分心疼，每天给妈妈做按摩，陪她聊天，告诉她一些学校里发生的趣事，努力让妈妈忘记疾病的疼痛。然而，天公不成全。妈妈的白血病复发了，治疗又要花费一笔巨款。

为了筹钱救母，沁烨通过微博要将妈妈带病绣的十字绣卖掉，希望用所得的钱为她治病。长兴电视台得知消息后，在电视上播出了沁烨的故事。

许多人被感动了。沁烨的同学说："徐沁烨是我们学习的榜样，她孝敬父母，关心同伴，她为救母亲卖掉了母亲留给她的'最美嫁衣'，这样的举动感动了我们，我们一定会帮助她的。希望她和她的母亲顺利渡过难关，今后生活和和美美。"有一位叫凌兰芳的爱心人士提出，愿意花 2 万元买下那幅十字绣，然后又将它送给了徐沁烨。

尽管全家人竭尽全力，社会各界也都纷纷献出了爱心，然而，终究没能挽留住妈妈的生命。2013 年 8 月，妈妈不幸撒手人寰。

小女孩徐沁烨的孝心感动了周围所有人。她的爸爸说："我们的女儿是一个心地善良的孩子，她平时关心父母，体贴我们。很小的时候就会帮着我们干家务，煮饭、打扫卫生，样样家务活都能拿得起，我们为有这样的好女儿感到无比自豪。"

邻居们也说："在我们眼里，烨烨是个既乖巧又懂事的好孩子，在家里简直就是一个小大人，妈妈生病了，家里的家务活她都能承担起来。而且她还是个尊敬他人的好孩子，平时见到我们都能主动问好打招呼，一有空还会帮我们干活呢，还会照顾邻居的小弟弟小妹妹们，我们都十分喜欢这孩子。"

2012 年，徐沁烨被评为林城镇"十佳好人"、长兴县林城镇"十佳道德之星"、长兴县"长兴榜样"提名奖、湖州市"文明五心好公民·孝心好儿女"等。2013 年，中央电视台开始举办大型公益活动《寻找最美孝心少年》，每年在全国范围内评选出 10 位。徐沁烨，这个因为母亲患病一夜间长大的小女孩入选。

大气争先新长兴

在翻阅长兴县改革开放历史时，我注意到了长兴县另一些响当当的精神文化建设的名片。

1986 年 10 月，长兴县经国家体委检查验收，1987 年 4 月 18 日公布为全国首批体育先进县。之后，在长兴参与、关心、支持体育的人与日俱增。长兴承办过全国女排联赛、全国乒乓球俱乐部擂台赛、散打精英赛等大型赛事。军民篮球赛、足球赛、乒乓球赛接二连三，全国女排赛也有了"拥军专场"。通过电视转播、媒体宣传，长兴走向了世界，体育成为提高城市品位、提升知名度的"金名片"。1996 年，经过多方努力，CBA 联赛首次落户长兴；此后，全国女排联赛亿嘉女排主场花落长兴；全国乒乓球俱乐部擂台赛，观众方队供不应求……长兴体育在全国频频亮相。

2018 年 11 月 20 日晚，在出席第七届徐迟报告文学奖颁奖典礼时，我吃惊地见到了一个高挑清秀的女子周苏红——中国女排原队长。原来这位名闻中外的女排队员老家在长兴县李家巷。

创建国家卫生城镇是全面建设小康社会、实现农村现代化建设的需要，也是新时期爱国卫生运动的重要工作内容。2003 年，长兴县在做好防控"非典"工作的同时，积极开展创建卫生县城活动，把环境卫生整治作为防控"非典"的重要环节，全民参与，取得了创卫、防病双丰收。12 月 23 日，长兴县通过国家爱卫会考核被命名为"国家卫生县城"。2007 年，全国爱国卫生运动委员会重新确认长兴县县城为国家卫生县城。

……

2018 年 6 月 13 日，历经三个多月，经过长兴全县上下的广泛动员、征求意见、总结提炼，"长兴精神"正式确定。长兴精神一共八个字：大气、开放、实干、争先。此次"长兴精神"口号征集，累计收到各类意见建议多达3000余件，有10万余长兴人参与了"长兴精神"相关元素的投票。

"大气"是指长兴因历史变迁而使得不同地域、不同文化的人群和谐共处、相生相融，显示了长兴不拒外、求共赢的胸襟和气度，体现了长兴人包容的人文情怀和大气的行事风格。

"开放"是指长兴坚持解放思想、力求改革创新，展现了长兴人民睁眼看世界、抬头赶潮流的格局视野，体现了长兴人开放的发展理念。

"实干"是指长兴人民一直以来作风踏实、自加压力、注重实干，体现了聚精会神搞建设、一心一意谋发展的工作态度，体现了长兴人实干的进取作风。

"争先"是指长兴人民主动作为、敢于比拼的亮剑士气，体现了敢为人先、誓当标杆、勇争一流的拼搏精神。

这八个字，形象地表达了长兴人民的精气神，精准地反映了长兴的历史文化变迁和改革发展实践，得到了大多数长兴人的认同，可谓简约而不简单。

"大气、开放、实干、争先"，不仅仅是一个口号，它展示了一种力量、一股士气，它是全县64万长兴人民共同智慧的结晶。

长兴精神，就是长兴发展的动力，是充满地域文化个性与特色的特有的价值取向。长兴精神近接浙江精神，远通中国精神。它是浙江精神和中国精神的有机组成部分，是长兴人民在数千年文明发展历程和历史实践奋斗拼搏中逐渐孕育、积淀和提炼出来的宝贵财富，世代传衍，历久弥新，始终激励着长兴人民奋发图强，开拓创业，显示出强大的生命力和创造力。

2000年，浙江省提炼出的浙江精神共16个字：自强不息、坚韧不拔、勇于创新、讲求实效。2005年，浙江又把浙江精神再次提炼为12个字：求真务实、诚信和谐、开放图强。2016年，习近平总书记在G20杭州峰会结束之际对"浙江精神"作了概括：干在实处、走在前列、勇立潮头。

长兴精神的核心是实干和争先，这与浙江精神的主要内涵是完全契合的。长兴精神经历了改革开放40年的洗礼，与改革开放进程相生相随。正是由于有了改革开放的伟大实践，中国、浙江省和长兴县都迎来了自鸦片战争100多年来最好的历史时期，长兴人迸发出了前所未有的创业激情与活力，在时代大潮中勇立潮头，争当弄潮儿，从而锻塑和提升了长兴人骨子深处已经具备的大气、开放的品格，创造出了实干、争先的时代精神新内涵。

中国优秀文化是维系中华民族发展的纽带和血脉，而中国精神则是中国文化的灵魂和精髓，是文化中最闪光、最精华的部分。中国精神包括民族精神和时代精神。在五千多年的发展中，中华民族形成了以爱国主义为核心的团结统一、爱好和平、勤劳勇敢、自强不息的伟大的民族精神。改革开放改变了中国人的精神生活，引发并实现了中国精神的新转变，赋予了时代精神改革创新的核心内涵，将中国精神的发展推进到了新的阶段。这是一种全新的中国智慧、中国气概、中国现象、中国模式和中国特色社会主义核心价值观。

因此，长兴精神实质上是中国精神的长兴版本，是中国精神的地方化实践。长兴人因为独特的地缘环境、人文传承、人口构成和发展历程，造就了他们不安于现状、不疏懒懈怠、不故步自封、不僵化保守、不排外自负，而是在无论怎样的困难和问题面前，都能自加压力、自强不息，拥有宽广、开放、包容的胸怀，追求实干、争先、务实和创新。他们身上的品格很好地代表了中国人民的宝贵精神品质，是一种强大而恒久的基础性力量，是一种不可取代的重要的精神支撑。

改革开放改变了长兴，从根本上重塑了长兴的城市面貌、社会风貌和人的精神风采。如果没有改革开放，中国还将在贫困落后中苦苦摸索很多年。如果没有改革开放，长兴可能还将继续处在一个自给自足以粮油生产为主业的农业社会，工业化、城市化、现代化连同百姓的小康富足生活都将无从谈起。改革是发展的根本动力，是长兴巨变的第一动力，是改革开放带来了今日长兴的日新月异。

改革开放也发展了长兴。今日的长兴县已稳居全国百强县中游，一个仅仅拥有64万人的县级城市，能够具备如此的实力，不能不归功于改革的推动和促进。改革极大地激发了长兴人的活力和潜力，极大地释放了社会生产力，推动长兴县经济社会各方面得以快速发展。也是改革开放，促使长兴县在遇到生态环境濒临毁坏的绝境之时，能够及时地得到"绿水青山就是金山银山"理念和"八八战略"的科学指导，敢于断臂刮骨疗毒，死里逃生绝处逢生，并且不断巩固生态文明建设的辉煌成果，打造出名副其实的锦绣长兴、太湖望县！

在改革开放迅猛发展过程中，长兴优秀的历史文脉得到了传承光大，长兴人的精神文化生活不断得到了提升，长兴精神也被一次又一次地擦亮。

　　长兴的朋友告诉我，长兴县各地挖掘出了丰富的龙文化，有几十条"龙"，从天平的百叶龙，到李家巷的鸳鸯龙，再到上泗安的青龙、夹浦的大白龙，等等。每条龙都有自己的来历和精神底蕴。而在长兴广大乡村兴建起来的文化礼堂，竭力打造"一村一品"，挖掘本村庄、本地村民独特的文化生活习俗，开掘非物质文化遗产，使优秀传统民俗、习俗、风俗、礼仪不断地得到发扬光大，让传统文化在百姓生活中牢牢地扎根。这一切，都得益于改革开放，得益于这个伟大的时代。是这个开放包容、改革创新的新时代让优秀的文化在长兴大地上牢牢地扎根发芽壮大，让长兴人能够更好地更自觉地传承自己的文化血脉和精神底蕴。

　　长兴近代历史的开篇是黑暗的、血腥的，外有列强侵略宰割，内受战争困扰涂炭，人口一度减少到了2万余人。政府通过移民屯垦，重新再造了一座新县城。长兴居民的来源复杂多元，这造成了长兴人特别的精神底色，以多元移民文化混融杂交而成的一种新型的文化，一种更具活力和创造力、更加包容吸纳的文化。新移民同本地居民一道，开创出了一种新鲜的文化形态。因此，长兴尽管地处内地，地利上似乎不占优势，但却有着开阔的胸怀，勇于并且善于接纳新的文化元素，接纳不同的人群和生活样式。这也决定了他们在抗日战争时期能够英勇奋起，顽强抗日，开辟了新四军苏浙军区，形成了"江南小延安"。而当历史的车轮前行到了改革开放的时代，长兴人也能勇做时代弄潮儿，开创出辉煌的业绩，使县域经济长期跻身全国百强县，并且实现经济社会稳定快速持续增长。一个县域，一个地域的人民，就像一个人，一个肌体一样，他有自己的思想理念、愿景梦想，也有自己的个性、品格。长兴人这一群体的品格就是长兴精神所高度概括的，这种品格确保了长兴人不服输，不低头，不畏惧困难险阻，敢于直面问题，攻坚克难，并在天时地利人和的时代条件下，创造出光辉的历史。

采访手记 精神为根文化魂

　　一棵大树要长成参天乔木，高耸入云，必须培植好根基。一座高楼大厦，要建成百年工程，稳固如盘，必须扎深打牢基础。文化就是一个地域、一个民族、一个国家发展前行的根本和基础，精神则是贯穿人体、肌体的血液。正是因为有了强大的文化和精神的支撑，长兴县才能在改革开放曲折坎坷的跋涉颠簌中不掉队、不落伍。

人是需要一种精神的，人活着都要争口气，都要仰赖精气神。没有这口气，没有这种支柱，人是会垮塌倒下的。人的一生，能够得到财富、权力、地位、名声、荣誉等种种的利益与福祉，但是一个人能否安享生活之乐、生之欢愉，其要在于有无强大的精神内涵和气象格局。那些财富、权力、名声等犹如一个个 0，而站在这一大串 0 之前的则是一个代表着精气神和品质境界的 1。只有 1 站住了，只有精神强悍了，牢不可摧，那么其后面的一个个 0 才能不断地增添。倘使精神垮塌，灵魂废弛，那么，再多的财富权力等也终将都是一堆毫无意义、毫无价值的 0。只要精神不垮文化不倒，那么，即便那些财富、权力有可能失去，但只要通过奋斗和拼搏，一切的一切都能被重新找回，重新获得。

改革开放以来，长兴县一度无序发展，低小散企业遍地开花，资源滥采乱用，以牺牲生态和环境资源为代价换取发展，造成了人居环境极度恶化。但是，长兴人的精神底蕴深厚，精神底色未改，因此，当从党中央到浙江省委相继作出实施协调可持续科学发展和绿色发展、"八八战略"的决策部署之后，当一个有作为、敢担当的县领导班子组建后，长兴县便开始了大刀阔斧的蜕变涅槃，浴火重生。这其实是另一种的自我革命，另一种的改革图强。经过这次脱胎换骨的升华，长兴县迎来了全新的、绿色可持续的发展之路，并且在这条路上越走越远，越走越宽阔，踏出了一条实现中国特色社会主义大发展、奔向小康富足的光明大道。因此，长兴的改革发展经验其实也是中国改革发展经验的一个投影与折射，改革开放四十年的长兴之路实质上也正是中国改革发展之路的缩影。中国之路、中国模式的成功，归根结底在于有着强大的中华优秀文化和生生不息的中国精神的支撑。

后记

———

国家理想：福祉全为人民谋

　　从 1978 年走到 2018 年，中国的经济社会发生了历史性巨变。这一巨变的根本动力正是改革开放。没有改革开放，就没有我这个农民的儿子今天衣食无忧宽裕舒适的生活；没有改革开放，就没有亿万中国人民今日的小康生活明天的富足安康。改革是中国经济社会发展的发动机、火车头，它已拉动中国走过了快速发展的四十年，它还将继续推动中国走向繁荣富强和兴旺发达。

　　千百年来，中国人民都祈盼着四海升平、天下太平、长治久安。从炎黄联手共治天下到秦始皇统一中国，从汉代的文景之治到唐朝的开元盛世，再到清朝的康乾盛世，从中华民国的军阀割据到新中国的建立，国家统一、民族团结、生活富足、文化兴盛永远都是一条贯穿历史流脉的主线。中国，曾经拥有璀璨历史、光耀全球的高度发达的文化与文明，曾经为人类历史的前行作出过无法取代、极其重要的贡献。拥有悠久深厚历史文化底蕴和广袤国土、众多人口的中国，理应追求和拥有一份更为体面、更有尊严的生活，理应为世界发展继续作出更大的贡献。

　　中国的领导人顺应民心民意和历史发展的迫切呼唤，适时地提出了实现中华民族伟大复兴的伟大梦想。这是一个拥有近 14 亿人口大国的梦想，是人民的梦想，民族的愿景，也是我们的国家理想。这个伟大的梦想，自 2012 年底提出，至今已经整整 6 年，它鼓舞了并将继续鼓舞着亿万中国人民不懈奋斗，努力拼搏，在各自的岗位上，让生命出彩，让梦想成真，让伟大的祖国蒸蒸日上，繁荣昌盛。

在中国改革开放波澜壮阔的时代大潮中，浙江省无疑是一个格外醒目和突出的模范优等生。改革开放 40 年来，特别是实施"八八战略"15 年来，浙江经济社会的发展令世人瞩目，变化令人震撼。一个资源小省、弱省却能创造出经济、生态和文化强省的佳绩，这固然要归功于浙江人敢闯敢拼、敢想敢干、勇为天下先、敢向潮头立的浙江精神，更应当归功于改革开放的大时代、"八八战略"的伟大擘画与决策。

在中国的版图上，浙江只是东南一隅。在浙江的版图上，长兴只是西北一角。但是，40 年来，在长兴大地上发生的惊人变迁，却鲜明地映照和印证了浙江乃至全国的改革开放历程。尤其是 2003 年以后，在"八八战略"指领下，长兴县致力于解放思想，转变观念，大力推进工业化、城市化，推动产业改造转型升级，推动生态文明建设，长兴经济社会面貌发生了翻天覆地的变化，堪称改革发展的一个鲜活样本。

2018 年 7 月 8 日，习近平总书记在中共浙江省委关于"八八战略"实施 15 年情况报告上作出重要指示。

习近平指出，"八八战略"来自大量的调查研究，体现出中央精神与浙江实际的结合，见效于浙江广大党员干部群众的共同奋斗。我欣慰地看到，在"八八战略"指引下，15 年来，浙江省委坚持一张蓝图绘到底，一任接着一任干，推动经济社会发展取得了历史性成就。

习近平强调，干在实处永无止境，走在前列要谋新篇，勇立潮头方显担当。希望浙江深入学习贯彻新时代中国特色社会主义思想和党的十九大精神，以改革开放 40 周年、"八八战略"实施 15 周年为新起点，保持战略定力，秉持浙江精神，开拓创新、砥砺奋进，努力在决胜全面建成小康社会、夺取新时代中国特色社会主义伟大胜利的征程中继续走在前列。

新时代，新作为，新征程，新奉献，新辉煌，和全国各地一样，64 万长兴人民也切身感受到了新时代的深情召唤，他们意气风发，斗志昂扬，信心百倍，沿着习近平新时代中国特色社会主义思想指引的方向，阔步奋进在实现伟大梦想的光辉大道上。

红色岁月

红色历程

红色史诗

红色经典

　　在本书的采访创作和出版过程中，笔者得到了中共长兴县委宣传部、县文联、浙江省作家协会等单位多位领导和朋友热心的支持和帮助，也得到了众多采访对象真诚的配合，本书还参考引用了中央电视台、《人民日报》《浙江日报》等大量新闻报道资料，恕无法在书中一一注明，在此一并向以上人士致以衷心感谢！

李朝全

2019 年 2 月

附录

——

参考文献

1. 习近平，《之江新语》，浙江人民出版社 2007 年版。

2. 迟全华、朱仁华，《长兴人坐不住了——长兴县进一步解放思想大讨论纪实》，《浙江日报》1992 年 4 月 2 日。

3. 朱仁华，《长兴人动起来了——写在长兴解放思想大讨论两个月之际》，《浙江日报》1992 年 5 月 13 日。

4. 朱仁华，《长兴人赶上来了——年前解放思想大讨论 如今结出丰硕成果》，《浙江日报》1993 年 4 月 4 日。

5. 徐友龙等，《长兴：绿色发展之路》，《观察与思考》2009 年第 10 期。

6. 何一峰等，《绿色之路——科学发展观在长兴的实践》，浙江人民出版社 2010 年版。

7. 张加强，《近在远方——一个县的史诗》，上海人民出版社 2017 年版。

8. 张加强，《傲骨禅心》，东方出版中心 2002 年版。

9. 张加强主编，《千朵向往》，作家出版社 2009 年版。

10. 田家村，《江南小延安》，红旗出版社 2014 年版。

11. 田家村，《田家村散文小说选》，作家出版社 2012 年版。

12. 田家村主编，《长兴民间故事》，中国文联出版社 2015 年版。

13. 陈源斌主编,《品味长兴》,大众文艺出版社 2004 年版。

14. 刘月琴,《中学德育导师制度的实践与探索》,《基础教育课程》2004 年 10 月。

15. 王庆忠主编,《长兴农事节庆》,中国文联出版社 2012 年版。

16. 徐晓惠主编,《党旗下的礼赞》,西泠印社 2018 年版。

17. (清)赵定邦等修,《长兴县志》,清光绪元年版。

18. 长兴县志编纂委员会编,《长兴县志》,上海人民出版社 1992 年版。

19. 刘国富,《社会治理与公共服务中的县级政府——以 C 县为例》,中国社会科学出版社 2011 年版。

20. 中共长兴县委宣传部编,《2009 新闻聚焦长兴》。

21. 中共长兴县委宣传部编,《2010 新闻聚焦长兴》。

22. 中共长兴县委宣传部编,《2011 新闻聚焦长兴》。

23. 中共长兴县委宣传部编,《太湖望县的美丽故事:2012 新闻选编》。

24. 中共长兴县委宣传部编,《2013 长兴新闻聚焦:太湖望县的这一年》。

25. 中共长兴县委宣传部编,《2014 年度长兴外宣新闻作品集:新常态新发展》。

26. 中共长兴县委宣传部、中共长兴县委对外宣传办公室编,《2015 年长兴外宣新闻选辑》。

27. 中共长兴县委宣传部、中共长兴县委对外宣传办公室编,《2016 年长兴外宣新闻选辑》。